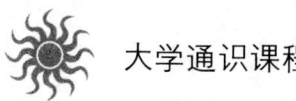 大学通识课程系列教材

《圣经》与文学

徐亮 梁慧 著

2016年·北京

图书在版编目(CIP)数据

《圣经》与文学/徐亮,梁慧著. —北京:商务印书馆,2016
大学通识课程系列教材
ISBN 978-7-100-11918-4

Ⅰ.①圣… Ⅱ.①徐…②梁… Ⅲ.①《圣经》—文学研究—高等学校—教材 Ⅳ.①I106.99

中国版本图书馆 CIP 数据核字(2016)第 005215 号

所有权利保留。
未经许可,不得以任何方式使用。

大学通识课程系列教材
《圣经》与文学
徐亮 梁慧 著

商 务 印 书 馆 出 版
(北京王府井大街36号 邮政编码100710)
商 务 印 书 馆 发 行
北京新华印刷有限公司印刷
ISBN 978-7-100-11918-4

2016年2月第1版　　开本 787×960 1/16
2016年2月北京第1次印刷　印张 25 1/2
定价:58.00元

大学通识课程系列教材编辑委员会

主　任：罗卫东
副主任：董　平　郁建兴　陆国栋
委　员：王　永　王海燕　叶艳妹　刘向东　刘志军
　　　　刘朝晖　吕一民　何善蒙　余潇枫　吴勇敏
　　　　吴铮强　张德明　李　杰　李恒威　杨大春
　　　　陈志坚　周金其　胡可先　徐　亮　钱文荣
　　　　顾建民　梁敬明　章雪富　黄　健　潘士远
秘　书：留岚兰

总　序

　　大学之"大",在于大师,大师之"大",在于其学问之专深、气象之宏阔,境界之高迈,概言之,实为精神之"大"。综合性大学的一个重要特征就是既注重学生的专业训练,更注重培养学生深厚的人文素养、独立的思想人格、广阔的历史视野。一所好的大学要引导学生去追求超越个人感官经验的科学精神、历史理性和人类情怀,它必须要肩负起追求学术真理、推动文化传承创新和砥砺思想方式的多重功能。近代以来,博雅教育的勃兴,根源盖在于此。

　　国有成均,在浙之滨。浙江大学,这所有着近一百二十年历史的国立综合性大学,虽历经坎坷,办学使命未曾更改;几遇沉浮,求是学风日益强固。竺可桢长校期间,一手抓科学教育和专业训练,另一手抓人文教育与精神涵养,既延揽了苏步青、王淦昌、束星北等大批杰出科学家来浙大为学生传授自然之道,更礼聘马一浮、梅光迪、张荫麟等文史大家到校为学生开启心灵智慧、揭示社会之理,校长本人兼通文理,统筹发展大局。由此,逐渐奠定了人文教育与科学教育并驾齐驱、自然科学与人文学术比翼双飞的办学特色,形成了真正意义上综合性大学的办学模式。为承续这一伟大传统,新浙江大学一直在探索新时代博雅教育的道路,除鼓励和支持学科开展多元化的教育模式试验，更尝试在学校层面构筑平台，提供条件，寻求新的方向。

近数年来，学校一直在体现博雅教育精神的通识课程建设上做文章。自2006年开始，学校将通识教育作为三大课程体系（通识课程、大类课程、专业课程）之一，2010年开始，学校适时成立了通识教育专家委员会，在原通识选修课基础上，重点建设了一批通识核心课程。这些课程覆盖哲学与社会科学、人文与艺术、数学与自然科学、工程与技术等领域，形成了具有浙大特色、辐射全国、影响国际的通识教育体系。在这一完整的教育体系之中，教材建设更是极具代表性的亮点之一，其标志就是推出一套注重经典、追踪前沿、体现批判精神和创新思维的大学通识核心课程系列教材。

浙江大学在通识核心课程启动伊始，就将教材建设置于整个课程体系的重要位置。在建设过程中，充分发挥学科优势和主讲教师特长，凸显课程特色，明确教材定位，并努力平衡三个方面的关系：第一，选用与编撰。教材的品质是决定课程质量的核心要素之一，教材建设因而是课程建设的重中之重。浙江大学作为国内高水平的研究型大学，理应将自己编撰教材置于教材建设的首位，但高品质教材的形成是一个过程，并非一蹴可就。通识核心课程教材的建设因此也就多半要经历由选用到编撰的过程，这与通识核心课程由启动到成熟的过程适相一致。第二，经典与前沿。在教材建设方面，我们最注重经典和前沿关系的处理。前者强调经典研读，注重引介能够激发学生思考的经典之作。由于各门课程都有相应的经典文献和经典理论，整合经典文献、提炼经典理论以形成相应的课程教材，也最能够深化课程的内涵，提升课程的品位。后者强调对于学术前沿的关注，由于各个学科都有相应的前沿问题，将这些前沿问题编进教材并引入课堂，也是研究型大学教学的重要特点。第三，核心与多元。根据通识核心课程的特点，我们将教材建设作为完整的体系来建构，目前出版和即将出版的教材是体系的核心部分，与这一核心部分相联系，还有相应的参考文献、与教材各章节相关的专题论文，以及以教材为中心而扩展的阅读书目,这样逐步构建以一个核心和多元辐射相结合的教材体系。

根据研究型大学的定位和通识教育的性质,我们的这套教材力求体现三个特点:一是研究性。努力在教材中挖掘经典的内涵,追踪前沿的动态,贯穿追求卓越的精神,旨在启发学生的创造性思维,培育学生发现问题和解决问题的能力。二是批判性。在教材编撰过程中,注重批判精神和求异创新,旨在促使学生在知识掌握的基础上,通过独立的选择和判断,达到思维转换和观念更新的目的。三是系统性。即体现知识传授活动区别于单纯的学术研究的重大特点和内在要求,特别注重知识的系统性。每一门课的教材,从宏观方面讲,是浙江大学通识教育体系的一个部分,从微观方面看,其自身具有一以贯之的理论体系或总体构架。

"一代儒宗"马一浮先生1937年受命为流亡中的浙江大学创作校歌,最后部分如是说:"念哉典学,思睿观通。有文有质,有农有工。兼总条贯,知至知终。成章乃达,若金之在熔。尚亨于野,无吝于宗,树我邦国,天下来同。"这精辟阐述了浙江大学的办学使命和教育理想。我们在新的时期推出这套大学通识核心课程系列教材,正是将使命和理想付诸实施的具体行动。希望这套系列教材能够为中国特色的大学通识教育贡献一份光和热。

罗卫东

前　言

　　《圣经》与文学，尤其是西方文学，有着十分密切的联系；《圣经》与文学的关系也是一个含义丰富的学术话题。这个话题涉及人类文明史的各个方面，不仅包括文学和宗教，也包括道德、政治、法律、历史，以及各种其他艺术的内容和问题。我们决定开设这样一门大学通识课，就是试图通过这个话题引起学生对与之相关的各种问题的思考和研究，从而扩展视野，在知识学、伦理学和审美等方面受益。

　　本教材分三编。第一编是绪论，介绍《圣经》与文学的一般知识，是选修这门课需要了解的背景和基础。第二编、第三编分别是《圣经》精读和《圣经》文学精读，是课程的主要内容。

　　第二编"《圣经》精读"的主要目的是通过精选的《圣经》篇目的研读了解《圣经》的主要精神；第三编"《圣经》文学精读"的主要目的是通过精选的文学作品的研读，了解体现《圣经》精神的文学的特点。为了在有限的课时中容纳这些内容，我们精选了四篇《圣经》篇目，四个《圣经》文学作家的七部体现《圣经》精神的文学作品，作为精读对象；教材围绕对它们的介绍和分析展开。从内容上看，这种以少见多的做法难免挂一漏万，但也只能如此。各类相关问题的大的概况，则在绪论部分加以概述。

这部教材与我们设计的"《圣经》与文学"课程方案相匹配。这门课是面向各专业低年级学生的通识课，开课方法是讲授与阅读讨论并重，大班授课，小班讨论，有超过一半的课时用在小班讨论上（两节授课，三节讨论）。课程目的是在问题引导下对经典文本加深理解，这是一门引导学生读书的课程。课程围绕着阅读和专题讨论划分单元，教材根据讨论对象（特选的《圣经》篇目和反映《圣经》精神的文学经典作品）的篇幅和复杂程度分为长短不同的章节。我们选择的文本有十一篇（部）。其中《圣经》四篇，分别是旧约"创世记"，新约"马太福音""约翰福音""罗马书"，授课时间约6周（"创世记"2周，其他三篇4周）。《圣经》文学七部，分别是弥尔顿的《失乐园》《复乐园》，托尔斯泰的《复活》，陀思妥耶夫斯基的《罪与罚》《卡拉马佐夫兄弟》，C.S. 刘易斯的《纳尼亚传奇》（其中的《狮子、女巫和魔衣柜》和《最后一战》）。授课时间12周（《失乐园》《复乐园》《狮子、女巫和魔衣柜》和《最后一战》各1周，《复活》2周，《罪与罚》2周，《卡拉马佐夫兄弟》4周）。这个时间表中超过16周的，具体操作时可以拣选或删减其中的部分内容。

讨论题的设计很重要，我们力图在讨论题中体现各相关文本的关键点。学生可以以此为参照进入文本的核心内容。我们也力图将课程前后内容通过讨论题加以贯穿。

本教材第一编由梁慧撰写，第二编和第三编由徐亮撰写。本课程助教文玲、岑星、张琦璋、李俐兴、王冠雷、李启园在组织讨论方面提供的经验，对教材撰写很有帮助。我们特别要感谢浙江大学本科生院对此门课程及其教材编写提供的各方面支持。

徐亮　梁慧

目 录

第一编 绪论

第一章 《圣经》的正典化与著作构成 ... 3
第一节 《圣经》的写作与正典化 ... 3
第二节 《圣经》著作的结构和内容 ... 7

第二章 《圣经》对历史、文化的影响 ... 13
第一节 西方社会与基督教的关系 ... 14
第二节 西方文化与基督教的关系 ... 22
第三节 西方生活方式与基督教的关系 ... 25

第三章 《圣经》的精神 ... 29
第一节 旧约与新约：名称及其背景 ... 29
第二节 旧约的重点和特点 ... 34
第三节 新约的核心——耶稣 ... 42
第四节 新约的神学主题 ... 47

第四章 《圣经》与西方文学的关系 58
第一节 《圣经》对西方文学的影响 58
第二节 《圣经》的文学性 72
第三节 《圣经》在西方文学中的表现 92

第二编 《圣经》精读

第一章 "创世记"精读 107
第一节 "创世记"简介 107
第二节 "创世记"的几个主题 111
第三节 小结与讨论题 130

第二章 "马太福音"精读 135
第一节 从旧约到新约 135
第二节 "马太福音"简介 138
第三节 "马太福音"的几个主题 140
第四节 小结与讨论题 165

第三章 "约翰福音"精读 170
第一节 "约翰福音"简介 170
第二节 "约翰福音"的几个主题 172
第三节 小结与讨论题 194

第四章 "罗马书"精读 196
第一节 保罗及其书信简介 196
第二节 "罗马书"及其主题 199

第三节 小结与讨论题 215

第三编 《圣经》文学精读

第一章 弥尔顿的《圣经》文学 219
第一节 弥尔顿的思想历程与文学成就 219
第二节 《失乐园》与《圣经》 223
第三节 《复乐园》与《圣经》 232
第四节 小结与讨论题 235

第二章 托尔斯泰的《圣经》文学 238
第一节 托尔斯泰的思想历程与文学成就 238
第二节 《复活》及其主题 259
第三节 《复活》的艺术特点 274
第四节 小结与讨论题 285

第三章 陀思妥耶夫斯基的《圣经》文学 288
第一节 陀思妥耶夫斯基的思想历程与文学成就 288
第二节 《罪与罚》及其主题 300
第三节 《卡拉马佐夫兄弟》及其主题 318
第四节 小结与讨论题 355

第四章 C.S.刘易斯的《圣经》文学 362
第一节 C.S.刘易斯的思想历程与文学创作 362
第二节 《狮子、女巫和魔衣柜》及其主题 369

第三节 《最后一战》及其主题 377
第四节 小结与讨论题 385

参考文献 388

第一编　绪论

第一章 《圣经》的正典化与著作构成

第一节 《圣经》的写作与正典化

一、《圣经》的书名含义

《圣经》(Bible)是基督教的权威经典，分为"旧约"和"新约"两个部分。旧约原本是犹太教的权威经典，称为"希伯来语圣经"。基督教旧约的编排方式与希伯来语《圣经》有所不同。新教、天主教、东正教这三个基督教的教派分支所认可的《圣经》虽然都包括旧约和新约两个部分，但也不完全相同。天主教和东正教的《圣经》旧约部分比新教《圣经》的旧约多出一些书卷，新教徒称这些著作为《旧约次经》。

《圣经》的名称源于意为"一组书卷"的希腊语（ta biblia）。在中译的时候，译者按照中国传统把权威典籍称为"经"的做法，将其翻译为《圣经》。

二、《圣经》正典化的过程

译为中文的"正典"这个词来自于希腊语"Canon"，原意为"量杆"，因而有"标尺"或"标准"的意思。《圣经》正典指教会承认为上帝圣言的那些书卷。

在犹太教内，正典化是一个漫长的过程。希伯来语《圣经》中最早获得权威地位的是摩西五经，犹太教称之为"律法"（Torah，"妥拉"）。摩西五经是犹太人的"律法书"，在希伯来语《圣经》的其他作品中和两约之间时期的文学作品中，多次将整体或部分的摩西五经作为正典而提及。它们如此频繁地提及摩西五经，原因之一就在于它是希伯来语《圣经》中最早写成并被人们公认为是正典的著作。在公元前5世纪甚至更早，人们就已接受它为正典。

第二组得到权威地位的书卷是"先知书"。希伯来语《圣经》包括"前先知书"和"后先知书"。前先知书包括"约书亚记""士师记""撒母耳记"和"列王纪"，在犹太人的传统中，这四卷书不只是对历史的描述，更是带有先知信息的书。由于前先知书的历史记载具有选择性，所以人们会认为这些书并不是理想的历史记录。前先知书从"申命记"的观点看待以色列民族从离开埃及一直到亡国的这段历史，认为以色列人破坏了与上帝所立的约，因此咒诅就临到他们。当代学者通常称前先知书为"申命历史"。后先知书包括"以赛亚书""耶利米书""以西结书"和"十二小先知书"。当"律法书"的地位得到承认时，"前先知书"和"后先知书"的一部分书卷正逐渐得到人们的承认，其原因可能是其关注点与"律法书"有相同之处，比如服从圣约，但当时其尚不具有权威经典的地位。到了约公元前200年，犹太人的共同体已把这些著作接受为规范性的书卷。

希伯来语《圣经》的第三部分是"圣著"。在"律法书"和"先知书"得到权威地位之后数百年，它仍然没有被界定为正典。其中的一些书卷很早就被接受，而另一些书卷，例如"以斯帖记""传道书""雅歌"则是经过一番争议才被接受。

大约公元90年，一些犹太的领袖聚集在詹尼亚城（Jamnia），讨论圣殿被毁的情况下犹太教如何存在下去的问题，讨论事项中就有某些"圣著"书卷的权威性问题。一些学者认为，在詹尼亚举行的这次会议最终确定了犹太教的正典。然而事实并非如此，参加这次会议的是来自巴勒斯坦的犹太领袖和学者，并非所有犹太教的权威团体都参加了会议，会议的目的主要是讨论犹太教信仰的生存，没有对犹太教正典做出约束性的决定。学者们通常认为，"正典"问题在1世纪末受到犹太人的关注，而且当时可能只有部分书卷存在争议。

学者们并不能确定犹太人当时使用什么标准，以确立正典。大部分学者认为，符合度、启示性、是否用希伯来语和广泛使用度是四种可能的标准。符合度是指被确立为正典的书卷需要符合"律法书"和其他被确立为犹太人信仰规范的书卷的教导。启示性指的是被确立为正典的书卷必须出自获得上帝启示的先知之手，是否用希伯来语，指的是该书卷最初是不是以希伯来语写成的。犹太人认为，希伯来语是先知写作的语言，而用希腊语写成的书卷则可能受到希腊化的影响而出现问题，因此他们认为用希腊语写成的书卷未必是上帝启示的著作，不能列入正典。广泛使用度，指的是被确立为正典的书卷大多是在以色列社群中得到广泛接受的书卷。

至于希伯来语《圣经》为何会闭合，学者们并不能达成明确的共识。一个可能的原因是基督教教会的出现、成长，它对传统的犹太教构成了挑战。因此犹太教教徒必须界定哪些书卷属于正典，以此更好地捍卫自己的信仰。

需要指出的是，希伯来语《圣经》的《七十士译本》[1]包含了一些以马索

---

[1] 希伯来语《圣经》的希腊文译本，在公元前280年左右开始翻译，到公元前150年左右完成，全书除了包括希伯来语《圣经》的内容外，还包括"次经"和犹太人生活的文献。

拉抄本[1]为底本的希伯来语《圣经》中所没有的书卷。其中包括:《多比传》《犹滴传》《马加比书上下卷》《所罗门智训》《便西拉智训》《巴录书》《三青年赞美歌》《苏撒拿传》《比勒与大龙》《以斯拉续篇上下卷》。后来这些书卷随着七十士译本的其他书卷一起在公元4世纪末由哲罗姆译成拉丁文。他在翻译时,发现这些书卷并不存在于希伯来语《圣经》之中,因此将它们列为"次经"。新教并不承认"次经"为基督教的神圣经典,而天主教、东正教都承认其中部分的次经书卷。

较之于旧约的正典化,新约正典的形成也是一个长期的过程。有关耶稣的口传传统和希伯来语《圣经》的《七十士译本》是基督教的最早正典。公元1世纪末,保罗书信可能已在流传,并被某些教会视为权威。在大约公元2世纪中叶时,"路加福音"和"使徒行传"独立分开,"四福音书"结集。到了公元2世纪末,基督徒已广泛承认四福音书和保罗书信的权威性,但新约中的其他书卷被承认的情况则各不相同。例如,"使徒行传""约翰一书""彼得前书"分别被认为是路加、约翰、彼得所写,因此得到普遍接受,"启示录"则被一些教会排斥。公元2世纪,一位名叫马西昂的基督徒第一个试图确立新约正典。他只接受"路加福音"的部分内容和十封保罗书信作为《圣经》的正典,完全排斥希伯来语《圣经》,这显然与教会的观点相冲突。为了对抗马西昂的这一行为,并且抵抗诺斯替主义、孟他努主义等异端的威胁,教会开始判定哪些书卷属于正典。公元4世纪时,优西比乌把流传的经卷分为四种:已接受的、有争议的、遭拒斥的和判为异端的。其中已接受的部分包含了《新约》中的大部分书卷,而新约中的"雅各书""犹大书""彼得后书""约翰二书""约翰三书"则被列为有争议的经

---

1 马索拉抄本(Masoretic Text)是指公元6到10世纪犹太教"马索拉学者"(Masoretes,字面意思是"传递者","马索拉"亦即批注)将希伯来语《圣经》加上元音所抄的经文,这些被称为"马索拉学者"的文士这样做的目的,是帮助人把只有子音字母的古代闪族文字,如希伯来文的正确元音读出来,以避免在众多元音之间猜测而误解其意。

卷。优西比乌还提到了一部分人接受"启示录",但另一部分人则拒斥它。学者们无法考证出教会在何时就新约的正典化达成一致,但可以确定的是,公元367年,亚历山大主教阿塔纳修列出了这些经目。北非教会在公元393年的希坡会议和公元937年的迦太基会议上认可了这些经目。然而,这些会议并不能代表整个教会的权威观点,新约的正典化是通过基督教教会的逐渐使用和承认而完成的。

具体而言,早期教会是否接受某一经卷为《圣经》正典有五条标准。第一条标准是使徒性,出自早期使徒之手的书卷,或是保留了使徒传统的书卷被视为是权威的。第二条标准是正统性,如果某一经卷的思想和使徒时期教会的思想一致,则被视为是权威的。第三条标准是古老性,如果某一经卷成书于使徒时代,则作者可能与使徒有过接触。但是我们必须注意,一些被拒斥的经卷成书时代也是比较早的,所以这条标准是和其他标准结合起来使用的。第四条标准是启示性,即被确认为正典的经卷必须是受上帝的启示写成的。第五条标准是接纳性,被确认为正典的经卷都是在教会中得到广泛使用的。

第二节 《圣经》著作的结构和内容

一、希伯来语《圣经》的结构与内容

希伯来语《圣经》包括律法书、先知书、圣著三个部分,共24卷,其内容如下:

分类	英语名	希伯来语书卷名	章数
Torah("律法书")			
	创世记	bereshith("开始")	50

8 第一编 绪论

	出埃及记	shemoth("名字")	40
	利未记	wayyiqra("他在召唤")	27
	民数记	bemidbar("在旷野")	36
	申命记	debarim("命令")	34

Nevi'im("先知书")

	约书亚记	y'hoshua	24
	士师记	shophtim("统治")	21
	撒母耳记上、下	sh'muel	31,24
	列王纪上、下	m'lakhim("诸王")	22,25
	以赛亚书	y'shayahu	66
	耶利米书	yir'mi'yahu	52
	以西结书	y'khezqel	48
	十二小先知书		
	何西阿书	hoshe'a	14
	约珥书	yo'el	3
	阿摩司书	'amos	9
	俄巴底亚书	'obadyah	1
	约拿书	yonah	4
	弥迦书	mikah	7
	那鸿书	nahum	3
	哈巴谷书	habaqquq	3
	西番雅书	sefanyah	3
	哈该书	haggay	2
	撒迦利亚书	zekaryah	14
	玛拉基书	malaki	4

Kethuvim("圣著")

	诗篇	tehillim("赞美诗")	150
	箴言	mishlei("箴言")	42
	约伯记	iyyob	31

雅歌	shir-haShirim("歌中之歌")	8
路得记	ruth	4
耶利米哀歌	eikhah("为什么")	5
传道书	Ecclesiastes("讲道者")	12
以斯帖记	'esther	10
但以理书	dany'el	12
以斯拉-尼西米记	'ezra'-nehemyah	10,13
历代志上、下	dibre hayyamim("话语")	29,36

二、基督教《圣经》的结构与内容

基督教新教的《圣经》包括旧约和新约两部分，其中旧约正典为39卷，新约正典为27卷。天主教的《圣经》也包括旧约和新约两部分，其中旧约共计46卷，其旧约部分比新教《圣经》的旧约多出一些内容，新教徒称这些内容为"旧约次经"。新教和天主教的旧约、旧约次经、新约的内容如下。

基督新教旧约中文译名 （采用和合本）	天主教旧约中文译名 （采用思高本）	基督新教《旧约次经》
创世记	创世记	
出埃及记	出谷纪	
利未记	肋未纪	
民数记	户籍纪	
申命记	申命纪	
约书亚记	若苏厄书	
士师记	民长纪	
路得记	卢德传	
撒母耳记上	撒慕尔纪上	

续表

基督新教旧约中文译名 （采用和合本）	天主教旧约中文译名 （采用思高本）	基督新教《旧约次经》
撒母耳记下	撒慕尔纪下	
列王纪上	列王纪上	
列王纪下	列王纪下	
历代志上	编年纪上	
历代志下	编年纪下	
以斯拉记	厄斯德拉上	
尼希米记	厄斯德拉下	
	多俾亚传	托比传
	友弟德传	犹滴传
以斯帖记	艾斯德尔传	
	玛加伯上	马加比传上卷
	玛加伯下	马加比传下卷
约伯记	约伯传	
诗篇	圣咏集	
箴言	箴言	
传道书	训道篇	
雅歌	雅歌	
	智慧篇	所罗门智训
	德训篇	便西拉智训
以赛亚书	依撒意亚	
耶利米书	耶肋米亚	
耶利米哀歌	哀歌	
	巴路克	巴录书
以西结书	厄则克耳	
但以理书	达尼尔	
何西阿书	欧瑟亚	

续表

基督新教旧约中文译名 （采用和合本）	天主教旧约中文译名 （采用思高本）	基督新教《旧约次经》
约珥书	岳厄尔	
阿摩司书	亚毛斯	
俄巴底亚书	亚北底亚	
约拿书	约纳	
弥迦书	米该亚	
那鸿书	纳鸿	
哈巴谷书	哈巴谷	
西番雅书	索福尼亚	
哈该书	哈盖	
撒迦利亚书	匝加利亚	
玛拉基书	玛拉基亚	
		以斯帖补篇
		耶利米书信
		三童歌
		苏撒拿传
		彼勒与大龙
		以斯拉上卷
		以斯拉下卷
		玛拿西祷言

基督新教新约	天主教新约
马太福音	玛窦福音
马可福音	马尔谷福音
路加福音	路加福音

续表

基督新教新约	天主教新约
约翰福音	若望福音
使徒行传	宗徒大事录
罗马书	罗马书
哥林多前书	格林多前书
哥林多后书	格林多后书
加拉太书	迦拉达书
以弗所书	厄弗所书
腓立比书	斐理伯书
歌罗西书	哥罗森书
帖撒罗尼迦前书	得撒洛尼前书
帖撒罗尼迦后书	得撒洛尼后书
提摩太前书	弟茂德前书
提摩太后书	弟茂德后书
提多书	弟铎书
腓利门书	费肋孟书
希伯来书	希伯来书
雅各书	雅各伯书
彼得前书	伯多禄前书
彼得后书	伯多禄后书
约翰一书	若望一书
约翰二书	若望二书
约翰三书	若望三书
犹大书	犹达书
启示录	默示录

第二章 《圣经》对历史、文化的影响

基督教文化与西方文化有着极为紧密的关系。"西方"这一概念起初乃是专指西罗马帝国。之后，这一概念发生了变化。在古代地中海世界基督教流行时期，流传着一种民俗观念，认为旧约《圣经》"创世记"中所记载的挪亚三子闪、含、雅弗是人类的三位祖先。其中，闪是黄种人的祖先，其后裔主要分布在东方即亚洲；含是棕色人种和黑色人种的祖先，其后裔主要分布在南方即非洲；雅弗是白种人的祖先，其后裔主要分布在西方即欧洲。按照犹太教和早期基督教的思想，闪在三人之中地位最高，其后裔是上帝的选民。基督教成为罗马帝国的国教后，与拉丁文化开始结合。随着这两种文化的结合，西欧人开始形成其西方地域和人种的自我意识，并将基督教信仰与这种自我意识结合在一起。他们以《圣经》中的"愿神使雅弗扩张，使他住在闪的帐棚里，又愿迦南作他的奴仆"[1]为依据，主张雅弗享有上帝的特殊宠爱。如此一来，基督教信仰便在西方文化上打下了深深的烙印。

考察西方文明的起源，开端于两希文明，即古代希腊与古代希伯来文明。而基督教就是融合了希伯来文明的启示传统和希腊文明的理性传统，

---

1 "创世记" 9:27。

从而塑造了自身独特的宗教和文化特质。具体而言，它脱胎于犹太教，并以此发展成为一个独立的宗教，因此带有希伯来文明的烙印。《圣经》的旧约部分原是犹太教的经典，后来被基督教所继承沿用。在承继犹太教的"立约"观念基础上，基督教强调上帝的儿子耶稣基督道成肉身，降世为人，与人订立了"新约"，从而取代了"旧约"。此外，基督教的"上帝"观念源于犹太教的一神论思想，其启示观也深受犹太教启示观念的影响。概而言之，基督教文化继承了希伯来文明的启示传统，又从古希腊文明中汲取了理性的精神。基督教哲学中关于上帝存在的证明、对灵魂与不朽的思考等都与古希腊崇尚思辨推理的精神息息相关。

第一节 西方社会与基督教的关系

基督教对西方社会和历史产生了极大的影响。接下来，我们将概述基督教历史中的重大事件。

一、基督教成为罗马帝国的国教

基督教脱胎于犹太教，基督徒认为他们是上帝真正的选民，因此虽然服从于罗马帝国的统治，却不认为自己是罗马的国民，而是天国的子民。他们认为，教会是基督教的组织，耶稣基督是教会的头，教会是耶稣基督的肢体。由于罗马帝国施行宗教信仰自由的政策，因此作为基督徒信仰团体的教会本来不存在是否合法的问题。然而，基于以下四点原因，在历史上，罗马帝国的政府及社会对基督教教会曾经持有极深的误解与敌意，具体表现在：第一，基督教认为只有上帝是唯一的真神，而罗马帝国信奉的神不过是人创造的偶像，所以他们不向罗马的神庙献祭。由于罗马神庙的最高祭司是罗马皇帝，因此基督徒此举被认为是藐视罗马帝国的政权。第二，基督教会是一个比较封闭的团体，罗马帝国的统治者害怕教会的成员打着宗教活动的名号来进行反政府活动。第三，教会成员所进行的集体活动往往被怀疑是在进行不道德的活动。第四，教会的圣餐礼被误解为吃人的真肉，喝人的真血。由于上述这些误解等的存在，教会多次受到罗马帝国的镇压、迫害，甚至被宣布为非法的宗教。公元64年，罗马皇帝尼禄借搜捕罗马城失火的纵火犯为名，大肆搜捕、迫害基督徒。此次镇压主要发生在罗马城，但其他各省也受到波及，在此之后，教会的活动转入地下。

后来，基督教会中的一些上层人士试图扭转人们对基督教的误解，这些护教者通过上书给罗马皇帝等方式来澄清基督教的方方面面。这些活动收到了一定效果，一些罗马帝国的上层人士也加入了教会，或对教会产生了好感。基于上述的原因，也出于统治的需要，一些罗马皇帝对基督教采取了怀柔的政策。从1世纪末到2世纪中期，罗马政府基本上对基督教采取了怀柔的政策，这加快了基督教与犹太教的分离，支持罗马帝国政府的思想立场逐渐成为教会中的主流态度。从2世纪中期到3世纪中期，罗马帝国只在12年间（202—211年，235—238年）对基督教实施过镇压，其余时间都是对它采取限制并怀柔的政策，教会趁此机会发展壮大自身。到了3世纪中期，教会的迅速发展引起罗马皇帝戴修斯的警惕，他开始对基督教进行镇压。在公元250—260年这10年间，罗马帝国对基督教的镇压时断时续。公元260年，罗马皇帝加里安努即位，他宣布基督教为合法宗教。此后的40年，教会继续发展，在小亚细亚的一些行省中，基督徒的比例已超过半数，在罗马帝国的其他地区，基督教的影响力也日益增大。公元303年，罗马皇帝戴克里先发动了罗马帝国对基督教的最后一次迫害，他处死了一批信奉基督教的官员，强迫教会的神职人员向罗马的神庙献祭，并没收教产，销毁经书，严禁基督徒聚会。此次镇压持续了两年，许多教会中的上层人士屈服于外部的压力，放弃信仰。直到公元305年，戴克里先被迫退位，此次镇压才宣告结束。

公元 4 世纪，罗马帝国对基督教的态度发生重大转变，罗马皇帝先后发布敕令明确承认其合法地位，支持基督教，君士坦丁是其中的代表，而基督教则利用政府的力量逐渐压倒罗马神庙。公元 375 年，罗马皇帝革拉先宣布，罗马皇帝不再担任罗马神庙的最高祭司，并禁止臣民向罗马神庙献祭。公元 380 年，罗马皇帝狄奥多西一世下令，禁止除基督教以外其他一切宗教的活动，所有罗马帝国的臣民都要"遵守使徒彼得所交与罗马人的信仰"。这一命令使得基督教成为罗马帝国唯一的合法宗教，并赋予了罗马主教较高的权力。公元 391、392 年，狄奥多西一世接连下令关闭一切异教活动场所，基督教由此正式成为罗马帝国的国教。

二、东西方教会的大分裂

在基督教的发展过程中，东西方教会的分裂与分歧对西方社会的历史产生深刻的影响。基督教产生后不久，教会就逐渐分化为以希腊语地区为中心的东方教会和以拉丁语地区为中心的西方教会。公元 1 世纪以后，基督教在亚细亚、两河流域、阿拉伯半岛以及希腊、北非等区域得到了发展。3 世纪左右，在安提阿、亚历山大里亚、君士坦丁堡和耶路撒冷相继成立了四个牧首区，之后又成立了一些独立的教会。上述地区位于罗马帝国的东部，因其教会的神学思想、礼仪等方面深受希腊文化的影响，故而被称为东方教会。安提阿、亚历山大里亚、君士坦丁堡和耶路撒冷四个牧首区的地位原本是平等的，然而，随着罗马帝国分裂为东罗马帝国和西罗马帝国，君士坦丁堡成为东罗马帝国的首都，君士坦丁堡主教逐渐拥有了其他主教所没有的权力。而处于罗马帝国西部的西方教会，则积极向不列颠诸岛以及法兰克[1]等地区发展。公元 476 年，西罗马帝国被蛮族所灭。由于东罗马

---

[1] 法兰克是今天的法国、德国和其他一些小国家的前身，法兰克王国是 5—9 世纪处在西欧与北欧的一个王国，罗马帝国灭亡后，它在存在的三个世纪中成为中欧最重要的国家，其人民主要来自日耳曼的蛮族部落。

帝国的首都远在君士坦丁堡，无法对西方教会实施有效的控制和管辖，因此使得罗马主教拥有很大的世俗权力。

东、西方教会之间的分歧甚至斗争由来已久，其直接原因是双方都想争夺教会的最高统治权，而双方文化传统上的差异也是重要的原因。由于东方教会属于希腊传统，西方教会属于拉丁传统，所以双方在神学、礼仪方面存在某些差异。东方教会深受希腊化文化的影响，其神学带有神秘主义的色彩，强调个人与基督的交流，认为得救的直接方法是当修士；而西方教会深受拉丁文化的影响，注重律法，并发展出了关于"原罪""救赎"等方面的神学教义，关心并注重伦理问题。在关于"三位一体"的神学讨论上，东方教会受到希腊哲学中世界只有一个本原的思想的影响，认为圣灵"由父出来"；而西方教会则继承奥古斯丁关于"圣灵是父与子之间的爱"的学说，认为圣灵是从"父和子"出来。双方各持己见，并指责对方为异端。公元1054年，罗马主教利奥九世派出枢机主教洪贝尔和洛林的弗里德里希前往君士坦丁堡，以商讨解决双方之间的一些分歧，但是遭到君士坦丁堡主教塞鲁拉里的拒绝。于是，洪贝尔将绝罚塞鲁拉里的"教宗通谕"放在索菲亚大教堂的圣坛上，以示决裂。而塞鲁拉里则将利奥九世及其使节开除出教。至此，东西方教会完全决裂。

东方教会为了标榜自身的正统性，自称为"正教"，由于其受希腊传统影响较大，故又称为"希腊正教"，又因为其是东方教会，故又称为"东正教"。而西方教会标榜自身的普世性，称为"公教"，由于其中心在罗马，故又称为"罗马公教"，汉译为"罗马天主教"。

三、教宗制的产生

早期基督教教会并没有统一的领导权。随着教会的发展以及教会特权的增加，各个主要教区的主教为了教会的领导权而互不相让。公元445年，罗马主教利奥一世要求西罗马帝国皇帝瓦伦丁尼三世发布诏令，赋予罗马主教制订全教会的法律的特权。这一诏令颁布后，成为罗马主教自封为教会最高领袖的法律依据。但是，各地的主教拒绝承认罗马主教的最高权威，认为所有主教的地位都是平等的。针对这一诏令，公元451年，东罗马帝国皇帝马西安在卡尔西顿召开会议，此次会议的其中一条决议就是规定君士坦丁堡大主教和罗马主教在教务上拥有同等的权力，罗马主教利奥一世对此拒不接受。可以说，在6世纪中期以前，罗马主教在东、西方教会都没能成功树立其最高权威。直到560年，西方教会才正式承认罗马主教的最高权威。1054年，东西方教会分裂以后，罗马主教垄断了教宗或教皇（Papa）的称号。"教宗"一词，译自拉丁文Papa，原意为"爸爸"，其全称是"罗马城主教、罗马教省都主教、西部宗主教、梵蒂冈君主、教宗"。

四、宗教改革（新教的诞生）

在宗教改革运动掀起之前，教会就面临着一些棘手的问题。在中世纪时期，尽管基督教信仰是欧洲人的精神归宿，然而教会中却出现了诸多的腐败现象，产生不少丑闻，这使教会的名声受到严重的影响。与此同时，教宗和当时一些君主的政治、经济利益冲突，也使得其权力被削弱。到了文艺复兴的时代，由于民族主义思想的影响，许多民众都以国王为尊，而非以教宗为大。随着印刷术的发明和普及，打破了教会神职人员对《圣经》阅读和解释的垄断。在宗教改革之前，教会中盛行的是拉丁文译本的《圣经》，通常只有教会的神职人员才能阅读，而一般信徒不能阅看，只能聆听教会神职人员的阐释。但印刷术的推广使得《圣经》可以被大量印刷，这让一般信徒也能直接接触到《圣经》著作。

宗教改革的直接导火索源于教会在德国大肆推销赎罪券，具体负责此事的是多明我会修士台彻尔，他鼓吹上帝已将赎罪的权力赋予教宗，只要购买赎罪券，灵魂就可以进入天堂。这一观点引起在大学里任教的马丁·路德修士及其同事的不满。1517年10月31日，马丁·路德在同事们的支持下，在维登堡教堂大门前贴出题为《关于赎罪券效能的辩论》的95条论纲。这在当时本是神学学术讨论的通行做法，却在德国引起强烈的反响。在《九十五条论纲》中，路德重点讨论了惩罚、悔改、赦罪等神学问题，认为赦罪的权柄在上帝，而不在教宗，基督徒只要悔改就可以得救，因而并不需要赎罪券。尽管路德并没有直接攻击教宗和罗马教会，甚至也没有完全否定赎罪券的作用，但是《九十五条论纲》的发表还是触动了罗马教会的利益。罗马教廷对路德的此举非常恼火，最终将他开除教籍，路德也由此与罗马教会决裂。之后，以路德为代表的教派被称为"新教"。除了他以外，茨温利、加尔文、英王亨利八世等也是宗教改革运动的代表人物。

五、基督教在近现代的发展

近代以来，随着地理大发现的推进，基督教向欧亚大陆以外的地区进行了传播，从而使基督教成为真正的世界性宗教。而这一时期的传教活动，与欧美国家对亚、非、拉地区进行的殖民活动密切相关。16世纪前后，随着新航路的开辟，葡萄牙和西班牙的天主教传教士跟随着探险队来到了非洲和拉美地区。葡萄牙传教士最早在非洲进行传教。在刚果，由于一些传教士甘做殖民主义者的帮手，导致被奴役的刚果人民起来反抗葡萄牙殖民者和传教士，使得传教活动以失败而告终。在非洲其他地区，传教活动进展也十分缓慢。西班牙传教士在拉美地区的传教则进展较大。传教是西班牙在拉美进行殖民统治的一部分，传教士是殖民机构的重要成员，帮助西班牙在拉美建立起完整的教会体制，与殖民统治融为一体。在亚洲，由于只有菲律宾和印度的部分地区沦为殖民地，传教士缺少殖民统治者的保护，而天主教又受到儒家思想、佛教思想等本土文化的抵制，因此总的来说传教成果不大。随着葡萄牙和西班牙海外殖民地的减少,从17世纪后半叶起,天主教的传教力量转移到法国,其传教活动陷入低潮。而新教的传教活动则随着新教国家的海外扩张而开展起来,与早些时候天主教的传教模式不同,新教的传教活动主要是由传教士以零散的方式在殖民地进行的。

19世纪初至20世纪初是基督教的传教活动大获成功的一个时期。伴随着工业革命的完成,西方各资本主义国家先后进入帝国主义阶段,并积极扩张海外殖民地。基督教作为西方精神文明的核心代表,传播到亚、非、拉地区的许多国家,成为西方列强海外扩张的一个组成部分。在这个时期,基督教尤其是新教的传教组织增多,传教人员增加,传教形式也日趋多样,传播到被传教国家的各个阶层中间,对这些国家的文化产生了重要的影响。20世纪下半叶之后,受世俗化浪潮的影响,欧美的基督徒数量急剧减少,但基督教在亚、非、拉地区却呈现出迅猛发展的态势,并与这些地区的本土宗教文化进行深层的互动与对话。总的来说,基督教仍是全世界信仰人数最多的宗教。

六、基督教在中国的传播

基督教自诞生后,就一直向世界各地传播。早在唐朝初期,基督教的"异端"聂斯托利派就传到了中国,当时被称为"景教"。635年,叙利亚阿罗本主教来到都城长安,受到唐太宗的礼遇,并被准许建寺传教。景教在华期间接连受到唐朝六位皇帝的优待,前后活跃了两百多年。845年,唐武宗下令灭佛,景教受到牵连,也同时被禁。在此之后,景教就一蹶不振,从内地消失,只在西北边远地区的少数民族中还存在,基督教在中国的第一次传教宣告失败。

在元代时,基督教再次进入中国的广大地区,并活跃了一段时间。当时进入中国的基督教分为两支:一支是在唐代传入中国、之后在蒙古等地继续流传的景教，属于东方教会。另一支是罗马天主教会派遣的方济各会的修士，元代蒙古人统称之为"也里可温"。在元代社会，也里可温教的地位和社会影响仅次于佛、道两教，但是由于它并没有真正在中国社会扎下根来，而是仅仅依靠政治势力，依附于上层社会表层，随着元朝的灭亡，它也难觅踪影。

明清之际，基督教第三次在中国传播开来。明代中期，天主教的耶稣会、方济各会、多明我会相继入华传教，并取得了一些成果。然而，由于罗马天主教廷的一些规定与中国传统的礼仪习俗不符，如教宗反对祭祖等，引起清朝康熙皇帝的不满，清政府就对基督教采取了压制的政策，导致天主教的传教工作最终失败。在17世纪初，基督教新教的传教士来到我国的台湾地区传教，但是郑成功收复台湾后，传教活动也随之终止。此外，清代初期，东正教也开始从我国东北地区逐步向内地发展。

19世纪初，新的一轮传教时期开始，西方新教传教士逐渐进入中国大陆地区传教。鸦片战争后，清政府被迫签订了一系列不平等条约，这在客观上给传教士在中国的传教提供了有利的条件，天主教、新教、东正教纷纷趁势在中国扩大发展。晚清洪秀全等人吸取了基督教思想中的一些内容，作为反对封建统治的依据，创立了拜上帝会，发动了声势浩大的太平天国起义。当时有西方传教士认为，如果太平天国起义成功，将会给在华的传教工作提供极其有利的条件。然而，拜上帝会所奉行的教义与正统基督教的教义并不完全一致，甚至具有严重的"异端"倾向，这使得太平天国政权最终与西方势力交恶，太平天国起义运动被清政府和西方势力联合镇压。到了1856年至1900年期间，由于政治、文化等原因，中国出现了反基督教运动，其高潮是1900年的义和团运动，最后被清政府镇压。此后，基督教传教士在中国大力兴办医院、学校和其他文化、慈善机构，在促进自身传教的同时，也推动了中国在卫生、文化、慈善等方面事业的发展。抗日战争爆发后,由于战争的影响,基督教在中国的传教事业处于衰退状况。

1949年,中华人民共和国成立,中国的基督教进入了自治、自立、自养的新的发展时期。

第二节 西方文化与基督教的关系

一、西方哲学与基督教

《圣经》不仅仅是一部宗教典籍,还包含了广泛而深刻的哲学思想,对宇宙生成、万物起源、人类的诞生等具有哲学意味的问题进行了解答。它为我们描绘出一幅清晰的世界图景,记述了人类诞生及其犯罪、受罚和得救之路。《圣经》中的诸多对立概念真实地反映了人生的状况,例如生与死、善与恶、肉体与灵魂、有限与无限等,这些对立的范畴为后世的哲学家津津乐道。基于《圣经》文本发展形成的基督教思想与西方哲学更是密不可分,呈现你中有我、我中有你的亲缘关系。

概括而言,《圣经》与西方哲学的关系在历史上经历了三个阶段:首先是两者各自相对独立的时期;其次是中世纪时《圣经》与西方哲学完全融合的时期;再次是近代以来《圣经》与西方哲学重新分裂的时期。

在基督教产生之前,古希腊哲学就开始探讨创世等问题。例如,在柏拉图的《蒂迈欧篇》中,柏拉图借蒂迈欧之口表述了以数学理念为模型的创世说。蒂迈欧指出,存在一个造物主,按照一个精美、永恒的原型(即理念)创世,只有数学和哲学能确定这一模型。在创世之前,已有混沌的物质。由于有序比无序完善,理性比非理性好,所以至善的造物主用秩序治理混沌无秩序,把理性放入灵魂,将灵魂放入躯体,将宇宙造成一个带有理性和灵魂的生物。

造物主在创造世界的同时,还创造了时间。后来,还创造了各种动物,还有人的灵魂，并委托被造的神创造了人的身体。由此，宇宙这个理性生物的整体包含了四种生物：天上星体和诸神，空中的飞禽，水中的生物，陆上的生物。宇宙万物创造完毕，就按照创造者所赋予的秩序运行。可以说，柏拉图的创造就是给予秩序，这是其不同于基督教上帝创世说的地方。

到了希腊化时期，一些受到希腊文化影响的犹太人尝试调和希腊哲学与希伯来《圣经》中的思想，其中的代表人物是亚历山大的斐洛。斐洛用柏拉图的哲学观念诠释了摩西五经，成功地调和了希腊哲学与希伯来神学。而新约成书于希腊罗马时代，因此更多地受到了希腊哲学的影响，有的书卷如"约翰福音"采用了"逻各斯"等希腊哲学的概念来表达基督教教义。

到了中世纪，哲学沦为神学的婢女。很多神学家都认为信仰高于知识，神学高于哲学。但是，这种倾向并没有妨碍《圣经》的思想与哲学的交融。例如，著名经院哲学家托马斯·阿奎那运用亚里士多德的哲学观念诠释《圣经》，巧妙地将信仰与理性融合在一起。

而从文艺复兴运动开始，理性逐渐从信仰的压制下挣脱出来。人性得到大大的解放，人的尊严、智慧成为西方思想家、文学家们讴歌、赞美的对象。然而，高扬理性也有其严重的弊端，片面夸大理性的能力，必然会使理性凌驾于其原有的界限之上，这难免会导致人类的妄自尊大。近代以来，西方逐渐步入工业社会，在占据着支配地位的工具理性的影响下，人们把追求金钱等功利性的目的当作人生的目标，生命的价值意义本身逐渐被忽略。而基督教神学关注的正是人的生存意义，强调用启示理性代替工具理性，把人类从工具理性的思维方式中解放出来。

二、西方伦理与基督教

基督教作为西方最主要的宗教，深刻地影响着西方人的人生观和社会观。这主要体现在西方人对生与死、善与恶、罪与救赎等根本性问题的思考上。人从何处来，又到哪里去？对于这个人类世代追问的问题，基督教给出的明确答案是：人是由上帝所创造的，死后必有审判，信耶稣的将进入天国与上帝同在，获得永生，而不信或抵挡耶稣的将受永久的惩罚。《圣经》确立了人是为了上帝而活的基本信念，例如保罗所宣称的："我们没有一个人为自己活，也没有一个人为自己死。我们若活着，是为主而活；若死了，是为主而死。所以我们或活或死，总是主的人。"[1]宗教改革运动之后，新教基督徒将这种人生伦理观带到工作中，视工作为天职，很大程度上促进了生产力的发展。著名社会学家马克斯·韦伯就认为资本主义的兴起与新教的伦理精神有着密不可分的关系。

  在基督教的道德伦理中，非常强调人性中恶的方面。旧约《圣经》在一开始就记述了亚当与夏娃受蛇的诱惑，违背上帝的禁令而犯罪，并被逐出伊甸园的故事（"创世记"2—3章）。而新约则更为强调人的罪性，把自亚当"一人而来"导致的原罪视为人需要被救赎的根本原因。[2]与其他一些宗教不同，基督教认为人不能靠着自身的觉悟、修身等方式来进行自我救赎，若要想得救，必须依靠神与人之间的中保[3]，即耶稣基督。基督教的"原罪"观念，以及对人性中软弱的一面的强调，使得西方人对于人性中的恶的问题尤为重视。在个人层面，表现为基督徒经常忏悔自己所犯下的过失；在社会层面，西方人热衷运用制度去约束人性中的恶。可以说，基督教的善恶观念对西方的伦理和法律制度产生了重大的影响。

---

[1] "罗马书"14:7–8。
[2] 参见新约"哥林多前书"15:21–22："死既是因一人而来，死人复活也是因一人而来。在亚当里众人都死了，照样，在基督里众人也都要复活。"
[3] "中保"从希伯来词源上看是中间人的意思，在甲乙双方之间，对甲方代表乙方，对乙方代表甲方，其宗教内涵是，在上帝面前代表人，在人面前代表上帝。基督教认为，人与上帝中间的唯一中保是耶稣基督。

第三节　西方生活方式与基督教的关系

在漫长的历史时期中，基督教信仰不仅发展成为一套存在于西方人头脑中的思想观念体系，还成为主导西方社会日常生活制度与礼仪的规范。以下通过简要介绍基督教的一些重要节日，检视西方生活方式与基督教之间的密切关系。[1]

在西方社会的节庆活动中，复活节是一个重要的节庆，也是基督教最重要的节日之一，被定于每年春分月圆之后的第一个星期日。在基督教的传统中，复活节的设立是为了纪念耶稣基督的死后复活。它肯定耶稣基督是复活的救主，得胜的耶稣基督是宇宙的掌管者。此外，该节还表达了基督徒的盼望，即盼望他们自身将来从死里复活，战胜死亡。17世纪英国诗人乔治·赫伯特对此用诗歌表达了对复活的期盼：

起来，心灵，你的主已复活。唱赞美之歌，
不要迟延，
他会用手领着你，你会和他一样，
一同复活。[2]

在古代教会，代表受洗的浸礼被安排在复活节这一天，象征着信仰者从死亡迈向新的生命。在当代西方国家，流行赠送复活节鸡蛋的习俗，这可能与上述宗教风俗有关，即把鸡蛋看作新的生命的象征。

在复活节后的第50天，是圣灵降临节，又称五旬节。这个节日是为了

---

[1] 这里介绍的是西方教会而非东正教会的节日。
[2] 引自［英］麦格拉思著《基督教概论》，马树林、孙毅译，北京大学出版社，2003年，第396—397页。

纪念上帝将圣灵赐给信徒。在新约《圣经》中，上帝赐下圣灵是在耶稣基督不再以有形的方式向门徒显现之后，目的是让门徒记住耶稣基督的话语和工作。此外，圣灵的降临还与信徒宣讲福音的能力有关，"使徒行传"的作者路加生动地描述了圣灵被赐给门徒、使他们开口说方言的场景："五旬节到了，门徒都聚集在一处。忽然，从天上有响声下来，好像一阵大风吹过，充满了他们所坐的屋子；又有舌头如火焰显现出来，分开落在他们各人头上。他们就都被圣灵充满，按着圣灵所赐的口才说起别国的话来。"[1] 门徒们凭借着圣灵，开口说方言，这可以说是颠覆了旧约"巴别塔"的叙事。在基督教的节日中，五旬节的重要意义在于圣灵的降临，它在上帝的拯救计划中扮演极其重要的角色。

圣诞节是一个普世大众都非常熟悉的节日，它是每年的12月25日，12月24日晚则被称为平安夜。这是庆祝耶稣基督的诞生的节日，事实上，这一天原本与耶稣诞生的日期无关，圣诞节目前的日期是在公元4世纪的罗马被确定。在西方，庆祝圣诞节有许多习俗，其中"圣诞老人"给孩子们送礼物这一习俗源于荷兰，本来是在12月6日，为的是庆祝圣尼古拉节。后来，这一习俗被荷兰人带到美洲，并与圣诞节的节庆活动结合在一起。而圣诞节期间，在屋里布置圣诞树的习俗则源于德国，可以追溯到其基督教历史的早期，1840年，这一习俗被英国女王维多利亚的丈夫阿尔伯特亲王带到英国，后来逐渐在世界范围内流行起来。

除了这些基督教的传统节日，英国清教徒在进入美洲大陆后，也形成了其他的重要节日，其中以感恩节（Thanksgiving Day）最为有名，成为美国和加拿大后来的固定节日。美国的感恩节起源于马萨诸塞的普利茅斯的早期移民，他们是来自英国的清教徒，因为对英国教会宗教改革的不彻底

---

[1] "使徒行传" 2:1–4。

不满，以及要逃避政治和宗教的迫害而迁徙美洲，希望能在这片新大陆过上符合自己意愿的宗教生活。1620年，"五月花号"载着102名清教徒来到美洲，抵达后，他们在冬天遭遇了食物不足、天气寒冷等难以想象的困难，生活在饥寒交迫之中，只有50多人熬过了这个冬天。当地的印第安人向他们提供了生活必需品，并教给他们种植庄稼、狩猎、捕鱼等生存方法。在他们的帮助下，清教徒获得了大丰收。首任总督威廉·布莱德福建议设立一个节日，和印第安人一起庆祝丰收，感谢上帝的恩赐。1621年11月下旬的星期四，清教徒们和印第安人欢聚一堂，庆祝美国历史上的第一个感恩节。他们将捕获的火鸡做成美味佳肴，来款待印第安人，于是感恩节吃火鸡的习俗就这么形成了。此外，南瓜馅饼也是感恩节的主要食物。这个节日在一开始并没有固定日期，1863年林肯总统才将每年11月的第四个星期四定为感恩节。

加拿大的感恩节则最早可追溯到1578年，探险家弗罗比舍（Frobisher）为了庆祝他从英格兰至加拿大的远航中存活下来，在今天的努纳武特举行了一次正式的感恩庆祝活动，以感谢上帝。在加拿大，感恩节的日期改变过很多次，直到1957年1月31日，加拿大议会宣布每年10月的第二个星期一为感恩节。如今在感恩节，各个教派的教堂都开放，向上帝表示感谢。亲人、朋友之间也互相分享感恩的事，感谢上帝，并重叙亲情和友情。

《圣经》中的人物、历史事件、生活习俗等也对西方社会的礼仪、制度产生深远的影响。如公元历是当今世界上最多国家采用的纪年方法。公元525年，基督教神学家狄奥尼修斯建议将耶稣生年定为纪元元年。公元1582年，教宗（或称教皇）格列高利十三世颁布了当今所使用的公元纪年法，又称为格列高利历。起初，人们把耶稣诞生之后的日期称为主的年份（拉丁语：Anno Domini，缩写为A.D.），把耶稣诞生之前的日期称为主前（英语：Before Christ，缩写为B.C.）。现代学者为了淡化宗教色彩，避免非基督徒的反感而多半改称公元（Common era，缩写为 C.E.）与公元前（Before the Common Era，缩写为 B.C.E.）。

　　而目前世界通行的"星期"制度，也直接与《圣经》相关。在旧约《创世记》中，记载了上帝的创世工程，他花了六天时间创造天地、日月、动植物、鱼类、飞鸟，以及人类，到了第七天歇了工，安息了。"创世记"第 2 章第 3 节描述上帝将这一天命名为"圣日"，"因为在这日上帝歇了他一切创造的工，就安息了"。古代犹太人所遵守的"安息日"（Sabbath）就是由此而来，而一周七天的星期制度也与此直接相关。到了新约时代，拓展出"星期日"的特定涵义。根据新约的记载，耶稣于安息日前一天（即星期五）钉十字架受难，第三天（即星期日）复活。为了纪念耶稣的受难与复活，此后，基督徒要在这一天进行礼拜。由此，星期天成为基督教的"礼拜日"，又被称为"主日"或"复活日"，意思是"主的日子"，是基督徒以庆祝耶稣的复活为中心进行崇拜的日子，也是基督教最普遍、最重要的日常活动。

第三章 《圣经》的精神

第一节 旧约与新约：名称及其背景

约，指协约、盟约，特别指上级给予下级某些特权，而下级要相应地履行某些义务。《圣经》分为旧约和新约两个部分，显而易见，包含"旧约"之约和"新约"之约。在旧约中，"约"是最重要的一个概念，指的是神出于他的爱，拣选了以色列民族，与他们立约。在新约中，上帝化身为救主耶稣基督，来到人间，与人订立了"新约"。

在旧约时代，"约"这个概念被广泛使用，且意义深刻。约既能表示人与人之间的协议，也能表示神人之间的约定。人与人之间立约，首先要起草盟约中的各项条款，其次要起誓守约，最后是举行宰杀动物的仪式。例如，"创世记"中雅各和拉班的约就属于人与人之间的约定。对于神人之间的约，旧约中有过多次的详细记载。

在旧约时代，神人之约要追溯到上帝在太古时期通过挪亚与一切生命立约。上帝与挪亚立约的神学背景是："耶和华见人在地上罪恶很大，终日所思想的尽都是恶,耶和华就后悔造人在地上,心中忧伤。"[1]经文接着描述:"惟有挪亚在耶和华眼前蒙恩。挪亚的后代记在下面。挪亚是个义人,在当时的世代是个完全人。挪亚与上帝同行。挪亚生了三个儿子,就是闪、含、雅弗。世界在上帝面前败坏,地上满了强暴。上帝观看世界,见是败坏了;凡有血气的人,在地上都败坏了行为。"[2]上帝就与挪亚立约:"看哪,我要使洪水泛滥在地上,毁灭天下。凡地上有血肉、有气息的活物,无一不死。我却要与你立约。你同你的妻,与儿子、儿妇,都要进入方舟。"[3]这个约是上帝与一切有生命的所立的约:"神晓谕挪亚和他的儿子说:'我与你们和你们的后裔立约,并与你们这里的一切活物,就是飞鸟、牲畜、走兽,凡从方舟里出来的活物立约。我与你们立约,凡有血肉的,不再被洪水灭绝,也不再有洪水毁坏地了。'"[4]挪亚之约以上帝的恩典怜悯为主,而不依赖像挪亚这种的义人,因为挪亚也是软弱的("创世记"9:21)。上帝通过挪亚与万物所立的约以彩虹为记号("创世记"9:13–15)。这个约奠定了上帝和万物之间具有约束力的关系。在这个约里,人类或其他生物并没有对上帝忠诚的义务。上帝给予一切生命生存的承诺,而一切生命也都蒙受上帝的恩典。

可以说,在旧约的神人之约中,挪亚之约是第一个约,是普世性的。第二个约则是亚伯兰(亚伯拉罕)之约("创世记"15–17)。如果说,挪亚之约以上帝的恩典为中心,同样,亚伯兰之约也是以上帝的恩典为条件,但是需要人以信心来回应。从经文的记载表面上看,上帝与亚伯兰立约似乎是一厢情愿。亚伯兰与妻子撒莱老迈无子,上帝却应许亚伯拉罕:"亚伯

---

[1] "创世记" 6:5–6。
[2] 同上, 6:8–12。
[3] 同上, 6:17–18。
[4] 同上, 9:8–11。

兰，你不要惧怕！我是你的盾牌，必大大地赏赐你。……你向天观看，数算众星，能数得过来吗？你的后裔将要如此。"[1]亚伯兰信上帝，上帝就以此为他的义。上帝与亚伯兰之约附加着以地为产业的应许："我是耶和华，曾领你出了迦勒底的吾珥，为要将这地赐你为业。"[2]在亚伯兰九十九岁的时候，上帝再次向他显现，向他重复了立约之言："我是全能的上帝，你当在我面前作完全人，我就与你立约，使你的后裔极其繁多。……我与你立约，你要作多国的父。从此以后，你的名不再叫亚伯兰，要叫亚伯拉罕，因为我已立你作多国的父。……你们所有的男子都要受割礼，这就是我与你，并你的后裔所立的约，是你们所当遵守的。"[3]在亚伯拉罕改名的故事中，上帝为他定下了将来的命运："从此以后，你的名不再叫亚伯兰，要叫亚伯拉罕，因为我已立你作多国的父。我必使你的后裔极其繁多，国度从你而立，君王从你而出。我要与你并你世世代代的后裔坚立我的约，作永远的约，是要作你和你后裔的上帝。"[4]这段经文表明亚伯拉罕之约只在部族范围内有效。在这个约里，上帝保证族长家庭发展成为在他的祝福和守护下的民族。可以说，这个约和挪亚之约不同，因为族长家庭一方也必须向上帝承诺家族的所有男性施行割礼，以作为回应。对犹太人来说，亚伯拉罕之约是他们民族荣耀故事的开始。

作为第三个神人之约的西奈之约是非常重要的一个约。从基督教的观点来看，当列国列族都还生活在罪的权势之下时，上帝通过摩西赐下律法给以色列民，让他们过圣洁的生活，使他们成为上帝的选民，见证上帝的恩典、公义与慈爱。正如神对摩西说的："'如今你们若实在听从我的话，

---

[1] "创世记"15:1，5。
[2] 同上，15:7。
[3] 同上，17:1-4，8-10。
[4] 同上，17:5-7。

遵守我的约，就要在万民中作属我的子民；因为全地都是我的，你们要归我作祭司的国度，为圣洁的国民。'这些话你要告诉以色列人。"[1]

按照旧约的神学叙述，以色列人所遵守的律法是神专门为他们颁布的，而以色列的历史发展进程也是在神的看顾之下的。然而，根据旧约的记载，以色列民与神立约之后，神并没有从此一直帮助他们，恰恰相反，与神立约意味着他们受约的管束，必须努力践行约的内容。在以色列人看来，约是上帝赐给他们的恩典。可是，如果以色列百姓不遵守神颁布的诫命，则会受到神的惩罚。在旧约中，以色列百姓虽然知道作为神的子民，他们应当做什么，他们却没有按照神的要求去做。在旧约所记载的历史中，以色列民不断地犯罪、离弃神，先知们则不断地告诫以色列民，要远离犯罪。然而，这并没有成功阻止以色列民继续悖逆。耶和华说过："我永不废弃与你们所立的约。"[2]可是，当神面对以色列民的背约，又会如何行动呢？先知耶利米讲述了来自耶和华的解决之道：

> 耶和华说："日子将到，我要与以色列家和犹大家另立新约。不像我拉着他们祖宗的手，领他们出埃及地的时候，与他们所立的约。我虽作他们的丈夫，他们却背了我的约。这是耶和华说的。耶和华说：那些日子以后，我与以色列家所立的约乃是这样：我要将我的律法放在他们里面，写在他们心上。我要作他们的上帝，他们要作我的子民。他们各人不再教导自己的邻舍和自己的弟兄说：'你该认识耶和华。'因为他们从最小的到至大的，都必认识我。我要赦免他们的罪孽，不再记念他们的罪恶。这是耶和华说的。"[3]

"耶利米书"提到的这一解决之道，意味着与旧约的诀别，是神人之

---

[1] "出埃及记" 19:5-6。

[2] "士师记" 2:1。

[3] "耶利米书" 31:31-34。

间订立的一种新的约的关系。在这一新的关系中，神将律法刻在人的心中。这不但不意味着神降低了人必须遵行的标准，反而意味着神提高了标准。律法不再是一套外在于人的守则，而是内化为人的一部分，使人的意愿发生根本性的变化，自觉自愿地从内心里遵守神的律法。而且，在这一新的关系中，还意味着人对神的全新认识。心中有神所刻的律法的人，不再需要别人教导他认识神，无论是平民百姓，还是先知、君王都是如此。而在旧约时代，认识神对于大部分以色列人来说，是一件可望而不可即的事情，但在耶利米预言的新约时代，每一个人都将认识神。

基督教传统认为，旧约是为新约作预备的，耶稣就曾多次引用旧约中的话来印证他要成就旧约《圣经》预言之事，如"经上记着说：'我要差遣我的使者，在你前面预备道路。'所说的就是这个人。"[1] 按照基督教的观点，耶稣就是上帝，他来到人间，并被当作罪犯钉死在十字架上，用他的死与人类订立了新约。通过这一新约，人类的罪将被除去，人类将被带入与神正确的关系之中。

概而言之，在旧约时代，约的内容是通过律法表达出来的。一方面，律法规定了以色列民与神的关系，另一方面，它也规定了以色列民彼此之间的关系。如果没有律法，约就会成为脱离宗教生活的空洞的口号。神与以色列民立约的基础是救赎的恩典，所以律法与恩典密不可分。律法必须以神的恩典为前提，若不如此，律法就是死的，并会带来死亡。可以说，律法是恩典的外在形式，恩典是律法的内涵。而在新约时代，由于上帝的恩典，靠遵守律法而得到救赎的途径被彻底取消了。我们可以通过把"新约"之约与西奈山之约进行对比，来看新约的革新之处。在西奈山之约中，虽然有上帝恩典的成分，但百姓们必须遵守律法以使这个约有效，然而以

---

[1] "马太福音" 11:10。

色列民不断地犯罪，使这个约归于无效。但在新的约中，靠着耶稣在十字架上的死亡，人们的罪已被赎清。可以说，赦罪是新约的本质所在，耶稣基督作为神的儿子，用他的死来将罪除去，从此"就不用再为罪献祭了"[1]。每一个人都要凭着信心来进入新约，唯独倚靠耶稣基督的死，才能与神建立正确的关系。而进入这新约之后，信徒还要努力活出与这约相称的生活。然而，也许有人会问，新约取代了旧约，那么将来会有一个更新的约来取代新约吗？答案是否定的。新约是永远的，直到世界的末了，所以不需担心会被取代。

第二节 旧约的重点和特点

一、旧约的重点

考察旧约《圣经》著作，具有四个表述的重点：神是创造者；人是带有原罪的；人应该圣洁；神是信实的。下面我们就依次讨论这四个方面。

首先，旧约认为神是世界的创造者。在旧约《圣经》的宇宙叙事中，创造主克服了混沌和非存在，创造了宇宙和人类。"创世记"在开篇就描述了世界的起源："起初神创造天地。"[2] 不仅如此，旧约还认为上帝是具有永恒超越性的，他是全知全能的。宇宙的起源正是这永恒者的奇妙作为，绝对超越的上帝进入了时空，用他的气息进行创造，施行恩赐。概括而言，上帝的创造可分为两种，第一种是从无到有的创造，如从无中创造了天、地、光、海、植物、动物、人等。第二种则是从有到更有的创造，如把地创造成为植物生长的土壤、动物和人居住于其上的乐园。上帝以他的言语创造了万物，又使万物更为丰盛地存在。因此，世间万物存在的意义，也都是

---

1 "希伯来书"10:18。
2 "创世记"1:1。

由上帝所决定的。总之，旧约"创世记"的开篇部分表达了全知全能的上帝的完美创造。

其次，旧约强调人的原罪及其种种表现。旧约描述上帝创造了人类，并安排人管理地上的各种受造物。然而，人类却因为不服从上帝的命令，妄图违抗上帝，将自己等同于神而犯了罪。"创世记"第2至第3章详细记载了人类始祖亚当犯罪的经过：

> 耶和华上帝将那人安置在伊甸园，使他修理看守。耶和华上帝吩咐他说："园中各样树上的果子，你可以随意吃，只是分别善恶树上的果子，你不可吃，因为你吃的日子必定死。"[1]
>
> ……
>
> 耶和华上帝所造的，惟有蛇比田野一切的活物更狡猾。蛇对女人说："上帝岂是真说不许你们吃园中所有树上的果子吗？"女人对蛇说："园中树上的果子，我们可以吃；惟有园当中那棵树上的果子，上帝曾说：'你们不可吃，也不可摸，免得你们死。'"蛇对女人说："你们不一定死，因为上帝知道，你们吃的日子眼睛就明亮了，你们便如上帝能知道善恶。"于是，女人见那棵树的果子好作食物，也悦人的眼目，且是可喜爱的，能使人有智慧，就摘下果子来吃了；又给她丈夫，她丈夫也吃了。他们二人的眼睛就明亮了，才知道自己是赤身露体，便拿无花果树的叶子，为自己编作裙子。[2]

根据"创世记"第3章第8至24节的记述，由于蛇引诱亚当和夏娃吃了"分别善恶树上的果子"，上帝就惩罚了蛇、夏娃与亚当，并将亚当和夏娃赶出了伊甸园。人类始祖只是吃了分别善恶树上的果子，为何会受到如

---

[1] "创世记" 2:15-7。
[2] 同上，3:1-7。

此严厉的惩罚呢？基督教神学家奥古斯丁认为，亚当和夏娃虽然只是吃了一样上帝禁止吃的食物，却表明了他们对上帝的不服从。在食物丰富的伊甸园，遵守上帝禁止吃一种食物的诫命是十分容易的。然而，人类却没有遵守这一诫命，究其原因在于人类不愿按照上帝的意愿行事，却按自己的意志行事。奥古斯丁认为，骄傲是亚当和夏娃邪恶意志的开端，所谓骄傲，就是人不爱不变的善，却对自己感到喜悦。旧约描述人是由上帝创造的，因而人的自由也是上帝所赐予的。然而，人的自由是有界限的，不可吃分别善恶树上的果子就是上帝给人定下的限制。人不信上帝的话，反而相信蛇的话，去偷食禁果，这就导致人亏缺了上帝的形象，疏离了与上帝之间的关系，从而走向堕落。而人与上帝关系的疏离，直接导致了人与人之间关系的疏离，该隐杀害兄弟亚伯（"创世记" 4:1–14）便是这样的后果。

再次，旧约强调人应该圣洁。根据"出埃及记"的记载，以色列人曾在埃及为奴，受埃及统治者的欺压，后来上帝施行了许多神迹，将以色列人从埃及拯救出来。在出埃及后满三个月的那一天，以色列民来到西奈的旷野。之后，上帝召摩西上西奈山的山顶，通过他赐下律法给以色列民，让他们过圣洁的生活，使其成为上帝的选民，见证上帝的恩典、公义与慈爱。正如"出埃及记"中上帝通过摩西对以色列人所说的："如今你们若实在听从我的话，遵守我的约，就要在万民中作属我的子民；因为全地都是我的，你们要归我作祭司的国度，为圣洁的国民。"[1]西奈山上的这一事件构成以色列人宗教观的重要组成部分。按照旧约著作的记载，上帝的圣洁选民需要遵守一些宗教与道德准则，其中最具代表性的是摩西十诫，内容如下：

1. 我是耶和华你的神，曾将你从埃及地为奴之家领出来。除了我以外，你不可有别的神。

---

[1]《出埃及记》19:5–6。

2. 不可为自己雕刻偶像；也不可作什么形像仿佛上天、下地和地底下、水中的百物。不可跪拜那些像；也不可侍奉它，因为我耶和华你的上帝，是忌邪的上帝。恨我的，我必追讨他的罪，自父及子，直到三四代；爱我、守我诫命的，我必向他们发慈爱，直到千代。

3. 不可妄称耶和华你神的名；因为妄称耶和华名的，耶和华必不以他为无罪。

4. 当记念安息日，守为圣日。六日要劳碌做你一切的工，但第七日是向耶和华你神当守的安息日。这一日你和你的儿女、仆婢、牲畜，并你城里寄居的客旅，无论何工都不可做，因为六日之内，耶和华造天、地、海和其中的万物，第七日便安息，所以耶和华赐福与安息日，定为圣日。

5. 当孝敬父母，使你的日子在耶和华你上帝所赐你的地上得以长久。

6. 不可杀人。

7. 不可奸淫。

8. 不可偷盗。

9. 不可作假见证陷害人。

10. 不可贪恋人的房屋；也不可贪恋人的妻子、仆婢、牛驴，并他一切所有的。[1]

在以上十诫中，第一诫采用了消极的形式，明确禁止以色列人崇拜外邦人的神，这里所谓的"别的神"不仅仅指外邦人崇拜的神灵，也指一切破坏人与上帝关系的人或事物。旧约认为，人与上帝立约后，人必须对上帝忠诚，这是对人履行神人之约的最基本的要求。因此，第一诫建立了一个基本原则，即人必须与神处在正确的关系之中。第二诫禁止以色列人为耶和华造像。在古代近东的宗教中，充斥着各种偶像，以色列人一定受到

---

[1] "出埃及记" 20:2–17；参"申命记" 5:6–21。

很大的诱惑,以偶像的形式敬拜上帝。然而,按照《圣经》的观点,上帝是创造者,如果人们用木头、石头等材料为上帝造像,就是把上帝贬低为受造物。第三诫要求以色列人不可滥用上帝之名。上帝向以色列人启示了他的名字(希伯来文 YHWH,和合本译为耶和华),然而这也给了以色列人滥用其名字的机会。在古代近东的宗教中,人们常常使用法术,他们认为使用某个神的名字就可以控制那个神,以此来达到自私的目的。在犹太教中,人们可以呼求上帝,赞美上帝,却不可以为了自私的目的呼求上帝,或是借着上帝的名发假誓。第四诫是以肯定的句式来表达的诫命。在"出埃及记"的十诫里,守安息日是为了纪念上帝的创造,而在"申命记"的十诫里,守安息日是为了纪念出埃及的事件。实际上,上帝的创造和出埃及有共同之处,上帝通过把以色列人从埃及拯救出来,"创造"了他的子民以色列,这是另一种形式的创造。第五诫关注家庭里的人际关系,要求儿女尊敬父母。第六诫是禁止谋杀,即为了个人利益去杀害他人,这一条诫命保障了立约群体中每个人的生存权。第七诫与第一诫十分相似,第一诫是要求人们忠于神人之约,第七诫则是要求人们忠于婚姻之约。第八诫不仅是为了保护立约群体中个人的财产,更是为了保护个人的自由。因为最严重的偷盗行为,是"偷人",即将人绑架并卖为奴隶(参见"申命记"24:7)。第九诫关注的是以色列的法律系统,禁止人在审判时作假见证。与前九条诫命不同,第十诫禁止的不是人们的行为,而是人们的思想。这一诫命看似有点奇怪,因为法律不会根据人们头脑中的思想、欲望来定人的罪。可以说,十诫中的最后一诫并不关注人们的罪行,而是关心人们犯罪的根源,即人的贪婪,如果能消除人类的贪欲,人就可以被引导转向上帝。

以摩西十诫为架构的这套道德准则是旧约时期人类行为观的基础,其影响不仅限于旧约时代,直到今天,其原则还被许多国家视为法律的准绳。这些诫命恰好是十条并不是偶然的,目的是可以让古代的先祖借用十指来重复其中的内容,这是民间常见的记忆方式。从这十诫中,我们可以看出,希伯来宗教具有很强的实践性,前四条诫命把宗教准则融入在实际的社会生活和道德伦理中。希伯来的一神论信仰认为,十诫是生命之言,将会引领人信任并依靠上帝的话语,尊崇上帝,从而成全人与人之间的生命价值。正如与"创世记"第1章第29节中耶和华的吩咐一样,十诫(除了第五条诫命)也是以否定的形式来表达其禁止的内容的。但是,我们不可误认为这仅仅是上帝对以色列人的限制,不能因为上帝对以色列人颁布了这些诫命,就简单地把上帝与以色列人的关系看作是约束与被约束的关系。考察旧约著作,在"出埃及记"中,上帝对这些宗教与道德准则的宣布,是嵌入在上帝拯救以色列人出埃及与上帝和以色列人立约这两段叙事之间。有关十诫的段落并没有在一开始就叙述约束性的规定,而是提到:"我是耶和华你的神,曾将你从埃及地为奴之家领出来。"[1] 摩西十诫以这句话作为开头,具有较深的神学涵义。这句话不是约束性的规定,也不是对违背诫条的惩罚,而是叙述了上帝救赎的事件。耶和华将以色列人从埃及拯救出来,显示了神对以色列人的恩典。上帝与以色列人立约,更是体现了他对以色列民族的拣选。因此,将十诫放在上帝与以色列立约的背景中,我们就可以看出,上帝所颁布的这些诫命是他赐给以色列民的恩典,体现了他对犹太民族的拣选与关爱。

最后,旧约认为神是信实的,他爱世人。"上帝爱人"这一主题贯穿了整个旧约文本,尤其体现于出埃及的事件上,更是对上帝之爱的绝佳诠释。《出埃及记》记载,起初以色列人在埃及受欺压,"以色列人因做苦工,就叹息哀求,他们的哀声达于神。神听见他们的哀声,就记念他与亚伯拉罕、以撒、雅各所立的约。神看顾以色列人,也知道他们的苦情"[2]。接下来,经

---

[1] "出埃及记" 20:2。

[2] 同上,2:23–25。

文描述以色列人单凭自身的努力是无法摆脱在埃及为奴的困境的。然而,上帝没有弃以色列人于不顾,他施行了种种神迹,将以色列人从埃及救了出来。以色列民对出埃及这一事件做了这样的回顾:"于是我们哀求耶和华我们列祖的神,耶和华听见我们的声音,看见我们所受的困苦、劳碌、欺压,他就用大能的手和伸出来的膀臂,并大可畏的事与神迹奇事,领我们出了埃及。"[1] 对于以色列民族而言,出埃及的事件是他们对上帝之爱的亲身经历,也体现了上帝的大能。因此在旧约其他的著作中,如"诗篇"、"先知书"等,出埃及的事件一再被重述,以提醒以色列百姓神所施与的大爱。上帝爱人,而人也应当用信心来回应神的爱。旧约认为,人最重要的品质是信,而不是其他,正如"创世记"中所说:"亚伯兰信耶和华,耶和华就以此为他的义。"[2]

二、旧约的特点

我们在前面论述了旧约著作的四个叙述中心,若从其神学特点来考察,则具有两个鲜明的特点,一是神直接与人接触,二是人却时常对神不忠,这构成了旧约神学的基本特征。

首先,在旧约中,神经常与人直接接触。"创世记"中记载神亲手造人的故事,而且,神不但亲手造人,还直接对人讲话,告诉人什么可以做,什么不可以做,并在人类犯罪之后,亲自宣布了对人类的惩罚。在"出埃及记"中,神亲自告诉摩西自己的名字:"我是自有永有的。"[3] 此外,神亲自为人类制订了各种行为规范,包括十诫、节假日、各种礼仪等,"出埃及记"和"利未记"对此都有大段篇幅的详细记述。以下列举"出埃及记"中神护佑以色列人过红海的叙述,进一步理解旧约神学的这一特点:

---

[1] "申命记" 26:7–8。
[2] "创世记" 15:6。
[3] "出埃及记" 3:14。

摩西向海伸杖，耶和华便用大东风，使海水一夜退去，水便分开，海就成了干地。以色列人下海中走干地，水在他们的左右作了墙垣。埃及人追赶他们，法老一切的马匹、车辆和马兵都跟着下到海中。到了晨更的时候，耶和华从云、火柱中向埃及的军兵观看，使埃及的军兵混乱了；又使他们的车轮脱落，难以行走，以致埃及人说："我们从以色列人面前逃跑吧！因耶和华为他们攻击我们了。"

耶和华对摩西说："你向海伸杖，叫水仍合在埃及人并他们的车辆、马兵身上。"摩西就向海伸杖，到了天一亮，海水仍旧复原。埃及人避水逃跑的时候，耶和华把他们推翻在海中，水就回流，淹没了车辆和马兵，那些跟着以色列人下海法老的全军，连一个也没有剩下。以色列人却在海中走干地，水在他们的左右作了墙垣。[1]

在上述这段经文中，神不但与摩西说话，更亲自施行神迹，拯救了以色列人。

其次，根据旧约的记载，人是十分悖逆的。"出埃及记"描述，当摩西上西奈山见耶和华，接受神的教导时，以色列百姓却背弃了耶和华，让亚伦为他们铸了一只金牛犊，并向它献祭。这个事件只是整个旧约《圣经》中以色列人悖逆的一个小小的缩影。而在"士师记"中，人的悖逆与犯罪体现得更加明显。"士师记"第2章第10至23节概括了这卷书的主要内容，即以色列人离弃曾带领他们出埃及的上帝，去行上帝眼中看为恶的事，侍奉别的神；上帝的怒气向以色列人发作，使以色列人无力抵挡周围的仇敌；上帝为以色列人兴起士师，拯救他们脱离仇敌；士师死后，以色列人又转而行恶，侍奉别的神。从这种事件的叙事范式来看，这是"拯救-背叛-惩罚-悔改-拯救-再背叛"的神学循环模式。以色列人并没有因为上帝对他们

---

[1] "出埃及记" 14:21-29。

的拯救而永远行善，而是不断地犯罪。如果我们把视角拓展到整个旧约中，情况依然是如此，以色列人不断背叛上帝，但上帝却没有抛弃以色列人，一次次借着先知的警告和外族的入侵将以色列人从罪中拯救出来，然而他们却仍旧不断地犯罪，这可以说构成旧约《圣经》基本的神学叙述模式。

第三节 新约的核心——耶稣

基督教认为，神拣选了以色列作他的仆人，要他归向神，并成为外邦人的光，施行救恩。然而，以色列不断地犯罪，没有真正成为神圣洁的子民，也没有成为外邦人的光，不能为神在地上施行拯救。因此，以色列作为神的仆人是失败的，他的这一职分将要被取代。并且，以色列人不断地犯罪、不断地背叛上帝，也表明人无力靠自己的能力摆脱罪的束缚。在新约中，上帝化身为人，来到世间拯救人类，这位神人就是耶稣，也被称为基督。简单地说，基督教就是信靠耶稣基督的宗教，而基督徒就是耶稣基督的门徒。概而言之，耶稣是新约神学的阐述重心，也是基督教教义的核心所在。

一、耶稣生平

新约的四福音书是对耶稣生平和事迹的直接记载。"使徒信经"[1]则对耶稣的生平进行了言简意赅的认信性的概括："耶稣基督，是上帝的独生子。因圣灵感孕，为童贞女玛利亚所生。在本丢彼拉多手下受难，被钉于十字架，受死，埋葬。降在阴间，第三天从死人中复活。升天，坐在全能父上帝的右边。将来必从那里降临，审判活人死人。"

---

1 "使徒信经"是基督教四大信经之一，此经最早可追溯到公元250年之前，基本定型于6至7世纪。

二、耶稣及其使命在旧约中的预表

从基督教的观点来看，有关神子耶稣的身份及其使命，在旧约中已有多处预表。这里列举"以赛亚书"中的代表性经文，进行分析。

我们所传的有谁信呢？耶和华的膀臂向谁显露呢？他在耶和华面前生长如嫩芽，像根出於干地。他无佳形美容，我们看见他的时候，也无美貌使我们羡慕他。他被藐视，被人厌弃，多受痛苦，常经忧患。他被藐视，好像被人掩面不看的一样；我们也不尊重他。他诚然担当我们的忧患，背负我们的痛苦；我们却以为他受责罚，被神击打苦待了。哪知他为我们的过犯受害，为我们的罪孽压伤。因他受的刑罚，我们得平安；因他受的鞭伤，我们得医治。我们都如羊走迷，各人偏行己路。耶和华使我们众人的罪孽都归在他身上。他被欺压，在受苦的时候却不开口。他像羊羔被牵到宰杀之地，又像羊在剪毛的人手下无声，他也是这样不开口。因受欺压和审判，他被夺去，至于他同世的人，谁想他受鞭打、从活人之地被剪除，是因我百姓的罪过呢？他虽然未行强暴，口中也没有诡诈，人还使他与恶人同埋；谁知死的时候与财主同葬。耶和华却定意将他压伤，使他受痛苦；耶和华以他为赎罪祭。他必看见后裔，并且延长年日，耶和华所喜悦的事必在他手中亨通。他必看见自己劳苦的功效，便心满意足。有许多人因认识我的义仆得称为义，并且他要担当他们的罪孽。所以，我要使他与位大的同份，与强盛的均分掳物。因为他将命倾倒，以至于死。他也被列在罪犯之中。他却担当多人的罪，又为罪犯代求。[1]

从这段经文中，我们可以看出，这位神的仆人与其他神的仆人不同。

---

1 "以赛亚书"53:1–12。

经文描述，他为了他人的罪孽而受苦，为罪犯代求，却被人厌弃，不被尊重，有许多人因认识他而得称为义，而神也会将他高举。这位仆人指的是谁呢？旧约并没有把这位仆人和弥赛亚联系起来，有一部分学者认为，这位仆人指的是当时活着的某个人，或许是约雅斤[1]，或许是像耶利米一样的人，甚至或许是以赛亚本人。但是基督教认为，这位仆人指向一位未来的人物，他的一生将以色列民的信仰理想变为现实，上帝将通过他来实现对以色列乃至整个世界的旨意，这位仆人指的就是耶稣基督。

弥赛亚（希伯来文 Mashiach，希腊文 Christos [基督]）是基督徒对耶稣的主要称呼。教会不仅称耶稣为基督或弥赛亚，更直接称耶稣为"耶稣基督"。Christos 原本是个头衔，是"受膏者"的意思，后来很可能是在基督教向外邦人传播的过程中演变成为一个专有名词。在旧约的时代，以色列社群中的一些人是用油膏立的，他们被拣选出来担任君王、先知、祭司这样一些上帝任命的关键职位。用油膏立的人属于神的仆人，他们是执行神的计划的人，并且本身是不可侵犯的。在"诗篇"第 2 篇 2 节中，"受膏者"这个头衔似乎指末世时来临的弥赛亚君王，他是神的儿子，要代表神来统治全地。"但以理书"第 9 章第 25 至 26 节中的"受膏者"可能也是末世弥赛亚的指称。[2] 福音书则记载了新约时代犹太人对弥赛亚的盼望，如犹太人盼望弥赛亚的出现（"路加福音"3:15；"约翰福音"1:20；1:41；4:29；7:31），他是大卫的子孙（"马太福音"22:42），并且他是永存的（"约翰福音"12:34）。他们的这种盼望，主要是希望弥赛亚来做大卫家的王。根据

---

[1] 约雅斤，以色列南国犹大时期的君王，公元前 597 年在位。关于这个观点参见 [英] 约翰·德雷恩的《旧约概论》，许一新译，北京大学出版社，2004 年，第 211 页。

[2] "但以理书" 9:25–26："你当知道、当明白，从出令重新建造耶路撒冷，直到有受膏君的时候，必有七个七和六十二个七。正在艰难的时候，耶路撒冷城连街带壕都必重新建造。过了六十二个七，那受膏者（"那"或作"有"）必被剪除，一无所有，必有一王的民来毁灭这城和圣所，至终必如洪水冲没。必有争战，一直到底，荒凉的事已经定了。"在这段经文中，但以理预言，从波斯王颁布谕旨修复、重建耶路撒冷起，经过六十九个"七"的时期（即"必有七个七和六十二个七"），称为"弥赛亚"（"受膏君"）的领袖便会出现。

"马太福音"第二章的记载,从东方来的三博士,其目的正是寻找"那生下来作犹太人之王的"[1],而希律王害怕这个人威胁到自己的统治,所以试图除掉他。可以说,当时的犹太民众一开始把耶稣视为政治性的弥赛亚,指望他带领他们推翻罗马帝国的统治。因此,当耶稣把五饼二鱼分给五千人吃饱后,众人就要强迫他作王("约翰福音"6:15)。法利赛人和祭司也担心,任由耶稣行神迹,最终会导致一个政治性的后果("约翰福音"11:47-48)。然而,耶稣不是犹太人期盼意义上的弥赛亚,因此百姓离开他,反对他。他们所盼望的弥赛亚是救他们脱离罗马帝国的统治,而不是救赎他们脱离罪恶。由此,耶稣的身份与使命就与犹太民众的期盼产生冲突。

三、耶稣的使命

新约描述,耶稣来到人间,他的目的就是拯救人类脱离罪的束缚。有些人会疑惑,认为自己并没有被什么罪所束缚,也没有生活在苦难之中,为何要被救赎?实际上,新约时代的犹太人也有相同的疑惑,而耶稣对此做出了这样的解答:

> 耶稣对信他的犹太人说:"你们若常常遵守我的道,就真是我的门徒。你们必晓得真理,真理必叫你们得以自由。"他们回答说:"我们是亚伯拉罕的后裔,从来没有作过谁的奴仆,你怎么说'你们必得以自由'呢?"耶稣回答说:"我实实在在地告诉你们:所有犯罪的,就是罪的奴仆。"[2]

在旧约中,上帝按照自己的形象创造了人类,使人类具有神性,但人类却犯了罪,使自己成为罪的奴隶。因此,我们作为属于神的人,却落入

---

[1] "马太福音"2:2a。
[2] "约翰福音"8:31-34。

罪的手中，并且无法凭借自己的力量挣脱出来。而神想要重新得到我们，就必须支付赎价。根据新约的观念，耶稣基督就是我们的救赎者，也正是他，将自身作为赎价，将我们从罪的手中赎回，我们这些罪人因着耶稣的死而得到了自由。"以弗所书"第1章第7节写道："我们借这爱子的血得蒙救赎，过犯得以赦免，乃是照他丰富的恩典。"耶稣基督被钉死在十字架上，为什么具有拯救人类的效力呢？在旧约时代，如果犹太人触犯了律法，必须由祭司代为献祭赎罪，使罪责转移到祭物上，从而使得犯罪之人的罪得到遮盖。在《圣经》传统中，献祭有双重含义，其一是指为所犯的罪提供的补偿（expiate），中文一般译为"赎罪"，其二是指劝解、抚慰或调和（propitiate），中文一般译为"挽回"。学者们认为，耶稣基督的死既是"赎罪祭"，也是"挽回祭"。作为赎罪祭，耶稣基督的死使人类的罪转移到他自己的身上。在"约翰福音"中，施洗约翰一看见耶稣就说："看哪，神的羔羊，除去世人罪孽的。"[1]"希伯来书"更是将耶稣基督的死与旧约中的献祭方式进行了对比，认为耶稣基督"不用山羊和牛犊的血，乃用自己的血，只一次进入圣所，成了永远赎罪的事"[2]。可以说，《旧约》中的献祭只是暂时的，而耶稣基督的死则是一劳永逸的。耶稣不仅将人类的罪移到自己身上，更抚平了神因人的罪而起的愤怒，所以耶稣基督的死也是挽回祭。使徒保罗在"罗马书"中写道："现在我们既靠着他的血称义，就更要借着他免去神的忿怒。"[3]

因着耶稣基督的受死，他不但救赎了与其同时代的人和后世之人，也救赎了生活在他降临之前时代的人。"希伯来书"第9章第15节写道："为此，他作了新约的中保，既然受死赎了人在前约之时所犯的罪过，便叫蒙召之人得着所应许永远的产业。"可以说，耶稣此次的救赎行动拯救了所

---

[1] "约翰福音" 1:29。
[2] "希伯来书" 9:12。
[3] "罗马书" 5:9。

有时代的人，他的死成为所有人得救的赎价，不论这些人生活在什么年代。耶稣以自身的被钉死在十字架上，成全了这种永远的救赎。当今一些人，尤其是人本主义学者，主张尽管生活中有许多的罪恶，但是人心是向善的，人类自身有能力克服这些罪恶。然而，根据《圣经》，人们所行的恶是其心中之恶的外在表现，人心中的恶不是偶然的，而是本质性的，人永远无法靠自己的力量进行摆脱。

对于耶稣的受死救赎行为，也有的早期教父认为，人类因犯了罪而要下地狱，属于撒旦，因此神主动将他的儿子交给撒旦，即与撒旦做了一笔交易，将我们从那里赎出来。耶稣基督虽然被钉死在十字架上，撒旦却没有能力将他留在地狱，于是基督在第三天复活，撒旦不仅失去了罪人，也失去了作为赎价的圣子。对此，有学者们认为，如按照这个理论，神明知撒旦留不住基督，却与其交易，因而这个神学理论把神放在欺骗者的地位。对于这些争论，以及探究赎价的接受者是谁，对于我们理解耶稣救赎的神学意义并不重要，关键在于耶稣以其受死将世人从罪的奴役中拯救出来。

第四节　新约的神学主题

新约的神学观念是建立在旧约神学的基础上发展起来的，其重心是围绕着耶稣基督的生平教导和事工，形成特定的神学范畴与主题，以下从五个方面分别进行阐述。

一、道成肉身

新约《圣经》认为，作为上帝的儿子，耶稣是道成肉身，来到这个世界上。根据"约翰福音"的记载："太初有道，道与神同在，道就是神。"[1] 以

---

[1] "约翰福音" 1:1。

及"道成了肉身,住在我们中间,充充满满地有恩典,有真理。我们也见过他的荣光,正是父独生子的荣光。"[1] 简而言之,"道成肉身"的意思是上帝成为了人,即耶稣,但他仍然是上帝自身,也是圣父的独生子。耶稣取了肉身,来到世间,又在肉身里死了,这意味着他活在一种受造的身心状态下,死时也是在这种状态中,他活着时既是人,又是神,死的时候也同样如此。道"成了肉身"之后,其神性并没有因此受到减损,而是能继续运用他所拥有的神圣功能。例如,"希伯来书"第1章第3节说过:"他是神荣耀所发的光辉,是神本体的真像,常用他权能的命令托住万有。"这段经文表明,神的儿子耶稣基督并没有失去神性,只是在拥有神性的同时,也拥有了人性,集神性、人性于一身。新约提到,圣子耶稣基督既然取了肉身,就进入了人的道德生活的状况中,要经历试探,例如"马太福音"第4章第1至11节所记载的。然而,他虽然取了肉身,却并不像其他人一样沾染着原罪。他是无罪的,正如"彼得前书"第2章第22节所说:"他并没有犯罪,口里也没有诡诈。"他对圣父是一种倚赖和顺服的状态,圣父与圣子之间的沟通从未间断,圣子从不逾越圣父的意旨,正如耶稣自己所说的:"子凭着自己不能做什么,惟有看见父所做的,子才能做;父所做的事,子也照样做。"[2]

如何评价"道成肉身"的神学观念?希腊哲学和诺斯替主义从二元论的观点出发,把神和现实世界分离开来。正统的犹太教甚至把道成肉身视为一种亵渎,认为这似乎是说,创造者自己成为了他自己所创造的生物之一。而《圣经》却强调,神在道里进入了人类历史,神不是远离世界的、抽象的存在,而是有血有肉的人。神取了肉身来到世界,启示世人生命、光、恩典、真理、荣耀,以及神自己。"从来没有人看见神,只有在父怀里

---

[1] "约翰福音" 1:14。
[2] 同上,5:19。

的独生子将他表明出来。"[1]那么,上帝为什么要取了肉身、来到世间呢?其根本原因是,始祖亚当犯下了原罪,他的后代即所有人类都深陷于罪中,无力自救,无法靠着自己的力量去赎罪。而只有上帝道成肉身,成为一个有血有肉的人,才能成为"第二个亚当",替人类赎罪。[2]此外,耶稣作为上帝的儿子来到人间,替所有人类而死,更是彰显了上帝对人类的爱。正如"约翰福音"第3章第16节所说的:"神爱世人,甚至将他的独生子赐给他们,叫一切信他的,不至灭亡,反得永生。"

二、因信称义

《新约》中有关"称义"的神学观念,需借助《旧约》的相关陈述才能深入理解。在《旧约》中,"义"主要不是指一种道德品质,而是人或事物应当符合的标准。可以说,"义"是一个关系性的概念,如果一个人符合了神对人的要求,那么这个人就是义的,并因此与神有良好的关系。西方学者常以法庭的情景来类比"称义"的概念。在法庭上,审判者宣告无罪的人就是义人。按照旧约《圣经》的观点,神就是那位审判者,只有他能够判定人是否符合他所制定的要求。

到了新约时代,使徒保罗重新定义了"称义"的涵义,并重新解释了称义与律法的关系。根据"罗马书"第9章第31节的描述,称义与律法之间的关系是当时以色列人信仰的关键之所在。保罗宣称:"但如今,神的义在律法以外已经显明出来,有律法和先知为证。"[3]显然,他断然否认了称义与律法之间的关系。保罗认为,律法曾经是并且永远是上帝给予以色列人的赏赐("罗马书"9:4),然而效法犹太人的生活方式,不但不会称义,反

---

1 "约翰福音"1:18。
2 参"哥林多前书"15:45–49。
3 "罗马书"3:21。

而会导致一些矛盾和冲突（"罗马书"14），尽管如此，旧约的律法仍然是有价值的（"罗马书"13:8-10）。在此基础上，保罗强调基督之死使人白白地称义，即"惟有不做工的，只信称罪人为义的神，他的信就算为义"。[1]这一宣称使犹太人甚至一些犹太基督徒觉得无法接受，因为他们认为一个审判者应当称义人为义，称罪人为罪，这也是导致他们与保罗意见激烈冲突的重要原因。保罗认为，基督之死已经是充分的拯救基础，人们获得救赎不需要其他的条件。这一神学观念即是"因信称义"。

对于信徒而言，"因信称义"的"信"不仅指相信福音的可靠性，相信耶稣基督死而复活的事实，更是指信靠上帝，并委身于上帝，活出基督的样式来。保罗在"加拉太书"第2章第20节就表达了对上帝的这种委身，他说道："我已经与基督同钉十字架，现在活着的不再是我，乃是耶稣基督在我里面活着；并且我如今在肉身活着，是因信神的儿子而活，他是爱我，为我舍己。"概而言之，这种认信与委身就是建立与基督联结为一的关系，这样才能被上帝算为义人。

"因信称义"后来成为基督教新教的基本教条，马丁·路德在宗教改革时期提出了"惟独因信称义"的口号，与中世纪罗马天主教等强调通过"善行""圣功"得到称义有较大的不同。

三、末世、天堂与永生

有关"末世"的观念，旧约的先知书有过较早的提及。在"但以理书"第12章第2节，先知但以理被晓谕了末时的景象："睡在尘埃中的，必有多人复醒，其中有得永生的，有受羞辱、永远被憎恶的。"这是旧约首次提到在末日审判时，无论是义人或恶人，都将从死里得以复活，前者要照其

---

[1] "罗马书"4:5。

在世之善行得着永生，而后者则要因作恶而被永远憎恶。"以赛亚书"第26章第19节也预言道："死人（原文作"你的死人"）要复活，尸首（原文作"我的尸首"）要兴起。睡在尘埃的啊，要醒起歌唱！因你的甘露好像菜蔬上的甘露，地也要交出死人来。"这句经文描述了在末后的日子，已死之人都要从死亡之地被全能者重新复活，就连尸首也要被兴起。尽管旧约很少探讨复活的观念，但是有关末世审判的思想已有所涉及。从古代犹太传统来看，他们所理解的末世就是弥赛亚的到来，他将拯救自己的子民脱离敌人，最终恢复大卫的国度，成为世界的中心。旧约对将来世界的期盼就是弥赛亚审判之后，现今世界将要终结，新的时代开始。

到了新约时代，发展出对"末世"的新观念。耶稣在传道之初，就宣告了末世将要来到："日期满了，神的国近了！你们当悔改，信福音！"[1]他还宣告了自身的第二次降临，并要进行末日审判："当人子在他荣耀里，同着众天使降临的时候，要坐在他荣耀的宝座上。万民都要聚集在他面前。他要把他们分别出来，好像牧羊的分别绵羊山羊一般；把绵羊安置在右边，山羊在左边。"[2]总的来说，基督教传统的末世论包含两个方面：耶稣基督再次降临世界；所有人复活并接受末日审判。新约中有许多经义指出耶稣必将再来，结束现存的这个世界，展开一个新天新地。然而，它们没有回答末世何时来到。对此，耶稣说："但那日子，那时辰，没有人知道，连天上的使者也不知道，子也不知道，惟有父知道。你们要谨慎，警醒祈祷，因为你们不晓得那日期几时来到。"[3]因此，耶稣告诫信徒，一定要时时警醒，殷切盼望，因为不知道什么时候基督就会再次降临。基督教末世论的第二个方面是全人类的复活与审判。当耶稣基督再临时，所有人都要复活并接

---

[1] "马可福音"1:15。
[2] "马太福音"25:31–33。
[3] "马可福音"13:32–33。

受审判。上帝将把审判的权柄交给耶稣基督,让他来区分万民。末世的审判只有两种结果:义人上天堂,恶人下地狱。

关于"天堂",基督教认为这是天父所居之地,也是耶稣基督从死里复活后所在的地方。在天堂中,人们永远与上帝同在,保罗对此进行了生动的描述:"以后我们这活着还存留的人必和他们一同被提到云里,在空中与主相遇。这样,我们就要和主永远同在。"[1] 保罗认为,人们在天堂中可以直接看见上帝,并与他保持一种亲密的关系:"我们如今仿佛对着镜子观看,模糊不清,到那时,就要面对面了。我如今所知道的有限,到那时就全知道,如同主知道我一样。"[2] 使徒约翰更是相信在天堂中,人们像耶稣基督一样完全,他提到:"亲爱的弟兄啊,我们现在是神的儿女,将来如何,还未显明;但我们知道,主若显现,我们必要像他,因为必得见他的真体。"[3] 新约《圣经》描述义人可以在天堂享受永生,在那里,人们不再被罪和死亡所捆绑,也不再有任何痛苦和哀伤,因为这是个没有罪恶的圣地。天堂是一个新天新地,在那里,"不再有死亡,也不再有悲哀、哭号、疼痛,因为以前的事都过去了"[4]。总之,天堂不是一个具体的地理位置,而是与神同在的光景,在那里充满着从神而来的福乐、平安与荣耀。与天堂相反的是,地狱是不义的人遭受永刑的地方。耶稣曾说地狱燃烧着"为魔鬼和他的使者所预备的永火"[5],而其最可怕之处在于,那是与神隔绝的地方,地狱中的人无法享有从神而来的福分与佑护,与之相伴的将是永恒的孤独与绝望,恶人将在地狱哀哭,承受永远的煎熬。

与"天堂"相关联的是"永生"的观念,一般的理解认为是指个人死

---

1 "帖撒罗尼迦前书"4:17。
2 "哥林多前书"13:12。
3 "约翰一书"3:2。
4 "启示录"21:4。
5 "马太福音"25:41。

后灵魂归向上帝，与上帝同在。这种不全面的观点的形成主要受到了古希腊灵魂不朽思想的影响。从《圣经》的视角来看，永生是一个关乎全体人类的群体性的观念，而不仅仅关乎个人。上帝不仅要拯救人的灵魂，还要拯救所有受造物。正如"罗马书"第8章第21节所说的："但受造之物仍然指望脱离败坏的辖制，得享神儿女自由的荣耀。"此处的救赎包括个体的人，也包括人与人之间的群体，还包括宇宙万物。耶稣说过："在我父的家里有许多住处。"[1] 这句经文指出了天堂是多元性的，能容纳各种不同的人。总之，"永生"的状态是指基督徒群体的生活在将来的延续与完善。

四、爱和谦卑

爱和谦卑是《圣经》最重要的精神，也是神有别于任何人与事物的主要标志，神子耶稣基督的一生正是对爱和谦卑这两种精神的完美诠释。按照基督教的观点，耶稣基督就是上帝，他是圣子，然而为了替人类赎罪，他降到世间，被当作罪犯钉死在十字架上，这种举动彰显了他的大爱。而在他的一生中，也有许多的言行体现出爱的要义。根据四福音书的记载，他行了许多神迹奇事，医治了许多病人，如长麻风的人、瘫痪的人、枯手的人、瞎眼的人、耳聋舌结的人等。耶稣不但自己践行爱的精神，还教导人们爱的法则。当法利赛人中的一个律法师问耶稣律法上的诫命哪一条是最大的时候，耶稣回答说："你要尽心、尽性、尽意，爱主你的神。这是诫命中的第一，且是最大的。其次也相仿，就是要爱人如己。这两条诫命是律法和先知一切道理的总纲。"[2] 他还指出彼此相爱应当是他的门徒的特征："我赐给你们一条新命令，乃是叫你们彼此相爱；我怎样爱你们，你们也要怎样相爱。你们若有彼此相爱的心，众人因此就认出你们是我的门徒

---

1 "约翰福音"14:2。
2 "马太福音"22:37–40。

了。"[1]可以说,耶稣基督完美地教导并践行了爱的精神,以至于使徒约翰说"神就是爱"[2]。

新约《圣经》的作者,尤其是保罗也非常强调爱的精神。他在"加拉太书"第5章第14节写道:"因为全律法都包在'爱人如己'这一句话之内了。"在这句经文中,保罗将整部律法归结、还原为一条,即爱的律令。尽管犹太律法包含很多条诫命,但是其中一个一以贯之的总纲,即是爱,可以说,爱是律法的本质与目的。保罗借用"利未记"中神有关"爱人如己"(19:18)的教导来概括整个律法,表明他尽管认为旧约的时代已经结束,但是律法并不应就此被取消。"利未记"中有关爱的诫命原本是犹太教的,然而基督的律法与摩西的律法并不矛盾,甚至可以说基督的律法就是摩西的律法,只是通过基督的受死对其进行了再解释。这种重新解释对犹太基督徒和外邦信徒都有益处,对于犹太基督徒而言,这种解释赋予了摩西律法以新的生命,这使得他们可以活在圣灵的力量之下,而不是活在显出罪的摩西律法之下。而对于外邦基督徒而言,借用和引申旧约中爱的诫命来重新解释摩西律法,能顺利地把旧约和新约连接起来,并使他们能够与犹太人的上帝发生关系,结出圣灵的果子。可以说,无论是摩西律法还是基督的律法,都是为了赐人以生命。保罗以"爱人如己"为总纲来概括律法,也是为了回应一些犹太基督徒将奉行律法视为称义手段的做法。具体而言,爱必须是自发自愿的,而不能是被强迫、被命令去做的。作为信徒,仅仅严格刻板地奉行律法所规定的各种义务是不够的,还要内心真正奉行律法的精神。耶稣即是爱的典范,他不仅活出了爱的生命,而且彰显了一种与死守律法的教条所不同的行为,即以宽容的爱来成全律法。

耶稣体现了"上帝是爱"的最高原则,同时,他也是谦卑的楷模。在

---

[1] "约翰福音" 13:34–35。
[2] "约翰一书" 4:16。

第三章 《圣经》的精神

对耶稣的一段描述中，保罗十分恰当地概括了耶稣谦卑的一生："他本有神的形象，不以自己与神同等为强夺的，反倒虚己，取了奴仆的形象，成为人的样式。既有人的样子，就自己卑微，存心顺服，以至于死，且死在十字架上。"[1] 根据基督教的观点，耶稣基督是上帝，是圣父的儿子，然而他并没有要求上帝应有的权柄，而是为了拯救世人，替人类赎罪，离开他所在的至高之处，来到卑微的人间。可以说，他原本没有义务这么做，但他取了奴仆的形象，化身为人，因而也就具有了人性，要经历人类所要经受的试探。此后，耶稣基督作为圣子，完全服从圣父的旨意，甚至被当成罪犯钉死在十字架上。耶稣这样宣称自己的使命："正如人子来，不是要受人的服侍，乃是要服侍人，并且要舍命，作多人的赎价。"[2] 从耶稣的生平和教导中，我们可以看到他完全实践了谦卑的精神。进一步而言，若将耶稣基督和亚当做一个简单的对比，则更能看出他的谦卑。始祖亚当是神照着自己的形象所创造的，是受造物，却不服从上帝的命令，妄想与神同等（参"创世记"3:5）。而耶稣基督本就是上帝，却屈尊降到卑微的世间，顺服圣父的旨意，这正如他受难前在客西马尼园祷告时所说的"不要照我的意思，只要照你的意思"[3]。耶稣自身不仅实践谦卑的生活，而且还教导门徒要谦卑："你们中间谁愿为大，就必作你们的用人；谁愿为首，就必作你们的仆人。"[4] 耶稣还亲自为门徒洗脚，并教导门徒："我是你们的主，你们的夫子，尚且洗你们的脚，你们也当彼此洗脚。我给你们作了榜样，叫你们照着我向你们所作的去作。"[5] 在《新约》的著作中，也有不少的经文教导人要谦卑，如"神阻挡骄傲的人，赐恩给谦卑的人"。[6]

---

1 "腓立比书" 2:6–8。
2 "马太福音" 20:28。
3 同上，26:39。
4 同上，20:26–27。
5 "约翰福音" 13:14–15。
6 "雅各书" 4:6。

五、十字架

十字架是一种古代处以死刑的刑具，较流行于波斯帝国、罗马帝国等统治区域。在新约中，它也是当时罗马士兵处死耶稣的刑具[1]，后来却成为基督教最重要的标志。耶稣被钉十字架，死后第三天复活，作为刑具的十字架由此成为拯救的象征，也是基督徒的盼望所在，表征了耶稣从死里复活，战胜死亡。在西方文学中，十字架一般是苦难的象征。

在基督教的传统中，十字架表明了上帝对人类的救赎。基督教认为，亚当犯下了原罪，亚当的后代，即所有人类都因此生来就沾染着罪。罪导致的一个最为根本的后果是神人关系的破裂。人无法靠自己的力量去赎罪，只能依靠耶稣基督在十字架上的救赎才能与神和好。具体而言，人因为犯了罪，违背了上帝颁布给人的律法，冒犯了上帝的圣洁与公义，理应受到上帝的惩罚；然而上帝爱人，让他的儿子耶稣基督在十字架上替人类受死，而使耶稣基督的义成为人的义。当然，有些自由主义神学家认为，耶稣基督在十字架上受死仅仅是一个象征，表明了上帝要拯救人类的意图。然而，基督教的正统神学家普遍不认可这种解释，因为它模糊了耶稣基督的救赎的不可替代性。

---

1 "十字架"在新约《圣经》中的希腊原文是 stauro,j（Stauros），具有两个意思：指普通的木棍，或是木头的部分；指耶稣基督被钉上的十字架。有些学者主张单以"木桩"解释希腊文 Stauros，原因是认为在古希腊语中，"斯陶罗斯"（Stauros）仅指一根直柱或桩子，后来才指一根有横木的行刑柱。《帝国圣经词典》也认为："译做'十字架'的希腊语'斯陶罗斯'的'本义'是指一根柱、直杆或桩子，可以挂东西，也可以插进地里来筑围栏。……连罗马人所讲的'克鲁克斯'（拉丁语 crux，这个词后来衍生了英语 cross（十字架））看来原本也是指一根直杆。" J. D. 帕森斯在其所写的《非基督教的十字架》中指出："用希腊语写成的《新约》各卷从没有表示，耶稣被钉的那个'斯陶罗斯'有别于一般的'斯陶罗斯'，就连一句暗示也没有，更没有说它不是一根木头而是由两根木头钉成的十字架。……导师们把教会的希腊语文献翻译成本地语言时，把'斯陶罗斯'一词译做'十字架'。为了支持这个做法，他们把'十字架'一词收进词典作为'斯陶罗斯'的定义，却没有清楚说明在使徒的日子，'十字架'绝不是'斯陶罗斯'的本义，而且过了很久依然没有成为'斯陶罗斯'的主要意思。就算'十字架'后来成为'斯陶罗斯'的主要意思，也纯粹是因为人们在毫无佐证的情况下，仍然为了某些理由假定耶稣被钉的那个'斯陶罗斯'是十字形的。"上述说法供参考。

有关十字架的神学内涵，是新约时代使徒们重点宣讲的内容。保罗曾说："弟兄们，从前我到你们那里去，并没有用高言大智对你们宣传神的奥秘。因为我曾定了主意，在你们中间不知道别的，只知道耶稣基督并他钉十字架。"[1] 在其书信中，保罗指出十字架的真理与犹太人、希腊人所拥有的"智慧"不同，在一些人看来是愚拙的，但是他认为十字架体现的是神的智慧，即："世人凭自己的智慧，既不认识神，神就乐意用人所当作愚拙的道理拯救那些信的人，这就是神的智慧了。犹太人是要神迹，希腊人是求智慧；我们却是传钉十字架的基督。"[2] 有关十字架的真理，成为上帝之道的核心所在，也代表了基督徒得救与永生的盼望。

---

[1] "哥林多前书" 2:1-2。
[2] 同上，1:21-23。

第四章 《圣经》与西方文学的关系

第一节 《圣经》对西方文学的影响

毋庸赘言，希腊、罗马的古代传统和希伯来启示传统是孕育西方文明的两大源泉。作为犹太教和基督教传统的文化结晶和精神支柱，《圣经》经典毫无疑问对整个西方文明产生了不可估量的影响，并成为其整个社会文化的价值参照。迄今为止，《圣经》仍被认为是人类历史上最伟大、最有影响力的书籍，而我们不能把这部由66卷书[1]辑为一册的著作简单地说成是一种关于教义或历史结构的阐述，因为它所涵盖的内容远远不止宗教和历史。数十个世纪以来，《圣经》作为西方文化的主要源头之一，对西方世界的思想意识、哲学观念、伦理道德、政治法律、文学艺术以及生活方式等各方面都产生了极为重要而深广的影响。

作为社会文化的主要组成部分，西方文学和《圣经》从古至今便存在难以割舍的血缘关系，它在众多层面都传承了《圣经》的文学、文化基因。作为西方最重要的宗教和文学作品，《圣经》文字精致优美，风格崇高，抒

---

[1] 按照基督新教的旧约、新约著作统计。

情色彩浓郁，是成就卓著的文学经典，可以说，西方文学受到《圣经》的影响远远超过其他任何一部著作。《圣经》的思想、观念、人物和用语就像西方文学世界里的通行货币，成为文化和情感沟通的桥梁和工具。换而言之，如果不熟悉《圣经》著作，就无法充分欣赏并深刻理解西方的文学作品。从但丁到莎士比亚，从浪漫主义到现实主义，《圣经》的直接和间接影响散落在西方文学作品的角角落落；即便是20世纪现代主义、后现代主义的思潮大行其道时，我们仍然可以从许多文学作品中发现《圣经》的影子。可以说，《圣经》对于西方文学的影响是全方位、多层次的，包含叙事特色、修辞、体裁和题材等诸多方面。以下我们将着重从主题、故事和典故三个方面进行论述。

一、《圣经》主题对西方文学的影响

虽然《圣经》的主题是变动、开放的，但在西方文明的发展过程中，以《圣经》文本为依托的基督教教义影响了西方社会的方方面面，从而形成了某种特定的伦理道德观念，诸如善恶观、生死观等。具体而言，善与恶、爱与牺牲、盼望与救赎等是贯穿《圣经》全书的主题，在很大程度上影响了整个西方文学的发展进程。

有关善恶问题的探讨，是基督教神学的重要命题。在旧约《圣经》中，对善恶的来源做了详尽的描述，"创世记"第2、3章提到，上帝所创造的人类始祖最初处于道德上的纯洁无瑕的混沌状态，无所谓善恶。然而，正是由于人类的道德属性未定的状态致使亚当、夏娃被蛇欺骗和引诱，违背了上帝的旨意，偷吃了分别善恶树上的禁果，"他们二人的眼睛就明亮了，才知道自己是赤身露体，便拿无花果树的叶子，为自己编作裙子"[1]。始祖违反上帝的禁令，主动放弃了上帝的佑护，从而进入有死的生命状态。基督

---

1 "创世记"3:7。

教思想家奥古斯丁在前人的原罪论基础上，对此进行发挥，认为上帝是至善的，而人类由于背弃了上帝，导致善出现了缺损，而这种"缺损"便被称之为恶。而亚当的后代由于生而缺损，也就带有了恶的罪性，随之也就出现伦理道德意义上的善与恶的范畴。新约在旧约的基础上，进一步发挥了善恶观，撒旦及其带领的共同背叛上帝的天使们成为了邪恶的化身，而上帝与魔鬼斗争即成了善与恶之间的斗争，这反映在人类的灵魂里就成为善与恶的交战。人性的这种善恶两重性一直以来都是诸多文学家偏爱的创作主题，尤其在文艺复兴时期之后的文学作品中得到了充分的体现。

中世纪意大利最伟大的诗人但丁创作的《神曲》，作为一部跨时代的巨著，体现了上述《圣经》主题的全方位的影响。全诗分为三部分，诗人采用中世纪流行的梦幻文学形式，描写了一个幻游地狱、炼狱、天堂三界的故事。这部杰作是中世纪文学、哲学的总汇，它既代表着对中古文化的总结，又标志着文艺复兴时代的先声，从而构成了新旧时代相交的分水岭。在形式上，《神曲》模仿了当时流行的托马斯·阿奎那的正统神学体系，作为构造框架，即由下而上递相依属的等级结构，全诗分为《地狱》《炼狱》《天堂》三部曲，每部各三十三篇，每段三行，这"三"意味着神学上的"三位一体"；而每部三十三篇，三部九十九篇外加序诗，构成一百篇，则有"完全中之完全"之意；每部诗的结尾都用"群星"一词，象征着从黑暗走向光明，从卑下走向高尚，从罪恶趋向至善。这种匀称、完备的结构，自下而上排列整齐，给人提供一种神学上的象征性、完美化和神秘感。可以说，整个安排充满了宗教寓意。在内容上，《神曲》在众多贤哲中提到了《圣经》人物亚当、亚伯拉罕、挪亚、摩西、大卫、耶稣、圣母、彼得、约翰、雅各等，对旧约、新约中的说教、象征、启示、福音等均有详尽的刻画和展示。在寓意上，《神曲》所采用的由地狱经炼狱而到天堂的经历，也是表述了《圣经》神学所宣扬的精神道德通过净化罪恶而趋于完善的过程，是一次出死入生的"内圣"之旅，其中的地狱、净界、天堂在人性层面则分别象征了魂、体、灵的黑暗、软弱和光明。

英国著名清教徒作家弥尔顿在这种善恶对立思想的影响下，对"创世记"的有关故事进行了改写扩充，完成了《失乐园》和《复乐园》这两部诗体巨著，对后世影响深远。基于人性的善恶两重性，歌德在其名著《浮士德》中塑造了表现人性无限丰富性的浮士德形象。主人公浮士德这样描述了人心深处善与恶、入世与出世的矛盾冲突："在我的心中啊，盘踞着两种精神，这一个想和那一个离分！一个沉溺在强烈的爱欲当中，以固执的官能贴紧凡尘；一个则强要脱离尘世，飞向崇高的先人的灵境。"[1] 俄罗斯文学巨匠陀思妥耶夫斯基和托尔斯泰传承了同样的观点，托尔斯泰在其名著《复活》中写道，每个人身上都同时存在着两个人，"一个是精神上的人，这个人寻求的是给别人也带来幸福的那种幸福。还有一个是动物的人，这个人寻求的只是自己个人的幸福，他随时可以牺牲天下所有人的幸福"[2]。这是托尔斯泰对于人的善恶两重性的形象化解说。当小说主人公聂赫留朵夫从法庭审判归来开始进行第一次"灵魂的清扫"时，利己主义的声音便在他的灵魂里说："又不是只有你一个人这样……"但是当他向上帝祷告祈求帮助时，"他觉得自己像是上帝，因此不仅感觉到自由、振奋和生活的喜悦，而且感觉到善的巨大力量"。[3] 同样，陀思妥耶夫斯基在《罪与罚》中借助拉斯科尔尼科夫这一双重性格人物的塑造，揭示出人类灵魂深处善恶交织不断斗争的复杂状态，书中拉斯科尔尼科夫的朋友拉祖米欣是这样描述他的："的确好像有两种相反的性格交替出现在他身上。"当他在梦境中看到一匹瘦弱老马被典当商疯狂抽打时，拉斯科尔尼科夫表现出对这匹马的

---

1 歌德：《浮士德》，董问樵译，复旦大学出版社，1988年版，第57至58页。
2 托尔斯泰：《复活》，安东、南风译，上海译文出版社，2001年版，第40至41页。
3 同上，第81页。

深切同情，但同时伴随而来的是想要无情抽打那个商人的复仇怒火；当他好心地帮助了一个醉酒的女孩不被侵犯之后，他又倾向于否定自我的善的冲动："我为什么要绞尽脑汁地帮助她？……唉，他们能相互忍受，与我无关！"在拉斯科尔尼科夫身上善与恶总是这样不和谐地纠缠在一起，不断地争斗。

《圣经》的善恶主题不仅影响着传统经典文学的创作，在畅销小说、流行作品中也俯拾即是。在当代畅销小说《哈利·波特》系列中，《圣经》的善恶主题便体现得十分明显。小说中代表善恶两端的哈利·波特与伏地魔，更是可以看作对耶稣、撒旦两个《圣经》原型的移植。作为小说的主人公，哈利·波特，这个多次在伏地魔的手下死里逃生的男孩，从一开始就被笼罩上一层神性的光辉——他是唯一一个在伏地魔手中存活的人，一个在幼年时代就曾击败过伏地魔的人，也是预言中能彻底摧毁伏地魔的人，他的存在成为魔法世界的一个奇迹，我们可以看到，哈利·波特的原型对应于《圣经》中的耶稣基督本身。而伏地魔是此书中最大的反派角色，也是撒旦形象的翻版。他被定义为杀死哈利父母的恶魔头，被称为"神秘人"，代表着黑暗、堕落、邪恶、诱惑和毁灭的力量，集中体现了人类心灵中潜伏的阴暗面。这部魔幻系列小说从多个层面贯穿、移植了《圣经》中的善恶主题，极大激发了读者对该问题的思考和探索。

有关《圣经》"爱与牺牲"的主题，在法国伟大的浪漫主义作家雨果的代表作《悲惨世界》中有较集中的体现。这部小说自始至终都贯穿着《圣经》中"舍己爱人"的思想主线，全书开头出现的米里哀主教这一形象，可看作基督教"仁慈""博爱"这一主要价值观最直接具体的体现，正是借着他，我们真切体会到基督精神的伟大和神圣，体会到宗教之实质与内核；也正是借着他，冉阿让才有了由罪犯到圣者的转变，他是在米里哀主教"爱"的光辉影响下觉醒并得救的。此后，主人公冉阿让的一生，无时无处不在实践体现着这样一种"爱"的精神。雨果曾说：基督教"开宗明义就向人们指出：生活有两种，一种是暂时的，一种是不朽的；一种是尘世的，一种是天国的。它还向人指出，就像他的命运一样，人也是二元的，在他身上，有兽性也有灵性，有灵魂也有肉体"。[1]

20世纪西方文学在现代神学观念的影响下，将《圣经》的主题和故事进行了有趣的重新糅合。许多西方作家为自己的作品选择了"福音书叙事"，即将《圣经》主题进行移植或重构，如《圣经》的"神召"主题之于乔伊斯，"堕落"主题之于加缪，"审判"主题之于卡夫卡，"受难"主题之于福克纳。这些作家意识到人类必须重新找回信仰，也意识到传统信仰的荒诞，试图在反抗这种信仰的荒诞中，重新划定信仰的位置。

《等待戈多》是荒诞派戏剧的代表人物贝克特的代表作，该剧很明显地把《圣经》中盼望与救赎的主题与当代西方人类的荒诞处境联系了起来。在《圣经》中，有关弥赛亚的盼望从旧约时代起就与以色列民族的复兴联系在一起，先知们预言在某一合适的时机，上帝将派遣其膏立的弥赛亚前来拯救犹太民族，因而对弥赛亚的等待成为犹太民众的永恒期望，但弥赛亚并未降临。犹太人以上帝的特选之民自居，然其几千年经历的却是无尽的苦难，这一民族所遭受的深刻的文化与历史悖论恰好与当代人类的境遇相契合，因而贝克特在《等待戈多》中所塑造的现代寓言，既有深厚的历史文化感，又有直接的现世批判精神。在该剧中，流浪汉一再落空的等待不仅演绎了犹太民族对救世主弥赛亚的无望期待，同时也从根本上浓缩与反映了整个人类存在的困惑和自我危机。

二、《圣经》故事和人物原型对西方文学的影响

《圣经》故事对西方文学的影响主要体现在两个方面：一方面，一些作

---

[1] （法）雨果：《论文学》，柳鸣九译，上海译文出版社，1980年版，第26至27页。

家以《圣经》故事和人物原型为题材进行创作；另一方面，一些作家，尤其是近现代作家，将《圣经》故事、人物原型进行改编、挪用，创作出别具一格的文学作品。这两类作品在西方文学中出现的范围之广、跨度之大，足见《圣经》故事对于西方人精神世界的影响。

以《圣经》故事为题材直接进行创作的最典型代表是英国资产阶级革命时期的最杰出的诗人约翰·弥尔顿和王政复辟时期伟大的散文家、小说家约翰·班扬。弥尔顿创作的史诗《失乐园》《复乐园》和诗剧《力士参孙》都取材于《圣经》，不仅人物取材于旧约《圣经》，连许多情节和词句也和《圣经》颇多类似，他的一些精彩的十四行诗也运用了不少《圣经》典故。但是弥尔顿不是简单地重复挪用《圣经》中的人物、故事和语言，而是借用《圣经》中的热情和幻想来抨击时政。而班扬出身贫寒，除了读《圣经》外，几乎没有受过什么教育。王政复辟时期，他由于清教徒宣传活动而被捕。陪伴他十二年狱中生活的有两本书，一是詹姆士一世的钦定本《圣经》，一是福克赛的《殉教者书》。由于这两本书的启示，加上清教徒的热情，班扬在狱中写下《天路历程》这部杰作。作者在此书的开篇指出："我是不是怕说《圣经》，它的风格和箴言压倒一切的智慧聪明，在它里面充满了这些东西——隐蔽的人物、譬喻？然而就从这本书里发出那荣光，一道道的光线，使我们最黑暗的夜晚变成白天。"[1] 许多重要的《圣经》人物如以诺、亚伯拉罕、雅各、约瑟、摩西、大卫、所罗门、参孙、押沙龙、撒旦、耶稣、犹大等在《天路历程》中都提到过，作者在书中直接或间接引用《圣经》中的话有三百八十多处，至于《圣经》中的典故更是俯拾即是，如罗得的妻子变成盐柱，以扫为了红豆汤把长子的名分卖掉等。

19世纪初期英国浪漫主义诗人拜伦，也是个常以《圣经》为题材创作的作家，如其创作的作品《该隐》《耶弗他的女儿》《希伯来旋律》。诗剧

---

[1] 班扬：《天路历程》，西海译，上海译文出版社，1983年版，第11页。

《该隐》取材于《创世记》该隐杀弟这一故事。这个情节记载在"创世记"第4章第1至16节，仅有70行左右，但是拜伦以此创作的诗剧却长达两千多行。剧情和《圣经》上记载的基本一致，但拜伦赋予了它们新的含义。据《圣经》的记载和基督教的传统看法，该隐应是人类历史上第一个杀人犯，第一大罪人。可是拜伦在他的剧中却一反传统观念，把该隐描写成反抗上帝、追求真理的英雄，即是一个从质疑上帝的至善到认识上帝的自私、到坚决反抗上帝的专横的叛逆者和革命者，与柔顺的亚伯形成了鲜明的对比。在这部激烈反对上帝的诗剧里，包含着拜伦对基督教传统伦理道德的批判，即否定上帝的神通，也就是颠覆既定的成规和道德观念。拜伦认为，即使是每个人都遵从的伦理道德也不见得就是合理的，因而，人要尊重自己，不束缚个性，不盲从他人，不轻信权威，不囿于传统。他主张揭穿虚伪，反抗压抑，蔑视传统，反叛权威，质疑神圣，解构成规，夺取自由。这既是诗剧中该隐的伦理道德观，也是拜伦式的道德见解。在基督教仍占主导地位的时代，拜伦公然称颂该隐这一反面人物，还隐藏着重要的政治意义，即包含了作者对当时的宗教社会的反叛，以及那种目的在于加强人对于现状和命运屈从的宗教神话的抗议。

　　德国狂飙突进运动的领袖歌德是伟大作家中最反对宗教迷信的，但他创作《浮士德》时，却模仿和借用"约伯记"的故事写了《天上序曲》，并让主人公浮士德在翻译"约翰福音"时把"太初有道"译成"太初有为"，以表现日耳曼民族的实干精神。在写到全剧的结尾处，他不得不借用《圣经》的图景和意象来做结束。歌德曾说："得救的灵魂升天这个结局是很难处理的。碰上这种超自然的事情，我头脑里连一点儿影子都没有，除非借助于基督教一些轮廓鲜明的图景和意象，来使我的诗意获得适当的、结实的具体形式，我就不免容易陷到一片迷茫里去了。"[1]

---

[1] ［德］爱克曼：《歌德谈话录》，朱光潜译，人民文学出版社，1978年版，第244页。

美国著名作家福克纳的长篇小说《押沙龙,押沙龙!》被誉为20世纪最伟大的作品之一,该书的书名直接来源于旧约《圣经》,而内容上则与《圣经》的有关故事、人物原型有颇多的暗合。旧约《撒母耳记下》记载了大卫王的儿子押沙龙有一个名为他玛的美貌的妹妹,而大卫王的另一个儿子暗嫩爱恋并强奸了他玛。押沙龙知道后决意为妹妹报仇,寻机杀了暗嫩,押沙龙自己也只得亡命他乡。后来押沙龙阴谋篡位,兵败而亡。大卫王闻听此讯,心里伤悲,上城门楼去哀哭,边走边喊:"我儿押沙龙啊!我儿,我儿押沙龙啊!我恨不得替你死,押沙龙啊,我儿,我儿!"[1]。《押沙龙,押沙龙!》这部小说暗中套用了《圣经》的人物原型,并将萨德本家族的故事与《圣经》中大卫王的故事遥相呼应,在小说中,萨德本与大卫王、亨利与押沙龙、邦与暗嫩、朱迪恩与他玛之间平行对应,交叠闪现,再现了英雄、弑兄、乱伦与救赎等诸多故事原型,获得了奇妙的艺术效果,堪称西方文学中改编和挪用《圣经》故事和原型的经典之作。在这部小说中,主人公萨德本与大卫王的形象如同出一辙,两者具有许多的共同点,其中最神似之处是他们都出身卑微,但心怀大志,通过自己的不懈努力构建心中的蓝图,体现了神话般的英雄原型的特点。作者福克纳在这部作品中使用《圣经》原型,决非故弄玄虚,而是将此作为一种对比原则、一项批判标准及一个参照系,影射了人类社会中存在的问题,使悲剧的根源和小说的主旨一目了然。对福克纳而言,挪用《圣经》原型是为了更好地刻画人物,更好地描写人物自身及人物与社会之间的冲突。这部作品对《圣经》原型的运用,使小说上升到神话的高度,赋予自身以张力,并极大地丰富了作品的思想内涵。

美国20世纪小说家约翰·斯坦贝克的小说也融合了众多的《圣经》故事与人物原型。1902年2月,斯坦贝克生于美国加利福尼亚的塞利纳斯一

---

[1] "撒母耳记下"18:33。

个虔诚的基督教徒之家，他对《圣经》故事的深刻领悟，得益于家庭的熏陶。在他所创作的一些小说中，人物形象与《圣经》中的原型非常相似。例如，在其名著《愤怒的葡萄》中，主人公吉姆·凯绥（Jim Casy）和耶稣基督（Jesus Christ）的姓名缩写完全一样，如同耶稣带领十二门徒为拯救人类脱离苦难而四处传道那样，作为牧师的凯绥与乔德家十二位成员一道，西行去加利福尼亚追寻幸福的生活。小说描写凯绥像基督一样充满爱心，为了苦难的人民不惜牺牲自己的生命。在遇害之前他对那两个打算杀害他的人说："你们不知道你们在干什么？"这与基督遇难之前所说的话——"父啊，赦免他们！因为他们所作的，他们不晓得。"[1]非常相似。又如，斯坦贝克在其小说《伊甸之东》中塑造的人物凯西与伊甸园里的蛇非常相似。凯西与蛇一样，是诱惑人的邪恶的代表。凯西的长相很像蛇，她的眼睛扁平，嘴巴突出，嘴角微微上翘，吃东西时舌头不停地舔双唇。她额头上的疤痕使人联想到《创世记》第3章中上帝对蛇的诅咒，即"女人的后裔要伤你的头"[2]。当她肚子贴地、满嘴是泥地爬向特斯克农场时，旧约中上帝对蛇所说的话仿佛在她身上得到应验："你必用肚子行走，终身吃土。"[3]还有在他的另一部中篇小说《人鼠之间》中，不得已杀死好友莱尼的乔治与《圣经》中的该隐也很相似，该隐因杀死其亲兄弟饱受痛苦，而乔治也遭受与该隐同样的命运。

三、《圣经》典故对西方文学的影响

英语世界中的典故主要来源于《圣经》、希腊罗马神话以及莎士比亚等文学巨匠的作品，这些典故好比汉语中的成语以及引用传统典籍中的章句

---

1 "路加福音" 23:34a。
2 "创世记" 3:15b。
3 同上，3:14b。

一般，成为西方人使文章表述简洁、意义隽永的语言手段。而来自《圣经》中的典故，包括其中的人物、地点、事件、隐喻、警句等，占据了其中很大的一部分，已成为西方文学作品中的通用代码，承载了在以《圣经》为载体的基督教教义影响下形成于作者意识中的善恶观、价值观，具有言简意赅的表意与象征功能。如果说，不了解孔孟老庄思想就无法真正阅读中国古代文学作品，那么，如果不了解《圣经》典故，在阅读西方文学作品（甚至包括一些非虚构、新闻类作品等）时，就会遇到重重障碍。概而言之，《圣经》对西方文学的影响不仅体现在主题、故事等宏观层面，也体现在遣词造句的微观层面。

为了简要起见，除了直接引用《圣经》中的章句，我们将英语文学中的《圣经》典故分成以下几类：人名典故、地名典故、仪节典故与警语典故。

（1）人名典故：《圣经》中有众多人物形象，他们的性格千差万别，寓意丰富多彩，这些人物的特点已经超越了时代的禁锢而被抽象成为类型化人物的代表，其名字成为英语的正式习语或典故，被人们广泛使用。比如，Cain（该隐，亚当夏娃的长子）常喻骨肉相残者，杀人犯；Esther（以斯帖）常喻巾帼英雄，女中豪杰；Israel（以色列）喻与神角力而取胜的人；Samson（参孙）喻大力士；Judas（犹大）喻叛徒等。

（2）地名典故：Eden（伊甸园）喻乐园、天国；Babel（巴别）喻混乱；Cities of David（大卫城）喻保障，坚强的后盾；Jerusalem（耶路撒冷）喻圣城，巩固之处；Rehoboth（利河伯）喻康庄大道等。

（3）仪节典故：基督教的礼仪因教派不同而有所不同。天主教和东正教都认为有七桩圣事：分别是洗礼（Baptism），坚振（Confirmation），告解（Confession），圣餐（Holy Communion），终傅（Extreme Unction），圣职（Ordination）和婚配（Matrimony）。人们常常用其中的 Baptism 喻指"初次经历"。有趣的是，"洗礼"一词，在中文中成了"熏陶、磨炼"的代称。

（4）隐喻警语典故：这类典故更是与英文行文水乳交融。Daniel in the Lion's Den（狮坑中的但以理）喻真金不怕火；Respect of persons（待人有偏心的人，按外貌取人）喻谄媚富贵；Salt of the Earth（世上的盐）喻社会的中坚；Voice in the Wilderness（旷野的呼声）喻劝人走正路。

在运用《圣经》典故方面，莎士比亚做出了重要的贡献。作为西方文学史上的巨匠，他为英语文学奠定了深厚的根基，甚至在一定程度上塑造了现代英语。他的作品不光在宏观上体现了《圣经》主题，在微观上也交织着对《圣经》典故的巧妙运用。莎士比亚出生在一个宗教家庭，接受了新教的洗礼，在孩提时代就开始吟颂《圣经》。这种《圣经》文化教育，为他在随后的创作中汲取《圣经》养料打下了牢固的基础。由于莎士比亚谙熟《圣经》，因此在他的作品中，《圣经》典故俯拾即是，而伴随着对这些典故的运用，其作品的语汇大大丰富，修辞也越发工巧，文思亦随之升华。关于莎士比亚作品与基督教及《圣经》的关系，早已为西方学者们所关注。美国学者樊戴克曾经做过统计，莎士比亚的每一出戏剧引用《圣经》的平均数是14次。他所创作的剧作常常由于恰到好处地运用《圣经》典故，而使人物形象更加形神兼备，情趣盎然，产生韵味无穷的艺术魅力。在《威尼斯商人》中，夏洛克因安东尼奥放债不收利息，致使自己压低了高利贷利息，而视其为眼中钉、肉中刺。在第一幕第三场，夏洛克狡猾地借用"创世记"中的典故[1]为自己诡辩，神气活现地表现出为赚钱而不择手段的极度贪欲，暴露出他希望金钱"像母羊生小羊一样地快快生利息"的深层心态。就这样，莎士比亚通过巧妙运用《圣经》典故，揭示、突出了人物的性格特征。

19世纪英国小说家夏洛蒂·勃朗特的小说创作也深受《圣经》的影响，其名著《简·爱》引用《圣经》典故与习语达60次以上。这部小说虽然写

---

[1] 参见"创世记"第30章的"雅各和拉班定工价"。

的是近代人的日常生活,无意于宣传教义,但无意中随处流露基督教的意识。女主人公简·爱的思想言行多依《圣经》指示,如在劳渥德学校蔬菜淡饭都吃不饱时,就引用旧约《圣经》"箴言"第15章第17节的经文:"吃素菜彼此相爱,强如吃肥牛彼此相恨。"在小说第26章中,简·爱得知了罗契斯特的疯妻子伯莎·梅森的存在后,她这样描述自己的心情:"我的希望全都破灭了——一夜之间降落在埃及地所有头生子身上的那种不可思议的命运袭击了我。"[1] 这里提及的"头生子的命运",这一典故出自旧约"出埃及记"第12章第29节,原文是关于上帝为救以色列人出埃及而施行神迹,击杀了埃及人的头生子,使得埃及法老愿意放以色列百姓离开。[2] 当简·爱面临爱情的歧路时,约翰牧师要求她同去印度传教,她忽然听到远方人的呼唤"简,简,简!"那是远在异乡的罗契斯特的声音,犹如童年时的撒母耳三次听到上帝的呼声一样,[3] 她便听从这爱的心灵呼唤去寻找生死不明的罗契斯特,并且嫁给了他,因为这时罗契斯特的疯妻已经死了。小说全书的结尾歌颂了约翰牧师的牺牲精神,他为传播福音而去了遥远的印度,终生不娶,作者以新约的结尾为小说的结束语:"阿门;就这样来吧,主耶稣!"[4]

前文提到的美国小说家斯坦贝克的小说《愤怒的葡萄》更是从标题上就体现出《圣经》典故的强烈影响。在《圣经》中,"葡萄"一词包含着多层的象征意义,其中之一是象征着主耶稣的子民。在新约"约翰福音"第15章"主是真葡萄树"中,耶稣对民众布道说:"我是真葡萄树,我父是栽培的人。凡属我不结果子的枝子,他就剪去;凡结果子的,他就修理干净,使枝子结果子更多。现在你们因我讲给你们的道,已经干净了。你们

---

[1] 夏洛蒂·勃朗特:《简·爱》,祝庆英译,上海译文出版社,1980年,第388页。
[2] "出埃及记"12:29:"到了半夜,耶和华把埃及地所有的长子,就是从坐宝座的法老,直到被掳囚在监里之人的长子,以及一切头生的牲畜,尽都杀了。"
[3] 参见"撒母耳记上"3:1—9。
[4] 夏洛蒂·勃朗特:《简·爱》,祝庆英译,第596页。

要常在我里面，我也常在你们里面……我是葡萄树，你们是枝子；常在我里面的，我也常在他里面。"[1] 由此可见，在新约中，耶稣把自己比喻成是一棵"真葡萄树"，而跟随他的苦难的民众——他的子民，则是"葡萄树"的"枝子"。斯坦贝克把《圣经》中"葡萄"的这层隐喻涵义用到他的小说《愤怒的葡萄》中，用"葡萄"为题，象征成千上万受尽压迫的劳苦大众，可谓是独具匠心。除了上述意义，"葡萄"在《圣经》中还象征着丰饶和希望。据旧约"民数记"第13章的记载，上帝赐以色列民以福地迦南，摩西派使者前去查探，说：

"你们从南地上山地去，看那地如何？其中所住的民是强是弱，是多是少，所住之处是好是歹，所住之处是营盘是坚城。又看那地土是肥美是瘠薄，其中有树木没有？你们要放开胆量，把那地的果子带些来。"那时正是葡萄初熟的时候。……他们到了以实各谷，从那里砍了葡萄树的一枝，上头有一挂葡萄，两个人用杠抬着，又带了些石榴和无花果来。因为以色列人从那里砍来的那挂葡萄，所以那地方叫作以实各谷。

过了四十天，他们窥探那地才回来。到了巴兰旷野的加低斯，见摩西、亚伦并以色列的全会众，回报摩西、亚伦并全会众，又把那地的果子给他们看。又告诉摩西说："我们到了你所打发我们去的那地，果然是流奶与蜜之地，这就是那地的果子。"[2]

而在《愤怒的葡萄》中，斯坦贝克把《圣经》中"葡萄"所蕴含的"丰饶"和"希望"的意义非常巧妙地借用到作品中。30年代的美国，现代工业化耕作夺走了佃农们的饭碗，把他们赶出了家园。无家可归的破产农

---

1 "约翰福音" 15:1–5。
2 "民数记" 13:17–27。

民便把盛产葡萄的加利福尼亚当作希望之乡。在俄克拉荷马的破产农民心中，盛产葡萄的加利福尼亚便成了他们的福地迦南。在这里，"葡萄"代表了俄州破产农民心中所向往的西部的幸福美好的生活，象征着他们去加州谋生的希望和开拓新生活的梦想。同时，对"葡萄"之乡的憧憬，也成为他们不辞辛苦、千里跋涉的动力。

第二节 《圣经》的文学性

《圣经》虽然是犹太教和基督教的宗教圣典，但其本身具有不可估量的文学价值。如果说旧约体现了古代希伯来文学的成就，那么新约则体现了希腊化时代犹太文学的特色。《圣经》著作本身包含着丰富多样的文学体裁，例如在旧约中，"约伯记"是一部开头和结尾由散文构成、中间是诗歌对话体的著作，通常被视为戏剧；[1] "列王纪上下""历代志上下"是犹太历史书；"雅歌"是情歌；"箴言"是智慧格言的汇编；"创世记"和"出埃及记"是犹太的神话和先祖传说。在新约中，"福音书"是关于耶稣生平和教导的叙事作品，"使徒行传"是有关耶稣的门徒和早期教会使徒事迹的记载，"保罗书信"和"公普书信"则是书信体的文学作品，"启示录"是罗马帝国统治时期的犹太启示文学作品。以下，我们将从《圣经》中不同的文学体裁入手，分析它作为西方最重要的文学经典之一所具有的文学与美学特性。

一、《圣经》中的叙事文学

在旧约《圣经》中，有超过三分之一的篇幅是由叙事作品构成的，这些叙事著作具有很高的文学价值，堪称世界文学宝库中的一流珍品。但在

---

[1] 西方学者有分别将《约伯记》看作悲剧、喜剧以及游走于悲喜剧之间的看法。

传统的《圣经》研究中，对于《圣经》叙事的文学研究却长期处在边缘位置，大多数《圣经》学者都把精力导向神学研究和历史研究，诸如历史批评范式下的来源批评、编修批评、形式批评、文本批评等，对于《圣经》文学特性的研究受到忽略。20世纪上半叶以来，伴随着《圣经》文学范式研究的形成与发展，对于《圣经》叙事文学的研究也受到较大的关注。

在旧约书卷中，以下著作几乎都属于叙事作品："创世记""约书亚记""士师记""路得记""撒母耳记上下""列王纪上下""历代志上下""以斯拉记""尼希米记""以斯帖记""但以理书""约拿书"和"哈该书"。此外，"出埃及记""民数记""耶利米书""以西结书""以赛亚书"和"约伯记"也都含有大量的叙事部分。而在新约中，四福音和"使徒行传"也多半属于叙事著作。"故事"一词，容易让人和"虚构小说"画上等号，因此一般的《圣经》学者喜欢将《圣经》的叙事作品称呼为"叙事体"。《圣经》叙事体，即是以故事的形态来呈现历史和神学。近年来，甚至有神学家从故事层面来研究神学，称为叙事神学（Narrative Theology）。根据亚里士多德的理论，一则完整的故事应包含三个部分：怎样开始？中间发生了什么？如何结尾？对应此理论，《圣经》开始于神对世界的创造和对人的计划；中间部分是神对堕落人类的救赎史；最后，结束在神对人类的审判和天地的更新。除了这一点，亚里士多德又说："事件的组合是成分中最重要的。"[1] 这是说明组成故事的相关事件，彼此间常具有因果的关系。而结构布局的核心，正是一切事件所环绕的中心冲突。若从这一角度来看，《圣经》中的事件都是围绕善与恶的不断冲突而展开的。作为叙事体的另一特色是角色的互动，对此，《圣经》也充满这一特质，特别是通过对对白的充分运用，展现角色间的互动关系。此外，叙事体还有一项特性，就是充

---

[1] "事件的组合"即指情节，引文见亚里士多德的《诗学》，陈中梅译，商务印书馆，1996年版，第64页。

满日常生活的具体经验，而非抽象命题；而《圣经》也经常借助具象的生活场景、角色描写和结构布局，让所要阐述的神学意义得以被形象地表达。

《圣经》的故事叙述具有两个方面的特点：一方面非常写实，例如，一碗红豆汤可以决定两兄弟的一生、甚至两个民族的命运；而另一方面，它又充满神秘的浪漫特质。例如，超自然的神迹、争战、冒险、屠龙英雄等。这些都是现代奇幻小说的特色，而《圣经》故事也含有这样的内容，因为《圣经》的真正主角是超越一切的神。此外，叙事作品中人物角色所面对的抉择，是使故事跌宕起伏和读者产生新奇感不可或缺的因素。纵观《圣经》著作，几乎每个故事都是关乎人类转向神或背离神的选择。人类这种在道德和属灵上的抉择，构成了《圣经》故事的核心。除此之外，一般故事的情节发展都是围绕着主角进行，《圣经》亦然，可以说，上帝乃是整本《圣经》文本最中心的角色。从上述这些方面来看，《圣经》实在具有叙事文体的各种特色。而从故事角度描写和诠释《圣经》，可能会比从神学和历史角度，更贴近读者的生活。对于他们而言，《圣经》所记载的生动的故事，不只述说了远古的事迹，更是描述了人类身边的日常事件，读者可以从中获得适用的人生经验。

在旧约《圣经》中，尤以"创世记"在叙事特色上著称，展现出当时希伯来文学的风貌。"创世记"首先具有叙事语言简约凝练、意蕴深厚的特点。现代的叙事作品为了追求故事的完美，情节的曲折，常常使用夸张、变形或者晦涩的叙事语言来讲述故事。但是在"创世记"中，它擅长运用简洁明白的语言，常常按照事件的本来面目进行叙述，不刻意进行描写，不有意改变叙事的顺序，不揭示人物的内心意识活动，也不作肆意的渲染和铺排。但是，这种质朴简练的叙事语言并没有削弱故事的内在魅力，实际上，它是通过一种还原了日常面貌的语言来浮现事件本身的模样，形成毫不雕琢的叙事特色。有学者将包括"创世记"在内的希伯来《圣经》叙事著作概括为一种"缺省"的艺术,即指的是古代犹太民族善于用最简练的语言、最精要的叙事方式来表述故事最核心的内容,并以此省略不直接相关的情节和人物的心理活动,"亚伯拉罕献以撒"的故事即是这方面的典范之作。

其次,"创世记"叙事语言的另一个特色是它的对话。在人类所有的早期叙事作品中,对话是最富有生机活力并且流行的叙事策略,在此基础上形成的对话型的叙事风格,其最大的意义不仅在于作为口头文学的记录,更重要的是它作为原初的叙事,真正地体现了语言的生命力。

以下,我们以"创世记"25:27–34的故事为例,检视旧约《圣经》用来描写对话的叙事技巧。

> 两个孩子渐渐长大,以扫善于打猎,常在田野;雅各为人安静,常住在帐棚里。以撒爱以扫,因为常吃他的野味;利百加却爱雅各。
>
> 有一天,雅各熬汤,以扫从田野回来累昏了。以扫对雅各说:"我累昏了,求你把这红汤给我喝。"因此以扫又叫以东("以东"就是"红"的意思)。雅各说:"你今日把长子的名分卖给我吧!"以扫说:"我将要死,这长子的名分于我有什么益处呢?"雅各说:"你今日对我起誓吧!"以扫就对他起了誓,把长子的名分卖给雅各。于是雅各将饼和红豆汤给了以扫,以扫吃了喝了,便起来走了。这就是以扫轻看了他长子的名分。

在上述极短的篇幅内,作者灵活运用了四种不同的叙事技巧,使故事鲜活生动起来。首先,作者运用回顾的长镜头方式,交代了这一故事的家族背景。以扫、雅各兄弟角色性格的鲜明对比,很自然地将故事情节带进以下的激烈冲突里。接着,经文呈现的父母偏心、兄弟相争的情形,更是读者日常生活再熟悉不过的。然后,叙事者的焦距拉近,镜头对准了那锅"红汤",并来个大特写:一锅汤竟成了雅各算计兄长以扫的利器。在这里,我们看到《圣经》故事里最写实的一面。紧接着，作者以直接对白的叙事方式，生动呈现了角色的性格和冲突。我们听到以扫粗俗的言语，以及发出的"我累昏了"的哀鸣，但读者对他自然不表同情。与此同时，雅各斤斤计较、精打细算的个性，也从"买卖"和"起誓"等对话显露无疑。雅各对以扫的这些要求是以命令的语气发出的，这也凸现了雅各善于利用兄弟的弱点来算计他、毫无爱心的人格缺陷，这同样不能引起读者的同情。

通过以上的对话描写，我们看到，以扫是个为肚腹而活、没有明天的人，他完全不在乎属灵福气的价值，因此，较之阴险、奸诈的雅各，似乎更不获作者本人的青睐。因为，作者在文中以嘲讽的笔法告诉读者，这就是他又被称为以东（红的意思）的原因。在这个故事的结尾，作者更是罕见地使用了"明显诠释"的写作手法，作为结语，点出以扫轻视自身长子的名分。这句经文也凸现了本故事的冲突中心在于长子名分的争夺，在这段极为简洁的文本里，"长子的名分"竟连续出现了四次之多，很轻易地可看出作者的神学用意所在。在这个故事中，作者以短小的篇幅，通过人物之间简洁的对话，将雅各置于中心位置，积极发动攻势，而使以扫处于被动的抉择地位。目光短浅的以扫，根本不是对手，短短的六节对话部分的经文就形成大逆转，并深深影响了两兄弟的命运。作者运用如此简洁的笔墨，却塑造了一个犹太族长时期的关键性故事，其精湛的叙事才能令人称道。

而在新约《圣经》中，"四福音书"更是集中地体现了《圣经》叙事艺术的精华。从叙事学的角度看，福音书运用了诸多现代叙事学的策略，最典型的是对"多角度"叙事策略的应用。什么是"多角度"叙事？简单说来就是不同的叙事者，从不同的角度来叙述同一个故事，尽管这些不同的叙述部分之间往往没有情节上的连贯性，且会出现一些内容上的重复，但是它们之间相互补充的关系塑造了这同一故事的完整性。"多角度"的叙事手段在新约的"四福音书"（"马太福音""马可福音""路加福音"和"约翰福音")中得到了很好的应用。"四福音书"都记载了耶稣早期传道、行神迹及死后复活的事,但它们是由马太、马可、路加、约翰四个门徒从自己的视角分别记述的,其中前三部福音书在内容和结构上非常相似,被称为"符类福音"。尽管如此,它们仍然各有侧重。"马太福音"与"路加福音"均强调了耶稣的家谱和童年经历,这对另外两部福音书来说是一个补充。此外,"马太福音"注重对事实的客观描述,而"路加福音"则擅长用比喻对人物性格及事件进行颇具文学色彩的描述。"马可福音"着重记载了耶稣作为"上帝的仆人"在治病救人及传道过程中的种种事迹。"约翰福音"则最富哲理性,它侧重于确立耶稣作为神子的救世主地位及其对人的教化作用。将这四部福音书并列在一起阅读,它们就为我们呈现了一个完整的耶稣形象:他既是圣灵化身的神子,又是"体恤人之软弱,愿意与人相同"("希伯来书"4:15)的人子;他既是高高在上的"犹太人之王"("马太福音"2:2),又是为人祛病解忧、传说布道的上帝的仆人。历代读者对于耶稣这一多层面形象的接受和理解,正是基于"多角度"叙事方法所构造出的效应。福音书通过不同叙事者叙述内容上的相互补充,为读者呈现出一幅更为全面的耶稣的画像。

　　除了达到叙事的全面性与完整性之外,"多角度"叙事在《圣经》著作中还起到了加强说教的真实性和确定性的作用,这恰恰有助于实现《圣经》本身的教化目的。设想如果福音书只有一部,那么读者或许会质疑耶稣的诸多事迹是否为叙事者凭空捏造的,但是四位门徒的重复而多向度的声音呈现无疑加强了福音内容的真实性和可信度。作者马太、马可、路加及约翰在叙述过程中虽然各有侧重,但作为耶稣言行的见证者和记载者,他们在叙事过程中表露的对耶稣无限崇拜和敬仰的态度却是一致的。概而言之,四位作者反复讲述耶稣事迹的目的都是为了展现耶稣基督的神圣与伟大,传达上帝的福音。通过"四福音书"叙述内容的诸多重复,我们可以看到,

《圣经》本身的目的在于向读者宣称有关耶稣基督的"真理",其核心内容即耶稣基督是降身为人、替人类赎罪的神的独生子,也是神的爱的具体体现,因此信仰与跟随耶稣就能获得救赎,得着永生的盼望。"四福音书"的"多角度"叙事就是围绕着基督教这一核心的教义展开的。

综上可见,《圣经》对"多角度"叙事的应用是与内容上的"重复性"相结合的,换言之,对于同一故事,各叙述者之间保持一种相辅相成的和谐关系,即使叙述细节有所出入,也不会构成本质性的冲突,福音书即是很好的例证。这种叙事手段不仅保证了故事内容呈现的全面性与完整性,而且也加强了文本在读者眼中的真实性和可信度。

二、《圣经》的诗歌文学

在《圣经》中,诗歌具有十分重要的地位。《圣经》著作中以诗歌为体裁的经书,占据《圣经》五分之一的篇幅,此外,其他不少的经卷也穿插了大量的诗歌,总的来说,诗歌形式的著作总量超过《圣经》的四分之一,具有极高的文学价值。在旧约中,共有六篇可以被称之为诗歌的著作,它们要么全部是诗歌,要么是由文学性的散文和诗句共同构成的,分别是"诗篇""箴言""耶利米哀歌""雅歌""约伯记"和"传道书"。在这些著作中,"诗篇""耶利米哀歌"和"雅歌"是完整的诗歌;"约伯记"主要由诗歌构成,只是其序言和尾声是散文的体裁;"箴言"是诗歌的格言形式,其表达的内容是实用性、切合生活的哲理;"传道书"里有大量美丽的诗歌以及智慧格言;"雅歌"是对话体的情歌。

除了以上六部著作,在有关历史性描写的旧约书卷中,有许多用诗歌来叙述的故事,用以颂赞历史事件。例如,"出埃及记"描写了摩西带领以色列人过红海之后,立即就出现了颂赞上帝的抒情诗歌,即摩西和米利暗的颂歌(见"出埃及记"15:1–21)。女先知底波拉和巴拉领导以色列人,在战败迦南王耶宾的将军西西拉之后,作了一首战争颂诗,这段诗歌通常被称为底波拉和巴拉的颂歌(见"士师记"5:1-31)。"撒母耳记下"在记载了扫罗和约拿单死在非利士人手里的事件之后,紧接着就出现了一首大卫所作的感人的哀歌:

歌中说:以色列啊,
你尊荣者在山上被杀。
大英雄何竟死亡!
不要在迦特报告,
不要在亚实基伦街上传扬,
免得非利士的女子欢乐,
免得未受割礼之人的女子矜夸。
基利波山哪,愿你那里没有雨露,
愿你田地无土产可作供物,
因为英雄的盾牌,在那里被污丢弃。
扫罗的盾牌,仿佛未曾抹油。

约拿单的弓箭,非流敌人的血不退缩。
扫罗的刀剑,非剖勇士的油不收回。

扫罗和约拿单,
活时相悦相爱,死时也不分离。
他们比鹰更快,比狮子还强。
以色列的女子啊,当为扫罗哭号。
他曾使你们穿朱红色的美衣,

>   使你们衣服有黄金的妆饰。
>   英雄何竟在阵上仆倒!
>   约拿单何竟在山上被杀!
>   我兄约拿单哪,我为你悲伤!
>   我甚喜悦你,
>   你向我发的爱情奇妙非常,
>   过于妇女的爱情。
>
>   英雄何竟仆倒!
>   战具何竟灭没![1]

  这首哀歌,虽然篇幅不长,但是情真意切,言辞优美,世界文坛上或许只有少数的挽歌可以与之媲美。

  在旧约的先知书中,这些著作融合了散文和诗歌的体裁,并将预言性的历史、雄辩的演讲以及诗歌性的颂赞交织在一起。先知们写下了上帝的预言,以满怀激情的华丽辞藻和卓越雄辩的平稳话语,训斥、恳求、谴责和安慰当时任性刚愎的以色列百姓,可以说,在其被上帝默示的文学作品中编织进诗歌的抒情旋律,形成了一种在世界的其他文学中闻所未闻的文学风格。具体而言,在"以赛亚书"中,前39章是散文和诗歌的混合,第40至66章几乎全部都是诗歌;"耶利米书"的第1至31章和第46至51章是散文和诗歌相互交错;在"以西结书"和"但以理书"中有几处诗歌。而在小先知书中,同样也是全部或部分地由诗歌构成的,只有"哈该书"和"玛拉基书"是纯粹的散文。在这些先知著作中,以色列的先知们运用抒情诗歌崇高而激烈的措辞,抑扬顿挫地表达了自己热烈的情感,甚至是

---

1 "撒母耳记下"1:19–27。

愤世嫉俗的警告与批判。

"诗篇"中的诗歌可谓是抒情诗的精粹，集中反映了古代犹太民族的诗歌成就。"诗篇"共有150篇，德国著名《圣经》学者衮古尔（Gunkel）从形式批评的进路出发，将之主要分为五种类型：赞美诗（hymn）、团体的哀歌（community laments）、君王诗篇（royal psalms）、个人的哀歌（individual lament）和个人的感恩诗篇（personal thanksgiving）。除此之外，他还分出以下较小的类别：锡安之歌（pilgrim psalms，或称耶路撒冷之歌）、胜利之歌（victory songs，这部分内容与锡安之歌有重合）、团体的感恩诗篇（communal thanksgiving psalms）、故事诗篇（legend）、智慧诗篇（wisdom poetry）、典礼和对话诗篇（liturgies and dialogues）、混合型的诗篇（mixed poems）等。当然，目前学术界在衮古尔的分法的基础上，做了进一步的归类，以使读者了解"诗篇"的不同类别特性。值得注意的是，由于其中的智慧诗篇具有传统智慧教导的内容、词汇和表达方式，有些学者也将它归为智慧著作的范围。另外，解读"诗篇"应注意它和古代以色列的宗教崇拜之间的密切关系。

"箴言"是智慧格言的汇编，有着非常独特的诗歌语言，主要使用简短的平行对比和劝诫性的语言，表达出清晰明澈的真理。具体而言，主要通过同义平行、反义平行等达到其劝谕的效果。例如："多言多语难免有过；禁止嘴唇是有智慧。"（10:19）"聪明人的心得知识；智慧人的耳求知识。"（18:15）还有综合平行，例如："听劝教，受训诲，使你终究有智慧。"（19:20）在"箴言"中，拟人化的智慧常常采用独白的形式（见1:20-33；7:1-27；8:1-36），也采用十四行诗的形式（见4:10-19；9:1-18；24:30-34），以及常采用警句的形式（见23:19-21；26-28；29-35）。"箴言"的结尾部分是对"有才德的妇人"（31:10-31）的颂赞，这段经文采用离合诗的形式（每一行诗歌的字首字母是按希伯来字母的顺序排列），共有22行。

"箴言"以同义或反义平行等的诗歌形式进行教导，阐明了"敬畏耶和华是智慧的开端"的神学主旨。

"耶利米哀歌"具有独特的诗歌结构形式，是使用了子拿（qinah）韵律诗体规则的挽歌。在 qinah 韵律诗体中，每一行都有 5 个节拍，前 3 拍在每一行的前一半，后 2 拍则在后一半。首先是带着较长的渐强效果，然后就是较短的渐弱，在这过程中，悲痛之情会逐渐地到达其顶点，然后会较快地衰弱消失。"耶利米哀歌"是典范性扩展的 qinah 韵律诗体，这种韵律在第 3 章里达到了高潮，然后很快地沉降向低调，直到在第 5 章末尾结束。此外，"耶利米哀歌"作为一首离合（字母）诗，[1] 其结构错综复杂，共由 5 首诗构成，除了第 5 首，其余都采取离合诗的体裁。具体而言，第 1 首，有 22 节 3 行式押韵诗行，每节的起首字母都是按希伯来字母的顺序，依次排列下去（由 Aleph 至 Taw）；第二首，采取的是同样的方式，即共有 22 节，每节 3 行；第 3 首共 66 节，每 3 节 1 组分成 22 组，每组各节以相同的字母开始；第 4 首，也是 22 节，但每节只有 2 行。第 5 首，虽然不是字母诗，但也有与希伯来字母数目相同之 22 节，每节比前面几首的都短，是一篇祷词。作者运用离合诗的文学形式来表达感情，可以令诵诗的人因受字母词汇的限制，可以合理地控制内心的悲怆与哀痛之感。此外，这部诗作的结构非常特别，5 首诗歌中，第 1 首跟第 5 首对应，第 2 首跟第 4 首又对应，而第 3 首则是自成一格，5 首合起来就只能是一个作者的作品。[2] 这部诗作，无论是在主题的抒发，还是在结构的安排上，都代表了古代希伯来哀歌最高的文学成就。

---

1 离合诗是按希伯来文二十二个字母排列的。第一节开头用第一个字母，第二节开头用第二个字母，如此类推，二十二个字母便有二十二节。
2 第 1 首的主题是"耶路撒冷的苦境"，而第 5 首是一篇祷词，发言者是耶路撒冷，前 18 节是耶京为自己的苦景求神怜悯，后 4 节是求神施行公义与希望，两首诗歌遥相呼应。第 2 首的主题是"耶和华的愤怒"，而第 4 首则是解释神的愤怒，即耶路撒冷所犯的罪。而第 3 首，作为中间的 1 首，为全书的心脏部分，是耶利米论到自己的悲哀。

"约伯记"向来被认为是《圣经》中最有艺术性的文学作品。除了其序幕和结尾是以散文形式写作的，中间部分全部是诗体的形式，包含了约伯对自己出生的咒诅、与三位朋友之间三个回合的对话（其中最后一个回合缺少了拿玛人琐法的发问）、年轻人以利户的发言、耶和华与约伯之间两个回合的对话，诗歌的形式涉及个人的抱怨、对话、叹息生命的哀歌、内心的独白、第三者叙述的诗歌（第28章的"智慧颂"）等，以及随处可见的智慧格言，可以说几乎涵括了诗歌的所有形式，堪称是古代希伯来诗歌艺术的集大成之作。这里仅列举其中一首可被称为《圣经》中最短少也是最美丽的哀歌：

> 人为妇人所生，
> 日子短少，多有患难；
> 出来如花，又被割下，
> 飞去如影，不能存留。（14:1—2）

这首诗只有简短的两句，却淋漓尽致地道出了约伯对生命的慨叹。他似乎暂时忘却了自己的苦难，而是以一个旁观者的身份，进入对人类生命的俯瞰与审视中，看到的是生命美善，却短暂如花，随即便飘零凋落；时光流逝，又如飞影难以存留。由此，约伯发出痛切的哀悼，不仅为生命的梦幻本质而叹息，更是为人生中如影随形的苦难对上帝发出进一步的质问。

"雅歌"是《圣经》中唯一全篇采用了对话形式的诗歌，也是一首优美的东方牧歌的典范。如果说，希伯来《圣经》的基本主题是神人关系、西奈山立约传统、律法与祭司典章等，而在这部诗歌中展现的却是男女两情相悦、彼此渴慕、性爱之欢的场景。学术界的研究表明，不管犹太和基督教的解经家如何探究"雅歌"经文深层的隐秘寓意，普通读者还是不难发现和感受到文本中非神学的美。作为古代希伯来情歌的典范,"雅歌"全篇以男女对唱的情歌形式出现,既是对爱情的最高赞美,也体现了犹太民族热烈奔放的审美取向。

在"雅歌"中,大量的篇幅用于描写男女主人公之美,并呈现出由外及里、由里及外、内外沟通的独特审美特征,其具体的表现形式是以可见物作为不可见物的一种表征。这种象征方式表明,"雅歌"中塑造的男女主角不仅有生动活泼的性格、艳丽华美的外貌,而且还有心似璞玉、纯美良善的内在品质。诗作经常毫不掩饰地直言外表之美,如"我的佳偶,你甚美丽!你甚美丽!你的眼好像鸽子眼。"(1:15)"我的佳偶,你全然美丽,毫无瑕疵!"(4:7)这种对外表美的直接歌颂,反映了古代犹太民族对容貌、声音、美态等外表特征的肯定与赞美。而运用奇特的比喻来表现外表美,也是"雅歌"的另一特点。如:

> 王女啊,你的脚在鞋中何其美好!
> 你的大腿圆润好像美玉,
> 是巧匠的手作成的。
> 你的肚脐如圆杯,
> 不缺调和的酒。
> 你的腰如一堆麦子,
> 周围有百合花。
> 你的两乳好像一对小鹿,
> 就是母鹿双生的。(7:1—3)

在该段经文中,我们可以看出,对王女的赞美,是依照自下而上的顺序借用比喻的手法表现出来的:先写她的美足,再写她圆润的大腿、肚脐、腰和双乳。透过这些生动奇特的比喻、细致入微的描写,足见古代犹太人具有民族特性的丰富想象力和真切的审美感受,也充分说明他们对外表美的欣赏与赞美。

此外,"雅歌"在描写男女主人公之美时,也体现了自然美与艺术美相结合的审美旨趣。诗作中常用植物的高大、挺拔、茂盛、坚韧、柔嫩、华美等自然美的特征来展示人物的美感,如:"我的佳偶在女子中,好像百合花在荆棘内。"(2:2)"(女)我的良人在男子中,如苹果树在树林中。我欢欢喜喜坐在他的荫下,尝他的果子的滋味,觉得甘甜。"(2:3)。这些与植物相关的自然物象,表达了古代犹太人追求男欢女爱、赞美自然生命力的内在情感与精神意蕴。在这首诗歌中,作者也常借用自然界中的动物的特性与活力比喻人物之美,如:

> 听啊,是我良人的声音;
> 看哪,他蹿山越岭而来。
> 我的良人好像羚羊,或像小鹿。
> 他站在我们墙壁后,
> 从窗户往里观看,
> 从窗棂往里窥探。(2:8-9)

对一般读者而言,羚羊或像小鹿,常使人联想到荒野,甚至伴随着一种危险感,而"雅歌"却常用动物来比喻自己的情侣。从良人的角度来看,这种比喻非常自然、真实而贴切,既表征着动物与大自然的和谐,也是对美的最真诚的表白。如"雅歌"中这样写道:

> 我的佳偶,你甚美丽!你甚美丽!

> 你的眼在帕子内好像鸽子眼。
>
> 你的头发如同山羊群卧在基列山旁。
>
> 你的牙齿如新剪毛的一群母羊,
>
> 洗净上来,个个都有双生,
>
> 没有一只丧掉子的。
>
> 你的唇好像一条朱红线,
>
> 你的嘴也秀美。
>
> 你的两太阳在帕子内如同一块石榴。(4:1—3)

从上述描写可见,"雅歌"在描写人物外表时,常借用动植物的属性、形态、色泽等赞美主人公,展示他们超凡的美丽与体貌特征。犹太人这种独特的审美观是与其宗教文化背景密不可分的。作为游牧民族,他们主要生活在沙漠地区,这种特定的生存环境铸就了其对自然的依赖和深厚感情。同时,犹太人对自然美的追求也受到了其宗教观的影响。在犹太民族看来,上帝是美的本原,上帝的创造物都是美的延伸,山川、河流、沙漠、绿洲等自然景观正是美的具体表现形式。基于这些原因,"雅歌"的作者在塑造人物之美时,并非给人一种具体的感官印象,而是借助运用各种意象表达出一种笼统的整体美感,并使读者透过这些意象,在想象人物之美的同时,联想到自然物之美,由此流露出犹太民族对大自然的热爱与赞美。

三、《圣经》中的书信文学

新约《圣经》主要包含三种文体:叙事文学、书信文学和启示文学。前者包括福音书和"使徒行传",其余二十二卷都可归入书信文学,因为即使属于启示文学的"启示录",也具备明显的书信成分。自古以来,书信是人类重要的沟通媒介，在希腊罗马世界，信札多半是实用的说明文，内容包罗万象，文字朴实简练，基本结构分为起首、主体、结语三部分。新约的书信文体较接近所谓的"民间文学"，如我们可以在保罗书信中感受到当时的日常生活，倾听到信徒世俗生活的烦恼和纷争，真切地体会到作者所生活年代的社会政治处境。在这些新约书信（包括"保罗书信"和"公普书信"）中，尤以保罗的书信作品著称。在这些写给各地教会的信件中，具有希腊和犹太双重文化背景的保罗，灵活运用各种修辞技巧，以清楚明快的语言，以及充厚贯注的感情和爱心，或针砭教会存在的问题，或议论神学观点，或为解决问题而发表看法，均能做到情理兼顾。值得一提的是，保罗在书信中密集引用旧约的经文或典故，使立论更加全备精当，不论针对犹太人或希腊人，都能将真理阐明清楚。

除了保罗书信之外，雅各、彼得、约翰的书信也呈现不同的文学风格，具有极高的文学价值。而"希伯来书"更是公认的文学书信佳作，其词汇的丰富、修辞的完美、节奏的流畅、逻辑的缜密，在新约文学作品中占据前列。以下结合相关的书信作品，从三个方面分析新约书信具有的鲜明的艺术特征：

1. 生动的譬喻语言

新约书信充满各种譬喻和具体意象，使说教的语言变得自然而有生气。作者们往往诉诸丰富的想象力，以各式具体的物象或意象，激发读者的情感，起到教化与劝诫的功效。如彼得在描写假先知时，将他们称为："这些人是无水的井，是狂风催逼的雾气，有墨黑的幽暗为他们存留。……他们应许人得以自由，自己却作败坏的奴仆，因为人被谁制伏，就是谁的奴仆。……俗语说得真不错：狗所吐的，它转过来又吃；猪洗净了，又回到泥里去滚。这话在他们身上正合适。"[1] 在"犹大书"中，作者甚至一次使用九重

---

[1] "彼得后书" 2:17，19，22。

隐喻，犀利地描述假师傅的结局：

> 他们有祸了！因为走了该隐的道路，又为利往巴兰的错谬里直奔，并在可拉的背叛中灭亡了。这样的人在你们的爱席上与你们同吃的时候，正是礁石（或作"玷污"）。他们作牧人，只知喂养自己，无所惧怕，是没有雨的云彩，被风飘荡；是秋天没有果子的树，死而又死，连根被拔出来；是海里的狂浪，涌出自己可耻的沫子来；是流荡的星，有墨黑的幽暗为他们永远存留。（1:11–13）

使徒雅各也擅长使用各种比喻，如翻腾的海浪（1:6）、枯萎的花草（1:10–11）、镜子（1:23）、船舵（3:4）、点燃的树林（3:5b）、马匹（3:3）、驯兽（3:7）、水井（3:11）、云雾（4:14b）、高傲的生意人（4:13）、生锈的金银（5:3）、虫蛀坏的衣服（5:2）等，这些万古常新的比喻遍布全书，使"雅各书"具有极高的文学价值。保罗更是使用比喻、象征语言的高手，譬喻的灵活运用，使其书信中经常呈现感人至深的情感。例如，在"帖撒罗尼迦前书"和"哥林多前书"中，保罗几次使用父母的比喻，表达他细腻真挚的情怀："只在你们中间存心温柔，如同母亲乳养自己的孩子。"[1] "你们也晓得我们怎样劝勉你们，安慰你们，嘱咐你们各人，好像父亲待自己的儿女一样。"[2] "弟兄们，我从前对你们说话，不能把你们当作属灵的，只得把你们当作属肉体、在基督里为婴孩的。我是用奶喂你们，没有用饭喂你们。"[3] "你们愿意怎么样呢？是愿意我带着刑杖到你们那里去呢？还是要我存慈爱温柔的心呢？"[4] 这些表述深切地体现了保罗对各地教会如父亲般的慈爱

---

1 "帖撒罗尼迦前书" 2:7。

2 同上，2:11。

3 "哥林多前书" 3:1–2a。

4 "哥林多前书" 3:4–21。

与关怀，也透露出其对信徒归正的热切期盼。

2. 丰富的修辞技巧

除了运用各种的比喻，新约书信也蕴含了丰富的修辞技巧，诸如对比、矛盾、拟人、呼语、设问、反复、夸张、错综、层递、阶升、平行等，都能找到大量的范例。以下列举一些进行论述：

矛盾是把两个相反的意思并列，使人觉得他们不兼容，因而探求话中蕴含的精意。在保罗书信中，作者曾以一连串平行的矛盾词语，形容基督徒遭遇的荣辱：

> 似乎是诱惑人的，却是诚实的；
> 似乎不为人所知，却是人所共知的；
> 似乎要死，却是活着的；
> 似乎受责罚，却是不致丧命的；
> 似乎忧愁，却是常常快乐的；
> 似乎贫穷，却是叫许多人富足的；
> 似乎一无所有，却是样样都有的。[1]

设问是一种修辞性的提问，问者胸有成竹，并不要求答复，目的在于引起听者的注意和思索，进而同意作者的观点。在"罗马书"中，保罗曾这样设问："既是这样，还有什么说的呢？神若帮助我们，谁能抵挡我们呢？"（8:31）也有保罗自己提问后，以自答作为说明，如"这却怎么样呢？我们在恩典之下，不在律法之下，就可以犯罪吗？断乎不可！"（6:15）

呼语是作者忽然直接对他意中之物或抽象观念说话（以拟人的方式），好像那人或那物就在他面前一样，这是一种表达强烈情绪、相当戏剧化的

---

[1] "哥林多后书" 6:8–10。

修辞方式。如在保罗书信中，有一句著名的经文是保罗宣称藉着耶稣的受难与复活，信徒可以战胜"律法"的束缚与"罪"的捆绑，他由此发出这样的嘲讽："死啊，你得胜的权势在哪里？死啊，你的毒钩在哪里？"[1]

关于"平行"，若从希伯来诗歌固有的特征来看，正体现了它的三种类别。"平行"是诗歌"意念"上的一种节奏，而不是普通的韵律节奏。这一"平行"（parallelism）的概念，在1753年由圣公会的主教Robert Lowth第一次提出，他将其定义为"一个句子中两个部分的某种相似的对等。每个部分的言语互相关联，思想也在某个方面匹配"。[2] Lowth具体又把它细分为同义平行（synonymous parallelism）、反义平行（antithetic parallelism）和综合平行（synthetic parallelism）。同义平行是指第二行诗重复第一行的意思；反义平行表示两行诗之间的一种对比，在这样一种诗歌样式中，尽管两行诗是以相反的形式出现，但它们说的都是同一个事物。至于综合平行，这是对于平行而言的一种总括的种类，它不能被简单地分类为同义的或反义的，这一种类的意义是第一行创造了某种被第二行（或者是第三行）所完成的期待的意义。如前面提及，在旧约《圣经》中，"箴言"是运用平行的修辞技巧的典范作品。希伯来诗歌特有的平行体结构，在新约书信中也被经常使用，最有名的例子当属"提摩太前书"第3章16节："神在肉身显现，被圣灵称义，被天使看见，被传于外邦，被世人信服，被接在荣耀里。"

至于"错综""层递""阶升"的修辞手法，在新约书信中也常可见到。保罗就时常以累进层递的手法，将一连串文字的语气渐次提高，像阶升（climax）的修辞格一般，达至高潮。但行文若太过整齐，则流于做作，不免单调，所以为文要有错综（variation）的手法来加以中和。对于这种行文要错综的技巧，保罗擅长使用，这里以"罗马书"第8章第28至37节的

---

[1] "哥林多前书" 15:5。
[2] Roland E. Murphy, O. Carm, *Wisdom Literature & Psalms*, Nashville: Abingdon, 1983, 37.

这段著名经文为例：

> 我们晓得万事都互相效力，叫爱神的人得益处，就是按他旨意被召的人。因为他预先所知道的人，就预先定下效法他儿子的模样，使他儿子在许多弟兄中作长子。预先所定下的人，又召他们来，所召来的人，又称他们为义，所称为义的人，又叫他们得荣耀。既是这样，还有什么说的呢？神若帮助我们，谁能抵挡我们呢？神既不爱惜自己的儿子，为我们众人舍了，岂不把万物和他一同白白的赐给我们么？谁能控告神所拣选的人呢？有神称他们为义了。谁能定他们的罪呢？有基督耶稣已经死了，而且从死里复活，现今在神的右边，也替我们祈求。谁能使我们与基督的爱隔绝呢？难道是患难么、是困苦么、是逼迫么、是饥饿么、是赤身露体么、是危险么、是刀剑么？如经上所记："我们为你的缘故，终日被杀，人看我们如将宰的羊。"然而靠着爱我们的主，在这一切事上已经得胜有余了。

这段经文有"预知""预定""呼召""称义""得荣耀"五层阶升格；接着有七段修辞设问，间有答复交错；然后再累积七重短促的患难试炼，结尾急转直下引证旧约的经文，停在死亡的最高音阶；最后是作者胜利的宣告。这样一气呵成的文字，一段比一段激昂，层层逼问，理直气壮。但作者保罗不只是诉诸情感，更是流露出精辟的理趣，两者结合在一起，显示出作者书信文字的无比魅力，读来令听众热血沸腾。

3. 格言警语风格

如果说旧约的"箴言"代表了古代犹太民族智慧格言的最高成就，那么新约的"雅各书"，无论是在写作风格，还是构成警语的表述上，都非常类似"箴言"。全书除了经常出现"智慧"的神学主题，如论到智慧从神而来（1:5；3:13-17），并且如旧约智慧书，将善恶排比对照（3:13-18）。此外，在句型结构上，颇多精辟概要的短句，具有浓厚的智慧文学的格言倾向。这里列举如下：

"心怀二意的人，在他一切所行的路上，都没有定见。"（1:8）
"你们各人要快快的听，慢慢的说，慢慢的动怒。"（1:19）
"只是你们要行道，不要单单听道。"（1:22）
"怜悯原是向审判夸胜。"（2:13）
"使人和平的，是用和平所栽种的义果。"（3:18）
"人若知道行善，却不去行，这就是他的罪了。"（4:17）

第三节 《圣经》在西方文学中的表现

关于《圣经》在西方文学中的表现，总体可分为三大类：第一类作品是直接以《圣经》故事为蓝本，或添加细节内容，对描述简略的部分进行发挥、扩充，或对《圣经》故事进行改编、嫁接、引申甚至解构，体现出后现代的自由化趋向；第二类作品没有直接套用《圣经》故事，但在思想主旨上直接受到《圣经》的深刻影响，著作主要是探讨与《圣经》核心思想密切相关的命题，这类作品以俄国作家托尔斯泰、陀思妥耶夫斯基的作品最为典型；第三类作品在情节和主题上都和《圣经》没有直接的关联，具有自身的故事阐述和世界观，但在写作中还是或多或少地体现出各种《圣经》的元素，这类作品不计其数，其中不乏许多不朽的名篇。

一、故事化的《圣经》

1.《失乐园》与《圣经》的传承与超越

作为 17 世纪英国文坛上一位伟大的清教徒诗人，弥尔顿创作的史诗

《失乐园》《复乐园》，堪与荷马史诗和但丁的《神曲》相媲美。尤其是《失乐园》体现了对《圣经》故事的传承与超越，具有很高的文学成就。在诗中，叛逆之神撒旦因为反抗上帝的权威被打入地狱，却毫不屈服，为复仇寻至伊甸园。人类始祖亚当与夏娃受被撒旦附身的蛇的引诱，偷吃了上帝明令禁食的知识树上的果子。最后，撒旦及其同伙遭受上帝的谴责全变成了蛇，而亚当与夏娃被逐出了伊甸园。可以说，《失乐园》的故事直接取材于"创世记"，但同时受到了新旧约文学的双重影响。据统计，该诗引用旧约930处，新约490处。在《圣经》著作的基础上，诗人进行了多方面的再创造，使撒旦形象比其《圣经》原型远为复杂生动而更具艺术魅力；同时运用希腊史诗的体裁运思行文，体现出对《圣经》题材的发挥和超越。在诗中，主人公撒旦并未简单地向着邪恶方面发展，他身上存在着不少矛盾因素，这一点也是全书非常有趣和富有独创性的地方。弥尔顿对此认为，在所有的人，包括最坏的人心中，都有良知和正确的理性存在，这也是上帝存在的明证。弥尔顿就将一个17世纪的清教徒对人内心善恶冲突的领悟，用于描写撒旦的形象，使一个魔鬼虽知善恶却终将为恶，从而丰富了该形象的内涵，使之愈发有血有肉，真实可感而引人注目。可以说，这是弥尔顿对《圣经》中撒旦原型的成功创新，也使该形象在西方文学人物长廊中占据了重要的位置。

2.《浮士德》对"约伯记"的移植

《浮士德》是德国伟大作家歌德倾尽一生的心血写成的诗体悲剧，它取材于中世纪广泛流传的关于浮士德博士的民间传说。在该传说中，浮士德用自己的血和魔鬼订约，出卖灵魂给魔鬼，以换取世间的权力、知识和享受。歌德把原故事素材加以改造，注入崭新的内容，使其成为世界文学殿堂中历久不衰的名著。细察《浮士德》的成稿和修改，《圣经》著作在其创作过程中起到了十分重要的作用。在《浮士德》中，上帝与魔鬼打赌的情节几乎就是对旧约"约伯记"的照搬。这样的移植使得诗剧得以在《圣经》的背景下展开,并以此作为贯穿全书的线索。具体而言,《浮士德》的"天上序幕"与"约伯记"的序幕部分有惊人的相似。"约伯记"中上帝称约伯为我的仆人,《浮士德》中上帝也这样来称呼浮士德;"约伯记"中"神的众子之一"的撒旦极力控告约伯,一再说约伯敬畏神乃是有自己的私心,从中可见撒旦对人信神动机的质疑与蔑视,而《浮士德》中靡非斯特也是把人看得比畜性还不如,他在上帝面前控告浮士德,认为只要用一点官能享受就能把浮士德引上邪路;"约伯记"中上帝表现出对约伯的信心,因此他允许撒旦去试炼约伯,而《浮士德》中上帝也是相信一个善人即使在邪恶的冲动中也一定会意识到正途所在,他对靡非斯特引诱浮士德也不加禁阻。这些极其相似之处,都可看出《浮士德》的天上序幕乃是以"约伯记"为摹本的,作者将之放在诗剧的开头,作为全剧的总纲,使得整个剧情在《圣经》的背景下展开,也为情节的发展和主题的深化打下了基础。

3.《纳尼亚传奇》对《圣经》的改编

《纳尼亚传奇》是20世纪英国奇幻文学大师C. S.刘易斯自1950年至1956年间出版的系列小说,其中的《最后一战》还为刘易斯赢得了英国儿童文学的最高荣誉"卡内基文学奖"。七卷本的《纳尼亚传奇》具有极其重要的文学地位,《哈利·波特》的作者J. K.罗琳把它视为自己最喜爱的书,并多次谈到刘易斯对其创作的影响。《纳尼亚传奇》与J. R.托尔金的《魔戒》还被誉为20世纪英语世界的儿童文学双璧,而这两个作者不仅是好友,也同属于著名的文学团体"淡墨社"的成员。总的来说,《纳尼亚传奇》的成功之处在于其故事框架、主题、人物等方面都对《圣经》进行了有趣的改编,体现出非常鲜明的基督教元素。《纳尼亚传奇》的故事梗概如下:在纳尼亚元年,即创世时,白女巫闯了进来。在其诞生后的一千年,狮王阿斯兰为了救赎背叛的埃德蒙,甘愿像耶稣那样受到女巫及其手下的凌辱、受难,最后得以复活。这部作品涉及人性的堕落、真正信仰的复归、异教徒的皈依、灵修和自我救赎、与黑暗势力的不懈斗争等《圣经》主题,在该系列的最后一部作品中,即小说中所描述的2555年,还出现了反基督与末日审判的主题。可以说,《纳尼亚传奇》的小说结构和故事发生的年代顺序与《圣经》的叙事框架和历史纪年有很大的相似性,但又不尽相同。这部系列小说反映了在"上帝死了"的文化语境下,作者借用西方社会比较熟悉的《圣经》故事架构和重大事件,试图为价值观分崩离析的现代人重新树立新的信仰,同时他采用奇幻文学的体裁,糅合希腊神话、北欧故事和中世纪传说在内,巧妙地避免了基督教说教的负面影响,以大众读本的形式,透过童话故事般的视角,将读者吸引到神学领域中来,重新理解与认识基督教的核心思想,恢复被现代理性所侵蚀的想象力。

二、现实故事中的《圣经》精神

1. 莎士比亚作品中的《圣经》精神

作为文艺复兴时期人文主义的代表作家,莎士比亚的戏剧既具有反对封建桎梏、争取个性解放和社会进步的强烈的时代精神,同时又贯穿着作家鲜明的仁慈、宽恕和博爱的精神,而这种精神更多地是来自于《圣经》。博爱与宽恕是基督教救赎理论的核心内容,基督教思想的精神实质就是对黑暗现实的否定,并把这种现实的黑暗归根于人性的堕落。纵观莎士比亚的戏剧创品,其思想核心就是《圣经》阐发的仁慈、宽恕和博爱,作者认为,发扬这种精神能消除人性之恶,摆脱人类之间的偏见与纷争,唤起人心的向善。《威尼斯商人》就是这样一部集中体现仁慈、宽恕和博爱精神的经典巨作,也是莎士比亚喜剧作品的代表作。全剧以爱情与友谊为主题，贯穿对真诚的爱的颂赞。主人公安东尼奥是被莎士比亚着力歌颂的人物，作者借巴萨尼奥之口称他是"一个心肠最仁慈的人，热心为善，多情尚义"，而且"在他身上存留着比任何意大利人更多的古代罗马的仁侠精神"。[1] 在法庭上，他坚持正义，甘愿照约受罚，对苦难默默忍受，表现出类似耶稣基督那种死而无怨的美德。显然，作者在这里更多地是以理想的基督徒为模型，塑造了安东尼奥这一艺术形象。除了在喜剧作品中宣扬基督教的伦理精神，莎士比亚在他的悲剧创作中，同样没有放弃对仁爱、宽恕精神的执著追求。在其早期悲剧作品《罗密欧与朱丽叶》中，作者所塑造的那位帮助一对青年情侣结合的劳伦斯神父就是仁爱的象征。该剧结尾时，正是由于他的劝说，才使两个世代为仇的家族言归于好，再次体现了宽恕与和解的基督精神。

2. 俄罗斯文学中的《圣经》精神

19世纪是俄罗斯文学的"黄金时代"，屹立着两座不朽的巅峰——托尔斯泰与陀思妥耶夫斯基，他们的文学作品以其深刻的宗教内涵、普遍的人文关怀、独特的文学视角以及极具特色的民族性与时代性，成为西方文学史上的杰作。在他们的作品中，有很大的一部分是以重新阐释《圣经》所蕴含的基督教教义为思想内容的。这类深受基督教尤其是东正教神学思想影响的作品，既有对教义的传承式表达，如感谢上帝的恩典、承受苦难、宣扬博爱精神等，也有对基督教精神的重新整合，如考察人与上帝的关系、神性之爱与尘世之爱的矛盾、现实的道德危机与基督的救赎等。可以说，正是时代深厚的苦难和宗教的积淀使得这个时期的俄罗斯文学创作达到了顶峰。托尔斯泰一生创作了大量与《圣经》主题相关的作品，其中的代表作《复活》充满《圣经》的精神，贯穿了"复活"这一基督教的母题。除

---

[1] 莎士比亚：《威尼斯商人》，译林出版社，1998年版，第423页。

去大量对《圣经》原文或典故的复现之外，作品自始至终都体现了作者在晚年对生命与死亡问题的思考和探索，反映出作者深受福音书思想影响的神学思想体系。

与托尔斯泰齐名的陀思妥耶夫斯基是俄罗斯文学黄金时代的另一位巨匠，他也是深受基督教思想影响的作家，擅长以心理分析的手段描写人物的宗教思想。他的父母都是虔诚的基督教徒，在这种环境中长大的陀思妥耶夫斯基从小就养成了对贫穷的下层人民的同情和深厚的宗教感情。他的前期创作基本主要是对贫苦小人物的描写，其思想的重大转变是在1849年因牵涉反对沙皇的革命活动而被捕，先后经历了假处决事件，以及流放到西伯利亚服刑。在这期间，他的思想发生巨变，接受了福音，跪拜"人民的真理"[1]。从1849年至1859年在西伯利亚服役的生活，使陀思妥耶夫斯基经历了"碱水""盐水""血水"的浸泡，消除了身上的邪恶，在对基督的皈依中焕然成了新人。此后相继发表了《被侮辱与被损害的》《死屋手记》《罪与罚》《白痴》《卡拉马佐夫兄弟》等代表性作品，其中《罪与罚》可以被看作是其以文学形式表达的宗教启示录，全书围绕着对罪的惩罚与救赎，这正是新约《圣经》着重探讨的主要命题。

3. 美国文学中的《圣经》精神

A.《红字》中的《圣经》情结

《红字》是美国小说家霍桑的代表作，以其主题思想深邃、想象丰富、写作手法独特而标志着美国长篇小说创作上的一个重大突破。这部小说集中体现了作者卓越的艺术表现形式和深刻的宗教思想，具有强大的艺术感染力。在整部小说中，作者始终都在探讨"罪""恶"与"罚"的问题，却最终没有给出明确的、唯一的答案。在小说中，作者有意识地将大量《圣

---

[1] 所谓"人民的真理"就是俄罗斯民众所信仰的基督福音。

经》原型"移植"入他的作品中来,并将它们置换成他所描述时代的生活,在原型的基础上添加、塑造了一些新的内容。小说中的人物海丝特·白兰、牧师丁梅斯代尔和医生奇灵沃斯身上都各自折射着《圣经》的人物原型,在作者看来,这些人物确实违反了基督教的观念和信条,是有罪的;但是通奸的双方——女主人公白兰和年轻牧师丁梅斯代尔却默默忍受基督教的极端和偏执,用善行,或用自我折磨和自我牺牲来救赎自己和众人,因此他们也是善的,具有圣徒的一面。在小说中,白兰的原配丈夫齐灵沃斯也忠实地执行着他的任务,去揭露清教徒和当时社会的虚伪和邪恶,并通过将个人财产给予珠儿(白兰在以为丈夫遭遇海难后与牧师相恋所生的女儿)来表达他的忏悔和善意。由此可见,霍桑对于基督教教会持有多重的复杂态度,既反对其严酷虚伪的极端做法,又肯定基督精神的宽容与博爱。

B. 福克纳小说中的《圣经》故事影射

美国是建立在清教思想观念基础上的国家,基督新教的伦理精神与宗教观念构成社会文化的核心理念。毋庸置疑,美国的文学作品也深受《圣经》文化精神的影响,代表性的作品如霍桑的《红字》、麦尔维尔的《白鲸》、福克纳的《喧哗与骚动》、斯坦贝克的《愤怒的葡萄》等。

作为20世纪美国最重要的文学家之一,福克纳长期生活在美国南方,因此,他所受的基督教文化的影响是广泛而深刻的,其人道主义的创作思想也有着明显的基督教特征。但是,福克纳本身并不是基督教作家,在他的作品里也没有直接宣扬基督教教义。相反,他对美国南方加尔文主义清教和种族主义的批判,无论在广度和深度上都是同时代作家所不及的。福克纳之所以在作品中大量地引用《圣经》中的故事和传说,并使用种种影射耶稣的手法,其主要目的在于以此更好地深化作品的主题,丰富作品的表现力。可以说,他是站在基督教的立场上来批判基督教本身,正是他笔下所创作的那些影射耶稣的形象,把基督教博爱仁慈的基本教义与其作品中加尔文主义者的罪恶暴行激烈地对立了起来，从而更为深刻地揭露了宗教的伪善，更加激发了读者对宗教庇护下的罪恶的愤懑之情，也使其小说愈发充满了痛苦与冲突。

《喧哗与骚动》是福克纳的代表作，这部小说就是以耶稣受难的星期为平行的时间背景。[1] 在小说中，主人公之一班吉所处的时间背景是1928年4月7日圣礼拜六（也是第一部分的时间），这一天正好是他的33岁生日，而耶稣正是33岁时被钉死在十字架上的。这便有着十分明显的影射类比性。作者所塑造的班吉是一个白痴，枉有33岁的年龄，而只有3岁儿童的智力，甚至不会说话，只能毫无意义地在世间喧哗。小说中另外一个重要人物是班吉的姐姐凯蒂，她漂亮、热情而富有同情心，也是康普生家族里唯一真正爱护班吉的人。姐弟俩生长在一个既没有母爱也缺乏父爱的家庭里，从小受到清教徒式的严厉教育，在没有爱的生活中，他们更加渴望着理解与关怀。班吉在感情上完全依赖着凯蒂，而凯蒂则试图在异性的爱抚中得到慰藉，结果却走过了头。在福克纳的笔下，班吉影射着耶稣，尽管他是一个白痴，却有着耶稣般的超自然能力，竭力想阻止凯蒂的堕落。然而，他的这种耶稣般的超自然力并不能拯救凯蒂于走投无路的逆境之中，凯蒂还是堕落了，最后竟成为纳粹军官的情妇。作者在此影射的含义是十分直白的：在这个时代，耶稣竟像白痴一样的无奈，只会毫无意义地喧哗。作者借助这种影射，也进一步深化了主题，他以班吉（耶稣）的无奈，揭示代表着

---

[1] 在《喧哗与骚动》中，第三、第一、第四章的标题分别为1928年4月6日至8日，这三天正好是基督受难日到复活日，而第二章的1910年6月2日在那一年又恰好是基督圣体节的第八天。因此，康普生家族历史中的这四天都与基督受难的四个主要日子有关。此外，在小说每一章里，都可以找到与新约《圣经》中所记载的基督的事迹大致平行之处。对于这部小说的写作，福克纳采用了"多角度叙事"的方法，让康普生家的三兄弟——班吉、昆丁与杰生各自讲一遍自己的故事，然后又使用"全能角度"的叙述方式，以黑女仆迪尔西为主线，讲剩下的故事。在小说出版十五年之后，福克纳又为马尔科姆·考利编的《袖珍本福克纳文集》写了一个附录，把康普生家的故事又作了一些补充。

南方旧传统体制的康普生家族的没落是无可挽回的,即使是上帝的超自然力也不能做到这一点。在这部小说中,作者如果不用影射耶稣作为衬托,这一主题便不会被揭示得如此深刻。

在其后期创作的作品《寓言》中,福克纳更是直接借用了耶稣的故事。这部小说塑造了一个反对战争、倡导和平的人物形象,他像耶稣一样有着12个追随者(门徒),而出卖他的人(类比犹大)也正好得到30枚银币。同耶稣一样,他也是在星期三被捕,和两个盗贼(类比与耶稣同钉十字架的强盗)在星期五一起被处死,死时也正好33岁。福克纳所塑造的这个班长形象,是人类追求和平与正义的象征,他曾成功地把敌对双方的士兵团结在一起,一度在硝烟弥漫的战场上缔造了和平。小说刻画这样一个人物被处死,正是对战争与社会腐败的抨击。从《寓言》的创作手法上,我们不难看出,福克纳借助宗教典故进行隐喻与影射,让一个普通人的行为与命运同耶稣基督联系到了一起,从而使基督教的博爱精神与战争虐杀形成了鲜明的对照,由此彻底揭去宗教伪善的面具。福克纳对《圣经》故事的借用,使小说塑造的故事具有了更为广袤的寓意,也使作品的表现力更为突出,达到对社会宗教现状的更为深刻的批判。

三、西方文学中的《圣经》元素

1.《鲁滨逊漂流记》中的《圣经》元素

作为英国文学史上具有里程碑意义的名著,《鲁滨逊漂流记》刻画了一个在艰难困苦中抗争的荒岛英雄形象,作者笛福由此也有了"小说之父"的美誉。基于作者所处的宗教改革和启蒙运动的时代背景,很多基督教的元素在书中被清晰地展现了出来。作者本人生于一个清教家庭,对《圣经》非常熟悉,体现在小说中,主人公鲁滨逊在遭遇艰难困苦时,多次在《圣经》中寻找精神的依托,忏悔并得救,这成为作品结构中的一项重要内容。

除了对《圣经》文本的直接引用，小说还体现了《圣经》的其他诸多元素。首先，故事除了体现鲁滨逊在荒岛上的开拓精神外，其实也展现了他逐渐皈依信仰的心路历程。他在荒岛上反省自己从前的桀骜不驯，开始思考自己的往昔，而文中反复出现的"水"和"船"等意象，从某种程度上也暗合了《圣经》"洗礼"和"救赎"的主题。其次，《鲁滨逊漂流记》还包含了很多《圣经》的其他意象，比如葡萄树。在岛上，葡萄给鲁滨逊的生活带来了丰饶与希望，如前文提及，"葡萄"在旧约《圣经》中是一个寓意丰富的象征物，而在新约中则象征了神的恩典。

2. 劳伦斯作品中的《圣经》元素

20世纪英国著名小说家劳伦斯的作品中也经常出现《圣经》的元素。劳伦斯生命短暂，45岁就离开人世，一生处于社会政治的动荡之中。他出身贫寒，险些因此没能读大学当老师。在其所处的时代，正值工业革命时期的英国大规模开采煤矿，对环境破坏严重，而这对他的写作产生了重要影响。在他的两部重要作品《儿子和情人》和《虹》之中，都有类似《圣经》中伊甸园的意象，它们分别是《儿子与情人》中的威利农场和《虹》之中最初的马什农场。这些地方都是如牧歌般的净土，作者的描写一方面增加了作品的美感，为故事的发生发展作了环境的铺垫与衬托。另一方面，也象征了劳伦斯心目中没有工业文明污染的净土，以及人与人、人与自然之间的和谐状态。其名著《虹》，从书名上看，便与《圣经》有着显而易见的关联。《圣经》中三次出现"虹"的意象，第一次出现在"创世记"，上帝在大洪水后对挪亚说："'我与你们并你们这里的各样活物所立的永约，是有记号的。把虹放在云彩中，这就可作我与地立约的记号了。我使云彩盖地的时候，必有虹现在云彩中，我便记念我与你们和各样有血肉的活物所立的约，水就再不泛滥，毁坏一切有血肉的物了。虹必现在云彩中，我看见，就要记念我与地上各样有血肉的活物所立的永约。'神对挪亚说：'这就是我与地上一切有血肉之物立约的记号了.'"（9:12-16）另外两处出现在"启示录"第4章和第10章。可见，彩虹在《圣经》中代表了上帝与人立的约，象征着承诺、拯救与希望。在小说《虹》中，彩虹的意象也出现了三次，恰好与《圣经》暗合，这正象征了对未来希望的追求与展望。

3. 畅销小说与《圣经》:《达·芬奇密码》《基督最后的诱惑》和《逾越节的密谋》

除了传统的西方文学作品渗透着《圣经》的各种元素，20世纪下半叶以来，在当代畅销小说的创作中，也出现了不少挪用甚至对《圣经》的故事元素进行大胆解构的作品。以下做些列举：

美国作家丹·布朗（Dan Brown）的畅销小说《达·芬奇密码》(The Da Vinci Code)，即是这方面的一部代表性作品。该小说于2007年被改编成电影，反响强烈，电影熔悬疑、宗教、暴力、历史、推理等元素于一炉，还对基督教历史提出了有趣的假说，这也成为这部影片（包括小说本身）最引人注目也最受争议的部分。小说主要提及基督教的一个神秘团体"隐修会"（达·芬奇本人在该小说中被塑造成隐修会的其中一任长老），并对耶稣的生平进行了颠覆性的描写。作品指出，在达·芬奇的名画《最后的晚餐》中，耶稣旁边坐的是一个女人（从两人手到肩之间的距离可拼成的图案是代表女性的符号）。小说描写达·芬奇作为隐修会的长老，他知道"圣杯"真实的寓意，但又必须保守这个秘密。这幅名画如果以新约《圣经》的故事为蓝本，那必将表现"圣杯"的所在以及十二门徒与耶稣共进晚餐。身为隐修会的长老，达·芬奇显然深知其中秘密，但他并没有以《圣经》为蓝本，而是把真实的内容以密码的形式融合在了画中。此外还有一点，就是在画作中，如果那在耶稣右边的人确为抹大拉的玛利亚，那十二门徒中的约翰又到哪去了呢？在意大利文艺复兴前期的画家杜乔的代表作《最后的晚餐》中，我们可以看到约翰如新约中所描写的一样，低头靠近耶稣的怀里。[1]但是，我们明显看到达·芬奇画作中的"约翰"（即坐在耶稣右边的人）却是将头偏向耶稣的另一侧，这或许说明他所画的不是约翰本人，而是抹大拉的玛利亚。[2]这也许在另一个层面上证明了丹·布朗对达·芬奇画作《最后的晚餐》解读的正确性。这部小说引发争论的焦点在于"抹大拉的玛利亚"的身份及其与耶稣的关系。关于这个女性人物，的确在新约中多次被提及，不过因为福音书中有很多玛利亚，教会传统认为她是那个被耶稣解救的妓女。但根据一些新近出土的文献材料，如诺斯替经书《腓力福音》，抹大拉的玛利亚的确是耶稣的"亲密伙伴"。在1896年，甚至还发现了公元5世纪的所谓"玛利亚福音"的经卷，但因经文的一些关键之处残缺不全，有关抹大拉的玛利亚与耶稣之间的关系仍然悬而未决。《达·芬奇密码》的畅销之处就在于作者根据这些经文的"缄默"，对抹大拉的玛利亚的身份进行大胆的设想，由此塑造了一个后现代视角上的耶稣家庭故事。

《基督最后的诱惑》（*The Last Temptation of Christ*）是希腊作家卡赞特扎克斯（Nikos Kazantzakis）1953年出版的小说，在1988年被改编成电影。这部小说的故事情节基于福音书故事展开，但把耶稣刻画成了一个充满矛盾的形象。他一方面身为神子，担当救赎人类的重任，另一方面又憧憬着尘世的生活。在小说中，抹大拉的玛利亚是一个妓女，也和耶稣有着隐秘的接近情侣的关系，但耶稣却极力克制着自己对她身体的渴望，对玛利亚从未亲近，而这也伤害了她的心。小说的最后，耶稣被钉上了十字架，但

---

1 在新约福音书有关"最后的晚餐"的描述中，唯有《约翰福音》提到，在逾越节的席上，"有一个门徒，是耶稣所爱的，侧身挨近耶稣的怀里。"（13:23）按照基督教的传统，一般认为这个耶稣所爱的门徒就是约翰。杜乔的画作《最后的晚餐》对此有较逼真的体现，与《约翰福音》的描述相同。

2 至少《约翰福音》中所描述的逾越节席上那位"侧身挨近耶稣的怀里"的门徒（按照传统认为是约翰），在达·芬奇的画作中是缺席的。

在这时他受魔鬼的诱惑，进入了迷幻的境界，在那里，他和玛利亚结婚生子，享受到了凡人的幸福，但当这一切最终变成空幻，他回到现实中，依然不得不接受自己的命运，在十字架上被钉死。这部小说以福音书故事为基础，对耶稣的心理世界和"私生活"进行了大胆的想象，展现了作家本人对基督精神的个性化体悟。

《逾越节的密谋》（The Passover Plot）是英国小说家斯科菲尔德（Hugh J. Schonfield）1965年出版的畅销小说。作者本人就是一位《圣经》学者，小说中的情节是他基于自己的学术研究所做的大胆假设。这部饱受争议的小说在1975年被改编成电影。在小说中，作者将耶稣刻画成了一个为了实现自己目的的阴谋家。此书的前半部对耶稣的生平进行了重新的描述，作为情节展开的铺垫，而后半部分则对福音书中在逾越节前后发生的故事进行重写，将耶稣的"密谋"和盘托出。而耶稣密谋的目的，在作者看来，不是成为天国的王，而是要成为地上的王，成为犹太人的王。小说描写了耶稣如何处心积虑，利用人们当时对弥赛亚的盼望，利用门徒对他的信任，一步一步将计划缜密地展开。作为一部当代流行小说，本书对福音书的解构虽是基于作者本人的研究，但也极富于后现代的解构色彩。小说对耶稣这样大胆甚至颠覆性的刻画虽会让读者瞠目，但也体现了自由主义神学背景下对《圣经》元素的另类解读。

第二编 《圣经》精读

第一章 "创世记"精读

第一节 "创世记"简介

一、"创世记"的名称

"创世记"的作者是摩西。其希伯来文版书名是采用 1:1（即第一章第一节）的第一个词（译为英文是 in the beginning。古代人习惯以某书开头的一两个词作为该书的名称），意为"在起初"。后来七十士译本（旧约希腊文译本）的译者选了另一个字作书名，该字在创世记中多次出现，可译为"来历""出生"或"谱系"（2:4；5:1；6:9；10:1 的 generations；11:10，27；25:12；19；36:1,9 的 descendants；37:2 的"the history of the family"）。

"创世记"（Genesis）顾名思义是记载"起源"的书，是旧约《圣经》的第一卷，也称为"摩西五经"的第一经，后世犹太人（包括新约时代的人）都把这五经统称为"律法书"。在书中，明确的线索就是根据亚当以后一代代人的谱系，进行历时性叙述。

二、"创世记"的背景与特点

1."创世记"的故事背景

"创世记"内容是记载从创造世界到约瑟死在埃及之间的历史。其中第1—11章记载世界的上古史,包括创世、堕落、洪水、分国等事迹,期间的年数众说纷纭,有说两千年到四千年甚至更久者。地点大致是在幼发拉底河与底格里斯河流域一带,即今天的"美索不达米亚"地区。第12—50章记载以色列族的起源,包括亚伯拉罕、以撒、雅各以及约瑟的生平,年代大约在公元前2100—前1800年之间,其中第12—38章的事件许多是发生在迦南地,而第39—50章的事件主要是发生在埃及。

在上古时代的中东,已经有两个高度的文明中心了,其一在美索不达米亚,另一个在埃及。"创世记"前38章的事件即使有些不是发生在美索不达米亚,也充分反映出它的文化。伊甸园的位置就在于或近于此,巴别塔在此建造,亚伯拉罕在此诞生,以撒从此地娶妻,雅各也在此地住了20年。"创世记"中的创造的故事、家谱、洪水记载等都可以在该地找到相似的传说,生活方式与风俗也很相合。近代学者在亚伯拉罕的家乡吾珥发现了很多古物,证实在亚伯拉罕的时代,吾珥是一个政治中心,民族文化也在这里达到顶峰;它又是月神崇拜的中心,有巍峨的神庙建筑。吾珥的文化、艺术、建筑、商业、生活在当时都是最先进的,向来深思熟虑的亚伯拉罕,却在此时离开了它。

当时的迦南地,正是青铜器时代,发展了一些城邦,平原与河谷也开始了农耕生活,但许多地方仍是游牧文化的景象。由于迦南地水源供应不稳定,常会遇见干旱饥荒,这时迦南居民便会南移到肥沃的埃及地。

埃及地本处于沙漠边缘,之所以适于人居,乃是赖尼罗河之功。尼罗河每年都泛滥,为埃及的农作物带来充沛的浇灌,使埃及的粮食出产丰富;但若泛滥太大,则会冲走村庄与家畜,造成极大损失。

埃及人信仰多神，常以鸟兽为神，每个地区有自己的神，在各地的神以上，还有全国的神。人们相信死后有来生，因此死后尸体要熏香防腐，并预备防腐的陪葬品以备来生之用。祭司在国内有很高的地位。

2. "创世记"的特点、重点

"创世记"讲述上帝创世初期之事，表明世界的起源。其中包括天地万物、人类、婚姻家庭、艺术科技及许多事物的起源，而最重要的是宇宙万物的起源、人类的起源、罪的起源、救赎的起源、中保的起源和选民的起源等。从这些起源中，我们可以看见上帝的计划及其特点。

"创世记"描绘，上帝创造万物，为人预备了舒适的生活环境，接着就创造了人类。上帝造了人之后就安息了，这突出了整个创造的工作以人为中心。人之所以重要，是因为人是按照上帝的形象和样式造的。神创造人，一方面要人生养众多遍满地面，一方面要人治理大地，将上帝的生命和权柄彰显出来，亦即使地上成为神的国度。

由于人类犯罪，阻拦了神的计划的进行，甚至终日所思的尽都是恶，使神不得不将人类除灭，只保存与神同行的挪亚及其一家，使他们安然渡过洪水。之后，上帝因挪亚所献的祭而恩待全地，挪亚此时允当了中保，也就是人和上帝之间的中间人。上帝要因中保的缘故向他人施恩，人也可借中保认识上帝及其心意。由于人类又想要传扬自己的名，并不敬畏上帝，上帝为了赐福全人类，就开始了拣选工作，为要借选民来赐福万族，也使万族因选民而得知救恩。上帝特别做工在选民身上，对选民也有特别的要求。自从开始拣选工作（见第12章）后，上帝计划的重心就集中在选民身上了。

从"创世记"中，可以看见上帝是借与人立约而推展其计划的。上帝与亚当立约，不吃分别善恶树的果子（表示以神作为裁定善恶的权威），就可享受神的同在并治理全地。亚当失败后，上帝又与挪亚立约，但更明显的是与亚伯拉罕立的约。上帝要亚伯拉罕离开本地本族父家，听候自己的指示而行，亦即过信心的生活；如此上帝就要赐给他极多的后裔，赐给他土地，并使他成为多国之父，万国蒙福之源。亚伯拉罕终究因信而得着上帝起誓的应许，以撒、雅各也得了同样的应许。由此可见，上帝的计划是借着与人立约而进行的。上帝主动向人显现，向人施恩，并且与人立约，召唤人以有行动的信心来作回应。人只要向上帝作信心的回应，就可蒙福，上帝的计划也得以向前推展。

上帝的计划后来被更新了，为新约所取代，但原则还是一样的，就是人通过信心来得上帝的恩典。

三、"创世记"的内容构成

从内容上分，"创世记"由两部分构成。

第一部分，人类历史的开端，从第 1 章至第 11 章第 26 节。这部分主要记述宇宙的创造和人类早期的历史，包括亚当和夏娃、该隐和亚伯、挪亚和洪水，以及巴别塔等事迹。具体包括：

1. 上帝创造宇宙和所有生物（1:1—2:25）；
2. 人类犯罪和苦难的开始（3:1—4:16）；
3. 人类的早期世代（4:17—5:32）；
4. 挪亚和洪水的故事（6:1—10:32）；
5. 巴别塔的故事（11:1—9）；
6. 挪亚的儿子闪的后裔（11:10—26）。

第二部分，上帝的选民以色列的开端，从第 11 章第 27 节至第 50 章第 26 节。这部分主要记述以色列人列祖的历史，重点围绕四个人物：

1. 亚伯拉罕、撒拉和以撒的故事（11:27—23:20）；
2. 以撒和他的家庭（24:1—28:9）；
3. 雅各和以扫及其后裔（28:10—36:43）；

4. 雅各的儿子约瑟和他的兄弟们的故事（37:1—45:28）；

5. 以色列人寄居埃及（46:1—50:26）。

第二节 "创世记"的几个主题

下面我们讨论"创世记"中几个最重要的故事：它们的意义何在？涉及哪些主题？

一、创世的故事

上帝创世的故事见于第1、第2章。

"创世记"第一句话说"起初神创造天地"，为世界定了开端。上帝创造世界用了六天。第一天创造了光，区分了白天与黑夜；第二天上帝创造天穹与空气；第三天创造的是土地，并地上播种的一切植物，包括蔬菜、水果、树木和青草；第四天上帝创造日月，根据其运作规律规定了节气、年岁；第五天创造各种动物，包括地上的走兽、水里的鱼和空中飞翔的鸟儿；第六天，在一切准备停当后，上帝创造了人。第七天，在创造了天地万物乃至人类以后，上帝休息。创世的故事特别描绘了上帝创造人类始祖亚当和夏娃的过程，赐给他们伊甸园的过程和对他们的嘱咐，以及伊甸园美丽的山水风光。

这个故事意在说明下述至少三个道理。

1. 上帝与世界的关系

A. 上帝对世界的主权

上帝与世界的关系是创造者和被造者的关系。

世界万物是上帝造的，人也是上帝造的，这种创造者和被造物的关系是不可改变的。上帝是这个世界的主，这是一个基本的设定，《圣经》中的其他道理都是以此为出发点的。这也是《圣经》中人们常用"主"来称呼上帝和耶稣的原因。

B. 上帝对所造物的爱

由于万物和人都是上帝所造，上帝对万物、尤其对人，施予了最强烈的爱。这从以下几点可以见出：

第一，按"创世记"的描绘，上帝在创世的每一天，当他见到所造物的时候都会由衷赞叹道"好"。这说明上帝造世是由价值取向引导的，他不只是要显示自己的能力，而且要造好的、善的世界，值得喜爱和看护的世界。"好"的赞叹是爱意的表示。

第二，在"创世记"中，上帝对人的爱，在很多时候甚至是"过分"的。比如对雅各；雅各并不像亚伯拉罕或以撒那样圣洁，明显犯了很多错误；他对待自己的哥哥以扫用尽心机，巧取豪夺，占尽哥哥的便宜，但是上帝仍然爱他，说"雅各是我所爱"。上帝对罗得甚至该隐这样显然有罪的人也施予了保护。该隐是人类第一个杀人犯，他因嫉妒、愤怒而杀了自己的弟弟亚伯，但是当他向上帝求告说施予他的刑罚（"你种地，地不再给你效力；你必流离飘荡在地上"[1]）太重，担心被他人杀害时，上帝对他说"杀该隐的必遭报七倍"，并给他一个记号保护他。

第三，在旧约时代结束后，新约记载了耶稣道成肉身，为人受死、献祭，替人赎罪的过程。耶稣作为上帝的儿子，为了上帝所造之物——人，可以以命相救，可见上帝的爱之强烈深厚。

2. 造世原则——万物的和谐

"创世记"说，上帝造世的几乎每一天都有一个总结，即他的所造物是"好的"。

善支配着这个世界，至少在创世初始是这样的。什么是好（善）呢？

---

[1] "创世记" 4:12。

我们无法在"创世记"中找到直接答案，但是透过造世和所造物，是可以得到一些信息的。

上帝创造世界用了六天，这六天所创造的东西各不相同，但是有序而丰富：白天和黑夜交替，天穹撑开了巨大的空间以使万物获得合适的位置；动物有水里游的，也有天上飞的，地上走的，而动物和植物及其相互之间可以形成生态链，生生不息；这一切又有一个主导者——人。无疑，能够使万物怡然自得、各得其所的是它们之间的和谐关系，这正是上帝看为善的地方。和谐的关系是一种爱的关系，相互效力的关系。

该隐杀了人，仇恨替代了爱，恶替代了善，其直接结果就是"你种地，地不再给你效力；你必流离飘荡在地上。"地与人交恶，人与人交恶，万物反目成仇，相互分裂，大的灾难就出现了。所有的灾难都是失去和谐的结果，犯罪的结果，这个世界只有按照和谐的原则才能无害地运行，产生善的结果，因为上帝就是按此原则造世的。

3. 人的特殊的地位

上帝在造好万物之后，最后一天造人，为人的出现准备了美妙的环境条件。这个顺序表明上帝赋予人以特殊的地位。

人的特殊性表现在两方面：

第一，上帝是"照着我们的形象，按着我们的样式造人"[1]。这儿，"我们"是指神。"创世记"借此说明，人的形象就是神的形象，人的样式就是神的样式。上帝要把人造得跟神一样。人的地位与所有其他存在物不同。没有任何其他造物拥有这一特质。这也同时说明，上帝要把最好的东西给予人，让人拥有他的样式。当然这并不表明人真的可以与神一样，因为如上所述，上帝与人的基本关系，即创造与被造的关系，是无法改变的。人不可能真的成为神，相反，意欲取代上帝只能导致邪恶，因为这破坏了世

---

[1] "创世记" 1:26。

界的基本关系和原则。因此，只有与上帝保持紧密关系，才能拥有上帝赋予的能力和良善之心。

第二，人被赋予管理世界的重任。上帝说，这个世界需要人，要"使他们管理海里的鱼，空中的鸟，地上的牲畜，和全地，并地上所爬的一切昆虫"。[1]这就把人的作用与其他万物区别开来。上帝造世，把人视为他的一个代理者，全权管理经营地上的世界，这既意味着人责任重大，又意味着上帝对人充分的信任和重视。

二、亚当与夏娃的故事

亚当、夏娃是上帝造的最早的人。上帝先是用尘土创造了亚当，给了他生命气息，后来为避免亚当孤独，又用他身上的肋骨造了夏娃，做他的配偶陪伴帮助他。上帝为他们造了伊甸园，里面花团锦簇，硕果累累，遍布河湖港汊，黄金、珍珠、玛瑙俯拾即是。上帝告诉他们，可以享用伊甸园的一切，但是那分别善恶树上的果子不能吃，吃了就必死无疑。可惜亚当夏娃偏偏在蛇引诱下吃了禁果，受到上帝惩罚，被逐出了伊甸园，从此开始了与罪相伴的生活。

这个故事与人的命运紧密相关，我们应特别关切以下三个问题：

1. 什么是原罪？

A. 原罪的含义

原罪（original sin），最早的罪，这是人类第一次犯罪；也是最根本的罪：不听上帝的话，吃了上帝禁止人吃的果子，也就是不信主（上帝），自行其是，照着自己的主意生活。

B. 原罪是人最容易犯的罪

根据《圣经》的描述，人们自然会想相反的情况：如果亚当夏娃不吃

---

[1] "创世记" 1:26。

禁果，那么后人就不会遭受上帝的惩罚。人们把这看作是一次不经意的偶然性犯罪。

其实，吃禁果虽然是亚当夏娃的选择，他们有自由选择吃，也有自由选择不吃，但是他们的选择很有代表性。设想任何人遭遇这种情况会怎么做：有人看起来很关心和同情你，告诉你那件被禁止的事其实是可以干的，那件事有意想不到的美妙，在这种情况下，只是为了好奇，你也很可能选择违禁，去尝试那果子的美味。所以，怀疑和不信上帝，转而与叛逆之语产生共鸣，是人最容易犯的罪。始祖只是代表人类犯了那罪。正因为如此，所有人都担当这原罪的后果。

C. 原罪表现了罪的本质

罪的本质就是破坏和谐，把世界搞乱，逸出上帝建立的秩序。

"蛇对女人说：'你们不一定死，因为神知道，你们吃的日子眼睛就明亮了，你们便如神能知道善恶。'"[1]这句话具有明显的挑拨性。亚当夏娃知道自己是上帝所造，他们原是与神合一，不分彼此的，就像一家人。但是蛇把"你们"与"神"分开了，说他怕你们与他一样，这样想问题的方式就是分裂式的：有了两个具有不同利益的主体。而在这种分裂中，夏娃就更加体会到蛇对人是同情体贴的，因为它在两个彼此分裂的主体中选择站在"我"一边，为"我"的利益着想。从此，人对神有了猜忌、怀疑，人有了主体感，他与世界也有了对立。罪的侵入把世界搞得支离破碎，人与人、人与神、人与世界之间彼此不和。这就是世界败坏的开始。

D. 原罪的罪性确凿

有没有犯罪，是不是罪，对于当事人而言其实是确凿的，并非难以判断。始祖的犯罪的过程就说明了这一点。亚当和夏娃吃了禁果，就知道他们犯了罪。当上帝来找他们的时候，他们首先就躲起来了。他们没有堂堂

---

[1] "创世记" 3:4–5。

正正地面对上帝，说"我就吃了，我吃是对的"，而是"藏在园里的树木中，躲避耶和华神的面"。[1] 继而，当上帝问责之时，他们彼此推脱责任：亚当说"你所赐给我，与我同居的女人，她把那树上的果子给我，我就吃了"，而夏娃则说"那蛇引诱我，我就吃了"[2]。这说明他们清楚地知道这么做是错的，是罪。

吃禁果虽然是夏娃首先做的，但是其后果对于亚当乃至任何人都是一样的。当亚当说"你所赐给我，与我同居的女人，她把那树上的果子给我，我就吃了"的时候，我们可以听出他对上帝的迁怒：那个女人是你给我的，她是祸害，你也逃不脱干系。蛇成功地使人与上帝分裂了，上帝成为亚当的指责对象。

2. 上帝为何不让人吃分别善恶树的果子？

"创世记"第2章第16—17节："耶和华神吩咐他说，园中各样树上的果子，你可以随意吃。只是分别善恶树上的果子，你不可吃，因为你吃的日子必定死。"

这是一个吩咐。在弄清这个吩咐的意义之前，首先要弄清其内容。

A. 禁果不是智慧果

"禁果"常常被称为"智慧果"，其实这是一个误解。这个误解并不容易被发现，因为夏娃就是这么认为的："女人见那棵树的果子好作食物，也悦人的眼目，且是可喜爱的，能使人有智慧，就摘下果子来吃了。"[3]

上帝的吩咐是"分别善恶树上的果子"不可吃。这里夏娃断定为"智慧"的这个词，在希伯来文里是sakal，和《箴言》书常提到的"智慧"hokma并不是同一个词。sakal强调的是"敏锐的判断力"。吃了这禁果，

---

[1] "创世记" 3:8。
[2] 同上，3:12-13。
[3] 同上，3:6。

后果并不是人更聪明，而是人对于判断事物的善恶十分敏感，喜欢判断。在这个意义上，我们喜好论断各种事情的是非曲直，善恶对错，是始祖吃了禁果的结果。

B. 上帝对人智慧的态度

上帝令人管理世界万物，这是个重担，完成这个任务需要人的智慧。上帝既然赋予人这个重担，就说明他不仅不害怕人聪明，而且会鼓励和帮助人获得这种智慧，至少使得人在万物中是最聪明的，否则他是自相矛盾的。

另一方面，上帝照他的样式造人，要让人因此荣耀上帝。所以他视人为己出，不可能害怕这样的造物太聪明，只会希望他拥有尽可能出色的素质。如果认为上帝怕人有智慧会超出他，这在逻辑上是完全不通的：他既担心这一点，完全可以不造人，而且作为创造者的上帝与作为被创造者的人的根本区别是无法改变的。

C. 设禁果是为了避免人陷入大麻烦

麻烦之一：吃禁果会导致人喜好判断。按《圣经》，判断的权力在神，不在人。人不是这个世界的创造者，他是被造的，他的有限性使得他不可能拥有公义判断的最终标准。雅各书第4章第12节说："设立律法和判断人的，只有一位，就是那能救人也能灭人的。你是谁，竟敢论断别人呢。"

让人作判断，就是强使人做他没有能力做到的事儿，后果很严重。今天世界上大量的麻烦都是源于人的自行判断。有人认为己方的生存和发展受到阻碍是因为有敌人，于是发动战争消灭这个敌人，人类自古以来的战争数不胜数，其后遗症也了然可见：生灵涂炭，伤及无辜，无止境的复仇，等等。人们曾经为了增加粮食产量而大量使用化肥，为了工业生产而排放污水，为了利用能源而制造二氧化碳、排放温室气体，这些都造成了人人痛恨的环境污染；人们为了刺激经济而创造金融衍生产品，结果引起金融危机，如此等等。战争、污染、经济危机，都是人做错事的结果，他喜好判断的冲动是他决定这么做的原因。而由于人知道自己并不能承担因僭越而产生的后果和重大责任，所以在危害性后果产生之时，只能以推卸责任来逃避，或者以死相报，然而这后果却是万死难抵的。

按"创世记"，人勿自行判断，是上帝对人的保护，所以他告诫亚当夏娃别吃禁果。

麻烦之二：吃禁果使人失去天真和行善的能力，内心分裂。

知善恶，意味着不只是知善，而且也知恶。人们知道恶是坏的，却对自己判断恶的能力没有把握，不仅上帝的告诫时时在提醒人的这种局限性，而且人自己的历史事实（理直气壮地决定做的事，事后却总是带来灾难，历史的经验教训一直是人犯错的忠实记录）也使人难以自信。于是犹犹豫豫，狐疑前行，即使壮胆去做的事情，也会有失败的预感，恶成为挥之不去的魔影，处处见恶。这样，人的内心是分裂的，本质上是猥琐的。以亚当夏娃为例，吃了禁果后的第一件事就是发现自己赤身露体，他们对赤身露体加以判断，认为这是恶，于是害羞，就躲起来，觉得见不得人，有罪恶感。喜好判断的结果不是使人满心赞美，处处见善，而是使人处处见恶，失去天真（天真 innocent，即"无知"）。这是大不幸。如果我们对比婴儿的状态，就可以知晓以赤身露体为耻的这个人类始祖最早的知识有多么糟糕。我们之所以不会对赤身露体的婴儿感到害羞、反而感到羡慕，也不会以此羞辱他们，就因为在这个小小的角落还存有天真和对天真的喜好，有人与生俱来的自由和信心，喜乐和平安。

3. 上帝为什么把禁果置于伊甸园

既然知善恶树的果子是禁果，上帝为什么要把它放在伊甸园？这是创世中最有争议、最不被人理解的一点，也是上帝造人最神奇的设计。

看来，"创世记"是要表明，上帝不希望自己的造物是没有自由意志的木偶，而是给他们选择的自由，希望他们"像我们一样"拥有自由，希望把最好的东西（自由）给人。上帝同时希望他们用这自由自己选择向善，其中最大的善就是信靠神，也就是信靠世界秩序的创造者。

但是拥有自由需要有一个标志，上帝恰当地设置了这个标志。他把知善恶树放在伊甸园，同时告诉亚当夏娃不能吃其果子，这显示了他的爱和责任感。如果不放这棵树，自由就是一句空话，因为人实际上无法做上帝不允许人做的事。这树标志了人甚至可以做上帝决不希望人做的事。但是上帝并不希望这样的事真的发生，他把这件事的禁令和后果告诉了人。他真正希望的是人因为听从他而不受吃禁果的诱惑，自由地选择向善。

三、以色列诸先民的故事

以色列诸先民指"创世记"所记载的挪亚以后，经过亚伯拉罕，一直到约瑟这一代以色列人。其中一些代表人物的故事是"创世记"的重要组成部分。

1. 挪亚的故事

A. 简介

亚当夏娃犯罪以后，地上的人屡次冒犯上帝，罪恶滔天。上帝一怒之下决定毁灭人类，除了挪亚及其一家，因为挪亚是唯一在上帝眼中蒙恩的人。上帝命挪亚造方舟，保全其一家以及世上各样动物的样品，发洪水毁灭了其他活物。挪亚为神的保全献燔祭，上帝与挪亚立约，今后不再发洪水灭活物，要令挪亚及其后裔繁荣兴盛。

挪亚的故事里，有两点涉及《圣经》精神。

B. 上帝对人态度的两次转折

上帝创造世界与人，看这些造物都是好的。但到挪亚的时代，由于人罪恶极大，上帝后悔造人。上帝改变了对人的态度，这是一个转折，这个转折是由人犯罪导致的，它表明上帝对人及其世界的基本要求，以及其审判的严厉。

上帝留下了挪亚一家，给予拯救。而就在挪亚遵照其指示建方舟保全各物种之后，特别是挪亚为感谢上帝而献燔祭，上帝闻到了那馨香之气时，上帝决定今后不再灭活物，并要让其后裔生养众多，遍满全地。

这两个转折一怒一喜，看似不同，其实质却一样：上帝痛恨犯罪，喜爱敬虔的人。在毁灭之时，他并非毁灭所有的人，而是留下了蒙恩的挪亚；而得到生养众多的许诺的也不是一切的人，而是挪亚的后裔，因为挪亚的后裔是敬虔的人。

C. 上帝与挪亚之约

为什么上帝要与挪亚立约？

"创世记"第9章第9—17节：

"我与你们和你们的后裔立约，并与你们这里一切的活物，就是飞鸟、牲畜、走兽，凡从方舟里出来的活物立约。我与你们立约：凡有血肉的，不再被洪水灭绝，也不再有洪水毁坏地了。"神说："我与你们并你们这里的各样活物所立的永约，是有记号的：我把虹放在云彩中，这就可作我与地立约的记号了。我使云彩盖地的时候，必有虹现在云彩中，我便记念我与你们和各样有血肉的活物所立的约，水就再不泛滥毁坏一切有血肉的物了。虹必现在云彩中，我看见，就要记念我与地上各样有血肉的活物所立的永约。"神对挪亚说："这就是我与地上一切有血肉之物立约的记号了。"

约是双方的事，双方必须各自满足一些条件，才能达致约所规定之事。在上帝与人的约定中，人必须满足上帝的规定条件，而不会考虑上帝是否履约的问题，因为上帝是创造人的。但在这儿，上帝没有说挪亚你必须干什么，然后我给你什么，而是说"我与你们立约"（在英文本中为"我与你们立我的约"）。从约的内容上可以明显看出是上帝单方面对挪亚的允诺，他甚至为保证履行这种允诺而设置了彩虹。

上帝不欠人什么，为什么要做这种单方面的允诺？

这个允诺体现了上帝与人之约的另一方面：神的信实。约是双方面的，上帝在这儿做出了约的样本，即在他那方面将信守诺言。既然立约，上帝便以约应有的方式保证说到做到：凡我在此允诺的我一定做到。他要以此显示他的信实。保罗"罗马书"说："即便有不信的，这有何妨呢？难道他们的不信，就废掉神的信吗？"[1]意思是，尽管人不信，可这改变不了上帝的信。这种关系在对挪亚的约定中就已经存在了。

2. 亚伯拉罕的故事

A. 简介

亚伯拉罕的故事在"创世记"里占有很长篇幅。亚伯拉罕原名"亚伯兰"，上帝要他做的第一件事是带领整个家族离开他的祖居地吾珥，定居迦南地，亚伯拉罕顺从了上帝这一命令。他的侄子罗得住在附近的所多玛，因为所多玛王的征战，罗得被敌方掳去，亚伯拉罕出兵相救，打了胜仗。上帝恩宠亚伯拉罕，与他立约，改了他和妻子的名字，允诺大大奖赏他和他的后代。他的妻子撒拉不相信，因为他们夫妻俩已近百岁，尚无子嗣，这个年龄不可能再生育。然而一年以后，他们有了儿子以撒。上帝为考验亚伯拉罕，让他将以撒献祭，亚伯拉罕照行了，后被上帝阻止。上帝要灭所多玛和蛾摩拉二城，因为那里罪恶甚重，亚伯拉罕为了罗得与上帝讨价还价，成功地保住了罗得及其女儿的性命。撒拉死后，亚伯拉罕又娶一妻，生了多个儿子。最后以一百七十五岁高龄去世。

---

[1] "罗马书" 3:3。

B. 亚伯拉罕的信心

亚伯拉罕在《圣经》中被称为"信心之父"。他一生中遇到的几件事对何为信心做出了说明。

首先,他听从上帝指示,带领自己的家族离开祖居地。祖居地对于一个家族而言无疑是极端重要、不可放弃的,除非遭遇争战失败而被占领,或者严重饥荒之类的情况。亚伯拉罕离开的是一个富庶之地,而且他不是一个人离开,而是被要求带领全家族离开,而他对所去的地方迦南地并无知识。如果不是出于信心,出于对神的绝对相信,他不可能听从这个命令。

第二,亚伯拉罕对上帝十分忠心,凡事维护上帝的声誉和名号。当他率领数百精兵救罗得的时候,打败了围攻所多玛联盟的四王的部队。所多玛王为感谢亚伯拉罕,要把所有财物都送给他。亚伯拉罕的回答是:"我已经向天地的主,至高的神耶和华起誓:凡是你的东西,就是一根线、一根鞋带,我都不拿,免得你说:'我使亚伯兰富足。'只有仆人所吃的,并与我同行的亚乃、以实各、幔利所应得的份,可以任凭他们拿去。"[1]

第三,亚伯拉罕能够一眼认出神的使者,并且给予无条件的款待。"创世记"第 18 章描写了这件事:

> 耶和华在幔利橡树那里,向亚伯拉罕显现出来;那时正热,亚伯拉罕坐在帐棚门口。举目观看,见有三个人在对面站着。他一见,就从帐棚门口跑去迎接他们,俯伏在地,说:"我主,我若在你眼前蒙恩,求你不要离开仆人往前去。容我拿点水来,你们洗洗脚,在树下歇息歇息。我再拿一点饼来,你们可以添加心力,然后往前去。你们既到仆人这里来,理当如此。"

---

[1] "创世记" 14:22–24。

他们说:"就照你说的行吧。"亚伯拉罕急忙进帐棚见撒拉,说:"你速速拿三细亚细面调和作饼。"亚伯拉罕又跑到牛群里,牵了一只又嫩又好的牛犊来,交给仆人,仆人急忙预备好了。亚伯拉罕又取了奶油和奶,并预备好的牛犊来,摆在他们面前,自己在树下站在旁边,他们就吃了。[1]

这里特别描写了亚伯拉罕对天使的款待尽心尽力,竭其所能。与他的孙子雅各不一样,亚伯拉罕对神的款待不带任何条件,不求任何回报。

第四,献祭以撒。亚伯拉罕好不容易老年得一儿子,上帝却要求他献出来给神,作为燔祭。如果上面几件事都还可以做到,那么,献出儿子对于任何一个父亲都是无法做到的事情。对于老年得子,把儿子视为命根子的亚伯拉罕来说,更是难以想象的事了,何况必须亲手去做,也就是亲手杀死儿子,并且用柴火点燃他。但是亚伯拉罕没有犹豫,照上帝的吩咐去做了。这是《圣经》中记载的最扎心的事之一,因为这太令人难以置信了。对这件事存在种种看法:有指责亚伯拉罕对儿子没有感情的,有指责上帝太狠心的,也有猜测亚伯拉罕事先知道神只是在考验他、而不会真的要他献祭以撒的……这些看法当然都没能说出《圣经》这一描写的实情:亚伯拉罕爱以撒是毋庸置疑的,上帝对亚伯拉罕的爱也是充满证据的,至于说亚伯拉罕事先知道后来的结果,那差不多视上帝的命令为儿戏了,因为如果亚伯拉罕知道结果,上帝的考验还有什么意义呢?这些看法仅仅说明,常人无法理解亚伯拉罕的献祭。但正是在此,亚伯拉罕作为信心之父的意义才真正显露出来。他相信上帝所说的一切都是为了他好,他不相信上帝会给他一个有损于他的命令,尽管对于这个命令的意义他还不理解。他用伦理意义上的"好"解释和覆盖了知识学层面上的欠缺,事实证明这是一种大智慧。他的选择表明,信心才是兴旺发达和生命的法宝。

---

[1] "创世记" 18:1–8。

C. 亚伯拉罕的爱

亚伯拉罕也是爱人如己的典范。

这特别体现在他对于罗得的态度和行为上。罗得曾经与亚伯拉罕争地盘，与他有财产纠纷。亚伯拉罕迁出祖居地后，首先让罗得选地方，罗得选了大片的平原，他就居住到罗得不要的地方。在罗得被异族掳去之时，亚伯拉罕立刻组织了数百名精兵强将拼死相救。而在上帝要毁灭所多玛、蛾摩拉之时，又是亚伯拉罕在上帝面前求情，救罗得出所多玛。亚伯拉罕为罗得而与上帝讨价还价真是到了锱铢必较的境地，他其实并未为自己的事向上帝这么求情过。上帝拯救罗得一家当然有罗得自己的原因，他在紧要关头甚至愿意献出自己的女儿而救出陷入困境的天使，说明了他爱上帝；但是上帝在亚伯拉罕求情过程中一再让步，应该也有为亚伯拉罕对罗得执着的爱所感动的因素在起作用。

D. 亚伯拉罕的软弱

尽管亚伯拉罕是信心之父，但《圣经》还是记载了他的软弱之处。

亚伯拉罕的妻子撒拉比较漂亮，在过境异族领地（一次是埃及，一次是基拉耳）之时，他怕那儿的人觊觎自己的妻子而害他，为了保全自己性命，曾经两次谎称其妻撒拉为其妹妹。这当然有违于诚实。这说明即使是信心之父，也不是每件事都做得正确。所以保罗在"罗马书"里说道，就行为而言，所有人都犯了罪，亏欠了神的荣耀；亚伯拉罕是因为信神，而不是因为行为，才算他为义人的。

不过，值得注意的是，上帝并没有因这件事而惩罚亚伯拉罕，反而在亚伯拉罕第二次隐瞒事实时，骂那个打算强娶撒拉的基拉耳王亚比米勒是"死人"，警告他，如果强娶撒拉，就会得罪上帝，受到惩罚。

3. 雅各和以扫的故事

A. 简介

雅各和以扫都是亚伯拉罕的孙子，以撒的孪生儿子。两人出生之前就在母胎中相争，以扫先出生，雅各就抓住以扫的脚跟着出来了。"雅各"的意思就是"抓"，他的一生就是在抓住一切可能的机会不断发展壮大自己。雅各凡事好动脑筋，以扫喜欢打猎和耕作。雅各在以扫困饿疲乏之际，用自己熬的一碗红豆汤换取了以扫长子的名号。以撒老眼昏聩之际，雅各乔装打扮，骗取了以撒对长子的祝福，从此与以扫结下了仇。为避报复，他躲到母亲利百加老家，为舅舅拉班工作。拉班以雅各七年劳务为代价，把女儿利亚嫁给他，但是雅各喜欢的是拉班的另一个女儿拉结，为了娶她，雅各又被留在拉班处做七年劳务。在舅舅家辛苦了十四年的雅各用智慧才华和一些计策积攒了大量财富，人丁兴旺，起身欲回到自己的故乡，但遭到舅舅的阻拦。历经千辛摆脱了舅舅的追逐，在到达家乡之际，又遭到哥哥以扫的威胁。在这两次危机中，耶和华出手相救，终于使雅各转危为安。为纪念上帝的恩典，雅各在伯特利树了一个塔。听从耶和华的要求，雅各后来改名为"以色列"。以扫屡次违背父母意愿，娶外族人为妻，令以撒和利百加伤透脑筋；在雅各回到迦南后，他率领所有人马到了东边，成为后来以东人的祖先。

B. 故事意义之一：上帝的拣选

以扫与雅各有争执，从故事描写来看，人们很难对孰是孰非做出决断，雅各似乎比以扫更具侵略性，更不讲道理，他占了以扫的便宜，所以雅各甚至受到更多的责难。

但是上帝对二者的好恶早就决定好了。在雅各与以扫出生之前，上帝就对利百加表明了态度："将来大的要服侍小的。"[1] 很明显，上帝在二者之间喜欢小的一位，也就是雅各。这就是上帝屡次在雅各困难的时候，包括与以扫相争处于劣势的时候出手帮助他的原因。由于上帝相助，雅各发展壮大，成为以色列各族的祖先。

---

1 "创世记" 25:23。

雅各与以扫的故事旨在表明，上帝的拣选是一个人兴旺发达的首要原因。

但是这个故事因此也引起了一些疑惑：为什么拣选雅各？上帝在这件事上有没有偏心？一个人的表现在上帝的拣选中起什么作用？

这是《圣经》精神中的一个关键点。我们不妨用保罗的论述来了解这个要点。保罗在"罗马书"中指出：

（双子还没生下来，善恶还没有作出来，只因要显明神拣选人的旨意，不在乎人的行为，乃在乎召人的主。）神就对利百加说，将来大的要服侍小的。正如经上所记："雅各是我所爱的，以扫是我所恶的。"这样，我们可说什么呢？难道神有什么不公平么？断乎没有。因他对摩西说："我要怜悯谁，就怜悯谁，要恩待谁，就恩待谁。"据此看来，这不在乎那定意的，也不在乎那奔跑的，只在乎发怜悯的神。因为经上有话向法老说："我将你兴起来，特要在你身上彰显我的权能，并要使我的名传遍天下。"如此看来，神要怜悯谁，就怜悯谁；要叫谁刚硬，就叫谁刚硬。这样，你必对我说："他为什么还指责人呢？有谁抗拒他的旨意呢？"你这个人哪，你是谁，竟敢向神强嘴呢？受造之物岂能对造他的说："你为什么这样造我呢？"陶匠难道没有权柄，从一团泥里拿一块作成贵重的器皿，又拿一块作成卑贱的器皿么？[1]

拣选谁是神的主权，因此人无权评判。这是"创世记"里的一个基本主题。

但是上帝的拣选显然也自有其道理。

C. 故事意义之二：信仰与忠心

雅各充满算计，甚至有些狡诈，但是他对上帝的信仰和忠心是以扫不能比拟的。

---

[1] "罗马书" 9:11–21。

雅各去他母亲的老家的途中梦见天梯，上帝亲口应许他与他同在，要让他的后裔如地上的尘沙那样多，允诺将领他回来。雅各认真对待上帝的约，视之为逃难路上的头等大事，把那地方命名为"伯特利"，也就是"神的殿"，并在原地立柱浇油纪念。以后，他没有把在舅舅家娶妻生子、成家立业作为最后的归宿，而是时隔十多年仍然启身回迦南，践行神的约。在回迦南路上，他为与以扫见面头痛犯难时遇见天使，雅各与天使摔跤，并且获胜，但是他不放天使离开，他要的是天使的祝福，最后天使也给了他祝福。这可见雅各看重的是什么，他一直依靠上帝，对上帝忠心。

反观以扫，他虽然被雅各夺去了长子身份和父亲的祝福，但是他对上帝并不热心。他的长子身份与其说是雅各夺走的，不如说是他自己卖的，他以一碗红豆汤为代价就把上帝视为珍贵的长子身份交给了雅各，满不在乎地说"我将要死，这长子的名分于我有什么益处呢？"[1]在娶妻事上，他一再违背父母意愿，不顾神赋予其家族的复兴大任，执意数次娶异族人为妻。《圣经》没有记载以扫对神的任何呼求，他与神的关系冷漠。

D. 故事意义之三：个人努力与上帝应许

雅各的名字意为"抓住"，这很好地表明了他的个性。

在个人的事情上，他态度极为积极，什么都想要，且抓住不放。出生之时争先恐后，抓住以扫的脚；以后又要抓长子名分，父亲的祝福；在舅舅家做工，他费了很多心思在财产的获取上，甚至开发出一种控制羊的皮色的技术，把舅舅家肥硕的羊群都归到了自己名下（见第30章第31节以下）。这种为个人利益积极奋斗甚至充满算计的做法，很像今天个人奋斗的常见模式。不过雅各的故事中也显示了他为此付出的代价：他也被舅舅设计，在舅舅家做工长达十四年之久；他得了长子名分，却始终在以扫复仇的阴影下，为避难费尽心思，为了讲和，拿出辛苦挣来的大量财产送给以

---

[1] "创世记" 25:32。

扫，平息其愤怒。雅各的个人奋斗很辛苦，代价巨大，更关键的是，他屡次面临丧失一切的危险：如果舅舅拉班坚持扣留他，不让他离开；如果以扫坚持复仇。在后一种情况下他将性命难保，任何个人奋斗成果也就无从谈起了。

然而他的故事中唯一一个可以让他稳定获胜的因素，就是上帝的应许和帮助，以及雅各对此坚定不移的信心。与雅各摔跤的天使说的一句话可以作为雅各一生的写照："你与神与人较力，都得了胜。"[1] 与神较力，是指与天使摔跤，泛指雅各抓住神不放的那股劲头，这是他个人命运的决定力量；与人较力是指他的个人奋斗，也胜了，但代价巨大。

通过这个故事，《圣经》要强调的是信仰，是对上帝的态度，这在个人命运中起了决定作用。

4. 约瑟的故事

A. 简介

约瑟是雅各的儿子。雅各共有十二个儿子，约瑟与便雅悯是他与拉结所生，特别心爱，其余的子女是他与利亚及使女所生。约瑟遭兄弟们嫉恨，被他们联手卖给了埃及法老护卫长波提乏，他们告诉雅各说约瑟死了。到了埃及以后，约瑟尽心服侍波提乏一家，不料波提乏之妻看上约瑟英俊，要与他通奸，被约瑟拒绝。在其陷害下，约瑟被投入监狱。后来在法老招募解梦者的一次行动中，约瑟因解出法老的梦，并且提出解决埃及危机的方法而受到法老重用，成为埃及宰相。数年后埃及及中东各地发生自然灾害，由于约瑟应对得当，埃及不仅没有发生饥荒，而且还有余粮。雅各所在的地区也遭灾荒波及，便遣其子去埃及借粮。约瑟终于见到加害于自己的兄弟们，但他不仅没有报复，反而以德报怨，安慰他们，并接父亲雅各来埃及渡过饥荒，使以色列人躲过一劫。

---

[1] "创世记"32:28。

B. 故事的意义之一：上帝神奇的安排

"创世记"中约瑟的故事，是通过约瑟坎坷的一生向读者表明上帝的神奇和信仰的力量。

约瑟是以色列的后裔。中东地区在那一时期遭受重大自然灾害，使得以色列人处于巨大危险之中。约瑟就犹如上帝事先为这件事所做的安排，被他兄弟们卖到埃及，在埃及几十年，通过艰苦经营，获得法老信任，得到宰相职位，实施恰当的政策避免埃及陷于灾荒。而只有以他这么高的地位，这么大的作为，才能令法老以最高礼遇接待雅各一家。在渡过这个危机后，回头来看，才能看到上帝的手在其中奇妙的安排。上帝曾经允诺挪亚、亚伯拉罕以及雅各的后裔兴旺发达，事后看来，这是对这一允诺的实现。

所以，约瑟在埃及与兄弟们相认时感慨道："神差我在你们以先来，为要给你们存留余种在世上，又要大施拯救，保全你们的生命。这样看来，差我到这里来的不是你们，乃是神。"[1]

C. 故事的意义之二：信仰是约瑟成功的原因

约瑟虽然生命坎坷，历经艰险，但他成就了大事业。约瑟成功的原因，按"创世记"所述，就只有一个：坚信上帝。

约瑟被卖到埃及，人生地不熟，周围都是异族世俗的文化。但是他坚持自己的信仰生活，私下凡事祷告，内心充实。在一个完全没有信仰的环境里坚守信仰，这实属不易。而正是因为这一点，他显得与众不同。他有出众的智慧，他能预知许多事情，对于埃及人而言，他很神奇，因为他能够解梦；但他自己非常清楚："解梦不是出于神吗？"[2] 他认为这种能力来自与上帝的交流，是上帝赋予的。所以在行为上，他有一种遵从上帝法规的自觉。当波提乏的妻子提出与他通奸时，他的第一个反应就是：这是上帝

---

[1] "创世记" 45:7-8。
[2] 同上，40:8。

反对的事情，"我怎能作这大恶，得罪神呢？"[1] 这种信仰的力量使他能够对付多年的牢狱之灾，心从不孤独。这也使他在见到自己兄弟们到埃及求援之际，能够避免怨恨，马上领会到这是上帝的好意，把自己的受难归结为神保全以色列人的神奇安排。他过的是《圣经》所说的凡事感恩，不住地祷告的生活。

第三节 小结与讨论题

一、小结

"创世记"通过讲述上帝创造人与世界、亚当与夏娃的犯罪、人类的堕落、上帝与义人们的缔约，以及以色列先民的经历，表明这样一些主题：

1. 谁是世界之创造主，创造主与世界及人的关系，世界的构造原则。也就是，上帝创造了世界与人，他按好（善）的原则创造世界，万物和谐相处，人是世界的管理者。上帝看万物为好，特别看重人及其作用，他也把最好的品质赋予了人。

2. 信仰乃人之本分。由于人是造物，他的安全与能力只有在与上帝连为一体时才有保障，这时他所做的才是善的。信仰是这种联系的根本方式。

3. 不信是最大的罪。亚当夏娃的原罪，本质上就是不相信，从而失去了天真，失去了善，也失去了最大的力量，接着而来导致后人连续的败坏。

4. 上帝拯救人类的努力从未放弃。他把挪亚、亚伯拉罕及其后人以色列（雅各）等等作为选民，与他们立约，而这些人也响应了上帝的传召，在败坏的时代，成为义人的榜样。他们成为义人的唯一原因就是信仰上帝。

---

1 "创世记" 39:9。

二、讨论题

1. 阅读以下段落：

起初神创造天地。地是空虚混沌。渊面黑暗。神的灵运行在水面上。

神说："要有光。"就有了光。神看光是好的，就把光暗分开了。神称光为昼，称暗为夜。有晚上，有早晨，这是头一日。

神说："诸水之间要有空气，将水分为上下。"神就造出空气，将空气以下的水，空气以上的水分开了。事就这样成了。神称空气为天。有晚上，有早晨，是第二日。

神说："天下的水要聚在一处，使旱地露出来。"事就这样成了。神称旱地为地，称水的聚处为海。神看是好的。神说："地要发生青草和结种子的菜蔬，并结果子的树木，各从其类，果子都包着核。"事就这样成了。于是地发生了青草和结种子的菜蔬，各从其类，并结果子的树木，各从其类，果子都包着核。神看着是好的。有晚上，有早晨，是第三日。

神说："天上要有光体，可以分昼夜，作记号，定节令、日子、年岁。并要发光在天空，普照在地上。"事就这样成了。于是神造了两个大光，大的管昼，小的管夜。又造众星。就把这些光摆列在天空，普照在地上。管理昼夜，分别明暗。神看着是好的。有晚上，有早晨，是第四日。

神说："水要多多滋生有生命的物，要有雀鸟飞在地面以上，天空之中。"神就造出大鱼和水中所滋生各样有生命的动物，各从其类。又造出各样飞鸟，各从其类。神看着是好的。神就赐福给这一切，说："滋生繁多，充满海中的水。雀鸟也要多生在地上。"有晚上，有早晨，是第五日。

神说："地要生出活物来，各从其类。牲畜，昆虫，野兽，各从其类。"事就这样成了。于是神造出野兽，各从其类。牲畜，各从其类。地上一切昆虫，各从其类。神看着是好的。

神说："我们要照着我们的形像，按着我们的样式造人，使他们管理海里的鱼，空中的鸟，地上的牲畜，和全地，并地上所爬的一切昆虫。"神就照着自己的形像造人，乃是照着他的形像造男造女。神就赐福给他们，又对他们说："要生养众多，遍满地面，治理这地。也要管理海里的鱼，空中的鸟，和地上各样行动的活物。"神说："看哪，我将遍地上一切结种子的菜蔬和一切树上所结有核的果子，全赐给你们作食物。至于地上的走兽和空中的飞鸟，并各样爬在地上有生命的物，我将青草赐给它们作食物。"事就这样成了。

　　神看着一切所造的都甚好。有晚上，有早晨，是第六日。

　　天地万物都造齐了。到第七日，神造物的工已经完毕，就在第七日歇了他一切的工，安息了。神赐福给第七日，定为圣日，因为在这日神歇了他一切创造的工，就安息了。

讨论：

A. 上帝创造世界和创造人的过程怎样？有什么特点？

B. 根据上述描述，看上帝怎样安排世界与人的相互关系。

2. 阅读以下段落：

　　耶和华神所造的，惟有蛇比田野一切的活物更狡猾。蛇对女人说："神岂是真说，不许你们吃园中所有树上的果子么？"女人对蛇说："园中树上的果子，我们可以吃；惟有园当中那棵树上的果子，神曾说，你们不可吃，也不可摸，免得你们死。"蛇对女人说："你们不一定死，因为神知道，你们吃的日子眼睛就明亮了，你们便如神能知道善恶。"于是女人见那棵树的果子好作食物，也悦人的眼目，且是可喜爱的，能使人有智慧，就摘下果子来吃了。又给她丈夫，她丈夫也吃了。他们二人的眼睛就明亮了，才知道自己是赤身露体，便拿无花果树的叶子，为自己编作裙子。

天起了凉风，耶和华神在园中行走。那人和他妻子听见神的声音，就藏在园里的树木中，躲避耶和华神的面。耶和华神呼唤那人，对他说："你在哪里？"他说："我在园中听见你的声音，我就害怕。因为我赤身露体，我便藏了。"耶和华说："谁告诉你赤身露体呢？莫非你吃了我吩咐你不可吃的那树上的果子么？"。那人说："你所赐给我，与我同居的女人，她把那树上的果子给我，我就吃了。"耶和华神对女人说："你做的是什么事呢？"女人说："那蛇引诱我，我就吃了。"

耶和华神对蛇说："你既做了这事，就必受咒诅，比一切的牲畜野兽更甚。你必用肚子行走，终身吃土。我又要叫你和女人彼此为仇。你的后裔和女人的后裔也彼此为仇。女人的后裔要伤你的头，你要伤他的脚跟。"又对女人说："我必多多加增你怀胎的苦楚，你生产儿女必多受苦楚。你必恋慕你丈夫，你丈夫必管辖你。"又对亚当说："你既听从妻子的话，吃了我所吩咐你不可吃的那树上的果子，地必为你的缘故受咒诅。你必终身劳苦，才能从地里得吃的。地必给你长出荆棘和蒺藜来，你也要吃田间的菜蔬。你必汗流满面才得糊口，直到你归了土，因为你是从土而出的。你本是尘土，仍要归于尘土。"亚当给他妻子起名叫夏娃，因为她是众生之母。耶和华神为亚当和他妻子用皮子作衣服给他们穿。

耶和华神说："那人已经与我们相似，能知道善恶。现在恐怕他伸手又摘生命树的果子吃，就永远活着。"耶和华神便打发他出伊甸园去，耕种他所自出之土。于是把他赶出去了。又在伊甸园的东边安设基路伯和四面转动发火焰的剑，要把守生命树的道路。

讨论：

A. 分析蛇的表现。

B. 分析亚当和夏娃在这个过程中每一行动步骤及其心理状态。

C. 上帝在亚当夏娃吃禁果前后的所有做法及其意义。

3. 什么是原罪？罪的实质是什么？"罪"的来源是什么？

4. 找出"创世记"中上帝与（挪亚以后）各位选民所订的约及其内容和意义。

5. 从"创世记"看上帝对罪人和义人的判断标准及处置方式。

6. 分析亚伯拉罕献祭以撒时的表现。

7. 在下列人物中选择一或二位，对他们的完整故事加以评说：亚当和夏娃；挪亚；亚伯拉罕；罗得；以撒；雅各和以扫；约瑟。

8. 以"创世记"中具体人物（亚当、夏娃，该隐，罗得，雅各，亚伯拉罕等）为例，看上帝分别是怎么对待罪和罪人的，这说明了什么？

第二章 "马太福音"精读

第一节 从旧约到新约

"马太福音"是新约福音书的第一部。《圣经》由旧约和新约两部分组成,我们需要了解为什么有这两部分,以及它们的关系。

一、两约的名称

1. 什么是"约"?

"约"(testament)是一种文本,用于表达立约人的意愿和信念;它还特别指分发和施予,指上级给予下级的某些特权。"约"的特点就是单方面订立的允诺,对方在达到一定条件的情况下可以享受立约人给予的恩惠。遗嘱是"约"的典型例子。

旧约和新约都是上帝和他选定的人之间订立的约定,既有双方共同的承诺,对于上帝而言,也是一种对人的施予,给选民的特权,而对于选民而言,则是意愿和信仰的表达,或者说,上帝要求选民方承诺的是信仰的意愿。

2. 两约的对象

旧约和新约都是上帝与他的选民之间的盟约。旧约的选民主要是以色列人，新约的选民则是所有信仰上帝的人。

二、两约的基本关系

1. 在新约的前提下，旧约才有意义

有了新约，才会有旧约。在有新约之前，只有一个约，无所谓新旧。这一点，新约中的"希伯来书"有很简洁的表达："既说新约，就以前约为旧了。但那渐旧渐衰的，就必快归无有了。"[1]

"哥林多前书"提及新约时说：耶稣"饭后，也照样拿起杯来，说，这杯是用我的血所立的新约。你们每逢喝的时候，要如此行，为的是记念我。"[2] 这句话表述了耶稣对新约的一个界定：上帝与选民订立的新约，是以耶稣的血为证据的，接受新约的仪式是喝杯。对比旧约，上帝曾经提及一些不同的证据，例如对挪亚立约以彩虹为标记，祭祀仪式上用动物的血等。

2. 上帝拯救人类的两个步骤

按《圣经》，旧约和新约分别代表上帝拯救人类的两个步骤。亚当和夏娃犯罪以后，上帝曾经后悔造人，后来决定发洪水，但是留下挪亚一家和诸多生物样本。已经犯了罪的人成为上帝拯救的对象。上帝为此屡次与以色列人立约，其中最详尽的是在西奈山与摩西立约。这些约定对选民的生活行为、节日和仪式等有严格的要求，目的是让人知道如何过圣洁的生活。但是在旧约时代以色列人并没有遵行上帝的约定，一直未能过上帝喜悦的生活，不断地犯罪，持续地腐败。直到耶稣来到这个世界。

耶稣宣扬信必得救的思想，告诉人们靠行为是无法做到律法的要求的，

---

[1] "希伯来书" 8:13。
[2] "哥林多前书" 11:25。

他将流出自己的血并且送命,来为人类赎罪,而人只有依靠对他的信仰得救,通过他的血抵达通往天国的路。耶稣的新约让人们意识到,旧约原来只是上帝拯救计划中的第一步,旧约是让人知罪,明白自己的局限性,而新约使人得救。新约将上帝的旨意、履行约定的能力和途径,都指示和赋予了选民。耶稣的道成肉身给选民提供了一条成为圣洁公义的切实可行的道路。

3. 两约的连续性

首先,旧约为新约作了见证。

新约"使徒行传"载使徒的传道会首先证明耶稣应验了旧约。在旧约中,特别是众先知书中,有一些话语颇为隐晦难解,但是在新约福音书里,耶稣经常会解释这些谜团。耶稣常用"经上记着说……"这样的句式,说明旧约("经"在这儿指旧约)已经预言了当下发生的事情。"马太福音"记载耶稣谈论约翰时说"经上记着说,我要差遣我的使者在你面前,预备道路。所说的就是这个人"[1],这句话要说明施洗约翰的到来旧约早有预言,耶稣引用的是旧约"玛拉基书"的话。又如"约翰福音"记载,法利赛人不相信耶稣就是基督,说加利利从未出过大人物,耶稣回应说:"经上岂不是说,基督是大卫的后裔,从大卫本乡伯利恒出来的吗?"[2] 这里引用的是旧约"诗篇""耶利米书""撒母耳记"以及"弥迦书"中的话,这些文本都预言基督是大卫的后裔,生于伯利恒。耶稣虽然住在加利利,但出生之处却是伯利恒。法利赛人不了解这一点,以为找到了耶稣僭妄的证据,耶稣的话却印证了法利赛人的无知,也说明今天发生的事情是旧约真理的延续。耶稣屡次印证他要成就旧约《圣经》预言之事。所以在《圣经》里,旧约首先是为见证新约的。

第二,新约要成就旧约。耶稣在"马太福音"中说:"莫想我来要废掉

---

1 "马太福音"11:10。
2 "约翰福音"7:42。

律法和先知。我来不是要废掉，乃是要成全。我实在告诉你们，就是到天地都废去了，律法的一点一画也不能废去，都要成全。"[1] 新约并不是废除了旧约，而是让旧约得以完全实现。旧约的律法让人知道靠自己完全无法摆脱罪，而耶稣的血和因信称义的理论使人们从罪的捆绑下解脱出来，那几乎不可能照办的旧约律法的精神，即完全和圣洁，也借着耶稣而成为信仰者的现实，因为上帝因着人的信，就算他为义人，完全圣洁的人。

耶稣在进行新约教育的时候，也屡次引用旧约的话，最典型的例子是"马太福音"中耶稣受魔鬼试探。魔鬼向耶稣提出三件事，耶稣都用"经上记着说……"加以回应，也就是用旧约的话语证明撒旦的错。耶稣以此说明，旧约仍然是新约时代的指导原则。

第二节 "马太福音"简介

一、"马太福音"与其他三个福音的关系

"马太福音"在新约福音书中的顺序排在第一位。但是"马太福音"不是最早成书的福音书，一般认为最早成书的福音书是"马可福音"，后来马太和路加参照"马可福音"撰写了"马太福音"和"路加福音"，最后，约翰又在前三个福音的基础上写作了"约翰福音"。

福音书是对耶稣事迹和言语的记载，属于新约中的历史书。学者们相信，最先对耶稣言论的记述是零散的，随着时间的推移，最早的见证人渐渐离去，就有必要由专一的人将这些回忆和记述汇总起来，四福音书就是在这种情况下集成的。它们的成书年代一般认为在公元60年到100年之间。

四福音书中的"马太福音""马可福音"和"路加福音"有许多相似之处，被称为"符类福音"或"对观福音"，以示与"约翰福音"的区别。

---

[1] "马太福音" 5:17–18。

二、"马太福音"的作者

"马太福音"成书于公元60—70年左右。作者据认为是马太（与其他福音书一样，书名被认为是以记述者的名字命名的，但也都存在争议）。马太原是一位税务官，在以色列人中遭蔑视，因为他是为外邦统治者（当时以色列人在罗马帝国统治下）利益服务的。耶稣有一次遇见他并且呼召了他，从此马太成为耶稣的门徒。耶稣受难后，马太致力于传福音，据说到过中东、北非等地，最后在波斯（今伊朗）受难。

三、"马太福音"的特点

"马太福音"是专门针对以色列人的讲道。所以它十分强调耶稣的身份与旧约记载的联系，证明耶稣就是弥赛亚，是大卫的子孙，是旧约预言过的君王。全书第一章用了很长篇幅讲述耶稣的家谱，证明其在以色列人观念中的合法性。在耶稣受难之时，在罪状中显示的是"犹太人的王"。为了用以色列人能够明白的方式理解耶稣的使命，使用了"国度"这个概念。耶稣称他的国度不在地上，而在天上，他作为天国的君王有不同于地上君王的使命；耶稣用了大量的篇幅论述天国，向人们证明未来的盼望，鼓励人们做天国的选民。耶稣还把福音与以色列人所熟悉的律法相联系，彻底阐明了律法的本质，以及律法与救赎的关系。

虽然在其他福音书中耶稣也常用比喻，但在"马太福音"中，比喻是耶稣用得最多的讲述道理的方法，全书用了40个比喻。这是"马太福音"的一大特点。"马太福音"记载了耶稣的解释："门徒进前来，问耶稣说，对众人讲话，为什么用比喻呢。耶稣回答说，因为天国的奥秘，只叫你们知道，不叫他们知道。"[1] 比喻实际上就是讲故事，耶稣认为通过故事能够让属

---

[1] "马太福音"13:10。

灵的听众听得明白，而对于那些拒绝真理的人，他们"听是要听见，却不明白。看是要看见，却不晓得"。[1]

四、"马太福音"的结构

"马太福音"总共 28 章。可以分为 7 个部分。

第一部分包括第 1、2 章，是一个引言，讲述耶稣的诞生和出身，其家谱反映的与以色列诸圣哲的血缘关系，以及其诞生的艰辛与《圣经》对此的预言。

第二部分从第 3 章到第 7 章，讲述新约如何完全律法，包括登山宝训的全部内容。

第三部分从第 8 章到第 10 章，讲述耶稣教训门徒，以及行神迹医病治人。

第四部分包括第 11 章到第 13 章，以天国的启示为中心，讲述耶稣的教训和行动。

第五部分从第 13 章到第 18 章，教导的主题是教会及其管理。

第六部分从第 19 章到第 26 章第 2 节，重点讲述犹太人对耶稣的迫害和耶稣的受审。

最后，第七部分从第 26 章第 3 节开始到第 28 章结束，讲述耶稣受难，被埋葬，以及复活的过程。[2]

第三节 "马太福音"的几个主题

关于"马太福音"的重要主题，我们列出以下几个。由于下一章讨论

---

[1] "马太福音" 13:14。
[2] 这个结构框架是神学家 B.W. 培根在 20 世纪初提出的，参见约翰·德雷恩《新约概论》（北京大学出版社 2005 年版）第十一章中"马太福音的结构"一节。

"约翰福音","马太福音"中与"约翰福音"相同的两个主题"耶稣的降临"和"受难与复活",将在下一章合并讨论。

一、魔鬼的试探

1. 试探的记载

"马太福音"在交代了耶稣的出生以后,关于他成年的第一件事是写耶稣受洗。紧接着,就写了耶稣在这个世界上的第一次征战:接受魔鬼的试探。这是耶稣以人的身份经历的第一次考验。

"马太福音"的记载如下:

> 当时,耶稣被圣灵引到旷野,受魔鬼的试探。他禁食四十昼夜,后来就饿了。那试探人的进前来对他说:"你若是神的儿子,可以吩咐这些石头变成食物。"耶稣却回答说:"经上记着说:'人活着,不是单靠食物,乃是靠神口里所出的一切话。'"魔鬼就带他进了圣城,叫他站在殿顶上,对他说:"你若是神的儿子,可以跳下去。因为经上记着说:'主要为你吩咐他的使者,用手托着你,免得你的脚碰在石头上。'"耶稣对他说:"经上又记着说:'不可试探主你的神。'"魔鬼又带他上了一座最高的山,将世上的万国,与万国的荣华,都指给他看,对他说:"你若俯伏拜我,我就把这一切都赐给你。"耶稣说:"撒旦退去吧!因为经上记着说:'当拜主你的神,单要侍奉他。'"于是魔鬼离了耶稣,有天使来伺候他。[1]

"路加福音"第4章也记载了这件事,基本内容一样,只是第二、第三个试探顺序相反。

---

[1] "马太福音"4:1–11。

2. 试探的意义

A. 属灵生活的榜样

在试探的开始,"马太福音"描写道:"当时,耶稣被圣灵引到旷野,受魔鬼的试探。他禁食四十昼夜,后来就饿了。"这句话大有深意。耶稣是神,他不会饿,但是现在耶稣饿了,因为他道成了肉身,他有与人一样的感觉,受到肉体法则的影响。这说明魔鬼的试探只对肉体的人有作用,魔鬼用来试探的就是用肉体法则捆绑人并且战胜人的灵,使人放弃对天国的仰望。

耶稣饿了,但是耶稣没有被饿战胜,没有被肉体的法则战胜,对于一般人而言,这非常不易,尤其是在禁食了四十天的情况下。"马太福音"告诉读者,耶稣其实也完全体会到了饿,而魔鬼也非常歹毒地,第一个试探就指向了食物。不过耶稣识破并拒绝了魔鬼,在如此艰难的身体考验下,说出了"人活着,不是单靠食物,乃是靠神口里所出的一切话"。耶稣在这儿是给所有肉体的人做了一个榜样,表明即使在恶劣的外部状况下,人仍然可以不背叛神,依靠神获胜,并且也只有依靠神才能获胜。

亚当、夏娃被魔鬼试探,但他们中了蛇的诡计;约伯受到撒旦的打击,他没有丧失信仰,但颇多抱怨,因为他完全不了解个中缘由。耶稣受试探的过程和回应都堪称完美,完胜撒旦。

B. 现世信仰的核心

魔鬼的三个试探,其试探点是相同的:什么是这个世界上最重要的。

三个试探分别代表了俗世的三大诱惑。

第一,魔鬼让耶稣用石头变面包,这象征着用神力追逐物质利益。神成为手段,物质利益成了目标,成了最重要的。耶稣说,最重要的是神的话语,人靠神的话语而活。当然,耶稣没有说人不需要食物,只是"人活着,不是单靠食物"。最重要的是什么,决定了首先追寻的是什么,那其次的可以在此前提下得以解决;信心至上就意味着他相信借此可以解决任何其次的问题。

第二，魔鬼让耶稣表演奇迹。它说你如果是神的儿子，可以从山上跳下去，你肯定不会受伤，因为《圣经》的话语对此做出了保证。这个世界的人普遍相信奇迹，如果有人提及神，人们会首先想到行神迹，做不可思议之事。魔鬼顺着这样的思路怂恿耶稣表演，其实质就是不相信，怀疑，对上帝及其话语不放心：上帝说过这些，但他真的会这么做吗？所以耶稣一针见血地用《圣经》的话语斥责道"不可试探主你的神"。试探，就是因为没有信心。耶稣指出了这个实质，也就将神的性质和俗世对神的误解揭示出来了。神首先不是与神迹相联系，而是与信心相联系。在俗世意义上，表演神迹，是一件炫耀之事，如果真的做到，可以让举世的人臣服在表演者的能力和权威下。神的能力本是引人进入天国和永生的，炫耀则是将属天的能力禁锢在了属肉体的世界。

第三，放弃信仰，做地上的王。魔鬼对耶稣说，你只要拜我，我就把世界给你。这儿隐含了两个基本的判断：一是这个世界最重要，二是这个世界上最珍贵的是权力，有了权力便有国度和荣华富贵。如果人信服了这个判断，那么，他就已经把灵魂卖给了撒旦，因为他必须拜它，从而陷入撒旦的掌控之下。耶稣对这个试探的回答依然是直击要害的，他说"撒旦退去吧；因为经上记着说：'当拜主你的神，单要侍奉他。'"撒旦的诱惑是大的：万国和荣华富贵。当初蛇用树上的果子就骗倒了夏娃，而耶稣在这么大的诱惑下仍然直击要害：拜撒旦还是拜神，这事不容含糊。

魔鬼的三个试探都是要发出一个意思：这个世界的权力、享受最重要。而耶稣的三个回答也几乎一样：信心和天国的追求最重要。

二、登山宝训

"马太福音"第 5 章记载，耶稣见有众多追随者，就上了山，在山上教导他们。耶稣的话内容非常多，总共记载了3章，即第5章至第7章。这是耶稣在"马太福音"中最早的长篇教导，被称作"登山宝训"。总结起来，讲了两大方面的问题。

1. 论八福

A. 八福的内容

耶稣一开始讲论什么样的人有福（blessed，"受神祝福"的意思），从第5章第3节至第12节；与后面的内容相比，这是一个独立的部分，指明上帝喜欢怎样的操守和心地。

> 虚心的人有福了，因为天国是他们的。
> 哀恸的人有福了，因为他们必得安慰。
> 温柔的人有福了，因为他们必承受地土。
> 饥渴慕义的人有福了，因为他们必得饱足。
> 怜恤人的人有福了，因为他们必蒙怜恤。
> 清心的人有福了，因为他们必得见神。
> 使人和睦的人有福了，因为他们必称为神的儿子。
> 为义受逼迫的人有福了，因为天国是他们的。
> 人若因我辱骂你们，逼迫你们，捏造各样坏话毁谤你们，你们就有福了。应当欢喜快乐，因为你们在天上的赏赐是大的。在你们以前的先知，人也是这样逼迫他们。

"虚心的人"（the poor in spirit）指自知有欠缺的人，当然指的是灵命上的欠缺。他们有福，是因为他们由于知道欠缺而渴望真理、追求真理，而上帝允诺门徒说你求就必得着。所以，天国是他们的。

"哀恸"（mourn）指悲伤、痛苦，特别指为他人的灾难痛苦。他人有家人病殁的，犯罪的，遭受灾难的，要为他（她）悲伤，与他（她）同哭。为罪哀恸，证明他与罪不相容，但是与其同哭，而不是旁观甚至指责，说明这样的人有福，是"因为他们必得安慰"。人需要安慰，人都是软弱的，但是想得安慰者必须懂得安慰别人。

"温柔"（meek）不仅仅指态度随和，它有"逆来顺受"的意思，凡事顺从，谦卑。耶稣说，这样的人将是有福，他们的福分是"承受地土"，他们拥有大地的力量，与大地融为一体。

"饥渴慕义"（hunger and thirst for righteousness）指渴望正义，这样的人有福，因为他们渴慕追求正义的意念必然会得到满足。

"怜恤"（merciful）指对对手和冒犯者存忍耐和同情之心。这样的人有福，因为他们必蒙怜恤，即当他无意中冒犯他人时，他也将得到他人的忍耐和怜悯。

"清心"（pure in heart）指内心纯洁，单一地向往神，这样的人有"必得见神"的福分。

"使人和睦的人"（peacemaker）专门制造和睦，不挑动他人怒气，不挑拨离间，乐见人与人之间的团结互爱，为他人之间的和睦贡献自己的智慧和才能。这样的人得神祝福，因为他们顺着神造万物时的尺度——爱与和谐，来处理生活。所以，他们必被称为神的儿子。

第八种受神祝福的是"为义受逼迫的人"（those who are persecuted because of righteousness）。这儿的"义"是新约意义上的"义"，也就是"因信称义"的"义"，是耶稣带来的福音；这种人因传福音而受逼迫，这恰恰表明他们不属于这世界，天国就是对他们的奖赏。所以，耶稣补充说"人若因我辱骂你们，逼迫你们，捏造各样坏话毁谤你们，你们就有福了。应当欢喜快乐，因为你们在天上的赏赐是大的。在你们以前的先知，人也是这样逼迫他们。"

B. 八福的精神

八福所提倡的精神是虔诚与谦卑。

谦卑的人有福，这与这个世界倡导的精神是相反的。这个世界倡导的从来都是竞争的精神，努力奋斗、出人头地的精神；人生要有成就，表现出色。八福则要求人虚心、温柔、逆来顺受，为他人的悲剧伤心，忍耐他人的冒犯。当然，这是天国的精神，在这个世界上要做到这些，必须清心虔敬，依靠上帝。

2. 新的律法

"登山宝训"的第二大内容是耶稣对信徒行为的各种规范的论说。律法是以色列人最熟悉的，但是耶稣的论说赋予了律法新的解释，完全超出了以色列人通常的理解，形成了对律法的"完全"（完美）的建构。而在骨子里，这实际上是新约的律。这一部分涉及面广泛，篇幅较长，从第 5 章第 13 节到第 7 章末。

A. 做盐做光

耶稣要求门徒做世上的盐和光，用好行为荣耀上帝。

盐是提味的，门徒的行为应该能够彰显道理，把寻常世界的意义提示给世人；光是照明的，门徒的行为应该把是非提示给众人，树立这个世界的善恶标准。门徒如此行，既彰显了真理，又树立了榜样，这就荣耀了上帝。

这与以守律法为荣的以色列人的目标不同。耶稣要求门徒分别为圣的方法不是守律法自夸，显示自己的优越，只要自己得好处；而是服务和带动众人，让众人得好处，荣耀上帝。

B. 成全律法

新约不以行律法为目标，耶稣的许多做法在法利赛人看来是对律法的冒犯，比如他在安息日给人治病，赦免犯法者。因此，包括犹太人在内的所有人们很想知道耶稣对律法持什么看法。所以在这部针对犹太人的福音书里，耶稣就专门谈论了这个问题。

与人们的预想相反，耶稣把律法放在了至高的神圣的位置，他说：

> 莫想我来要废掉律法和先知。我来不是要废掉，乃是要成全。我实在告诉你们，就是到天地都废去了，律法的一点一画也不能废去，都要成全。所以无论何人废掉这诫命中最小的一条，又教训人这样作，他在天国要称为最小的。但无论何人遵行这诫命，又教训人遵行，他在天国要称为大的。我告诉你们，你们的义，若不胜于文士和法利赛人的义，断不能进天国。[1]

这段话表述了这样几层意思：首先，律法不仅不能废除，而且要成全，它一点一画也不能除去；耶稣了解一些人的误解，他们可能认为既然耶稣带来了新的法律，那旧的就应该废除。耶稣的这个意思把新约和旧约连为一体：新约不是废除旧约，而是成全旧约。第二，耶稣说"我来不是要废掉，乃是要成全"，主语是"我"，成全律法的是耶稣，只有他能够做到。这也就与新约的一个重要精神联系起来了：由于人没有能力行律法，得依靠耶稣达到这一点。第三，实施律法可以成为义人，所以耶稣把律法与义相联系，说："你们的义，若不胜于文士和法利赛人的义，断不能进天国。"耶稣特别提及了与文士和法利赛人的比较。这些人以行律法自夸，而显然他们没有能够实施律法，耶稣批评过他们是"假冒为善"的人。但是如果文士和法利赛人未能遵循律法，难道其他人就可以吗？他们如何胜过文士和法利赛人呢？很显然，这里的答案就是新约，新约约定，只要相信耶稣，那人就被算为义人，所以这里的"义"是因信称义，人胜过文士和法利赛

---

[1] "马太福音" 5:17–20。

人是通过耶稣得以成功的。

所以，耶稣通过谈论律法，将新约的主旨显明了出来。通过新约，律法不仅不会废除，而且可以得到完全的不折不扣的实施。

这种不折不扣在后面的几个论题中就表现出来了。

C. 不可杀人的解释

不可杀人，这是十诫中的条款。耶稣在登山宝训中论这一律法时，把它联系到对兄弟动怒，对兄弟动怒等同于杀人，仇恨他们就等同于杀人。很明显，耶稣对律法的这一条款做了更加严格的解释，严格到人几乎完全无法做到。这里的兄弟指同一个社会中的所有人，只要他不敌视上帝。任何人都很难做到从不对这社会中的人动过怒或有过恨。耶稣把这些等同于杀人，无疑就是在做成全和加强律法的事。在这个视野中，文士和法利赛人完全无法夸口说他们遵循了律法。但是如果律法是天国的标准，就一定是不折不扣的，完全的。

D. 不可奸淫的解释

与不可杀人一样，对于十诫中的"不可奸淫"，耶稣也做了完全的解释。耶稣说："你们听见有话说：'不可奸淫。'只是我告诉你们，凡看见妇女就动淫念的，这人心里已经与他犯奸淫了。"[1] 这也几乎完全无法做到，但是律法就是这样严格，天国就是这样圣洁。

E. 不可起誓的解释

文士和法利赛人好为人师，他们在为以色列人做榜样的意念驱使下，长期形成一些夸张的习惯，其中包括指天起誓，以证明所说的真实无误。耶稣看起来非常反感这种习惯，所以他指出，尽管旧约要人们不可背约，但是他要求人们甚至连起誓也不可以。起誓要指着神起誓，但是文士和法利赛人所言并不真实，所以这更是亵渎上帝。耶稣要求真诚的态度："你们

---

[1] "马太福音" 5:27–28。

的话，是，就说是；不是，就说不是。若再多说，就是出于那恶者。"[1]

不可起誓是对旧约律法的又一个加强和成全，它反对一切的虚伪。

F. 要爱仇敌

你们听见有话说："以眼还眼，以牙还牙。"只是我告诉你们，不要与恶人作对。有人打你的右脸，连左脸也转过来由他打。有人想要告你，要拿你的里衣，连外衣也由他拿去。有人强逼你走一里路，你就同他走二里。有求你的，就给他。有向你借贷的，不可推辞。

你们听见有话说："当爱你的邻舍，恨你的仇敌。"只是我告诉你们，要爱你们的仇敌。为那逼迫你们的祷告。这样，就可以作你们天父的儿子。因为他叫日头照好人，也照歹人；降雨给义人，也给不义的人。你们若单爱那爱你们的人，有什么赏赐呢？就是税吏不也是这样行么？你们若单请你弟兄的安，比人有什么长处呢？就是外邦人不也是这样行么？所以你们要完全，像你们的天父完全一样。[2]

这段话中的要求跟上文不可杀人、不可奸淫的要求一样难以实施。一个人不回击打他右脸的人已属不易，如何能将左脸也给他打？不恨他的仇敌已经很难做到，如何爱仇敌？但是耶稣告诉门徒，如果你们要完全，就要这么做。

这段文本中两次用到"你们听见有话说"，都是指旧约中的话语（"以牙还牙"见于"出埃及记"等，"恨你的仇敌"见于"诗篇"），这里又一次地，耶稣重新解释旧约和律法，但与上文不可杀人、不可起誓不同的是，耶稣这儿的要求听起来与旧约中那些话是相反的：不以牙还牙，爱你的仇敌。

---

1 "马太福音" 5:37。
2 同上，5:38–48。

这个解释如何与"成全律法"相一致呢？其实，对罪的恨恶与行使对罪人的惩罚，这在《圣经》中一直是不同的两件事。当初该隐杀兄弟，上帝给了他惩罚，但当该隐害怕别人见他就杀他时，上帝说了杀该隐的必遭报七倍。说明审判和惩罚权是在神，任何人如果私自惩罚他认为的罪人，就比那人的罪更大。以牙还牙讲的是公义，这是神的律，人并无能力判断和实施。对罪要恨恶，但对罪人，人所能做的恰恰是爱他。恨仇敌，可以理解为恨罪；爱仇敌，应该理解为爱人。这与耶稣把律法归结为爱神爱人的道理是一样的。

这段话最后的着落也非常新颖。耶稣把天父作为爱仇敌的榜样："因为他叫日头照好人，也照歹人；降雨给义人，也给不义的人。……所以你们要完全，像你们的天父完全一样。"天父并不只是通过规范和约束行公义，还通过把日头和雨降给一切的人行公义；天父并不只是通过惩罚行公义，也通过爱行公义。这就对天父作了完整的解释。天父是完全（完美）的，公义的；人也应该像天父一样完全，如果人因没有能力而把行判断的事交付上帝，那么他应该行他有能力的事：去爱。

G. 论施舍、祷告、禁食

施舍、祷告和禁食是以色列人宗教活动的几项主要内容。耶稣论这几项活动，主要指正信徒的态度。

耶稣告诫说，如果你们信仰神，就不应该在施舍的时候故意让他人看见，要暗中施舍，甚至，自己的右手施行的施舍连自己的左手也不需要知道。祷告也要在私下向神祷告，而不应该在大庭广众之中故意叫人看见听见。至于禁食（在一段时间内不吃喝，全心祷告），耶稣警告说，不能故意让人看出很饥饿的样子。这儿的道理是，如果你一心向神，你不会做这些给人看；如果你做给人看，就意味着你并不相信神的存在。

值得注意的是，耶稣在这几项忠告中反复提及"假冒为善的人"，凡在上述崇拜活动中故意做给别人看,都是假冒为善者,而这正是文士和法利赛人的常态。可见耶稣对于文士和法利赛人的反感。

  H. 论对衣食财富的态度

  衣食和财富,这是人在地上生活必然遇到的问题。耶稣把这个问题与天国联系在一起,提出了迥异于俗世的要求。耶稣的重点在态度上。

  关于财富,耶稣说,人要积天上的财富,这当然是指遵循耶稣的教导行事为人,特别是在爱神与爱人如己上的努力。但是人们不由自主地会积累地上的财富,想把地上的生活过得舒适无忧。耶稣深知人们的这种心理,指出这里真正的危险是因小失大。他告诫道:"一个人不能侍奉两个主。不是恶这个爱那个,就是重这个轻那个。你们不能又侍奉神,又侍奉玛门。("玛门"是"财利"的意思)"[1] 如果人把心思放在玛门上,就不可能一心侍奉神,这样会失去天国的财富。

  关于衣食住行,耶稣要求门徒的态度是勿忧虑,交托给神。"所以我告诉你们,不要为生命忧虑,吃什么,喝什么。为身体忧虑,穿什么。生命不胜于饮食吗?身体不胜于衣裳吗?你们看那天上的飞鸟,也不种,也不收,也不积蓄在仓里,你们的天父尚且养活他。你们不比飞鸟贵重得多吗?"[2] 这是一种坦然淡定的态度,这种态度的背后是对上帝的信念:上帝必不让人匮乏。反之,努力靠自己去为衣食打算,尤其是为未来、为更多的积蓄奋斗,那是与神隔绝的表现,不相信神是可依靠的。总之,不要把心思过多放在肉体生存上,是这些教导的重点。

  I. 勿论断人

  论断人一直是新约《圣经》制止的事,耶稣教导过,保罗也论述过。

  在登山宝训中,耶稣关于勿论断人,讲了两个要点。第一,论断人的

---

[1] "马太福音" 6:24。

[2] 同上,6:25–26。

必被论断，而且别人是以相同的方法论断论断者。这就表明论断并不是一个像论断者眼里看到的那样追求正义的行为，恰恰相反，它是伤害人的行为，因为他人的本能反应是报复，而不是感激。第二，论断他人是一个不公正的行为。耶稣断然指出，当人论断他人时，他一定比被指责者更该指责："为什么看见你弟兄眼中有刺，却不想自己眼中有梁木呢？"[1]这一点很有深意，既表明论断这种行为在罪性上程度很高，又表明人首先应该照自己的镜子。无罪的人才能论断别人。

所以，第一是伤害人，第二是不公正，耶稣给论断行为定了性。

J. 律法的总结

登山宝训中对人的行为的规范是一部新的律法。耶稣对旧约律法作了新的解释或发微，从两方面成全律法。第一方面是将旧约律法的严格化，使律法成为不折不扣的圣洁的镜子，让每个人去照这面镜子，从而知道靠自己无法行律法，知道救恩的重要性；第二方面是纠正过去人们理解的偏差，把神的爱这一方面显示出来，让人不要行论断，阻隔人与神的关系。

新的律法强调恩典，强调对神的依靠。在"马太福音"第22章，耶稣对律法作了总结，这可以看成在新约视野中律法所发出的恩典之光。

> 法利赛人听见耶稣堵住了撒都该人的口，他们就聚集。内中有一个人是律法师，要试探耶稣，就问他说："夫子，律法上的诫命，哪一条是最大的呢？"耶稣对他说："你要尽心，尽性，尽意，爱主你的神。这是诫命中的第一，且是最大的。其次也相仿，就是要爱人如己。这两条诫命，是律法和先知一切道理的总纲。"[2]

---

[1] "马太福音" 7:3。
[2] 同上，22:34–40。

如果我们查看旧约,十诫里所有的诫命,前三条是对独一真神以外的神的禁令,后七条是对不能做的事情的禁令。这两种禁令如果从肯定的角度看,就是对应该做什么的要求。"除了我以外,你不可有别的神",从肯定的角度看,就是你要爱独一真神;"不可杀人""不可偷盗"等对伤害他人的行为的禁止,从肯定的角度看,就是要爱人如己。禁令令人小心谨慎,而耶稣的总结让人充满行动的力量和信心。这完全扭转了文士和法利赛人动辄以律法为名打压他人的局面。

三、对法利赛人的批评

1. 法利赛人

法利赛人是耶稣时代巴勒斯坦地区的一个犹太宗教团体。《圣经》中提到过当时的三个类似团体:撒都该人、法利赛人、奋锐党人,法利赛人是其中最大的,据说有六千人之多。其组成中一大部分来自学习经文的学生,另一部分是普通居民。

法利赛人最大的特点是对旧约《圣经》特别是律法进行了详细的解释,制定出实施细则,这让普通民众有了具体的宗教活动规则,受到欢迎;同时,法利赛人以遵循律法为己任,这也使他们得到广大民众的尊敬。

法利赛人对于律法的解释注重于行为的规范,并且由于其对烦琐的实施细则的追求,而导致许多荒谬规定,例如在守安息日(安息日不能做工)方面,规定那天不能做饭,步行的距离不能超过一公里,裁缝在安息日前一天晚上不能带针外出,以免第二天那做工的针还在身上,等等。

最重要的,经过这种解释,上帝慈爱的一面消失了,成了惩罚的神。

2. 耶稣的批评

耶稣对法利赛人的批评遍及"马太福音"各处,在第23章有集中的详述。耶稣的批评概括起来有下述几点:

A. 假冒为善

这是法利赛人最大的问题。法利赛人声称自己是行律法的榜样,但这不是真的。耶稣从两方面揭露了他们。

第一,能说不能行。耶稣嘱咐门徒,对法利赛人:"凡他们所吩咐你们的,你们都要谨守、遵行。但不要效法他们的行为。因为他们能说不能行。他们把难担的重担,捆起来搁在人的肩上。但自己一个指头也不肯动。"[1] 他们嘴上一套,行为是另一套,所以,说他们遵行律法是假的。

第二,喜欢虚荣。"他们一切所做的事,都是要叫人看见。所以将佩戴的经文做宽了,衣裳的䍁子做长了;喜爱筵席上的首座,会堂里的高位;又喜爱人在街市上问他安,称呼他拉比。("拉比"就是"夫子")"[2] 他们做事的目的是获取好名声。耶稣一直对门徒说,地位高的人的标志是为人服务,做别人的佣人,而凡自高的必降为卑,为此耶稣在最后的晚餐中为门徒洗脚。

B. 本末倒置,关了天国的门

天国的秩序与人间相反。法利赛人所有努力都在人的层面上,要让人知道,唯独不见神。他们并不仰望天国。而另一方面,当他们以这种方法带领信众的时候,他们等于关闭了天国的门,使得信众与天国无缘了。因为天国本是恩慈怜悯,是上帝的恩典使人成圣,法利赛人给信众做出的榜样就是假冒为善,在人间出人头地,这些行为就与天国隔绝了。他们是带路人,所以他们的做法的后果不止是使他们自己与神隔绝,也害了信众。这就是耶稣所说下面这句话的意思:"你们这假冒为善的文士和法利赛人有祸了。因为你们正当人前把天国的门关了。自己不进去,正要进去的人,你们也不容他们进去。"[3]

---

[1] "马太福音" 23:3-4。
[2] 同上,23:5-7。
[3] 同上,23:13。

为正视听，耶稣指出了文士和法利赛人错误之所在：本末倒置。信仰和宗教活动的目的是拯救灵魂，但是文士和法利赛人却把表面上的仪式、祭物看成了目的。"你们这假冒为善的文士和法利赛人有祸了。因为你们将薄荷，茴香，芹菜，献上十分之一。那律法上更重的事，就是公义，怜悯，信实，反倒不行了。这更重的是你们当行的；那也是不可不行的。你们这瞎眼领路的，蠓虫你们就滤出来，骆驼你们倒吞下去。你们这假冒为善的文士和法利赛人有祸了，因为你们洗净杯盘的外面，里面却盛满了勒索和放荡。"[1]

C. 迫害先知，流无辜人的血

这是一条重罪。耶稣的原话是这么说的："你们这假冒为善的文士和法利赛人有祸了。因为你们建造先知的坟，修饰义人的墓，说：'若是我们在我们祖宗的时候，必不和他们同流先知的血。'这就是你们自己证明，是杀害先知者的子孙了。你们去充满你们祖宗的恶贯吧！你们这些蛇类、毒蛇之种啊！怎能逃脱地狱的刑罚呢？所以我差遣先知和智慧人并文士，到你们这里来。有的你们要杀害，要钉十字架。有的你们要在会堂里鞭打，从这城追逼到那城。叫世上所流义人的血，都归到你们身上。从义人亚伯拉罕的血起，直到你们在殿和坛中间所杀的巴拉加的儿子撒迦利亚的血为止。我实在告诉你们，这一切的罪，都要归到这世代了。耶路撒冷啊！耶路撒冷啊！你常杀害先知，又用石头打死那奉差遣到你这里来的人。我多次愿意聚集你的儿女，好像母鸡把小鸡聚集在翅膀底下，只是你们不愿意。"[2]

法利赛人认为自己如果处在旧约时代，要比他们的祖先强，他们必不会像其祖先那样，杀害先知。但是耶稣指出，他们的罪实际上比他们祖先的更大。从"我差遣先知和智慧人并文士，到你们这里来。有的你们要杀

---

[1] "马太福音" 23:23–25。
[2] 同上，23:29–37。

害,要钉十字架。有的你们要在会堂里鞭打,从这城追逼到那城"这些描述看来,是对他们将会迫害基督及其门徒的预言。这一次他们迫害的是神自己,而非仅仅是先知。

耶稣对文士和法利赛人的批评涉及基督信仰方面的一些实质性问题,耶稣的决绝态度表明,如果神被虚情假意的人所绑架,成为他们追逐一己私利的幌子,将会带来多么严重的后果。

四、耶稣行神迹

1. 神迹的纪录

"马太福音"中记载了耶稣至少 24 次在人前行神迹,按章节列出如下:

8:1-4 记载,耶稣洁净一位有信心的大麻风病人;

8:5-13 记载,耶稣在未到现场的情况下医治好百夫长仆人的瘫痪病;

8:14-17 记载,耶稣医好彼得的岳母的热病;医治被鬼附身的人;

8:23-27 记载,耶稣在海船上令风浪平息;

8:28-34 记载,耶稣在加大拉遇见群鬼,把它们赶进猪群入海淹死;

9:1-8 记载,耶稣赦免一个由人抬着进前来的瘫子,瘫子被治好;

9:18-26 记载,耶稣使一位管会堂者的女儿死里复活;又治好一位患血漏病的女人;

9:27-31 记载,耶稣开了两个瞎眼者的眼,使他们复明;

9:32-34 记载,耶稣赶出哑巴身上的鬼,使哑巴开口说话;

12:9-14 记载,耶稣安息日治好一只手枯干者;

12:15-16 记载,耶稣治好跟随他的许多人;

12:22-23 记载,耶稣治好又瞎又哑被鬼附身的人;

14:13-21 记载,耶稣用五个饼两条鱼喂饱跟随听道的五千人;

14:22-33 记载,耶稣在海面上行走,并且令彼得也照样做;

14:34-36 记载，在革尼撒勒，所有得病的人摸耶稣衣服的䍁子，病就好了。

15:21-28 记载，有一迦南妇人求耶稣救女儿，耶稣因她表现出来的信心，治愈了她女儿；

15:29-31 记载，耶稣在加利利海边，让众多瘸腿的、瞎眼的、聋哑人痊愈；

15:32-39 记载，耶稣用七个饼和几条鱼让四千跟随者吃饱；

17:14-18 记载，耶稣医治害癫痫的孩子；

17:24-27 记载，耶稣吩咐用钓到的鱼口里的钱纳自己和门徒的税；

20:29-34 记载，耶稣出耶利哥的时候，医治好两个瞎子；

21:14 记载，耶稣在圣殿治好瘸子、瞎子；

21:18-22 记载，耶稣因无花果树不结果子而令其枯萎。

2. 神迹的意义

从上述记载中可以发现，耶稣行神迹出于两种情况，一种是出于怜悯和仁慈，对有需求的人施以援手，比如治好他遇见的残疾人，以及给五千人、四千人吃饱；另一种情况是对求救者的信心的奖赏。在后一种情况下，耶稣总是说"你的信救了你"。这表明，耶稣行神迹是要给信仰者一个认可：你信对了。

神迹的意义在此就可见到。它涉及上帝的世界准则和对它的信仰。上帝的世界没有疾病，没有饥饿，没有丑陋，在耶稣看来，是撒旦在用这些东西折磨人，这是罪的表现。耶稣痛恨这些，在"马可福音"中，当耶稣看到麻风病人丑陋的面容，心中充满同情[1]。耶稣治疗这些普通民众的疾病，就是为了让人们见识上帝的世界，宣布上帝对撒旦的胜利，告诉人们基督的到来。另一方面，每一个得救的人，不是因为他们自己的原因而得救，

---

1 "马可福音" 1:42。

而是因为他们对上帝的世界的向往，特别是对来自上帝世界的耶稣的信仰。

3. 神迹与信心

因为神迹超出了常人的经验和理解力，是神的能力的证明，所以耶稣行神迹的目的常被理解为是为了让人相信。这涉及一个问题：神迹是否信心的来源？神迹与信心的关系是什么？

"马太福音"和其他记载有神迹的福音书里，耶稣行神迹后对人说的话常常显得难解。有时候他对被救治者说，这事你不可告诉别人（如9:27-31耶稣使两个瞎者复明后，嘱咐他们"你们要小心，不可叫人知道"）；有时候却说，你去给祭司看（如8:1-4耶稣洁净了一位大麻风病人后告诉他要这么做）。这是为什么呢？给祭司看，这好理解，如上所述，行神迹是耶稣宣布上帝的世界降临的方法之一。但是"不可叫人知道"就有点令人费解。

这涉及神迹与信心的关系。如果耶稣希望人们因为他的神迹而信他，就没有理由阻碍别人知道。值得注意的是，耶稣不希望让他们知道的那些人是普通民众，在他看来，神迹对于信仰并不是根本。在"约翰福音"里，耶稣对见证他复活的多玛说："你因看见了我才信，那没有看见就信的有福了。"[1] 信仰的原因不是神迹，不是证明，而是信心，是神的拣选和被拣选者的信心。第9章记载的那位血漏女子相信，她此刻遇见的就是基督，所以只需摸一下他衣服的穗子，自己就会得救；那位百夫长深信耶稣是基督，所以他说，你是有权柄的，你只要说句话，我仆人的病一定好。耶稣治好他仆人，是给他信心的回报。任何人不可能靠见到神迹就相信神，因为如果没有信心，如文士和法利赛人那样，他们可以把耶稣赶鬼解释为"靠鬼王赶鬼"，仍然是不信。"见到才信"其实是怀疑，抱着这样的态度，很容

---

[1] "约翰福音" 20:29。

易像文士和法利赛人那样会去试探神。"马太福音"第12章记载"当时，有几个文士和法利赛人，对耶稣说：'夫子，我们愿意你显个神迹给我们看。'耶稣回答说：'一个邪恶淫乱的世代求看神迹。除了先知约拿的神迹以外，再没有神迹给他们看。'"[1]先知约拿的神迹记载在旧约中，耶稣拒绝为那些试探者再行神迹，意思是说，你们要看神迹，看看约拿的就够了，如果旧约的记载不能令你们信服，行再多的神迹又有何益？而对于普通人，"见到才信"也是不可能的途径。从上述那些例子看，耶稣要强调的恰恰是"信了就能见到""你的信救了你"。不是神迹救了你，而是信心救了你。

所以耶稣行神迹却不希望别人张扬，是因为这对得救没有太大帮助。

五、论天国

天国是耶稣在"马太福音"中谈论得最多的词语之一。由于以色列人一直追求在现世中建立上帝的国度，并且认为他们的国就是在地上的上帝的国，耶稣用了"国"的概念对他们宣扬福音。

1. 作为名词的天国

在"马太福音"里，"天国"作为名词与我们在《圣经》其他地方见到的意思一样，指天堂，神的国度。耶稣对门徒说："这天国的福音，要传遍天下，对万民作见证，然后末期才来到。"[2]天国有别于这个世界，这个世界将结束，有末期，而天国是永恒之处，是被拣选者将去的地方，耶稣到来，就是传告这个天国的消息的。天国是人们向往的地方。耶稣说："我告诉你们，你们的义，若不胜于文士和法利赛人的义，断不能进天国。"[3]

---

1 "马太福音"12:38–39。

2 同上，24:14。

3 同上，5:20。

2. 作为事件的天国

耶稣同时指出："从施洗约翰的时候到如今，天国是努力进入的，努力的人就得着了。"[1] 为了讲清楚这个努力要如何进行，耶稣将"马太福音"里最精彩的比喻用在了"天国"的讲解上。在这些比喻里，耶稣使用了叙事的方法，以"天国好像……"的句式讲解，这个句式中的省略号代表一个故事，而故事所讲述的重点又各不相同，中心是讲进入天国的努力。这是一种非常奇特的讲解。

A. 麦子与稗子

耶稣用麦子和稗子的比喻说明天国的拣选规则。

> 耶稣又设个比喻对他们说："天国好像人撒好种在田里。及至人睡觉的时候，有仇敌来，将稗子撒在麦子里，就走了。到长苗吐穗的时候，稗子也显出来。田主的仆人来告诉他说：'主啊，你不是撒好种在田里吗？从哪里来的稗子呢？'主人说：'这是仇敌作的。'仆人说：'你要我们去薅出来吗？'主人说：'不必，恐怕薅稗子，连麦子也拔出来。容这两样一齐长，等着收割。当收割的时候，我要对收割的人说，先将稗子薅出来，捆成捆，留着烧；惟有麦子，要收在仓里。'"[2]

由于这个比喻颇有点艰深，在门徒们的要求下，耶稣做了进一步解释：

> 当下耶稣离开众人，进了房子。他的门徒进前来，说："请把田间稗子的比喻讲给我们听。"他回答说："那撒好种的就是人子；田地就是世界；好种就是天国之子；稗子就是那恶者之子；撒稗子的仇敌就是魔鬼；收割的时

---

1 "马太福音" 11:12。
2 同上，13:24—30。

候就是世界的末了；收割的人就是天使。将稗子薅出来用火焚烧，世界的末了也要如此。人子要差遣使者，把一切叫人跌倒的和作恶的，从他国里挑出来，丢在火炉里；在那里必要哀哭切齿了。那时，义人在他们父的国里，要发出光来，像太阳一样。有耳可听的，就应当听。"[1]

在这个比喻里，天国意味着两点：第一，信众的努力。田主不让仆人将稗子薅出来，而让它们与麦子一起长，指让信众与恶势力在一起，与之做斗争。天国接纳的是经过斗争锻炼的人。第二，神的拣选。当末日，神要将稗子从麦子中薅出来，放在火里焚烧，那时，义人和恶人就有了结局。

B. 芥菜种和面酵

他又设个比喻对他们说："天国好像一粒芥菜种，有人拿去种在田里。这原是百种里最小的，等到长起来，却比各样的菜都大，且成了树，天上的飞鸟来宿在它的枝上。"他又对他们讲个比喻说："天国好像面酵，有妇人拿来，藏在三斗面里，直等全团都发起来。"[2]

在这个比喻里，天国意味着一种奇特的发展：从无到有，从小到大，从默默无闻到惊天动地。但是这个发展是有人作为的，须要人把这颗种子拿去种在地里，把这团面酵藏在面粉里。这人是有眼力的，这人也是愿意为天国做工的。

C. 宝贝和珠子

天国好像宝贝藏在地里，人遇见了就把它藏起来，欢欢喜喜地去变卖

---

[1] "马太福音" 13:36–43。
[2] 同上，13:31–33。

一切所有的,买这块地。天国又好像买卖人寻找好珠子,遇见一颗重价的珠子,就去变卖他一切所有的,买了这颗珠子。[1]

这个比喻提及的也是有眼力的人,天国是专门为那些珍视它的人准备的。耶稣的语气表明,这些人换回的是真正值得他们倾其全部去换的,是至宝。

D. 请赴宴席

在第22章,耶稣讲了一个较长的关于主人请客的故事。

> 耶稣又用比喻对他们说:"天国好比一个王为他儿子摆设娶亲的筵席,就打发仆人去,请那些被召的人来赴席;他们却不肯来。王又打发别的仆人,说:'你们告诉那被召的人,我的筵席已经预备好了,牛和肥畜已经宰了,各样都齐备,请你们来赴席。'那些人不理就走了。一个到自己田里去;一个作买卖去;其余的拿住仆人,凌辱他们,把他们杀了。王就大怒,发兵除灭那些凶手,烧毁他们的城。于是对仆人说:'喜筵已经齐备,只是所召的人不配。所以你们要往岔路口上去,凡遇见的,都召来赴席。'那些仆人就出去到大路上,凡遇见的,不论善恶都召聚了来,筵席上就坐满了客。王进来观看宾客,见那里有一个没有穿礼服的,就对他说:'朋友,你到这里来,怎么不穿礼服呢?'那人无言可答。于是王对使唤的人说:'捆起他的手脚来,把他丢在外边的黑暗里,在那里必要哀哭切齿了。'因为被召的人多,选上的人少。"[2]

这个故事中有两点很特别。第一次请客的时候,被召的宾客都不来,其中有的甚至拿住发请柬的人加以凌辱,还把他们杀了。主人把他们当

---

[1] "马太福音" 13:44–46。
[2] 同上,22:1–14。

作尊贵的客人，但那些人显然不领情，视白给的为无物。这些被召的是何人？是不是某些以色列选民？他们徒有选民之名，却不珍惜，甚至凌辱、悖逆他们的主人，成了主人的敌人。第二次召宾客，主人吩咐说凡遇见的不论善恶都召来，这显然与第一次召法不同，而筵席上顷刻就坐满了人。这颇有点耶稣拯救外邦人的特点。不过，虽然来客很多，其中却也有不珍惜的，穿着随便，侮辱了主人。耶稣总结说："被召的人多，选上的人少。"耶稣通过这个故事表明，天国属于珍视它的人，这个意思与上文"宝贝与珠子"的意思接近。

E. 童女与新郎

> 那时，天国好比十个童女拿着灯出去迎接新郎。其中有五个是愚拙的；五个是聪明的。愚拙的拿着灯，却不预备油；聪明的拿着灯，又预备油在器皿里。新郎迟延的时候，她们都打盹，睡着了。半夜有人喊着说："新郎来了，你们出来迎接他。"那些童女就都起来收拾灯。愚拙的对聪明的说："请分点油给我们，因为我们的灯要灭了。"聪明的回答说："恐怕不够你我用的；不如你们自己到卖油的那里去买吧。"她们去买的时候，新郎到了；那预备好了的，同他进去坐席，门就关了。其余的童女，随后也来了，说："主啊，主啊，给我们开门！"他却回答说："我实在告诉你们，我不认识你们。"所以你们要儆醒，因为那日子，那时辰，你们不知道。[1]

虽然天国不是人自己争取来的，而是上帝恩赐的，但是耶稣仍然要求被选中的人时刻预备好，要儆醒。天国只给予有准备的。这个故事同时也告诉人们，当天国降临的时候，并没有事先的通知，所以这种准备是时时刻刻不能放松的。

---

1 "马太福音"25:1–13。

F. 忠心良善的仆人与又懒又恶的仆人

在以下这个关于天国的故事中,耶稣讲到了仆人对主人的态度:如何为主人打理家业。

> 天国又好比一个人要往外国去,就叫了仆人来,把他的家业交给他们;按着各人的才干,给他们银子;一个给了五千,一个给了二千,一个给了一千,就往外国去了。那领五千的随即拿去做买卖,另外赚了五千。那领二千的也照样另赚了二千。但那领一千的去掘开地,把主人的银子埋藏了。过了许久,那些仆人的主人来了,和他们算账。那领五千银子的又带着那另外的五千来,说:"主啊,你交给我五千银子。请看,我又赚了五千。"主人说:"好,你这又良善又忠心的仆人,你在不多的事上有忠心,我要把许多事派你管理;可以进来享受你主人的快乐。"那领二千的也来,说:"主啊,你交给我二千银子。请看,我又赚了二千。"主人说:"好,你这又良善又忠心的仆人,你在不多的事上有忠心,我要把许多事派你管理;可以进来享受你主人的快乐。"那领一千的也来,说:"主啊,我知道你是忍心的人:没有种的地方要收割,没有散的地方要聚敛;我就害怕,去把你的一千银子埋藏在地里。请看,你的原银子在这里。"主人回答说:"你这又恶又懒的仆人,你既知道我没有种的地方要收割,没有散的地方要聚敛;就当把我的银子放给兑换银钱的人,到我来的时候,可以连本带利收回。夺过他这一千来,给那有一万的。因为凡有的,还要加给他,叫他有余;没有的,连他所有的也要夺过来。把这无用的仆人,丢在外面黑暗里。在那里必要哀哭切齿了。"[1]

这个故事一直以"马太效应"闻名。一般的解读把这个"马太效应"

---

[1] 《马太福音》25:14-30。

理解为在社会资源的分配上强者通吃，弱肉强食，这就完全曲解了耶稣的道理。耶稣的这个比喻只与仆人对主人的忠诚有关，主人奖赏的是忠心良善的仆人，而不是又懒又恶的仆人；对于前者，主人将恩上加恩，对于后者，主人将剥夺其仆人的地位，让他在主人的恩典上无份。

这个故事表明，天国属于勤奋为主人工作的人。主人会根据每个人的不同才能赋予他们不同程度的工作，但是只要他们忠心良善，为主人的事业着想，他们会得到同样的奖赏。五千银子与两千银子仅仅是工作量的区别，不是奖赏的大小，他们得到的奖赏是一样的，就是主人的相同的赞词。耶稣是天国的主人，所以这个比喻也表明他对地上的选民有托付，这个托付主要是让他们传福音。忠心良善的仆人把耶稣给予他们的恩典传给他人，使信仰者有加倍的增长。

那位得到一千银子的人根本不为主人着想，也不想为主人工作。他用了一个词"忍心"来形容他的主人。这个词意思是苛刻，冷酷无情，斤斤计较，难弄（英语译本用了 hard 或 exacting）。把主人想成这样是最恶劣的主仆关系，这样的仆人对主人充满抱怨，猜忌，完全浪费了主人对他的信任和托付。"连他所有的也要夺过来"，不仅因为他的无用，而且因为他忘恩负义。

第四节　小结与讨论题

一、小结

除了耶稣诞生，受难和复活的主题（将在"约翰福音"精读中讨论）外，"马太福音"发出的最引人注目的信息有三点。

1. 爱的诫命

针对以色列人遵循律法诫命的传统，耶稣在"马太福音"中对律法诫命做了大量阐发，最终给出了简洁的总结：

> 内中有一个人是律法师，要试探耶稣，就问他说："夫子，律法上的诫命，哪一条是最大的呢？"耶稣对他说："你要尽心，尽性，尽意，爱主你的神。这是诫命中的第一，且是最大的。其次也相仿，就是要爱人如己。这两条诫命，是律法和先知一切道理的总纲。"[1]

耶稣把诫命中否定性的"不可"的律总结为肯定性的爱的律，从此地上的信徒不再争相"不做"什么，而是争相爱神爱人，这充分展示了耶稣降世的意义。

这两条中，爱神是最大的，爱神是爱人的源泉和前提。

"其次也相仿，就是要爱人如己"，"相仿"既是指在爱这一点上相仿，也是指爱人仿佛爱神。耶稣把爱人如己视为爱神的表现，它既是命令，也是奖赏：

> 当人子在他荣耀里同着众天使降临的时候，要坐在他荣耀的宝座上。万民都要聚集在他面前。他要把他们分别出来，好像牧羊的分别绵羊山羊一般。把绵羊安置在右边，山羊在左边。于是，王要向那右边的说："你们这蒙我父赐福的，可来承受那创世以来为你们所预备的国。因为我饿了，你们给我吃；渴了，你们给我喝；我作客旅，你们留我住；我赤身露体，你们给我穿；我病了，你们看顾我；我在监里，你们来看我。"义人就回答说："主啊，我们什么时候见你饿了，给你吃，渴了，给你喝？什么时候见你作客旅，留你住，或是赤身露体，给你穿？又什么时候见你病了，或是在监里，

---

[1] "马太福音" 22:35–40。

来看你呢？"王要回答说："我实在告诉你们，这些事你们既作在我这弟兄中一个最小的身上，就是作在我身上了。"王又要向那左边的说："你们这被咒诅的人，离开我！进入那为魔鬼和他的使者所预备的永火里去！因为我饿了，你们不给我吃；渴了，你们不给我喝；我作客旅，你们不留我住；我赤身露体，你们不给我穿；我病了，我在监里，你们不来看顾我。"他们也要回答说："主啊，我们什么时候见你饿了，或渴了，或作客旅，或赤身露体，或病了，或在监里，不伺候你呢"王要回答说："我实在告诉你们，这些事你们既不作在我这弟兄中一个最小的身上，就是不作在我身上了。"这些人要往永刑里去；那些义人要往永生里去。[1]

2. 谦卑有福

登山宝训中八福所恩赐的是谦卑的人，这既与现世的伦理相悖，也为信徒给出了最难也是最容易遵循的准则。难就难在由于与众不同而承受的压力，容易则在它最符合人的本性。

3. 天国的信息

耶稣带来了天国的福音，而且用了众多篇幅喻说天国及进入天国要付出的努力，这为基督徒描绘了未来的希望和生活的重心。

二、讨论题

1. 阅读以下几处文本，讨论新约与旧约关于诫命律法观点的比较：

A."出埃及记"：

神吩咐这一切的话，说："我是耶和华你的神，曾将你从埃及地为奴之家领出来。除了我以外，你不可有别的神。不可为自己雕刻偶像，也不可作

---

[1] "马太福音"25:31–46。

什么形像仿佛上天，下地，和地底下，水中的百物。不可跪拜那些像，也不可侍奉它，因为我耶和华你的神是忌邪的神。恨我的，我必追讨他的罪，自父及子，直到三四代，爱我，守我诫命的，我必向他们发慈爱，直到千代。不可妄称耶和华你神的名，因为妄称耶和华名的，耶和华必不以他为无罪。当记念安息日，守为圣日。六日要劳碌作你一切的工，但第七日是向耶和华你神当守的安息日。这一日你和你的儿女，仆婢，牲畜，并你城里寄居的客旅，无论何工都不可作，因为六日之内，耶和华造天，地，海，和其中的万物，第七日便安息，所以耶和华赐福与安息日，定为圣日。当孝敬父母，使你的日子在耶和华你神所赐你的地上得以长久。不可杀人。不可奸淫。不可偷盗。不可作假见证陷害人。不可贪恋人的房屋，也不可贪恋人的妻子，仆婢，牛驴，并他一切所有的。"[1]

B. "马太福音"第5、6、7章。

C. "马太福音"第22章第35至40节。

2. 新约与旧约关于罪的观点的比较。

3. 阅读"马太福音"5:1-12，讨论八福：逐条分析为什么耶稣把这八种情况称为"有福"？

4. 历数耶稣行神迹的记载，思考耶稣行神迹的目的，神迹与信心的关系等。

5. 举例说明耶稣用比喻讲道的意义和作用。

6. 通过"马太福音"的记载归纳出：A. 耶稣如何理解律法？B. 耶稣与法利赛人和文士在遵守律法条规方面的分歧是什么？说明了什么？他为什么反复说他们"假冒为善"？

---

[1] "出埃及记"20:1-17。

7. 阅读"马太福音"第25章第14—30节，第13章第12节，讨论"马太效应"的含义和耶稣相关论述的目的。

8. 综合耶稣关于天国的言论，说明天国的概念。

第三章 "约翰福音"精读

第一节 "约翰福音"简介

一、"约翰福音"与其他三个福音的关系

"约翰福音"在《圣经》正典中排在福音书第四部。本书在体裁和内容方面，和前三卷福音书大不一样，前三卷被合称为"符类福音"，而"约翰福音"与它们的区别大约是这个排序的原因之一。

第二个原因可能与成书年代有关。"约翰福音"被认为在四福音书中成书最晚，成书于公元2世纪，是对"符类福音"记载的哲学性总结。虽然这种观点是有争议的，但是它在很长时间内得到采信。

二、"约翰福音"的作者

基督教会传统一般认为此书的作者是耶稣十二个使徒之一的约翰。

约翰是加利利的犹太人，父亲是渔夫，母亲与耶稣的母亲玛利亚可能是姊妹，他的兄弟是雅各也是耶稣的使徒。他曾经是施洗约翰的门徒，施洗约翰给他的门徒介绍过耶稣，所以当耶稣现身的时候，他就与自己的兄

弟跟随了耶稣。耶稣离开后，约翰为教会做工，在耶路撒冷等地传道，公元69年，因信仰被放逐到拔摩海岛，释放后到以弗所传道。于公元98年去世。约翰对于新约《圣经》的贡献很大，除了"约翰福音"，他还撰写了"启示录"，约翰一书、二书、三书。

三、"约翰福音"的结构

"约翰福音"共21章，可分为五个部分。

第一部分从第1章第1节到第18节，序言，给出了"约翰福音"的基调，强调神与道以及真理的一体化，强调耶稣是神的独生子，与神一起创造天地，是道成肉身。

第二部分从第1章19节到第2章第12节，记述了施洗约翰的见证，耶稣召唤门徒并且向他们表明自己是神的儿子。

第三部分从第2章第13节到第12章第50节，以犹太人的节期为背景讲述耶稣的故事，在每个故事中耶稣都应验了与节期有关的对弥赛亚的盼望。

第四部分第13章到第20章叙述了耶稣在耶路撒冷最后一周的事迹，强调了门徒将继续耶稣的事工，记述了耶稣被钉十字架的过程。

第五部分从第20章到第21章记述了耶稣的复活和显现，将本书关于耶稣作为圣子的主题引向高潮。

四、"约翰福音"的特点

"约翰福音"并不针对特殊人群，是为所有人写的，教导天下的人，不分民族、教育程度、职业身份，只要相信并且接受耶稣为基督，就能得救。

相对符类福音，"约翰福音"更突出耶稣的神的身份，圣子的身份，因此即使在描写耶稣诞生、受难和复活的事迹时，也是突出他的神性，他的荣耀、得胜的一面。

"约翰福音"特别具有理论的深度，注重从神学角度阐释基督的真理。很多研究者发现了它与希腊哲学的明显联系。

第二节 "约翰福音"的几个主题

一、诞生：圣子的主题

1. "约翰福音"与"马太福音"对耶稣诞生的描写的比较

耶稣的诞生称为"圣诞"，因为按《圣经》，他是上帝的独生子，本身就是神。

"马太福音"关于耶稣诞生的描写比较详尽，旨在向以色列人指明耶稣就是旧约预言中的弥赛亚。所以它首先从肉身谱系的角度，列出了从亚当以来世代交接，一直到耶稣的延续，其中特别指出耶稣与亚伯拉罕、摩西以及大卫的直系关联。"马太福音"详细描写了玛利亚怀孕生子的过程，显示耶稣作为一个人，在一开始来到世间所遭受的磨难迫害，以及智慧者（三博士）对他的崇拜。"马太福音"的圣诞描写照顾到了人的特别是以色列人的理解力和理解方式。

"约翰福音"讲述耶稣诞生的方式非常不同。它完全不涉及耶稣肉身的来源。在第二章娶亲的筵席里才第一次出现了耶稣的母亲（当时她表示筵席上的酒不够了，请耶稣解决），而在第一章讲到耶稣来源时是这样表述的：

> 太初有道，道与神同在，道就是神。这道太初与神同在。万物是藉着他造的。凡被造的，没有一样不是藉着他造的。生命在他里头。这生命就是人的光。光照在黑暗里，黑暗却不接受光。有一个人，是从神那里差来的，名叫约翰。这人来，为要作见证，就是为光作见证，叫众人因他可以信。他

不是那光，乃是要为光作见证。那光是真光，照亮一切生在世上的人。他在世界，世界也是藉着他造的，世界却不认识他。他到自己的地方来，自己的人倒不接待他。凡接待他的，就是信他名的人，他就赐他们权柄，作神的儿女。这等人不是从血气生的，不是从情欲生的，也不是从人意生的，乃是从神生的。道成了肉身住在我们中间，充充满满的有恩典有真理。我们也见过他的荣光，正是父独生子的荣光。约翰为他作见证，喊着说："这就是我曾说：'那在我以后来的，反成了在我以前的。因他本来在我以前。'"从他丰满的恩典里我们都领受了，而且恩上加恩。律法本是藉着摩西传的，恩典和真理，都是由耶稣基督来的。从来没有人看见神。只有在父怀里的独生子将他表明出来。[1]

这个表述的第一个要点是，耶稣是太初造世的神，是道，是光；第二点，耶稣"道成了肉身住在我们中间，充充满满的有恩典有真理"，他是"父怀里的独生子"，直接就是神的谱系；第三点，神派施洗约翰为耶稣作见证；第四点，耶稣为什么降临？为的是将神及其恩典表明出来。

2. 圣子的主题

耶稣直接来自天国，在"约翰福音"里他反复用称呼"父"的方式表明他与天父的关系，"约翰福音"也是新约中使用"父"或"我父"词频最高的一篇。下面引出几段很有名的段落：

若不是差我来的父吸引人，就没有能到我这里来的；到我这里来的，在末日我要叫他复活。在先知书上写着说："他们都要蒙神的教训。"凡听见父之教训又学习的，就到我这里来。这不是说，有人看见过父；惟独从神来

---

[1] "约翰福音"1:1-18。

的，他看见过父。[1]

正如父认识我，我也认识父一样。并且我为羊舍命。[2]

我就是道路，真理，生命。若不藉着我。没有人能到父那里去。[3]

我在父里面，父在我里面。[4]

耶稣说了这话，就举目望天说："父啊，时候到了。愿你荣耀你的儿子，使儿子也荣耀你。"[5]

如此直接而频繁地称呼"父"，就把耶稣"子"的身份突出了。突出这一点与耶稣在这个世界的使命有关：他是神派来的，拥有神的权柄；如果父神是不可见的话，他正是道成肉身的神，明明可见，为救众人脱离罪的捆绑。正如他自己所说，只有通过他，才能到达天父那里："我就是道路，真理，生命。若不藉着我。没有人能到父那里去。"

二、道成肉身

1. 作为中心词的"道"

"道"是"约翰福音"的中心词。

"太初有道，道与神同在，道就是神。"道（英译为 Word）不是肉身，而是真理，是灵，是神的话语，与"光"同类。神就是神的话语，就是光。"约翰福音"在描写耶稣的诞生时用了"道"，表明耶稣就是真理及其话语，是神，他不能被看成普通的肉身。这也就把耶稣的来处表明出来。而这部福音书围绕"道"阐发了许多关于基督的道理。

---

[1] "约翰福音" 6:44-46。
[2] 同上，10:15。
[3] 同上，14:6。
[4] 同上，14:11。
[5] 同上，17:1。

2. 道成肉身的意义

道可以成为肉身，这件事本身表明耶稣的神奇，是神才能做到的事情。因为耶稣是道成肉身，所以他才能如此说：

我就是道路，真理，生命。若不藉着我。没有人能到父那里去。[1]

把自己等同于道路、真理、生命，只有最高的权威才敢这么说，这不是普通人对自己的认知。这向人们表明，他是绝对可相信的，只要遵行他的话语，就能实现他允诺之事。

道成了肉身，才会有丰满充沛的恩典。任何人的恩惠都有限，因为人都有所欠缺，他的肉体受到制约，即使有心也会无力。由道构成的肉身没有这种欠缺。

在道成肉身的奇迹中，耶稣也是要为人做出一个榜样，把人的生命提升到属灵的档次。所以耶稣一直教导他的门徒，支撑人生命的不是食物或物质资料，而是灵。"约翰福音"第4章记述，耶稣遇见一位到井里打水的撒玛利亚妇人，告诉她，你打的水喝了还要再渴，若喝我所赐的水就永远不渴，因为这水会成为人生命内的源泉。耶稣把真理、道直接看作了生活资料，从而把人的生命提升到无比高贵的地步。这也与神造人的初衷相互呼应。

因为道成肉身，所以以下这段令犹太听众大感困惑的话有了着落：

我是从天上降下来生命的粮。人若吃这粮，就必永远活着。我所要赐的粮，就是我的肉，为世人之生命所赐的。因此，犹太人彼此争论说，这个人怎能把他的肉，给我们吃呢。耶稣说，我实实在在的告诉你们，你们若不吃人子的肉，不喝人子的血，就没有生命在你们里面。吃我肉，喝我血的人

---

[1] "约翰福音"14:6。

就有永生。在末日我要叫他复活。我的肉真是可吃的,我的血真是可喝的。吃我肉喝我血的人,常在我里面,我也常在他里面。永活的父怎样差我来,我又因父活着,照样,吃我肉的人,也要因我活着。这就是从天上降下来的粮。吃这个粮的人,就永远活着,不像你们的祖宗吃过吗哪,还是死了。[1]

犹太人没有把耶稣当作神,所以他们的困惑是显而易见的:人怎么让别人吃自己的肉呢?这听起来是疯话。然而耶稣是道成肉身,这不是常人的肉身,道是神的话语,是真理,吃耶稣的肉、喝耶稣的血就是把神的话语、真理植入人的灵魂,让耶稣进入自己的生命。如果不吃,那就与耶稣无份了。

耶稣在最后的晚餐中嘱咐门徒将来要用掰饼喝杯的仪式纪念他,也是这个意思。当时,"他们吃的时候,耶稣拿起饼来,祝福,就掰开,递给门徒,说:'你们拿着吃,这是我的身体。'又拿起杯来,祝谢了,递给他们,说:'你们都喝这个,因为这是我立约的血,为多人流出来,使罪得赦。'"[2] 基督教的圣餐(或弥撒)仪式就是以掰饼喝杯的形式迎接耶稣的生命。

三、论重生

1. 重生的要点

重生是再次出生的意思。这是耶稣在与一位法利赛人尼哥底母谈话中提出的,也是对信仰至关重要的一个问题。

有一个法利赛人,名叫尼哥底母,是犹太人的官。这人夜里来见耶稣,说:"拉比,我们知道你是由神那里来作师傅的;因为你所行的神迹,若没有神同在,无人能行。"耶稣回答说:"我实实在在地告诉你,人若不重生,

---

1 "约翰福音" 6:51–8。
2 "马太福音" 26:26–8。

就不能见神的国。"尼哥底母说:"人已经老了,如何能重生呢?岂能再进母腹生出来么?"耶稣说:"我实实在在地告诉你,人若不是从水和圣灵生的,就不能进神的国。从肉身生的就是肉身;从灵生的就是灵。我说:'你们必须重生。'你不要以为希奇。风随着意思吹,你听见风的响声,却不晓得从哪里来,往哪里去;凡从圣灵生的,也是如此。"尼哥底母问他说:"怎能有这事呢?"耶稣回答说:"你是以色列人的先生,还不明白这事么?我实实在在地告诉你,我们所说的是我们知道的;我们所见证的是我们见过的;你们却不领受我们的见证。我对你们说地上的事,你们尚且不信,若说天上的事,如何能信呢?除了从天降下,仍旧在天的人子,没有人升过天。"[1]

尼哥底母只是从可见的现实理解"重生",所以他困惑的是人怎么可以回到母胎再生。但是属灵的生活不能从物质可见性和现实常识的角度理解,耶稣反问的正是这一点("你是以色列人的先生,还不明白这事么")。

这个谈话显示了几个要点:

第一,重生是得救的前提,"人若不重生,就不能见神的国";

第二,重生是从圣灵生,这也就意味着在重生前,人的生命是从肉体出来的,而肉体是必死的;

第三,从圣灵生的特点是,它像风那样随着意思吹,我们却不知道它从哪里来,往哪里去;

第四,得救、重生比景仰神迹更重要。谈话开始,尼哥底母问的是耶稣的身份,他猜想耶稣能行神迹,一定来自神,是神派来做老师的,他想要从耶稣口中证实这一点,认为这一点最重要。但是耶稣并不回答这个,而是答之以重生的重要性,他的回答已经展示了神的身份(没有人能说

---

[1] "约翰福音" 3:1–13。

"人若不重生,就不能见神的国"这样的话)。耶稣是来拯救的,不是来行神迹的。神迹是可见的,使人重生的圣灵是不可见的,而它更重要。

2. 重生与接受

说到从圣灵重生,耶稣用了风的比喻。在这段话中,"风随着意思吹"里的"意思"是神的意思(will)。按《圣经》,上帝是三位一体的神,其中与人直接接触的,一个是圣子耶稣,他直接以肉体的样式降临人间;另一个是圣灵,它看不见,摸不着,但是它的到来却是实在的,只是人不知道它从哪里来,往哪里去。

这样,人若要重生就只能靠接受圣灵的降临,而不是靠自己的思想、理论。所以,"接受"是"约翰福音"的一个重点。第1章第12到13节说:"凡接待他的,就是信他名的人,他就赐他们权柄,作神的儿女。这等人不是从血气生的,不是从情欲生的,也不是从人意生的,乃是从神生的。"虽然这里的"他"指耶稣,但就神与人的关系而言,它指的是同一件事:人不能对神的来去拥有知识,人与神发生关系的方式就是接受。

这种关系同时也表明了,人的得救出自神的意思,人是被拣选的。

四、爱的主题

与"马太福音"一样,爱是"约翰福音"中的重大主题,"约翰福音"记载耶稣既发表了大量爱的教导,又亲自身体力行。

1. 爱的教导

A. 神爱世人

自从亚当夏娃犯罪以来,这个世界已经被罪污染,耶稣指明的拯救是天国。上帝对这个世界的态度如何?对此"约翰福音"给出了明确的答案:

> 神爱世人,甚至将他的独生子赐给他们,叫一切信他的,不至灭亡,

反得永生。[1]

这段话表明，神仍然爱世人，爱这个世界。这是神的意志，也是其情感。这一点没有改变。

这段话还表明，神对世人的爱到了这样的程度：献上自己的独生子给他们，通过这种方式使得一切人只要信其独生子的名，就可以得救，不被死亡辖制，可以永生。也就是，为了世人，上帝做到了常人无法想象的事情：献自己的儿子。上帝的爱有多深，就清楚明白了。上帝考验亚伯拉罕的时候曾经让他献祭以撒，但是在最后时刻阻止了亚伯拉罕，而上帝自己却毫不犹豫地献上自己的独生子。这是要表明上帝对人的爱远远超出了人对他的爱。

耶稣通过这个教导，把神的爱的强度和深度表明出来。

B. 爱的新命令

> 我赐给你们一条新命令，乃是叫你们彼此相爱；我怎样爱你们，你们也要怎样相爱。[2]

耶稣不只表明神如何爱人，而且教导门徒像神爱人这样彼此相爱。只有彼此相爱，世界才呈现神初创时的和谐美好。

耶稣说这是"一条新命令"（a new commandment，也就是"诫命"），这与耶稣在"马太福音"中对诫命的总结是一样的。把爱作为最高命令，这是新约的核心。

---

[1] "约翰福音" 3:16。
[2] 同上，13:34。

2. 爱的行动

耶稣在"约翰福音"中做的几件事可以被视为爱的示范。

A. 宽恕罪人

按常理，罪人有罪，所以要为其罪付出代价，得到惩罚。但是耶稣的做法与此相反，他宽恕罪人。

"约翰福音"第8章记载，有一次文士和法利赛人捉到一位行淫的女子，让耶稣处理，以此试探耶稣对律法的态度。按律法，行淫者要被用石头打死。耶稣的回答是："你们中间谁是没有罪的，谁就可以先拿石头打她。"[1] 在文士和法利赛人无言以答，纷纷逃离之后，耶稣做出的决定是：赦免她，并且劝诫她"从此不要再犯罪了"。这里面显示的原则是：恨罪（"从此不要再犯罪了"），但宽恕罪人。这也就是表明耶稣的爱：如果罪人能得到宽恕，他的体会当然就是得到了爱，爱对罪人的教育作用要远远大于惩罚。

B. 行神迹

"约翰福音"也记载耶稣行神迹，事例比"马太福音"要少，但是每一个事例围绕的中心都是爱世人。

"约翰福音"共记载七个神迹，都是给人恩惠的。

第2章记载耶稣参加婚礼，由于宾客多，酒不够了，耶稣就把水变成美酒，这个神迹给人以喜乐；

第4章记载，耶稣回到加利利的时候遇见一位大臣，求耶稣救自己濒临死亡的儿子，耶稣救了大臣的儿子一命，这个神迹给人以健康；

第5章记载耶稣在一个水池边遇见一群泡水治病的人，其中一位瘫痪病人抱怨自己下不到水池，无法治病，耶稣直接说："起来，拿你的褥子走吧！"那人立刻就痊愈了。这个神迹给人以健康强壮；

---

[1] "约翰福音" 8:7。

第 6 章记载，有五千人听耶稣讲道，到了吃饭的时候弟子们告诉耶稣，能够找到的食物只有五个饼二条鱼，耶稣祝谢后，它们变成了很多食物，五千人吃饱后还将剩余的食物装了十二个篮子。这个神迹给以人饱足；

第 6 章还记载，耶稣过海的时候在海面上行走，门徒看后由害怕转为惊喜，这个神迹给人以平安；

第 9 章记载，耶稣遇见一位瞎子，为了给门徒见证神的作为，治好了他，使他复明，这个神迹给人以光明；

第 11 章记载，耶稣正在传道时，有人传信给他，说他所爱的玛利亚一家的兄弟拉撒路病重，求他救治。几天后，耶稣到玛利亚家时，拉撒路已经死去。耶稣到坟墓去使他复活。这个神迹给人以生命。

C. 对门徒的关切和爱

耶稣知道自己献祭的时候将到，将离开门徒，"约翰福音"描写他这时特别怜爱他们，为他们着想，用言语和行动为即将到来的离别做准备。

"约翰福音"第 13 章记载耶稣为门徒洗脚。

逾越节以前，耶稣知道自己离世归父的时候到了；他既爱世间属自己的人，就爱他们到底。吃晚饭的时候，（魔鬼已将卖耶稣的意思，放在西门的儿子加略人犹大心里）。耶稣知道父已将万有交在他手里，且知道自己是从神出来的，又要归到神那里去，就离席站起来，脱了衣服，拿一条手巾束腰；随后把水倒在盆里，就洗门徒的脚，并用自己所束的手巾擦干。挨到西门彼得，彼得对他说："主啊，你洗我的脚吗？"耶稣回答说："我所作的，你如今不知道，后来必明白。"彼得说："你永不可洗我的脚！"耶稣说："我若不洗你，你就与我无份了。"[1]

---

[1] "约翰福音" 13:1–8。

在彼得和常人的伦理中，下属给上司服务是应该的，而耶稣却告诉他，如果不接受这服务就将与神无份，没有关系了。这就把耶稣的使命的实质显示出来：最大的要服侍小的；耶稣的使命就是爱，献身。这也为门徒服务他人做出了榜样。

在第 16 章，耶稣为自己的即将离去安慰门徒。一次是允诺将派圣灵看护他们："只因我将这事情告诉你们，你们就满心忧愁。然而我将真情告诉你们。我去是与你们有益的。我若不去，保惠师就不到你们这里来。我若去，就差他来。"[1] 另一次是允诺还要再见门徒："你们现在也是忧愁。但我要再见你们，你们的心就喜乐了。"[2] 对门徒的关爱呵护之情溢于言表。

第 17 章记载，耶稣在临别前为门徒和信众向上帝做了很长的祷告，求神保守他们。

五、受难

"约翰福音"和"马太福音"都对耶稣受难与复活作了大量描绘。这两个主题我们将结合两本福音书的内容加以综合。

1. 关于耶稣受难的两种描述

这两种描述分别出自不信神的人和信神的人。

在不信耶稣是神的人那里，耶稣是一个历史人物。他在加利利及犹太各地宣扬他的学说，自称是神的儿子，是基督，劝人悔改；他的学说与犹太人的宗教信仰形成了冲突，引起了犹太人思想上的混乱。犹太宗教上层，祭司与文士和法利赛人为了恢复其宗教和社会秩序，逼迫当时的罗马统治者除灭耶稣。罗马巡抚本丢·彼拉多不理解犹太上层将耶稣置于死地的动机，但迫于动乱威胁的压力，决定并实施对耶稣的处决。耶稣是在一种最

---

[1] "约翰福音" 16:6–7。
[2] 同上，16:22。

残酷的刑具——十字架——上受难的。

在耶稣受难事件中，犹太上层、法利赛人逼迫本丢·彼拉多的借口很耐人寻味。"约翰福音"记载，本丢·彼拉多被要求审判耶稣，但是他觉得耶稣并没有犯下什么罪行，一开始他也并不想杀害耶稣，要求他们给出指控。"从此彼拉多想要释放耶稣，无奈犹太人喊着说：'你若释放这个人，就不是该撒的忠臣。凡以自己为王的，就是背叛该撒了。'"[1] 按罗马帝国的法，该撒（凯撒）才是王，犹太人是向外族统治者指控耶稣谋反。这是致命的指控，本丢·彼拉多不想担当对谋反放任不管的可怕责任，实施了对耶稣的刑罚。

当本丢·彼拉多为此向耶稣求证的时候，耶稣的回答也十分耐人寻味。对本丢·彼拉多的问题"你是犹太人的王吗？""耶稣回答说：'我的国不属这世界；我的国若属这世界，我的臣仆必要争战，使我不至于被交给犹太人；只是我的国不属这世界。'彼拉多就对他说：'这样，你是王么？'耶稣回答说：'你说我是王。我为此而生，也为此来到世间，特为给真理作见证；凡属真理的人，就听我的话。'"[2] 可以想象本丢·彼拉多并不能听懂耶稣的回答，因为在世俗的话语中，这个回答令人困惑，似乎既承认了自己是王，又否认了这一点（"我的国不属这世界"）。

这就是对耶稣受难乃至复活的另一种描述，只有相信他是神，才能明白这说的是什么。

按《圣经》，耶稣是按照预定的日子，以自己亲身被钉于十字架的方式，为众人赎罪，完成对人的救赎。耶稣的受难是神的安排，外在的受难过程就像是一个注脚，以偶然发生的事件的形式诠释神的预定，应验这个预定。所以，耶稣在被捕前反复告知门徒他将离开，有人要卖他，他还有

---

[1] "约翰福音" 19:12。
[2] 同上，18:36–37。

不多的时间与他们相处；所以当本丢·彼拉多说他有权柄把耶稣钉十字架时，耶稣说"若不是从上头赐给你的，你就毫无权柄办我"[1]。耶稣的确是王，但他不是地上国度的王，而是天国的王，这跟谋反没有任何关系。然而，不信神的人并不能理解天国，他们理解的王，那就是地上的王。耶稣只好说"你说我是王"；意为你用"王"这个词并没有错，只是在我这儿"王"是完全不同的意义，我作为天国的王，就是为向世人传递天国的福音而来到世间的，也是为了完成救赎而上十字架受难的。

所以，按《圣经》，耶稣的受难并不是一个悲剧，十字架是对上帝的荣耀，因为事情按照神的安排实现了，通过耶稣的受难，上帝打败了撒旦企图陷人于永远的罪孽之中的阴谋，罪人有了得救的途径。

2. 受难的意义

耶稣受难所显示出来的意义是多方面的。

A. 完美的献祭

自从亚当犯罪以后，人与神的关系就被损坏了，上帝对人类的行为发怒，而人也没有办法平息神的愤怒，耶稣亲自来到这个世界，其使命就是为人类赎罪献祭。也就是说，他亲自来做人，以人的身份与神沟通；沟通的方法是把自己献上，为人类代求。在这个意义上，《圣经》也称耶稣为大祭司。祭司是人与神沟通的中保，桥梁。旧约时代以色列人每年都要向神献祭，由祭司主持，在祭祀的帐幕中献上牛羊的血，求神息怒。

"希伯来书"说：

> 律法既是将来美事的影儿，不是本物的真像，总不能藉着每年常献一样的祭物叫那近前来的人得以完全。若不然，献祭的事岂不早已止住了吗？因为礼拜的人，良心既被洁净，就不再觉得有罪了。但这些祭物是叫人

---

[1] "约翰福音" 19:11。

每年想起罪来；因为公牛和山羊的血，断不能除罪。[1]

又说：

> 但现在基督已经来到，做了将来美事的大祭司，经过那更大更全备的帐幕，不是人手所造，也不是属乎这世界的；并且不用山羊和牛犊的血，乃用自己的血，只一次进入圣所，成了永远赎罪的事。若山羊和公牛的血，并母牛犊的灰，洒在不洁的人身上，尚且叫人成圣，身体洁净；何况基督藉着永远的灵，将自己无瑕无疵献给神，他的血岂不更能洗净你们的心，除去你们的死行，使你们事奉那永生神吗？
>
> 为此他做了新约的中保。既然受死赎了人在前约之时所犯的罪过，便叫蒙召之人得着所应许永远的产业。凡有遗命，必须等到留遗命的人死了；因为人死了，遗命才有效力；若留遗命的尚在，那遗命还有用处吗？[2]

这两段是说，旧约时代的祭司以牛羊的血献祭，这个祭品是不纯正的，每次在祭祀的同时却提醒人的罪，所以他们每年都要进行这种祭祀。耶稣以自己为祭品，作为神的儿子，他是唯一没有罪的，因而作为祭品，他是绝对纯洁的。上帝要求人把最好的献给他。亚当以后，人已经没有好的了。现在耶稣做人，他既做大祭司，又亲自做祭品，这就是唯一能够令神满意的祭物。这样的献祭是完美的献祭，只要一次就得永远救赎的功效。耶稣为什么要受难？因为他有遗产要留给人，如果不这样，就不能让人得着遗产。

B. 为人担罪，恢复人与上帝和好

耶稣的献祭之所以能够平息上帝对人的愤怒，是因为他以上十字架的

---

[1] "希伯来书" 10:1-4。
[2] 同上，9:11-17。

方式担当了人的罪。这意味着，只要心里接受，口里承认耶稣的名，以前的罪就不再算为罪，一笔勾销了，耶稣的身体替人还了那些债。

人与上帝关系的破坏是人犯罪的结果，如果耶稣担当了这些罪，因为耶稣的献祭，这些罪一笔勾销了，那么人与神的关系也就恢复和好如初了。

C. 做顺服的榜样

顺服是《圣经》要求信徒的基本品性。

人当顺服掌权者：

> 在上有权柄的，人人当顺服他，因为没有权柄不是出于神的。凡掌权的都是神所命的。所以抗拒掌权的，就是抗拒神的命；抗拒的必自取刑罚。[1]
>
> 你们为主的缘故，要顺服人的一切制度，或是在上的君王，或是君王所派罚恶赏善的臣宰。因为神的旨意原是要你们行善，可以堵住那糊涂无知人的口。你们虽是自由的，却不可藉着自由遮盖恶毒（或作阴毒），总要做神的仆人。务要尊敬众人，亲爱教中的弟兄，敬畏神，尊敬君王。你们做仆人的，凡事要存敬畏的心顺服主人；不但顺服那善良温和的，就是那乖僻的也要顺服。[2]

人当顺服掌权者的原因是，掌权者的权柄是神授的。这也就是耶稣对本丢·彼拉多说"若不是从上头赐给你的，你就毫无权柄办我"的意思。"马太福音"记载，耶稣受难时，那些兵丁、文士和法利赛人羞辱他，说你是神的儿子，就从十字架上下来啊，你连自己都救不了，还救别人吗？但是耶稣不为所动，一心顺服，由彼拉多完成他的刑罚。

人当顺服神，这更是无可置疑的：

---

1 "罗马书" 13:1–2。
2 "彼得前书" 2:13–18。

> 所罗门年老的时候，他的妃嫔诱惑他的心去随从别神，不效法他父亲大卫诚诚实实地顺服耶和华他的神。[1]
>
> 再者，我们曾有生身的父管教我们，我们尚且敬重他，何况万灵的父，我们岂不更当顺服他得生吗。[2]
>
> 故此你们要顺服神，务要抵挡魔鬼，魔鬼就必离开你们逃跑了。[3]

上十字架是上帝的旨意，耶稣顺服了这个旨意。

在耶稣受难这件事上，上帝的预定与彼拉多的决定，以及犹太祭司的心意，形成了某种外表上的巧合。人们可能疑惑，如果耶稣不是神，他就并不知道上帝的预定，他会不会抗拒这一明显无理的判决？而这也就是问题之所在。人须顺服，是因为人不是神，他可能不明白某些在人的理智水平上看来不合理的事情，但是如果他知道权柄都是神授的，而上帝又要求顺服，就懂得其中必有上帝的美意。

耶稣作为肉体的人，在地上做的最后一件事就是为信他的人做了顺服的榜样。人可以顺服法律，顺服觉得不合理的规定，甚至刁难自己的人，但是耶稣顺服了去死，这是顺服的极致。死都可以顺服，还有什么不能顺服的呢？

D. 体恤人的软弱

对于耶稣受难的过程，"马太福音"特别突出了耶稣肉体上遭遇的可怕折磨。在上十字架之前遭受了鞭打，兵丁们用了残忍的方法打骂、折磨、羞辱他：叫来全营的官兵，用荆棘编作冠冕戴在他头上，这本意是讽刺他自称为王，但是戴在头上须忍受扎人的疼痛；在他脸上吐唾沫，拿苇子打他；强迫他喝苦胆调和的酒；当然，最残忍的是十字架的刑罚，钉在上面

---

[1] "列王纪上" 11:4。
[2] "希伯来书" 12:9。
[3] "雅各书" 4:7。

要经历很长的痛苦的受难过程。

耶稣知道十字架的刑罚的可怕,他在最后的晚餐后,到客西马尼园祷告时说了这样的话:

> 他就稍往前走,俯伏在地,祷告说:"我父啊,倘若可行,求你叫这杯离开我;然而,不要照我的意思,只要照你的意思。"[1]

在这儿有一丝犹豫,所谓"求你叫这杯离开我"就是求神让他脱离十字架的刑罚。耶稣这时是肉体之身,他深深体会到肉体的软弱,那种肉体难以忍受的痛苦使得人产生犹豫,欲退缩。在十字架上断气之前,他又喊道:"我的神!我的神!为什么离弃我?"[2]感到了一丝无助。"路加福音"记载,耶稣在客西马尼园祷告时非常痛苦,汗珠如大血点,滴在地上,天使从天上显现,加添他的力量。

虽然耶稣的犹豫只是一闪而过,后面他说"不要照我的意思,只要照你的意思",而且他也并没有不按预定的安排献祭,但是这表明了,作为肉体存在过的耶稣对于人的软弱有了亲身的体验。人的所有罪都是因为不顺从圣灵、而顺服肉体的结果,但是如果人的肉体本身存在着这种软弱,而耶稣通过受难也体会到这种软弱,这件事就足以令信徒相信,耶稣对人的宽恕是真的,耶稣能够赦免人的罪。

六、复活

1. 复活的事件

四福音书都描写了耶稣的复活,这无疑是它们最大的主题之一。这个

---

1 "马太福音"26:39。

2 同上,27:46。

看起来匪夷所思的事件，在福音书的记载中却十分平实，是作为事实来书写的。"约翰福音"对这个主题所做的描绘比任何一部符类福音都要详实丰富。

A. 耶稣的预言

耶稣与门徒在一起的时候，不仅已经预言过他的受难，而且也预言了他的复活，虽然他的门徒当时并不太明白他的意思。

"等不多时，你们就不得见我；再等不多时，你们还要见我。"有几个门徒就彼此说："他对我们说：'等不多时，你们就不得见我；再等不多时，你们还要见我。'又说：'因我往父那里去。'这是什么意思呢？"门徒彼此说："他说'等不多时'，到底是什么意思呢？我们不明白他所说的话。"耶稣看出他们要问他，就说："我说'等不多时，你们就不得见我；再等不多时，你们还要见我'；你们为这话彼此相问吗？我实实在在地告诉你们，你们将要痛哭，哀号，世人倒要喜乐；你们将要忧愁，然而你们的忧愁要变为喜乐。"[1]

"马太福音"和"路加福音"说得更直接，"马太福音"说：

耶稣上耶路撒冷去的时候，在路上把十二个门徒带到一边，对他们说："看哪！我们上耶路撒冷去，人子要被交给祭司长和文士；他们要定他死罪，又交给外邦人，将他戏弄、鞭打、钉在十字架上，第三日他要复活。"[2]

B. 门徒和看守的见证

根据福音书记载，耶稣受难后第三天，耶稣母亲和抹大拉的玛利亚来坟墓祭奠时首先发现耶稣的尸体不见了，而裹尸布还留在原处。她们在那

---

1 "约翰福音" 16:16–20。
2 "马太福音" 20:17–19。

里遇见天使，天使告诉她们耶稣复活了，她们又在路上遇见复活了的耶稣。此后，她们告知彼得等门徒，耶稣又向门徒们显现。按"约翰福音"，耶稣复活后向门徒三次显现[1]；保罗的"哥林多前书"记载，耶稣共向五百多人显现：

> 我当日所领受又传给你们的：第一，就是基督照圣经所说，为我们的罪死了，而且埋葬了；又照圣经所说，第三天复活了；并且显给矶法看，然后显给十二使徒看，后来一时显给五百多弟兄看，其中一大半到如今还在，却也有已经睡了的；以后显给雅各看，再显给众使徒看，末了，也显给我看；我如同未到产期而生的人一般。[2]

"马太福音"记载，耶稣复活的事情，罗马的兵丁和犹太祭司派来看护坟墓的人也见证了。当时祭司和文士和法利赛人提醒彼拉多，希望他允许看好坟墓，免得耶稣门徒把他尸体偷走，然后扬言耶稣复活，迷惑更多的人。在彼拉多的允许下，看守的兵一直守护着坟墓。他们见证了天使下来挪开墓石，耶稣面貌如同闪电，被吓得要死。但是祭司长让他们撒谎，说门徒偷走了耶稣。[3]

"约翰福音"记载耶稣受难后，有一个行刑的兵丁用枪扎了耶稣的肋下，见到血和水分别流出来，证实耶稣已死。这也是一个见证，说明耶稣复活前确实死了。

C. 面对复活的耶稣

福音书记载，门徒们辨识复活的耶稣时曾经出现了困难；但是最后仍然认出了他。

---

1 见"约翰福音"21:14。
2 "哥林多前书"15:3–8。
3 见"马太福音"27:62–28:15。

"约翰福音"记载,耶稣受难后第三天玛利亚去坟墓,因为没有见到耶稣,就站在坟墓外面哭。耶稣与她说话,她却误以为是看园子的人;直到耶稣叫她"玛利亚!"她才知道是耶稣。[1]

"路加福音"记载,复活后的耶稣在路上与遇见的两个门徒说话,他们却没有认出耶稣,友好地邀请耶稣与他们一起用餐。

> 到了坐席的时候,耶稣拿起饼来,祝谢了,掰开,递给他们。他们的眼睛明亮了,这才认出他来;忽然耶稣不见了。他们彼此说:"在路上,他和我们说话,给我们讲解圣经的时候,我们的心岂不是火热的吗?"他们就立时起身,回耶路撒冷去,正遇见十一个使徒和他们的同人,聚集在一处,说:"主果然复活,已经现给西门看了。"两个人就把路上所遇见,和掰饼的时候怎么被他们认出来的事,都述说了一遍。
>
> 正说这话的时候,耶稣亲自站在他们当中,说:"愿你们平安。"他们却惊慌害怕,以为所看见的是魂。耶稣说:"你们为什么愁烦?为什么心里起疑念呢?你们看我的手,我的脚,就知道实在是我了。摸我看看!魂无骨无肉,你们看,我是有的。"[2]

这些记载表明,对于耶稣复活的事实,即使是门徒们,最先也无法相信。这个事实需要信心才能相信,而并不因为它的实在性(有骨有肉)而能够被客观地承认。但是耶稣亲自赋予他们信心:他以门徒最熟悉的方式(叫玛利亚的名字,以及为餐饼祝谢)唤起他们的记忆,从而无可置疑地认出了他。

由于事关信心,所以"马可福音"记载耶稣责备了那些起先不信他复

---

[1] 见"约翰福音"20:11–16。
[2] "路加福音"24:30–39。

活的门徒,说他们心里刚硬,缺乏信心。[1]在这方面最著名的一个故事,就是"约翰福音"记载的门徒多马对耶稣复活的反应以及耶稣对他的教诲:

> 那十二个门徒中,有称为低土马的多马;耶稣来的时候,他没有和他们同在。那些门徒对他说:"我们已经看见主了。"多马却说:"我非看见他手上的钉痕,用指头探入那钉痕,又用手探入他的肋旁,我总不信。"过了八日,门徒又在屋里,多马也和他们同在,门都关了。耶稣来站在当中说:"愿你们平安。"就对多马说:"伸过你的指头来,摸我的手;伸出你的手来,探入我的肋旁。不要疑惑,总要信。"多马说:"我的主,我的神!"耶稣对他说:"你因看见了我才信;那没有看见就信的,有福了。"[2]

耶稣又一次把关于他复活的事作为信仰的问题提出来。总要信,如果不信,像文士和法利赛人那样,即使耶稣行了神迹,也被他们说成"靠鬼王赶鬼";而在"路加福音"里,没有心理准备的门徒们以为遇见的是魂。多马说他要物理的验证,可是耶稣指出他的问题在于疑惑,不信。奇特的是,耶稣说出这番话后,多马就完全信了,喊叫说"我的主,我的神!"他并没有用手指去做物理验证。

2. 复活的意义

A. 坚定了对耶稣的信仰

在耶稣复活之前,其实他的门徒并不真正认识到他是神,也不明白耶稣是神这一点意味着什么,他们也没有听明白耶稣关于人子要受难,第三天从死里复活这句话的意思。他们把耶稣当作好人,他们的夫子、老师。所以彼得在耶稣受难时像常人那样惊慌,感到沮丧,面对夺人性命的强权,

---

[1] 见"马可福音"16:9–18。
[2] "约翰福音"20:24–29。

本能地躲避，这使他三次不认耶稣。门徒的心态是沮丧，也有点害怕。

但是耶稣复活的事件完全改变了门徒的心态，他们终于意识到耶稣是神，而且有不可思议的巨大权力，具有扭转生命走向的力量；他真是神，可以完全依靠。此后，按"使徒行传"记载，门徒们走上了义无反顾的传福音的道路。这些初期教会的使徒面对的是一个非常严苛的布道环境，其中很多人为此丧失了性命，但是他们已经全然不顾这种危险，也完全不在乎此世的生命。他们明白，耶稣是可以给他们永生的神。靠他，就没有可怕的东西。

耶稣复活对于人的信心的作用是根本性的。所以保罗说："若基督没有复活，我们所传的便是枉然，你们所信的也是枉然。"[1]

B. 战胜死亡与未来的盼望

自从亚当犯罪以后，人类受到最大的打击就是死亡，就是为原罪付出的这一惨痛代价。人必有一死，这成了无法改变的结局。它给人带来巨大的威胁、阴影，它压倒了人。

耶稣的复活改变了这一切。耶稣说，他可以赐给人永生。只要信他，这人可以洗清一切罪孽，得到永生。但是在耶稣复活之前，人们还是不太明白这是哪个意义上的永生，最听话的人恐怕也是将信将疑。耶稣的复活，用事实说明死亡是可以战胜的，而如果信耶稣是神，那么他的这话也是可信的，因为他允诺过。

战胜了死亡，人类就可以喜乐平安地在这个世界上生活，并且满心期待美好的未来。这未来首次成为毋庸置疑地值得期待的。

C. 基督成为得胜的君王

从受难到复活只有三天，但是这三天经历了天上人间的巨大戏剧性转折。

---

[1] "哥林多前书" 15:14。

本来耶稣受难像是一个大大的挫折，耶稣没有能够通过传道而使天下人都团结在他周围，反而被捕，被审判。上十字架似乎是一个失败，他就那样在十字架上断了气。他的门徒和亲属被悲哀的情绪所笼罩。兵丁们和犹太人的讽刺似乎不无道理：你是神，要救众人，你现在自己陷入了麻烦，就应该先救了自己。但是耶稣没有遣天兵打翻这一切，包括十字架，似乎什么也没有发生，死亡如期而至。据说，以色列人就是因为这一点，认定耶稣不是他们等待的弥赛亚。

但是在这样一片悲观气氛里，门徒们突然看见耶稣复活了，正在向他们走来，并且问他们的安，跟他们说话，提醒他们他此前的种种预言。耶稣以这样一种方式彻底改变了戏码，也彻底改变了历史，这是任何人都无法用他的想象力想出来的，而它的意义，两千年来一直为人们细细体会，且余音袅袅。悲剧变成了得胜凯旋的大团圆。这是一场彻底的胜利。耶稣用送命的方法，没有杀死任何害他性命的人，却获得了无可置疑的胜利，战胜了死亡，战胜了信心缺失的心态，战胜了败坏的世界。为耶稣悲伤变为为耶稣欢呼。

第三节 小结与讨论题

一、小结

"约翰福音"传达的信息是：耶稣是圣子，是道成的肉身；他的谱系中只与父神及真理（道）有直接联系。它告诉人们，他们所见的是一个丰满的生命，他之所以丰满，是因为他就是满溢的恩典，可以流出来赐给任何信他的名，接受他的人，且取之不尽用之不竭；是因为他就是真理，信他的话就是接受真理。

"约翰福音"对普世的人传福音，给出了"神爱世人"的信息。耶稣赐给门徒的"新命令"是叫他们彼此相爱,耶稣通过话语和行为要展现出他是一位宽恕和赦免的神。"约翰福音"指出,耶稣是上帝自己预备的为世人的罪献祭的羔羊,他的受难成全了罪人的拯救。"约翰福音"把更长的篇幅和更详实的描绘给予了耶稣的复活,意在坚定人们的信心,强调耶稣得胜死亡,他真的可以赐人永生。

二、讨论题

1. 与"马太福音"相比,"约翰福音"提及的耶稣所行神迹较少,回顾并探讨两部福音书在行神迹主题上的特点。
2. 什么是道成肉身?它对基督信仰的意义是什么?
3. 讨论第八章耶稣赦免淫妇的故事及其含义:耶稣为什么没有按律法审判她?
4. 从"约翰福音"中找出三处以上耶稣关于罪的论述,并分析其意义。
5. 什么是重生?重生与灵、天国、肉体等的关系是怎样的?
6. 分析本丢·彼拉多和犹太人在耶稣受难事件中各自的表现和角色。
7. 以"约翰福音"和"马太福音"为材料,分析耶稣复活后人们各种不同的反应。
8.《圣经》的死亡观与常人的有何区别?

第四章 "罗马书"精读

第一节 保罗及其书信简介

一、保罗生平

保罗,原名扫罗,生于公元前4年,属于便雅悯支派的以色列人,出生于罗马省份基利家的大数,是犹太侨民,后迁徙到耶路撒冷。早年受过严格犹太教训练,是犹太人教师(拉比),法利赛人,终生未娶。曾经参与迫害早期基督徒司提反(为用石头砸死司提反的犹太暴徒看护衣服),主动向大祭司要求去大马士革抓捕基督徒。在去大马士革的路上,耶稣亲自向他显现,后为耶稣传道,成为著名的早期基督教领袖。他的传教地区遍布罗马帝国各地,到过巴勒斯坦、叙利亚、塞浦路斯、马其顿、希腊、罗马城等,在小亚细亚等地建立许多教会。期间多次遭受迫害。罗马皇帝尼禄主政期间大规模镇压基督徒,保罗遭到逮捕,于公元64年被罗马皇帝尼禄处决。

二、保罗对基督教的贡献

保罗被认为是早期基督教中地位作用仅次于耶稣的思想家和教会创始

者。他的主要贡献是对基督福音做出全面深入的解释，使耶稣的思想得到世界性的传播。保罗澄清了基督教早期传播中人们较为迷惑的一些教义问题，特别是新约与旧约的关系、新约的核心精神、福音的普世性质等，保罗的工作使福音越出了特定民族地域，将上帝由以色列人一族的崇拜对象变为全人类（包括被以色列人看为外邦人）的神。为此，保罗撰写了大量著作，目前保留下来的主要是书信的形式，解决当时传教时发生的迫切的理论问题。保罗自己亲自建立了许多教会，并且牧养它们；保罗还在公元49年于耶路撒冷召开过使徒会议，统一了对上述各种问题的认识。

保罗的书信不仅是《圣经》中收录的使徒书信中最多的，而且它们占了全部新约《圣经》的三分之一篇幅，这足以证明他思想的重要性。

三、保罗的书信

新约中收录保罗书信共13卷（从"罗马书"到"腓利门书"），其中，"罗马书""哥林多前书""哥林多后书""加拉太书""以弗所书""腓力比书""歌罗西书""帖撒罗尼迦前书""帖撒罗尼迦后书"九卷是写给教会的，标题也都是教会的名称，称为"教会书信"；"提摩太前书""提摩太后书""提多书""腓利门书"四卷是写给教牧人员的，标题是教牧人员的名字，称为"教牧书信"。二者均按篇幅长短排序。写作时间最早是"加拉太书"；"罗马书"居中。以下按《圣经》顺序作一简介。

"罗马书"将在后面详细介绍。

"哥林多前书"和"哥林多后书"都是写给哥林多教会的。哥林多是一个繁华的希腊城市，保罗传福音，在那里建立了教会。但是那儿的教徒有许多困惑：如何敬拜，如何过基督徒的生活，包括如何抵御淫靡的社会习气，等等。这两部书信，前者特别要求基督徒过圣洁的生活，凭爱心运作教会，按耶稣的方法定崇拜圣餐的规矩，并且解释了《圣经》的复活观；

后者首先向信徒解释自己的各种行为，既而劝勉信徒捐献，最后，为自己的使徒职分进行了辩护。

"加拉太书"是写给加拉太的教会的。加拉太在小亚细亚北部，保罗在那儿也建立了教会。那儿是犹太教盛行的地区，初期教会受到犹太教的影响，致使信徒疑惑，莫衷一是。保罗此书主要说明福音的救赎性质，指出信徒应当因信称义，指出信仰与律法的关系，告诉信徒，割礼不是基督徒必须做的事情，基督的福音就是拯救在律法下必死之人，福音既对以色列人，也是针对外邦人的。

"以弗所书"写给在以弗所的教会。以弗所也是一个希腊城市。在这部书信中，保罗的主题就是教会，涉及教会在上帝计划中的地位，教会内部信徒之间应当彼此顺服相爱，彼此配合，以色列人与外邦人应当团结。

"腓力比书"写给位于马其顿东部的腓力比教会，那儿的教会生存境况比较艰难。保罗此信主要是关心教会，对教会对他的问候表示感谢。这是一封表示谢意的信。

"歌罗西书"的主题是讲基督的超越性，以此指出异端的错误所在。基督在一切事情上都有丰盛的恩典，所以在他以外不可能有得救的途径。

"帖撒罗尼迦前书"和"帖撒罗尼迦后书"写给帖撒罗尼迦的教会，在那儿初期教会受到犹太人的搅扰。这两部书信鼓励受逼迫的信徒，传扬耶稣再来的信息，并且对基督徒的道德生活有所指点。

"提摩太前书"和"提摩太后书"是保罗写给自己最信任的学生提摩太的。提摩太经常奉行保罗交托的使命，保罗对他也寄予厚望。前者教诲关于抵挡异端之事，在教会中选立长老之事，以及牧养教会的方法；后者写于保罗生命的最后时刻，劝勉提摩太持守正道，以传福音为荣，以及操守上洁身自好，勿顺从私欲。

"提多书"的收信人提多也是保罗赋予其使命的人，这部书信除了宣讲维护信仰的纯正外，主要鼓励信徒在世风日下之时持守正义和道德，行善事。

"腓利门书"的收信人腓利门也是保罗的学生，为一商人，在保罗带领下归信上帝。他有一位奴隶偷了他的钱，保罗这封信是请求腓利门原谅这位仆人的。

第二节 "罗马书"及其主题

一、"罗马书"的内容与逻辑

1. "罗马书"针对的问题

与保罗的其他书信一样，"罗马书"要做的首先是对基督教教义的制定和解释。"罗马书"是写给在罗马的基督教会的信徒的，那儿的教会并不是保罗亲自建立的，但是保罗在那儿也有了一定的影响。当时他打算到罗马去一次，讲解他的基督信仰。这封信就是在去之前写的，为的是在到达之前让那儿的基督徒先了解他的基本信念和理论。由于这个原因，他需要仔细斟酌和全面考虑福音的基本道理，以及这些道理之间的关系，用清楚明白的叙述让那些与自己接触不那么频繁的信徒准确无误地了解这些理论。所以，"罗马书"是保罗书信中对于基督信仰的最严谨和深思熟虑的作品。

基督教与以色列人的犹太教信仰同出于一个根源，但是二者有明显差别，而初期教会的信徒对此并不那么了解。当时的犹太教徒也经常出来以他们理解的方式讲解对上帝的信仰，而由于二者在一些话题上的相似，令基督徒感到困惑。有鉴于此，保罗在"罗马书"中主要讲了三个方面的问题。

第1到第8章论述基督信仰的根本，从基督徒自身的视野讨论他们眼中的上帝。这里面涉及信与不信的表现与后果，信仰与这个世界的关系，基督信仰与律法的关系，文士和法利赛人的基本错误，基督信仰的关键。

第9到第11章论述上帝对以色列人的计划，这是前一个问题的延续，也涉及新约与旧约的关系。

第 12 到第 16 章，论述基督徒的行事为人：怎样做一个好的基督徒。

2."罗马书"的逻辑走向

"罗马书"的理论是一气贯通的，各部分之间有非常严谨的逻辑关系。把握这个逻辑走向，有助于读者体会其中更深层次的内容。

首先，1:1-17（第 1 章第 1 到 17 节），保罗讲述他传的福音从何而来（从耶稣而来），他为什么要传福音（他受到了福音的恩惠，有使徒的责任），这个福音的根本是什么（因信称义）。

1:18-2:5 讲为什么要相信（因为神的存在清晰明白），不信神会有什么后果（各种恶行），以及神将要施行的审判（报应）。

2:6-28 讲神对人的终极要求（圣洁公义），神的审判是根据人的行为；这一点对犹太人和外邦人是一样的。

3:1-20 论述人都犯了罪，从行为上没有达到公义的。犹太人并不比一般人更好；他们行了割礼，这仅仅显示神的公义信实，却没有改变他们的罪（不信）。

3:21-7:25 讲因为人没有能力圣洁公义，所以耶稣带来了新的、律法之外的义——因信称义，这就把施行这义的能力也给了人；因信称义的榜样是亚伯拉罕；接着在这个新的义的前景下，保罗对《圣经》的各个重要主题做出解释：律法，亚当，耶稣，罪，肉体。

8:1-39 对因信称义带来的可能误解加以澄清：因信称义并不意味着信徒可以再犯罪，因为犯罪都是顺从肉体的结果，信徒应该顺从圣灵，不顺从肉体；有耶稣做主，信徒必得胜。

9:1-11:36 既然以色列人与外邦人一样都犯了罪，那么怎么理解旧约中上帝对以色列人的拣选？（上帝并未弃绝以色列人，对他们有特殊计划，必行拯救。）其中 9:11-24 讲神对外邦人的期待。

12:1–15:13　讲信徒如何行事为人，列出各种细节：如何爱、献身、分工、顺从掌权者、不论断人。

最后，15:14–16:27　的保罗对自己近期工作的解释以及对罗马教会的问候。

二、"罗马书"的几个主题

1. 神存在的证据与神的愤怒

保罗在说明自己为什么要传福音时，特别提到神存在的证据。这一直是人们在面对信仰时纠结的问题。

A. 神存在的证据

在保罗看来，神存在的证据并不需要到理论中或神秘之地去找，对于人而言，它们是确定无疑的："神的事情，人所能知道的，原显明在人心里。因为神已经给他们显明。自从造天地以来，神的永能和神性是明明可知的，虽是眼不能见，但藉着所造之物，就可以晓得，叫人无可推诿。"[1]这样看来，神的证据就在人心里，与人心同在，这就没有借口可以否认这种存在。就像一个人，他作为人的证据就长在他身上，无法抹去一样。保罗从两个方面讲述了这明明可知的证据。

第一，这证据表现在所造物上。所谓"藉着所造之物"的表现，就是在可见的外部事物上见出。保罗的意思是，神本身虽无法眼见，但人所见的外部事物无不显现了神的存在。大到日月星辰，山川海陆，小到生物微生物的内部构造，其精美合适，无不令人惊叹。面对这些事实，否认造物主的存在，在保罗看来是很难找到借口的。

第二，这证据表现在和谐与爱的原则的到处显现。保罗说："我们晓得

---

[1] "罗马书"1:19–20。

万事都互相效力，叫爱神的人得益处，就是按他旨意被召的人。"[1] 这段话的语境是谈神对爱神的人的恩惠，但是"万事都互相效力"言明了上帝创世的原则，上帝造的万物都是好的善的，因为它们互相效力，彼此关爱，和谐共存。现在人分成爱神的与不爱神的，爱神的人将因此得"万事都互相效力"之功，使他们在这个上帝创造的世界上得益处。而如果世界本来就是上帝造的，那么世界上的人如果按本性来生活，就应该都是爱神的，都得和谐世界的益处。

爱神的人都以善的方式看待世界及万物，看到的是"凡事都大有好处"[2]，因为上帝就是这样设计的。保罗这封信的主题之一是外邦人与以色列人一样可以得救，所以有没有割礼对信仰并不是最重要的；这样他就要解释上帝与摩西订约中为什么嘱咐以色列人须行割礼。"这样说来，犹太人有什么长处，割礼有什么益处呢？凡事大有好处。第一是神的圣言交托他们。即便有不信的，这有何妨呢？难道他们的不信，就废掉神的信么？断乎不能。不如说，神是真实的，人都是虚谎的。"[3] 订立割礼的好处是彰显神的信实，并不是标记行割礼之人的信实。上帝选择犹太人，也是要在他们身上彰显信仰的实质。后面保罗还对律法说了相似的话：如果人因信称义，那么律法起什么作用呢？律法虽然让人知罪，但是也有好处，因为它让人理解自己是罪人。

所以，从善与和谐的角度理解世界，以及理解《圣经》的道理，信徒可以对神的存在有深刻的体会。

B. 神的愤怒

对此视而不见者，也就是不信者与背弃者，神的愤怒针对他们而发。

---

1 "罗马书" 8:28。
2 同上，3:1。
3 同上，3:1–4。

保罗列举了一系列悖神的行为，包括拜偶像，放荡邪耻，妒忌，凶杀，谗言毁人，冷酷，傲慢，诡诈，贪婪等等。所有这些恶人恶事，都是因为不信神，不接受福音。他们背弃了明明可知的东西，背弃了人心里本有的东西。也就是说，不按这世界被创造出来的样式去行事为人，必然恶行泛滥。这样的人，必然面对神的愤怒。

保罗指出，这些背弃者必然受到神的审判。但是他们受罚的方式引人注目。他们并不是直接被赐死，或者对他们施行外在的打击。保罗说："神任凭他们，逞着心里的情欲行污秽的事，以致彼此玷辱自己的身体。"[1] "任凭"，说明那是咎由自取。他们不是被逼迫到某种糟糕的处境，而是自己行恶，由这种恶的后果来惩罚他们。所以保罗后面说："他必照各人的行为报应各人。凡恒心行善，寻求荣耀、尊贵和不能朽坏之福的，就以永生报应他们。惟有结党不顺从真理，反顺从不义的，就以忿怒、恼恨报应他们。将患难，困苦，加给一切作恶的人，先是犹太人，后是希利尼人。"[2] 行恶，万物就不再互相效力来帮助他，而是相反；这样恶人必陷入患难、困苦的境地。

按《圣经》，这也是上帝惩罚悖逆者的常见方法。"使徒行传"第7章第42节说："神就转脸不顾，任凭他们侍奉天上的日月星辰，正如先知书上所写的说：以色列家啊，你们40年间在旷野，岂是将牺牲和祭物献给我吗？" "出埃及记"第4章第21节说："耶和华对摩西说：你回到埃及的时候，要留意将我指示你的一切奇事行在法老面前。但我要使（或作：任凭）他的心刚硬，他必不容百姓去。"

2. 因信称义

因信称义是"罗马书"最主要的理论，也是《圣经》中信仰理论的核

---

[1] "罗马书" 1:24。

[2] 同上，2:6–9。

心。因信称义的意思是，成为公义的人、神所喜悦的人、无罪的人，唯一途径是对基督的信心，而不是其他。

A. 因行为称义的不可能性与律法的作用

a. 因行为称义的不可能性

文士和法利赛人一直宣称自己的行为正直公义，他们甚至在各种场合作秀，证明自己遵守了律法的每一条款，以此自夸。这说明他们秉持这样的理论：行为是博得上帝喜悦的主要原因。在"马太福音"里耶稣曾强烈批评了这种理论。在保罗的时代，以色列人仍然坚持这种理论，所以，他们拒绝了耶稣。为此保罗在"罗马书"里从理论上证明因行为称义的不可能性。

这个证明与"马太福音"耶稣的论述相同。在那里，耶稣指出了圣洁的标准，例如，对他人的怨恨就是谋杀，对配偶以外的异性心生羡慕就是奸淫。如果人的行为在这样的标准下也能达到无可指摘的地步，那他可以说是义人。但显然，那些标准绝不是标榜守律法的文士和法利赛人可以做到的。可以说，人靠自己绝不能达到这标准。"世人都犯了罪，亏缺了神的荣耀"[1]，在犯罪这一点上，没有一个人例外。

b. 律法的作用

罪的显微镜是律法。耶稣说，他来是要成全律法，律法的一点一画都不能废去。按照律法去评判，没有一个人的行为站得住脚。文士和法利赛人认为，既然有了律法，人们遵照它去做就可以了，律法的作用是杜绝人作恶，因而做到了的人就是义人。保罗对律法的作用做了完全不同的解释："我们晓得律法上的话，都是对律法以下之人说的，好塞住各人的口，叫普世的人都伏在神的审判之下。所以凡有血气的没有一个，因行律法，能在神面前称义。因为律法本是叫人知罪。"[2] 人都犯了罪，如果人同时都知罪，

---

[1] "罗马书" 3:23。

[2] 同上，3:19—20。

那么，依靠耶稣的救恩，就可以算为义人，那是人达到公义的唯一途径。律法是叫人知罪的，文士和法利赛人却以律法自夸，用律法来炫耀，他们完全搞错了。他们这种做法无异于给自己定罪。

如此，无罪的人也只有两种。一种是前律法的人："没有律法之先，罪已经在世上。但没有律法，罪也不算罪。"[1] 依此我们可以得知，偷吃禁果前的亚当和夏娃是无罪之人，保罗说的在知道律法和救恩之前的外邦人也是无罪之人。另一种就是得救后的神的子民，即因信称义的人。

罪如何通过律法对人起作用？保罗的一段话说明了这个艰深的问题："这样，我们可说什么呢。律法是罪吗？断乎不是。只是非因律法，我就不知何为罪。非律法说，'不可起贪心'，我就不知何为贪心。然而罪趁着机会，就藉着诫命叫诸般的贪心在我里头发动。因为没有律法，罪是死的。我以前没有律法，是活着的，但是诫命来到，罪又活了，我就死了"[2]。律法用否定式命令，这同时把罪本身也讲了出来。罪不只是向死而在，它同时是一种诱惑。贪心的罪（十诫第十条）通过律法找到了机会，做了既遭谴责又行诱惑的工，令人跃跃欲试。

B. 因信称义何以可能

人的行为无法使人称义，只能靠信心。

因信称义的可能性在于耶稣。耶稣降世，通过献祭赎了所有人的罪。耶稣的死是至关重要的："律法既因肉体软弱，有所不能行的，神就差遣自己的儿子，成为罪身的形状，做了赎罪祭，在肉体中定了罪案，使律法的义成就在我们这不随从肉体，只随从圣灵的人身上。"[3] 耶稣是唯一没有罪而又取了人的形状的，只有耶稣的死，才能完成这赎罪祭。而人无罪了，他

---

1 "罗马书" 5:13。

2 同上，7:7-9。

3 同上，8:3-4。

当然就是圣洁公义的。

但是这种无罪需要一个前提,就是人承认耶稣的献祭,承认耶稣是神的儿子,相信他是圣洁公义的。如果人不信他,那他就无法帮到那人。所以,因信称义的关键是信。信仰至上,是否对耶稣有信心是判断人是否义人的标准。

C. 因信称义的普适性

因信称义,就意味着福音具有普适性。在旧约时代,作为神的选民,以色列人认为自己具有特殊的地位,得救的,称义的,讨神喜欢的,只能是以色列人,因为他们有神与他们一族订立的约。因信称义,关键在信,信的人不必是以色列人,外邦人只要信,也可算做义人,也是神的子民。因信称义对于所有人都是适用的。"难道神只作犹太人的神吗?不也是作外邦人的神吗?是的,也作外邦人的神。神既是一位,他就要因信称那受割礼的为义,也要因信称那未受割礼的为义。"[1]

因信称义打开了福音的大门,使得基督的救恩临到所有人类身上,也使得耶稣的门徒有了一批人数众多的新的布道对象——外邦人。保罗第一个承担了这一重任,他在"罗马书"中反复讲,他是外邦人的使徒,他的使命是为外邦人作基督耶稣的仆役。

D. 信心与行为的关系

人称义是因为信,而不因为行为,这是否意味着犯罪是无关紧要的,甚至得救的人可以继续犯罪呢?保罗斩钉截铁地回答道:"断乎不可!"[2]

因信称义的基督徒是如何能够对罪说不的?保罗的论证如下:

> 这样,怎么说呢?我们可以仍在罪中,叫恩典显多么?断乎不可。我

---

[1] "罗马书" 3:29–30。
[2] 同上,6:2。

们在罪上死了的人，岂可仍在罪中活着呢？岂不知我们这受洗归入基督耶稣的人，是受洗归入他的死吗？所以我们藉着洗礼归入死，和他一同埋葬，原是叫我们一举一动有新生的样式，像基督藉着父的荣耀从死里复活一样。我们若在他死的形状上与他联合，也要在他复活的形状上与他联合。因为知道我们的旧人和他同钉十字架，使罪身灭绝，叫我们不再作罪的奴仆；因为已死的人是脱离了罪。我们若是与基督同死，就信必与他同活；因为知道基督既从死里复活，就不再死，死也不再作他的主了。他死是向罪死了，只有一次；他活是向神活着。[1]

原来，因信称义必须经历一死一活。如果你信耶稣被钉十字架，为众人的罪而死，当你接受耶稣的时候，就已经接受了这向罪而死；但是耶稣的奇妙在于他复活了，战胜了死亡，你因为信他，也就与他一同得这胜利的荣耀，也要复活；而复活了的人与旧人显然必须不同，一举一动有新生的样式。这已经意味着，新生的人向罪应该是死的，无动于衷的，只有向神是活的，这时的生命，其动力和目标都不同了，要活出基督的样式。

当然，只要还在肉体中，这时人仍有可能犯罪。"我也知道，在我里头，就是我肉体之中，没有良善。因为立志为善由得我，只是行出来由不得我。"[2] 但是，由于他把自己交托给了基督，就不再受罪的捆绑了。"我真是苦啊！谁能救我脱离这取死的身体呢？感谢神，靠着我们的主耶稣基督就能脱离了。这样看来，我以内心顺服神的律；我肉体却顺服罪的律了。如今那些在基督耶稣里的，就不定罪了。因为赐生命的圣灵的律，在基督耶稣里释放了我，使我脱离罪和死的律了。"[3] "脱离罪和死的律"就是耶稣带来

---

1 "罗马书" 6:1–11。
2 同上，7:18。
3 同上，7:24–8:2。

的新的律的效应，它不是惩罚定罪的律，而是赎罪新生的律。

这时，有信心的人所要做的，就是顺从神，而不顺从肉体私欲，将身体当作义的器具献给神。

E. 基督徒的地位——与基督同作神的后裔

因信称义的理论也给人与神之间的关系奠定了新的基础，它大大恢复了人的地位。

亚当的犯罪破坏了人与上帝之间的关系。容不得罪的上帝对悖逆之人有怒气，常有惩罚之举。耶稣的降临改变了这个局面，这使得因信称义成为可能，上帝不仅给人提供了与神恢复和好的机会，也给人提供了与神恢复和好的能力和途径，这件事就实实在在地成了。"因为我们作仇敌的时候，且藉着神儿子的死，得与神和好，既已和好，就更要因他的生得救了。"[1]

这个救恩的神奇之处在于，得救者必须与基督一体，必须让基督进入自己，必须与基督一起经历一死一生，最后，与基督一样有新生的样式。这个过程的结果是，信的人都成为基督，成为神的儿女。"既是儿女，便是后嗣，就是神的后嗣，和基督同作后嗣。如果我们和他一同受苦，也必和他一同得荣耀。"[2]

3. 恩典

因信称义引出了基督与人关系中的一个重要问题——恩典。

A. 神的恩典与人的努力

恩典就是白得的好处："因为世人都犯了罪，亏缺了神的荣耀。如今却蒙神的恩典，因基督耶稣的救赎，就白白地称义。"[3]

虽然人不能靠行为称义，但是按人们通常的观念，人总不能什么都不

---

[1] "罗马书" 5:10。
[2] 同上，8:17。
[3] 同上，3:23–24。

做而白得某些东西，特别是来自神的好处。即使敬神的人，所做的总要对得起神的爱吧。这种心态导致了在人之间的一种比较：有的人配得上，有的人不配。

保罗惊讶地发现，他们得到的救赎原来是白给的，不付代价的。"作工的得工价，不算恩典，乃是该得的，惟有不作工的，只信称罪人为义的神，他的信就算为义。"[1] 这就是说，只有承认自己是从神那里白得的救赎，这样的人的信才能算为义。

这意味着，没有人配得上神的恩典，都是不配的。神的恩典只赐给不配的人。这些人当然是罪人。"马太福音"第9章第13节记载耶稣的话说："我来，本不是召义人，乃是召罪人。"没有罪的人与耶稣无干，但是这世界上也不存在没有罪的人。罪人须意识到自己不配，须认罪，才能意识到救赎乃是恩典，才能因信称义。

所以，人若因信称义，那是无可夸的，因为那是神的工作的结果。"倘若亚伯拉罕是因行为称义，就有可夸的。只是在神面前并无可夸的。"[2] 而因为是白得的，所以人唯有感谢。因信称义的人是新约时代神的选民：是神选中了他们，而不是他们靠自己努力获得了救赎。

恩典体现了神的爱。人在肉体中，根本无法有配得上公义的行为。耶稣的降临就是对这种状态的体谅，一切由他来担当，替人受过。这种爱是任何人间的爱所不可比拟的，因为他为之而死的并不是些好人，在人间的尺度上是不值得为他们付出、更不要说为他们去死的。"因我们还软弱的时候，基督就按所定的日期为罪人死。为义人死，是少有的；为仁人死，或者有敢作的。惟有基督在我们还作罪人的时候为我们死，神的爱就在此向我们显明了。"[3]

---

1 "罗马书" 4:4–5。

2 同上，4:2。

3 同上，5:6–8。

B. 恩典与罪

由于恩典只给予不配的人、罪人，所以恩典与罪形成一种奇特的关系：罪使恩典显多。

"律法本是外添的，叫过犯显多。只是罪在那里显多，恩典就更显多了。"[1] 正是耶稣白给的救赎使得恩典与罪恰成反差，因此，任何一者的增加，注定使另一者也显多。这世界的罪恶越严重，罪人们从耶稣那里白得的好处，其分量也就越大，所得与他们的行为也就越不相称，恩典也就越是恩典。

C. 恩典与惩罚

对人的罪的惩罚（死）与恩典出自同一个神，因此，保罗需要说明，神一方面以律法衡量人的罪，一方面又用耶稣的生命赎去罪人的罪，这两者的关系应当怎么看？这两者是互抵的吗？

"只是过犯不如恩赐。若因一人的过犯，众人都死了，何况神的恩典，与那因耶稣基督一人恩典中的赏赐，岂不更加倍地临到众人么？因一人犯罪就定罪，也不如恩赐。原来审判是由一人而定罪，恩赐乃是由许多过犯而称义。若因一人的过犯，死就因这一人作了王，何况那些受洪恩又蒙所赐之义的，岂不更要因耶稣基督一人在生命中作王么？如此说来，因一次的过犯，众人都被定罪；照样，因一次的义行，众人也就被称义得生命了。因一人的悖逆，众人成为罪人；照样，因一人的顺从，众人也成为义了。"[2] 这段话的主要意思是救恩远比惩罚要大。主要的原因是，惩罚原是人自取的，人犯了罪，惩罚是应该的；但是恩赐按报应原则不是必须的，甚至是与报应相反的；耶稣不计亚当以后的人的罪，反而以恩典报之，使得当时的和以后的人都能因此而得救，这要多么丰盛的生命才能做到呢？所以，比起人因罪招致的惩罚而言，恩典显得如此不同，如此光辉灿烂，这正能

---

1 "罗马书" 5:20。
2 同上，5:15–19。

量之大，使惩罚完全可以忽略不计。

D. 恩典与权柄

因为是恩典，其权柄就在于赐恩典的（上帝）。神的恩典是从天上降临的，选民是神定的，因此，一切按神的意思走，没有什么人可以自以为是，尤其是认为自己铁定得救的以色列人。

因为从以色列生的，不都是以色列人。也不因为是亚伯拉罕的后裔，就都作他的儿女。惟独"从以撒生的，才要称为你的后裔"。这就是说，肉身所生的儿女，不是神的儿女。惟独那应许的儿女，才算是后裔。因为所应许的话是这样说："到明年这时候我要来，撒拉必生一个儿子。"不但如此，还有利百加，既从一个人，就是从我们的祖宗以撒怀了孕。（双子还没生下来，善恶还没有做出来，只因要显明神拣选人的旨意，不在乎人的行为，乃在乎召人的主。）神就对利百加说："将来大的要服侍小的。"正如经上所记："雅各是我所爱的，以扫是我所恶的。"

这样，我们可说什么呢？难道神有什么不公平么？断乎没有。因他对摩西说："我要怜悯谁，就怜悯谁；要恩待谁，就恩待谁。"据此看来，这不在乎那定意的，也不在乎那奔跑的，只在乎发怜悯的神。因为经上有话向法老说："我将你兴起来，特要在你身上彰显我的权能，并要使我的名传遍天下。"如此看来，神要怜悯谁，就怜悯谁，要叫谁刚硬，就叫谁刚硬。[1]

4. 上帝拯救以色列人的计划

保罗的这番言论就是针对以色列人说的。拯救外邦人，这是神的旨意；而对于以色列人与外邦人的造就，保罗以制作器皿为比喻，指出窑匠（神）有权把一块材料制造成贵重的器皿，也有权把它制造成卑贱的器皿。这是

---

[1] "罗马书" 9:6–18。

主权问题，而不是偏待的问题。

然而，以色列人能得救吗？怎么理解上帝对以色列人的拣选呢？他们在新约中的地位何在？

保罗的回答是，以色列人当然也能得救；上帝对以色列人有特殊的计划。

首先，保罗肯定了以色列人对上帝的热心，指出："我可以证明他们向神有热心，但不是按着真知识。"[1] 他们不知道神的义，只想用行为来立自己的义。如果他们有改变，能够口里承认，心里相信，那么，临到外邦人的救恩无疑也一样临到他们。

所以，保罗告诉他们，神的救恩只临到相信的人，因信称义对以色列人也是一样的，并非只要是以色列人就都有得救的特权，但也并非只要是以色列人就不能得救。保罗援引了旧约的话，"我为自己留下七千人，是未曾向巴力屈膝的"，说明在旧约时代，神对以色列人也是有拣选的。

以色列人作为特殊的选民，他们有特殊使命。"我且说，他们失脚是要他们跌倒吗？断乎不是。反倒因他们的过失，救恩便临到外邦人，要激动他们发愤。若他们的过失，为天下的富足；他们的缺乏，为外邦人的富足，何况他们的丰满呢？"[2] 以色列人选择了错误的道路，他们没有得神喜悦，因信称义的外邦人反而得救了，以色列人成了外邦人正确选择的一个对比性因素，这也是一种作用，是神对他们的使用；何况，神也有意通过这种情况激发他们。以此，保罗进一步推断说，以色列人，连他们的过失都能起到正面作用，如果他们发挥全部潜能（丰满），他们为上帝所作的工指不定有多大呢。

在这个意义上，以色列人就像是橄榄树的本树，而外邦人则是野橄榄，是嫁接在本树上的。为此，保罗也告诫外邦人，神既能不爱惜本树，你们

---

[1] "罗马书" 10:2。
[2] 同上，11:11–12。

如果不守神的约,岂不更加严厉吗?反过来,以色列人如果因信称义,他们比起嫁接过的野橄榄更加珍贵。

最后,保罗说到了神拯救以色列人的时机:"等到外邦人的数目添满了;于是以色列全家都要得救。"[1] 这儿的"以色列全家"是指真以色列人。

5. 基督徒的行为

人得救不是凭行为,但是得救的人应该有好行为,与蒙召得救的恩相称。

A. 爱人如己

"罗马书"关于爱人的那个著名段落集合了《圣经》关于爱人的许多精髓:

> 爱人不可虚假,恶要厌恶,善要亲近。爱弟兄,要彼此亲热;恭敬人,要彼此推让。殷勤不可懒惰。要心里火热,常常服事主。在指望中要喜乐,在患难中要忍耐,祷告要恒切。圣徒缺乏,要帮补;客要一味地款待。逼迫你们的,要给他们祝福;只要祝福,不可咒诅。与喜乐的人要同乐;与哀哭的人要同哭。要彼此同心,不要志气高大,倒要俯就卑微的人。不要自以为聪明。不要以恶报恶,众人以为美的事,要留心去作。若是能行,总要尽力与众人和睦。亲爱的弟兄,不要自己伸冤,宁可让步,听凭主怒;因为经上记着:"主说:'伸冤在我,我必报应。'"所以,"你的仇敌若饿了,就给他吃;若渴了,就给他喝;因为你这样行,就是把炭火堆在他的头上。"你不可为恶所胜,反要以善胜恶。[2]

B. 献上身体,不容罪作王。

肉体是罪的发动机。蒙恩得救的人须立志将肉体献出来,作为祭品。

---

[1] "罗马书" 11:25–26。
[2] 同上,12:9–21。

"所以不要容罪在你们必死的身上作王,使你们顺从身子的私欲。"[1] "我以神的慈悲劝你们,将身体献上,当作活祭,是圣洁的,是神所喜悦的。你们如此侍奉,乃是理所当然的。"[2]

C. 不论断人

论断他人是人们很容易犯的错误,保罗想必听说了罗马的教会中常有这等事,所以花了不小的篇幅对其害处加以论述。

以保罗对食物习惯的论述为例。保罗可能听说了罗马教会常有对他人食物选择习惯或爱好指指点点的情况。保罗认为,信徒要尊重其他信徒食物上的习惯,不要以食物的洁净性议论人。凡物本来都是洁净的,有些食物你可以不吃,但不要指责吃的人:"吃的人不可轻看不吃的人。不吃的人不可论断吃的人。因为神已经收纳他了。你是谁,竟论断别人的仆人呢?他或站住,或跌倒,自有他的主人在。而且他也必站住,因为主能使他站住。"[3]

这段话有两个要点。首先,为什么不能论断他人?因为论断的主权在神。每一个信徒都是属神的,因此他(她)自有自己的主人,做得对不对自有主人管教。论断者越权了。其次,论断等于给人使绊子,使人跌倒。论断就是说人的不是,也就等于给那人定了罪,使那人在上帝面前站不住脚。所以在第14章第13节保罗说:"所以我们不可再彼此论断。宁可定意,谁也不给弟兄放下绊脚跌人之物。"

论断还有一个奇特的弊端,就是论断者往往自己就行被论断之罪。"你这论断人的,无论你是谁,也无可推诿,你在什么事上论断人,就在什么事上定自己的罪。因你这论断人的,自己所行却和别人一样。"[4] 所以,论断人等于给自己定相应的罪。

---

[1] "罗马书" 6:12。
[2] 同上,12:1。
[3] 同上,14:3-4。
[4] 同上,2:1。

第三节　小结与讨论题

一、小结

"罗马书"是保罗书信中写得最细致深入的一篇，也是在思想内容上和理论上最重要的一篇。而作为全书中心的"因信称义"的论说，奠定了福音传播的理论基础。用"恩典"来概括因信称义的实质，既彰显了耶稣对人的爱之深切，也给因罪而深陷无力自拔之人彻底解放的机会。"罗马书"恰当地解决了因信称义与信徒行为之间的关系，使信徒能够在把得救之功归于上帝的同时，以自己的好行为荣耀上帝。对于以色列人与外邦人在新约中的作用和地位的解说深刻、实在而富于启发性。通过对所有这几个新约中最重要也最迫切的理论问题的论说，"罗马书"成为基督信仰中仅次于四福音书的核心文献。

二、讨论题

1. 因信称义与因行为称义有何区别？从保罗的论述看，为什么人不能凭着行为称义？
2. 读"罗马书"第 7 章第 1 节至第 8 章第 17 节，谈谈灵与肉的关系。
3. 读"罗马书"第 7 章第 7–25 节，讨论罪、律法与恩典的关系。
4. 外邦人与以色列人在获得救恩的途径和方法上有什么区别？
5. 保罗对基督徒的行为有哪些要求？这与因信称义有什么关系？
6. 保罗在第 1、2 章谈论了人们的各种恶行，从理论上看，每一种恶行与不信神有什么关系？
7. 找出"罗马书"中关于勿论断人的论述，对比"马太福音"第 7 章第 1 至第 6 节的相应论述，分析两者异同，并解释论断人与《圣经》的精神有何抵触。

第三编 《圣经》文学精读

第一章 弥尔顿的《圣经》文学

第一节 弥尔顿的思想历程与文学成就

一、弥尔顿的生命历程

约翰·弥尔顿(John Milton),莎士比亚以后英国最伟大的诗人,1608年12月9日出生于伦敦一个清教徒家庭。其父亲老约翰·弥尔顿儿时在教堂唱诗班从事音乐服务,很有音乐天才,是当时著名的教会音乐家。由于不认同祖父的天主教信仰,弥尔顿离家自立,在伦敦开设一个文秘社,从事法律、金融文书起草等写作工作,事业兴旺,家境富裕。弥尔顿一生中最重要的三个生活因素是信仰、文学和法律,这与他的家庭背景是分不开的。

弥尔顿生命历程可分为三个阶段。第一个阶段,在伊丽莎白王朝尾声的1639年以前,他的主要志向和活动领域是文学。弥尔顿从小喜爱读书,尤其喜爱文学。1625年入剑桥大学,并开始写诗,1632年取得硕士学位后,立志专心写作。1632年至1638年,弥尔顿辞去了政府部门的工作,住到他父亲郊外的别墅中,闭门攻读文学6年,几乎读遍了当时所有的英语、希腊语、拉丁语、意大利语的作品,并且写作了假面诗剧《科摩斯》(Comus)

等作品。1638年,为增长见识,弥尔顿到当时欧洲文化中心意大利旅行,曾经拜会被天主教会囚禁的伽利略。1839年,因英国革命即将爆发,中止旅行,仓促回国。

从1639年到1660年的20年间,弥尔顿进入了他生命历程的第二个阶段,此时他的生活主题是政治。弥尔顿回到正在酝酿共和革命的动荡的英国后,开始参与政治。1641年,弥尔顿以清教徒身份开始参加宗教论战,反对封建王朝的支柱国教,在一年多的时间里发表了5本有关宗教自由的小册子。政治上,他站在主张共和的自由派一边,写作了许多政治性论文,例如著名的《论出版自由》(1644年)。1649年出版的《偶像的破坏者》,主张处死查理一世。1650年出版《为英国人民辩护》,宣布迎接共和与革命的到来。1649年,革命派将英国国王查理一世推上断头台,成立共和国,同时奥利弗·克伦威尔上台,成为政府首脑,并受封为"护国公"。由于清教政府的领袖们对在革命中弥尔顿为共和国的胜利写下的大量随笔和小册子印象深刻,于是任命他为外交事务拉丁文秘书。他除了负责翻译外国政府的拉丁文书信以外,还必须用拉丁文进行回答,同时负责对反对克伦威尔政府的攻击和言论进行批判。由于任务繁重,他不得不日夜工作,不久,视力开始下降,最终,到了1652年,他双目完全失明。此时他思想上也出现了迷茫。1660年,王政复辟,查理二世(前国王的儿子)登上了王位,清教徒到处逃命。有的去了美国,有的被抓住判了死刑。弥尔顿则躲进朋友家住了几个月,他的财产被没收,他的书被焚毁。最后弥尔顿还是被抓进了监狱,好在国王后来放过了他。

自1660年起到1674年去世,弥尔顿进入了他生命的第三个阶段,专心写诗,以他最后的全部活力投身文学创作,写出了他一生中最主要的几个文学作品,包括三大诗作。此时他唯一的生活主题就是写作《圣经》题材的文学。他花了七年的时间写下了以《创世记》为题材的伟大的诗歌

《失乐园》(1667年问世),然后创作了以"马太福音"为题材的《复乐园》(1671)和以旧约"士师记"为题材的《力士参生》(1671)。1674年11月8日卒于伦敦。

弥尔顿一生有三次婚姻。第一位妻子玛利,小他17岁,1652年病逝,给他留下了三个嗷嗷待哺的女儿,最大的仅6岁。1656年,弥尔顿再婚,这第二位妻子小他20岁,两年后这位新妻子因为难产而死。1663年,弥尔顿第三次结婚,妻子是伊丽莎白·明萨尔,小他30岁。这段婚姻比较幸福。最后一位妻子在他失明的情况下协助他写作了一生中最重要的几部作品。

弥尔顿的后代。他的直系亲属很快都去世了,他弟弟和妹妹的后裔今天还有。他女儿德波拉·弥尔顿·克拉克和他长寿的遗孀(第三位妻子)都死于1727年8月,相隔仅一两天。1750年,弥尔顿的外孙女义演他的假面诗剧《科摩斯》,当时的英国文坛领袖塞缪尔·约翰逊博士为此撰写了序言。弥尔顿的外孙女伊丽莎白·福斯特太太是他最后一位直系亲属,一直在贫困中挣扎,死于1754年,跟她外祖父一样活了66岁。

二、弥尔顿的文学成就

1. 主要文学作品

第一阶段:弥尔顿21岁的时候就创作了抒情诗《五月晨歌》《圣诞清晨歌》,后者气势宏伟,预告了一个创作基督主题叙事诗的伟大诗人的诞生。其后他创作了《快乐的人》《幽思的人》和《利西达斯》等精致美妙的短诗。这些诗作足以使他在英国抒情诗坛上占据一个显要的位置。《快乐的人》洋溢着生活的欢欣,《利西达斯》是弥尔顿早期诗歌中最感人的诗篇,是哀念逝去的朋友的挽歌,与雪莱的《阿多尼斯》和丁尼生的《怀念》并称为英国文学中的三大哀歌。弥尔顿发表的第一首诗是《莎士比亚碑铭》,1632年发表于莎士比亚第二对折本的卷首。假面诗剧《科摩斯》是为个人欢娱所作，1634年首次演出，它显示出弥尔顿和莎士比亚时代戏剧的紧密关系。

第二阶段：主要作品是政论文，有《论英国教会的教规改革》（1641），《论教会机构必须反对主教制》（1642），《论出版自由》（1644），《论教育》（1644），《偶像的破坏者》（1649），《论国王与官吏的职权》（1649），《为英国人民辩护》（1650）等。

第三阶段：《失乐园》（1667），《复乐园》（1671），《力士参生》（1671）。

2. 弥尔顿的文学与《圣经》的联系

很明显，对神的赞美和沉思占据了他早期诗歌主题的一大部分，他的抒情诗里弥漫着基督信仰的内容。

在他从事政治活动时期，他的政论文也始终是在宗教意识的基础上展开的，除了直接呼吁改革天主教制度的文章外，他用《圣经》的理论做论据，论证出版自由的必要性，以及打破偶像的必要性。

在经历了20年政治奔波以后，他最终意识到并回归他一生的真正使命：以他天天诵读的《圣经》为故事题材，写出《圣经》题材的文学作品。

3. 弥尔顿在文学史上的地位

弥尔顿是莎士比亚以后英国最伟大的诗人，在英国文学中，其地位与乔叟、莎士比亚并列。他的《失乐园》与荷马史诗、但丁的《神曲》一起被列于西方世界三大史诗之一。

马克思非常钦佩弥尔顿的创作精神，评价道："弥尔顿出于春蚕吐丝一样的必要而创作《失乐园》，那是他的天性的能动表现。"（见马克思《剩余价值理论》）马克思认为弥尔顿的创作是他的一种本能的活动，出自生命天性本身，不是另有目的的，因而摆脱了异化劳动的奴隶性本质。弥尔顿成为马克思理想中的自由劳动的生动例证。

第二节 《失乐园》与《圣经》

一、《失乐园》的几个重要主题

1. 人与神的关系

人与神的关系是《失乐园》探讨的重心。

这首先可以从作品的描写量的分配上看出。《失乐园》以撒旦在天庭的叛逆与失败为始,继而描写撒旦蓄意破坏上帝造人的计划,变作蛇引诱亚当、夏娃犯罪成功,最后以人类始祖被逐出伊甸园为终。看起来主角是撒旦,主要线索是撒旦的阴谋及其成功;而实际上,纵观全书,弥尔顿的大部分笔墨放了天使对亚当和夏娃的教导、神及其儿子对人类和伊甸园的安排,以及亚当和夏娃犯罪前后细腻的心理变化上。全书十二卷中,第一、二卷全部是叙述撒旦背叛的故事的,第三卷就用了大部分篇幅展示上帝创造人类世界的计划以及对人类命运的描述,写神子对人类的怜恤,以及愿意为人类担待罪责的决定。第四卷写天使奉命警告和提醒亚当、夏娃防范恶魔的来临,以及撒旦在伊甸园的探风活动。而第五卷到第八卷,弥尔顿用了整整四卷,描写天使对亚当、夏娃的谆谆教诲,从天界的征战、魔鬼的来历,到人类世界的创造过程,无所不谈,且有问必答。第九卷写蛇的引诱和亚当夏娃犯罪的过程,尤其是他们的心理历程。第十卷写人类触犯原罪后天庭以及魔鬼们的反应,更多的则是对始祖犯罪后的悲哀、悔恨心情的描绘,以及他们对应对措施的讨论。第十一卷写神子为人类担罪,上帝应允,并且派天使带领人类走出伊甸园。在这一卷的后半部分一直到第十二卷,天使米迦勒一直在对亚当、夏娃讲述上帝对人类的恩典和人类的未来、死亡和复活的故事。

弥尔顿不厌其烦地花了超过三分之二的篇幅描写神的计划,天使对亚当讲述故事,描述人类始祖犯罪前后的心理历程。这表明这部史诗的核心是彰显神与人的关系，神对人类生活的意义。作品突出地表现了神对人的爱和神与人的亲密关系。上帝在人遇到每一个重要事件的关头都派天使来看护和教导，"神或天使和人过往做客，/像朋友一样互相谈心，亲密地/对坐，分享田园的膳食，可以/随便说话，言者无罪"[1]。弥尔顿铺陈这些在该史诗所本的《圣经·创世记》里完全没有的细节，显然是有其用意的。史诗通过细节还描写了人对神的必须的依靠和实际上的背叛，这种背叛带来的内心的混乱、不和谐，以及尽管犯了罪，神仍然对人不离不弃，甚至用神子来为人类的罪做赎价，这样一些《圣经》的基本精神。

2. 撒旦

撒旦形象的塑造是《失乐园》的最大成就之一。

A. 写出了撒旦的主要特点——骄傲

这个特点通过几个互相联系的方面表现出来。

a. 不信神。在第五卷末，撒旦不承认神是造物主："'照你这么说，我们都是被造的？/而且是副手的产品，/是父传于子的/作品？这说法真是新鲜、奇闻！/我们倒要学习这闻所未闻的/高论是从哪儿来的，谁曾看见/这项创造工程？你能记得造物主/是怎样造你的吗？/我们无从知道/我们自己的前身；/当命运循着/他的路程巡行周轮时，凭我们/自身的活力，自生，自长，/自成天上成熟的产物，神灵之子。/我们的权力是我们自己的，/我们自己的右手，教我们最高的/业绩，证明谁是我们的同辈。/那时，你将看见我们是否愿意/向他祈求，看见我们究竟是/向他全能的宝座围攻呢还是围拜。"[2]

b. 野心的显露。撒旦曾经是天上的天使长，但是他犹嫌不够："我被升

---

[1] 《失乐园》第九卷。见《多雷插图本失乐园》第230页，朱维之译，吉林出版集团有限责任公司，2007年。

[2] 《多雷插图本失乐园》第154页，朱维之译，吉林出版集团有限责任公司，2007年。

到那么高的地位，/ 便不愿服从，妄想再进一步。"[1] 他绝对不能服从神的权威和安排，执意反叛，"与其在天堂里做奴隶，/ 倒不如在地狱里称王。"[2] 号召众堕落天使"齐心协力，确保成功""即使不能摧毁他的宝座，/ 也要使他永远担心我们不断的入侵；/ 即使不算胜利，也总算是复了仇。"[3]

c. 嫉妒，不顺服。撒旦本以为自己可以升任天堂的第二号统治者，当耶稣被封为圣子时，便觉得不公平。"那一天，伟大的天父宣布圣子 / 被封为弥赛亚，受膏的王，/ 由于他的傲气，觉得无法忍受，/ 这光景对于他自己是一个损害。"[4]

d. 奸诈（小聪明）。撒旦教导跟随者"实力不及处，要靠权谋诈术"[5]；他实际上也使用了许多诡计来对抗神，例如伪装成蛇，破坏人类的世界。

B. 写出了每个人心中的撒旦

弥尔顿写撒旦，目的并不只是写一个反叛神的角色，一个反面人物；相反，他要通过这个形象表现每个人心中的撒旦。

他运用了文学认同的力量，即以细腻的心理描写，表现场景与意志动机的相互推动，展现了每一个反叛行为的看似合理的方面，导致每个读者的内在认同，从而写出了每个在没有信仰状态中的人的共同特点：反叛，嫉妒，不顺服，奸诈。撒旦不是外在的写有名号的敌人，他可能是我们内心的一部分。

3. 亚当和夏娃

亚当和夏娃是《失乐园》里另两位主要角色，他们的形象在全书十二卷中的后十卷里都出现了，无疑是弥尔顿叙事的重点。弥尔顿通过这两个

---

1 《多雷插图本失乐园》，朱维之译，吉林出版集团有限责任公司，2007年，第94页。
2 同上，第10页。
3 同上，第34—35页。
4 同上，第148—149页。
5 同上，第21页。

形象到底要发出哪些信息呢?

A. 人性的两面性

人是《失乐园》中上帝和魔鬼争夺的焦点。通过对这种争夺的描写，弥尔顿显明了人与神的关系，如上所述，这种关系是造物主和被造物的关系，是造物主对被造物的无与伦比的爱、关切、督促，以及被造物对造物主的依靠。这是人性的正面。但是人性也有反面，那就是极易受魔鬼的诱惑。通过亚当和夏娃的犯罪，《失乐园》表现了人性的弱点：骄傲和不信神。亚当和夏娃因为不信神，才会吃禁果。这是人的弱点。他们与撒旦相比，缺点是一样的，只是性质不同，如弥尔顿亲自写的第三卷题解所说，撒旦是出于恶意，而人是被诱惑的。弥尔顿通过亚当和夏娃的形象，把原罪解释得很透彻，也把人性的两面性表现出来了。

B. 人性优缺点的转换

通过亚当和夏娃的塑造，弥尔顿还成功地表现了人性中优缺点的转换。在弥尔顿的视野中，由于人是善的造物，他的特点原本都是好的，是上帝赋予人的才能和德性。但是这种善必须在信仰的前提下才表现得出来，一旦离开信仰，这些优点会变成缺点、弱点。

弥尔顿写出了这种转换：

a. 能力与骄傲

神赋予人能力，管理万物。但是不信使得这种能力变成了骄傲。蛇诱惑夏娃说，吃了禁果可以变聪明，有能力，殊不知能力背后是有依赖的，否则它就变成了悖逆，不信。"吃了又咋地？"这就是骄傲。

与撒旦相比，这个弱点是一样的，撒旦把天使的能力化作了与神对抗的雄心，野心，这也是骄傲。

b. 智慧与狡诈

神赋予人智慧，但是脱离了神，这智慧可以变成狡诈。第九章夏娃吃禁果后：

"可是怎样去见亚当呢？让他知道／我的变化，分享我的全部快乐，／还是不让，把这关于知识的／奇妙力量抓在手里，不让共有？／这样就补足女性的缺陷，／更加惹他爱，更加和他平等，／恐怕有时候还能胜过他，这也不是／非分希望；因为劣者谁能自由？"[1] 她有了智慧，有了对亚当的防范心理，有了与亚当地位高下的比较，拿他一手的算计。

她劝说亚当犯禁，也是经过一番设计的："她急忙／迎上去，脸上表示谢罪之意／作为序曲，很快便自作辩解，／信口编了些应付的话语。"[2]

吃禁果前，夏娃与亚当十分和谐，不分彼此，但现在，她有了自我意识，有了要与亚当区分彼此的意识，有了羞愧，有了掩饰自己的意识。加上上述对亚当的算计，对男女平等的关注，显示的其实也就是怕吃亏的意识，防范意识，总之，智慧变成了狡诈，夏娃要与亚当分裂。

c. 真诚与轻信

莎士比亚"女人，你的名字叫软弱"已经成为名言。在《失乐园》里，人们感慨女人的弱点是轻信，以至整个人类受难。轻信与软弱是有联系的，夏娃经不起考验，既是软弱，也是轻信。然而，在作品中我们可以看出，弥尔顿对吃禁果前夏娃的描写是按照纯洁天真的典范来写的，像天使一样。在天国里，人应该无条件相信他人的话，因为天国里没有欺骗，人与人唯一的道德就是真诚。因此夏娃与亚当的对话充满了这种纯真的气息，这种完全交托给对方的真诚。对上帝的背叛和犯罪改变了这一切，夏娃的真诚变成了轻信。然后，她的智慧变成了狡诈。弥尔顿是要表明，要使真诚之花在地上仍然绽放，得让人与上帝建立起亲密的联系。

---

1 《失乐园》第九卷，见《多雷插图本失乐园》第255页，朱维之译，吉林出版集团有限责任公司，2007年。
2 同上，第256页。

d. 爱情的执著与自私

对爱情的执著是神赋予人的优点。当亚当决定为了爱情与夏娃赴死的时候，这时他的爱情还是很纯真的。但是在脱离神的情况下，这种执著会变成自私，夏娃设法引诱亚当吃禁果时就是这样：

"但被神看见了，/死来临了怎么办？那时我是完了，/亚当和别的夏娃结合，和她/共过快活的日子，我消灭了！/想起这事来也等于死！因此/我决定要和亚当祸福与共。/我爱他如此之深，和他一起时，/万死堪当，没有他，活着没有生趣。"[1]

她明知亚当会死还去诱骗他，执著变成了自私。

二、《失乐园》的艺术成就

1. 弥尔顿的自我挑战

A. 挑战何在？

用文学直接描写《圣经》故事，必须做到既符合《圣经》，又具有文学性。这两者有时是矛盾的，因为后者要求写出《圣经》文本未能给出的详情，这会与《圣经》相冲突。这类似艺术家们在绘画上所做的此类尝试，例如米开朗琪罗在罗马西斯廷教堂绘制的反映《圣经》故事的壁画。这些画在当时也遭遇了很多这方面的质疑。

B. 为什么是弥尔顿的自我挑战？

因为此事的艰难，以及此前并没有人做过此种尝试，这是弥尔顿自己给自己出的难题。T.S.艾略特的一则评论可以说明这种尝试的艰辛程度。他认为，《圣经》故事应该让它留在《圣经》里，改写注定失败。弥尔顿把《圣经·创世记》中的一小段故事作为素材，创作如此鸿篇巨制的史诗，是

---

1 《失乐园》第九卷，见《多雷插图本失乐园》第255—256页，朱维之译，吉林出版集团有限责任公司，2007年。

他对自己提出的一个难题。但是他必定认为这种难以预料结果的尝试是值得的，认为这样的写作配得上他巨大的文学才华，他是在做一个诗人能做的最伟大的事业，才会给自己出这么个难题，去冒这个险。

2.《失乐园》独特的文学价值

A. 将文学与《圣经》精神融为一体

《失乐园》给了我们三个鲜明的文学形象，具有人情味；同时也合情合理地通过想象填充了《圣经》故事中的某些空白：例如，偷吃禁果时亚当、夏娃的心理活动及其关系的变化；通过故事阐释了神设禁果的原因；又如，得知偷吃事故后天上对此的讨论，耶稣向天父求赦免，以及天父做决定的过程，这些都表现了弥尔顿出于信仰对《圣经》故事的理解和想象。最重要的是，通过细节的渲染，把人与神以及天使的关系写得如此到位：既亲密，充满爱，又显明各自的本分和特点。

B. 别具一格的史诗

首先，《失乐园》达到了史诗应有的高度。

弥尔顿不仅使用了史诗的形式，而且达到了此前伟大史诗所具备的所有优点：波澜壮阔的战争场面；居高临下的视野；涉及人类命运的主题；主宰人类命运的人物；体现历史成就的丰富知识；超越常人界域的丰富想象力，应用这种想象力，弥尔顿写出了天堂、乐园和地狱的建筑，智力和精神的地图。

其次，在情节设计上别具一格。与其他史诗不同，《失乐园》不以曲折复杂的情节和轰轰烈烈的行动见长，而用了大量篇幅描写天使对创世故事的叙述，以及主要人物形象的各种对话，尤其是围绕亚当和夏娃的情节，更是简单。有学者概括说，《失乐园》的"唯一的行动不过是一个弱女子咬了一口苹果而已"[1]。虽然这个概括并不完全，因为在第一、二卷中，弥尔顿

---

[1] 张隆溪：《灵魂的史诗：失乐园》，文化艺术出版社，2010年，第36页。

还是花了一些笔墨描写上帝与魔鬼们激烈壮观的战争场面，但是作品的绝大部分内容始于吃禁果，这是没错的。可以说，作品展开的是人的灵魂的历程，写出了角色内心的复杂过程和激烈冲突，是一种新的史诗。

C. 独特的语言风格

《失乐园》采用的是伊丽莎白时代的无韵诗体，弥尔顿为此解释说，这样做的目的是合乎史诗的语言规范（荷马与维吉尔的史诗都是无韵体）的，同时，为了打破韵脚的枷锁，实现写作的自由。弥尔顿认为，使用韵脚是为了产生语言声音上的快感，但是那种装饰性的音响并不能带来真正的快感，而为了押韵，给写作带来了很多麻烦、束缚。可见，在语言选择上，弥尔顿力求简洁实用。

但是另一方面，与《失乐园》重大题材相适应，弥尔顿的写作风格庄严、正式、优雅，成为英语世界文学的典范。

D. 超级英雄和超级恶棍类型的塑造及其对后世文学的影响

《失乐园》在描写上帝和天使与恶魔的战争时，创造了一些超级英雄和超级恶棍的形象类型，前者比如神亲自参与战斗时的形象，大天使米迦勒的形象；后者如撒旦的形象。他们都有着超乎常人的能力乃至魔力。这种形象对后世奇幻文学产生了深远的影响。现代奇幻小说如托尔金的《魔戒》，刘易斯的《纳尼亚传奇》，J.K. 罗琳的《哈利·波特》，都有大量类似形象出现，甚至在类似情节的电子游戏中，这也是常见的形象。如《失乐园》第六卷327行（p168）写米迦勒扎撒旦一剑，"利剑过处，创伤深长，疼痛不止，/ 但灵体的创伤不久便愈合"[1]。这种刀枪不入的魔力是我们在现代小说和游戏故事里常见的，追根溯源，它出自《失乐园》。

3. 后世对于《失乐园》艺术成就的评价

虽然后世对《失乐园》的得失有不同的看法，但是这部史诗奠定了弥

---

[1] 见《多雷插图本失乐园》第168页，朱维之译，吉林出版集团有限责任公司，2007年。

尔顿在英国文学乃至世界文学上的崇高地位，这是没有争议的。

约瑟夫·爱迪生在18世纪早期就对《失乐园》进行了细致研究，他指出："我已经将弥尔顿的《失乐园》置于寓言、人物、情感和语言四大项目下进行了研究，而且显示，就整体而言，弥尔顿在这四方面都出类拔萃。"[1] 英国浪漫派诗人华兹华斯对弥尔顿诗的激情钦佩有加，他曾经大声疾呼："弥尔顿，你应该活在此刻：英格兰需要你！"雪莱对《失乐园》评价非常高，虽然对他关于其得失所在的看法是有争议的。雪莱说"弥尔顿巍然独立，照耀着不配受他照耀的一代"[2]，在史诗诗人中，"荷马是第一位史诗诗人，但丁是第二位……弥尔顿是第三位史诗诗人。"[3] 马克斯·韦伯认为，《失乐园》是清教徒精神的最佳代表作。当代学者C.S.刘易斯指出，《失乐园》是一部符合基督教神学基本理论，以史诗形式赞美《圣经》精神的伟大作品。

对《失乐园》的争议集中在作品对于撒旦的描写和态度。很多人依据作品中的一些描绘（主要是出现在第一卷至第二卷上半部分），认为弥尔顿对撒旦抱有同情，甚至认同撒旦的造反精神。18世纪英国诗人威廉·布莱克在诗作《天堂与地狱的婚礼》(The Marriage of Heaven and Hell 1,1790—1793) 中，称弥尔顿是"一个真正的诗人，与魔鬼同党而不自知"。这引发了浪漫主义作家的强烈共鸣。雪莱认为弥尔顿把撒旦的道德水准放在上帝之上，这也被反对者斥为对弥尔顿的误解。

而对《失乐园》的批判主要集中在《圣经》与文学关系的处理上。爱伦·坡批评《失乐园》冗长，内在统一性不足。T.S.艾略特认为写作已经

---

1 见 James Thorpe, ed. *Milton Criticism: A Collection in Four Centuries*. New York: Octagon Books, Inc., 1966, p44.

2 雪莱：诗之辩护，见《缪灵珠美学译文集》第三卷，章安祺编订，中国人民大学出版社，1998年，第146页。

3 同上，第154页。

存在的《圣经》故事本身就应该受到质疑，《圣经》故事应该让它留在《圣经》里，改写注定失败。哈罗德·布鲁姆认为：由于在忠实于文学还是忠实于清教立场的矛盾中选择了后者，弥尔顿未能将几个重要人物的内在文学价值彻底展开；造成适得其反的结果——上帝被写成虚张声势的暴君，耶稣成了好战者，撒旦则经常被妖魔化。尽管如此，他们并不怀疑弥尔顿伟大诗人的地位，例如哈罗德·布鲁姆的上述评论出自《西方正典》这本书，在这本书里他把弥尔顿及其《失乐园》称为"伟大作家和不朽作品"，列入西方正典。

第三节 《复乐园》与《圣经》

一、《复乐园》对《失乐园》主题的延续

《复乐园》的标题明显包含了回应《失乐园》故事的意思。亚当和夏娃因为犯罪，失去了在上帝给他们造的伊甸园生活的权利，走向了必死的命运。但是对于《圣经》而言，这个关于人类的故事并没有结束，上帝创造和拯救人还有第二步计划。而对于弥尔顿来说，他写《失乐园》史诗的目的是用文学方法讲述《圣经》的道理，因而顺理成章地，他必须对《失乐园》以后的人类命运有所交代。为此，在《失乐园》里，圣子已经向上帝请求为人类代赎其罪，并且得到了上帝的认可。这就给后续的故事埋下了伏笔。

《复乐园》就是写人类在失去伊甸园以后如何得救的故事。这个作品仍然是无韵体诗，但是篇幅要比《失乐园》小很多。

作品是以《马太福音》与《路加福音》中有关耶稣在约翰处受洗，并受到魔鬼撒旦的诱惑、试探的情节为基础写的。诗首先叙述撒旦得知耶稣降临的消息后，向众魔鬼宣布要去破坏上帝拯救人类的计划，并且得到群

魔的拥护。而在天庭，上帝宣布了拯救人类的新计划，决心以圣子耶稣的性命为代价完成救赎，并宣告这必会成功，撒旦的破坏必定失败。耶稣在约旦河施洗约翰处受洗后，在旷野四十天没有吃喝。撒旦于是对他进行了三次试探。第一次撒旦说，如果他真是圣子，就应该可以把石头变成面包吃了。耶稣回答道，人活着不只靠食物，拒绝了撒旦的建议。撒旦退下后与众魔鬼商量第二次试探，决定用人间利欲诱惑耶稣。撒旦许耶稣以财富、权力、事业、名声等众多好处，只要耶稣拜他为主，这些也被耶稣一一回绝。最后撒旦带耶稣到一高塔，引诱他向下跳，说你如果是圣子，上帝必会保护你。耶稣看穿了撒旦的目的是试探上帝，呵斥他滚开，自己终于站在塔顶，而撒旦则坠下深渊，以彻底失败告终。至此，耶稣成功地恢复了人与神的关系，挫败了撒旦的权势，使乐园重新回到人间。弥尔顿歌颂道："你的习性、风度或行动，/都带着神子的风格，/还有超人力量的赋秉，能够抵抗/那妄图僭夺你父亲王位的奸佞，/乐园的蟊贼；在远夕，/你曾胜过他，使他全军覆没，/把他从天上打落尘凡，现在/你又替那受迫害的亚当雪了仇，/克服了诱惑，复得失去的乐园。"[1]这段诗把耶稣在《失乐园》故事中的行动和《复乐园》故事中的作为连为一体，歌颂耶稣创造并拯救人的全部使命。

二、《复乐园》故事主轴的选取

弥尔顿以撒旦的三次试探作为《复乐园》故事主轴，这是意味深长的。

《复乐园》旨在讲述耶稣的救赎。为什么不选耶稣讲道、行奇迹、招门徒、受难、复活作为故事主轴？这些也可以体现"复乐园"的主题。

弥尔顿选择撒旦的三次试探作为《复乐园》故事主轴，有他的理解和用意。亚当和夏娃之所以被逐出伊甸园，是因为没能抵挡住撒旦的诱惑。

---

[1] 弥尔顿：《复乐园·斗士参生》第110—111页，朱维之译，上海译文出版社，1981年。

对于生活在此世的人而言,最难的事情不是选择相信神,而是难以辨别神与魔鬼。魔鬼会选择人的软弱处加以攻击,例如欲望、权力,而在肉身中生活的人确实受这些利害的困扰。因此当撒旦以关心人的姿态,就像他在伊甸园引诱夏娃吃禁果时所做的那样,诱使人做有利于肉体而实则犯罪的事情时,应当如何加以防范和应对,耶稣的做法可以给人做榜样。弥尔顿写耶稣应对撒旦三次试探的细节,实际上是为信仰他的人示范,告诉人们如何在日常生活中辨别善恶,抵挡魔鬼。

三、作为重中之重的第二个试探

1. 福音书对撒旦的三个试探的描写

"马太福音"与"路加福音"对撒旦的三个试探作了均衡的描写,三个试探各有重点,而耶稣的回应也反映了信仰的三个缺一不可的重心。

对于耶稣来说,第一个试探表面看是关于人饿了应该怎么办,深处暗含着的却是生命的维持靠什么。对于撒旦,表面看是关心耶稣,实际上却是试探耶稣的神力(把石头变成面包)。耶稣借这一巧妙的回答不仅回击了撒旦,而且向世人传播了真理的道。这是一个关于生命源泉的试探。

第二个试探是关于敬拜的主题。这个试探很特别。在福音书里,撒旦的重点是用世俗权力和荣华富贵为诱饵,让耶稣拜他,这也意味着抛弃上帝这位独一真神。

第三个试探是关于对神的信心。与第一个试探针对耶稣的神力不同,第三个试探直接针对上帝耶和华,要耶稣来试探天父是否真会眷顾他。这是对信心的试探。如果相信上帝是神,且会按照他应许的照看自己,任何人也不会去试探这一点,因为试探就意味着你怀疑、不确信、不相信。

2. 第二个试探与弥尔顿的生命主题

《复乐园》有一半篇幅(从第二部中间到第四部中间)描写撒旦的第二

个试探，铺展世俗权力和荣华富贵的诱惑以及耶稣的拒绝。

相对于《圣经》，这里发生了两个改变：首先，三个试探变得不均衡，突出了第二个；其次，由于大量描写诱惑的内容和耶稣义正词严的拒绝，《复乐园》冲淡了撒旦第二个试探的原有目标（让耶稣拜他）。

弥尔顿把福音书原有的敬拜主题改变成一个关于现世诱惑和拒绝的主题。原因是弥尔顿似乎认为这个试探对于世人是最常面对，最严峻，最复杂，最难以抵挡的。信仰和依赖的问题，一旦选择了，就解决了，它并不复杂。而权力、金钱、名誉、地位、成就，甚至美味，这是每个人每天都要面对的诱惑，它们以不同的形式出现，有的并不直接就是恶，而它们针对人肉体的软弱，随时要求做出回应。这也是一个人周边的社会关系要求他去获得的。弥尔顿写《复乐园》是在他去世前三年，他把这些诱惑作为重点，显然有总结自己一生的意图。这里的信息是：真正的英雄应该对世俗的价值观念说不。

据说这也反映了弥尔顿与他父亲之间关于事业的一个争执：他父亲曾经要求他结束只读书的人生阶段，做些实事，而他以自己尚未完全准备好为借口拒绝了。但他父亲的这个要求实际上对他形成了压力。《复乐园》是对这些压力的反应。弥尔顿在本性上就是一个读书和写作的人，让他抛弃这种生活，对于他是难以适应的。而他以更加站得住脚的信仰上的道理（真正的英雄应该对世俗的价值观念说不）为自己找到了理由。

第四节 小结与讨论题

一、小结

弥尔顿的《失乐园》与《复乐园》是他一生中最重要的两个作品。弥尔顿以《圣经》为题材，把亚当、夏娃和耶稣的事迹文学化，写入了自己对《圣经》主题的理解。在《失乐园》中,通过亚当、夏娃以及撒旦形象的塑造,写出和暗示了人性的特点和弱点,以及不信神者的共性:骄傲和野心。同时写出了神对人的爱和拯救的决心和行动。在《复乐园》中,通过耶稣受撒旦三个试探、尤其是第二个试探的描写,弥尔顿表明了耶稣是人现世生存的榜样;同时表明了在现世中战胜诱惑,恢复人神关系,是人类重新获得在乐园生活资格的前提。这两部作品在文学上取得的一系列成就,也使弥尔顿成为继莎士比亚以后英国最伟大的诗人。

二、讨论题

1.《失乐园》讨论题

(1)有人认为弥尔顿把撒旦描绘成反抗权威的英雄,也有人认为弥尔顿通过撒旦演示了不信上帝的种种表现与后果。你赞成哪种看法?请以文本为依据加以论述。

(2)第二卷末前后的撒旦形象相当不同,你认为原因何在?二者有没有联系?

(3)分析《失乐园》描写的撒旦对抗上帝的几个重大步骤及其心理逻辑。

(4)试以弥尔顿的描写为依据,讲述天堂、地狱、混沌界、伊甸园的环境和地理。

(5)对照"创世记"对亚当和夏娃犯罪过程的描写(详见本书第二编第一章第三节讨论题2的引文),讨论《失乐园》在下述四个方面与《圣经》的差别:

A. 亚当犯罪前后的心理变化,他为自己行为找出的理由以及后来的忏悔。

B. 夏娃摘吃禁果时的行为和心理。

C. 偷吃禁果前后亚当和夏娃的关系及其变化。

D. 蛇引诱人犯罪的步骤和计谋。

（6）根据本诗的描写，分别指出撒旦、亚当和夏娃对伊甸园的看法和感受，以及上帝对创造伊甸园的想法。

（7）有评论认为弥尔顿将他生涯中的现实政治表现在作品中，你怎么看？请切合文本加以分析。

2.《复乐园》讨论题

（1）比较"马太福音"与"路加福音"对撒旦试探耶稣的描写的不同，指出《复乐园》的试探故事以哪个福音为蓝本？弥尔顿的描写与《圣经》的描写有哪些差异？

（2）复述撒旦的第二个试探的具体内容，分别列出耶稣拒绝的理由。（可以以其中的一个为重点，如第三卷耶稣对荣誉的看法及其与世俗普遍观点的区别等。）

（3）找出弥尔顿在作品开头和结尾处关于收复乐园的句子，指出耶稣在哪个意义上收复了乐园？

（4）比较《失乐园》和《复乐园》的艺术成就（故事性、表现性、生动性、深刻性、震撼性等）。

第二章 托尔斯泰的《圣经》文学

第一节 托尔斯泰的思想历程与文学成就

一、托尔斯泰的生平与文学成就

1. 托尔斯泰的生平与工作重心

列夫·托尔斯泰（Лев Николаевич Толстой，1828—1910），19世纪和20世纪初俄罗斯文学家、思想家，出生于图拉市的波良纳。父母早亡，从小在姑妈监护下长大。1844年进入喀山大学学习文学，后转学法律，但是未取得学位。1847年中断学习回到波良纳，期间在莫斯科与圣彼得堡的社交场所花费了大量时间，欠下了一大笔赌债。1851年与兄长一起前往高加索当兵，直至1855年。其中1854年托尔斯泰被调往多瑙河战线，参与了克里米亚战争中的塞瓦斯托波尔围城战。1855年11月他回到圣彼得堡，重新投入娱乐圈子，酗酒好赌，并进入圣彼得堡文学文化圈。1857年出访法国、瑞士、意大利和德国，1860年至1861年曾再访德国、法国、意大利，并访问英国和比利时。访法期间，他会见了维克多·雨果，这对他后来的生涯一直产生着影响。1862年，34岁的托尔斯泰回到家乡波良纳，并与时年 17 岁的中产阶级家庭出身的索尼娅结婚。他们俩共生育 13 个子女。在家乡写出他主要的伟大著作。1910 年托尔斯泰从波良纳的家中出走，因肺炎在梁赞省的一个小火车站去世。

托尔斯泰的一生，除了文学创作外，还特别关注以下几个领域：第一，农民和农奴制的问题。他一生中的大量时间生活在他的故乡农村，对农民及其生活十分关注，一直致力于改革俄国的农奴制，并且身体力行地试图放弃自己的土地，在各种文章，甚至小说中讨论农民的问题。第二，教育问题。作为关心农民的行动，托尔斯泰在家乡为农民子弟办了 20 多所学校，并曾研究俄国和西欧的教育制度，1860—1861 年在西欧出访时还考察了各国学校，创办《亚斯纳亚·波良纳》教育杂志等。第三，形成并宣扬他重要的哲学伦理思想。他的生活哲学和伦理思想基于耶稣"福音书"，特别是"马太福音"中的登山宝训，主要有：爱仇敌；勿发怒；勿以恶制恶，而应转恶为善；戒淫欲；勿起誓；与政府不合作；非暴力的和平主义，等等。第四，以写作的形式传福音。自从 1880 年代皈依基督以后，托尔斯泰把传福音作为自己生活的重要内容，主要是通过各种类型的写作宣扬基督的道理。他说："我把整个世界当作我的牧区，我的意思是无论在什么地方，向凡喜欢听福音的人传报救恩的好消息是理所当然的，也是我本分所当作的。"他写了《福音简介》《忏悔录》《天国在你们心中》等传教或《圣经》理论研究作品。晚年他放弃写长篇小说，转而根据《圣经》教训创作了许多短篇小说。

2. 托尔斯泰的文学成就

托尔斯泰以文学著称于世。自 19 世纪 40 年代起，托尔斯泰通过日记尝试写作，50 年代早期开始写作传记《童年》《少年》《青年》；在高加索参军期间，开始尝试写作中短篇小说。

在 60 年代以前，形成了托尔斯泰创作的第一个时期。这一时期他的创作才华初露，写作了传记、军旅小说、战争小说，以及表现异族异域性格的小说，著名的有上述传记三部曲，《一个地主的早晨》《哥萨克》《琉森》等，为俄罗斯文学界所认识和赏识。

从1862年定居波良纳开始到1880年，是托尔斯泰创作的第二个时期。这个时期他创作了奠定自己在俄罗斯乃至世界文学史上崇高地位的两部大作：长篇小说《战争与和平》和《安娜·卡列尼娜》。这两部小说在艺术上的成功是震撼人心的，但是在1877年《安娜·卡列尼娜》脱稿后，他经历了巨大的精神危机，以至于在若干年内很少写作。

1880年至托尔斯泰辞世是他创作的第三个时期。由于皈依基督，这个时期他除了小说外还写了大量非文学作品，例如传教的和《圣经》理论研究的作品。而在文学上，他转而以创作中短篇小说为主。这个时期是他文学创作最丰产的阶段，著名的中短篇小说有《克鲁采奏鸣曲》《霍斯托密尔》《伊凡·伊里奇的死》《哈吉·穆拉特》《舞会之后》等，而这一时期最著名的作品当属并列为托尔斯泰三大巨著之一、本课程将要重点研读的长篇小说《复活》。

3. 托尔斯泰的地位与影响力

A. 托尔斯泰在世界文学中的地位

托尔斯泰是俄罗斯历史上最伟大的作家，俄罗斯文学的泰斗，同时也是人类历史上最伟大的作家之一，被称为世界文学的恒星，与荷马、但丁、莎士比亚齐名。2009年美国《新闻周刊》评出人类历史上百佳图书，托尔斯泰的《战争与和平》名列第一，《安娜·卡列尼娜》列第四十二。

托尔斯泰获得这样的地位是因为他艺术世界的博大精深。

第一，托尔斯泰创作的文学作品体裁多样，从小说、戏剧到杂文随笔，数量众多。第二，他的作品震撼人心，有大量的巨著。他的三大小说都是里程碑式的，在艺术和思想上达到了难以企及的高度。在中短篇小说里，随处可见瑰宝级的作品：短篇小说《哈吉·穆拉特》也许并不为很多读者所熟知，但当代享有盛名的文学理论家、评论家，博学多才的哈佛大学教授哈罗德·布鲁姆却评价道，这部作品是"我衡量小说崇高性的一块试金石，是世界最佳短篇小说"[1]。而托尔斯泰同等级别的中短篇小说数量有数十篇之多。第三，他的作品大气，视点高，视野开阔，从主题到材料都涉及全人类关心的重大问题，具有史诗的品质。第四，他的作品思想深刻，令人过目难忘；他的艺术韵味深厚，魅力长存。托尔斯泰是那种人类在很多重大历史时刻会对其思想加以重新回味并大获裨益的作家，他是人类思想的动力源之一。

B. 托尔斯泰持久的思想影响力

托尔斯泰在文学上涉及的许多主题不仅在他当时，而且在后世也产生了长久的影响，并且被承续。例如关于战争的主题，他从《战争与和平》一直到《舞会之后》持续不断的思考，其中深刻的思想为后世反复咀嚼；《舞会之后》实际上开了20世纪反战文学的先河，海明威、雷马克的有关作品清楚地显示了这种联系。又如他关于个人道德修养的思考，对行为与信仰的矛盾的展示，对个人与政府关系的论点，对民族差异的复杂看法，不仅对20世纪，而且对今后的人类思想都将产生恒久的影响。

比起他在文学上的作用，托尔斯泰主义作为一种社会政治思想，在托尔斯泰生前身后对社会政治运动产生了更加广泛的国际性影响。所谓托尔斯泰主义是指托尔斯泰在"马太福音"的登山宝训基础上提出的政治和社会运动原则，包括不以暴力抗恶，不与政府合作，以奴仆的谦卑态度为民众服务，废除军队，以及每个人在基督思想指引下的道德修养，等等。这些思想在他生前就已经对欧洲社会产生了很大影响，这种影响还扩展到了

---

1 哈罗德·布鲁姆：《西方正典》，江宁康译，译林出版社，2005年4月，第262页。

美国，有很多追随者。在他去世后，受他这一思想影响的世界最著名的社会运动有 20 世纪上半期印度圣雄甘地的非暴力抵抗运动，以及 20 世纪 60 年代马丁·路德·金领导的美国黑人民权运动。

托尔斯泰的巨大影响力使得他在俄国拥有了与沙皇同等的地位。虽然他废除农奴制的建议以及抗议沙皇政府镇压民众的行为引起沙皇的忌恨，但沙皇对他也心存忌惮。当时有这样的说法：俄国有两个沙皇，一个是俄国当政的统治者，另一个就是托尔斯泰，真沙皇对托尔斯泰无可奈何，而托尔斯泰却在动摇着他的统治。

托尔斯泰影响力之大的一个证据是，不论左派还是右派都试图利用托尔斯泰来支持自己，把他的思想引向对自己有利的方面。但有趣的是，人们最后发现，他的思想无法被简单地利用。托尔斯泰号召自己的追随者勿以暴抗恶，不抵抗，但是这种态度并无法为沙皇所利用，因为托尔斯泰完全不认同沙皇的农村政策和沙皇对政治反对派的政策，他批评和揭露沙皇体制的剥削性质和压制措施。列宁曾经撰文"列夫·托尔斯泰是俄国革命的镜子"，列宁在文章中赞赏托尔斯泰对沙皇政权深刻的批判和揭露，称他是"一位真正伟大的艺术家"[1]；但是另一方面，列宁又试图肃清托尔斯泰主义对革命的毒害——托尔斯泰主义鼓吹不抵抗，反对暴力革命，而列宁及其布尔什维克党认为只有使用暴力，革命才能成功。因此列宁把托尔斯泰的不抵抗论称为"可笑的""十分可怜的"，因为它依托的是世界上最卑鄙龌龊的东西之一，即宗教。列宁利用了托尔斯泰的名望批判沙皇政府，同时驳斥其非暴力理论以阻止托尔斯泰主义的副作用，但是人们会发现这很难同时做到：人们无法认同一个陷入卑鄙龌龊思想的十分可怜的人是"真正伟大的"，列宁的驳斥削弱了他试图使这篇文章产生的作用。另一个例子

---

[1] 《列宁全集》第 17 卷，人民出版社，1984 年第二版，第 181 页。

来自美国：1901 年，美国参议员阿尔伯特·贝弗利奇到俄罗斯，在波良纳面见了托尔斯泰，他的一位同行者用电影胶卷摄录了这次会见。这也许是托尔斯泰在这个世界上被拍摄的唯一纪录片。但是阿尔伯特·贝弗利奇后来竟销毁了这些胶卷，因为他要竞选美国总统，他怕这些纪录会伤害他竞选成功的机会，因为他会见了一个批判一切政府和官方立场的持不同政见者。

二、托尔斯泰的基督信仰与《圣经》文学

1. 托尔斯泰的信仰经历

生长在东正教社会中，托尔斯泰年轻时候也知道耶稣的名，读过《圣经》，但那时他并不真正信仰基督。

托尔斯泰真正转向基督信仰是在他的一次精神危机之后。1877 年，在完成了他第二部长篇小说巨著《安娜·卡列尼娜》之后，他陷入极大的精神苦闷之中，因找不到"人活在世上有什么意义"的答案，对人生感到绝望。他觉得，他努力工作，创作文学作品，获得了巨大名望和成功，建立了很大一个家庭，养育了那么多孩子，可这一切都有什么意义呢？在获得答案之前，只有困惑乃至绝望。这一危机在 1879 年发展到了极点，他曾想自杀。

1879 年，他在一张纸上写出以下几个"弄不明白的问题"：

A. 为什么活着？

B. 我的存在和其他每个人的存在的原因是什么？

C. 我的存在和其他每个人的存在有什么目的？

D. 我所感觉到的好坏区分有何意义？为何存在？

E. 我应怎样生活？

F. 死是什么——我怎样自救？

据说农民给了他启示。他们告诉他，人必须为上帝服务，而不能为自己活着。这使他发生转变。他开始读《圣经》，按神的教诲思考人生。1880

年，52岁的托尔斯泰悔改，皈依基督。此后，他的价值观发生了根本改变。他的工作重心也转到传扬福音上。1895年，他写了《福音简介》和许多关于《圣经》的注解，写了各种阐发《圣经》道理的文章和小册子，并且围绕福音书的道理创作了长篇小说《复活》以及许多中短篇小说。托尔斯泰晚年坦言，他曾是个不折不扣的虚无主义者，什么都不信，后来，在相信了耶稣的道理后，整个生命经历了一场翻天覆地的大改变。心中的绝望变为希望，尝到了喜乐，这种喜乐是连死亡也不能夺去的。

托尔斯泰的晚年与他的信仰生活是联系在一起的。他决心开始按照耶稣的登山宝训规范自己的生活行为，戒烟，戒酒，食素，穿朴素的衣服，尝试自己养活自己，躬耕田间，自己打扫房间，缝制靴子。为了更加符合戒淫欲的要求，他在和妻子的关系上力戒肉欲之念。他参加慈善赈济活动，最重要的是，他试图放弃自己的土地和财产，把它们交给农民。托尔斯泰的年长儿子们和他的妻子，都不赞同他的观点和他新的生活方式，与之发生矛盾。托尔斯泰因强烈地感到他养尊处优的家庭生活是对他所宣布的信仰的嘲笑，秘密离家出走，希望找到一个能和上帝更加接近的藏身之所。但是他年迈的身体未能经受住这一举动，在奔波和寒冷中，老年肺炎直接导致了他悲剧性的去世。

2. 托尔斯泰信仰生活的特点与重心

托尔斯泰把信仰看作生活的事件，他是在生活中最大的危机——精神危机发生之时皈依上帝的，而他也时时处处把这种信仰与他的生活行为结合起来，寻找基督道理在生活行为上的每一个落实点。所以，基督对于他就是可实际感觉到、遇到的活生生的神。

在这种追求中，托尔斯泰形成了自己信仰生活的重心和特点。

A. 爱是信仰的中心

托尔斯泰把爱看作基督信仰的中心。

他的爱有两层内容：第一是对上帝的爱。他曾对高尔基说，在他看来，真理只有一个，那就是对上帝的爱。生命的意义在于生命的源头，当一个人找到了神这位生命的源头和主宰，爱他，并且情愿在他对整个人类的计划中献上一己的力量，遵行他在《圣经》中所要人们做的，这就是人生的意义所在，也是真理之所在。托尔斯泰晚年就是一直以此要求自己的。

第二层内容是把神的爱传达给众人，是博爱。托尔斯泰对穷苦人特别是农民的关切和体谅有很多具体的表现。在他看来，给需要帮助的人以帮助，是敬神者在此世能够做到的最重要的事情。他的许多小说都反复表明了这样的观点：人不能只为自己而活，只有为他人着想才是幸福的，而只有为上帝而活的人才能为他人着想，为他人付出。《复活》中的玛丽雅·巴甫洛芙娜就是这种爱的化身；托尔斯泰的一个短篇小说，其标题就体现了这样的精神：《哪里有爱，哪里就有神》。这甚至也构成了他的艺术观的核心。托尔斯泰晚年写了《艺术论》（1896）一书，这是一部文学理论史上的名著，书中他认为，文艺作品应以全人类为对象，其表达形式是人类最崇高的东西——爱，因此，情感的有无和强弱是检验艺术作品水准的试金石。如果一部艺术作品能够传达出强烈的情感，这说明作者首先体验到过这种情感，说明这是一种真情实感，因而它一定能感动读者，而最强烈的情感莫过于爱。为此，他还表达了对莎士比亚戏剧的强烈不满，他认为莎士比亚的作品缺乏热情，过于冷漠。

B. 对理性的强调

托尔斯泰信仰中心的爱，是一种通过理性而实施的博爱，并以爱人而获得幸福。

托尔斯泰认为，如果不通过理性，那么，本能的爱就会是自私的，排他的，只有通过理性，人们才能够实施一种自我牺牲的爱，这种爱是付出，但会收获一种高尚的幸福。

托尔斯泰对信仰也强调理性。他对神的信仰是通过自己认真思考，努力理解，然后力求付诸实践的。因此他十分重视独立思考，他认为神的国度——天国是常驻在有强大理性的人心里的。

C. 看重行为

托尔斯泰走近基督的方式是靠行为，他最看重的是"马太福音"第5、6章登山宝训等内容。他甚至为自己制定了五条行为戒律：不动怒；不贪色；不起誓；不以恶惩恶；爱仇敌，对正义和非正义都善待（在《复活》第三部第28章里托尔斯泰通过聂赫留朵夫之口详细叙述了这些戒律）。他的理想是不折不扣地实施这一切。他也确实尝试亲力亲为：虽然已近老年，托尔斯泰力图改变自己的行为和生活习惯，戒烟，戒酒，食素，尝试亲自劳动，为穷人赈灾做慈善。

因为他的信仰要靠行为检验，所以特别强调自己的作用，前述精神危机期间他提的问题中最后一个是"我怎样自救"，他信仰中看重理性的特点也与此有关：因为靠自己的行为走近神，理性及其判断就显得极其重要。

因此，他的信仰生活过得特别艰难，失败感常常伴随着他，没有平安。他在灵与肉的矛盾中挣扎，受苦。毫无疑问，一旦检验自己的行为，他总能发现他未能实行那些戒律。他对年轻时曾经的荒唐生活（嫖妓，勾引民女）充满悔恨；他仍然脾气暴躁；虽然他力图戒色，他妻子还是一次次怀孕；他妻子一生怀孕十六次，生育了十三个孩子。索尼娅抱怨说："他没有任何一点真实的热情，他的仁慈不是由心而生的，乃是由他的原则发生。他的传记会写下他如何尽力地帮助劳工挑水，但是没有人知道他从来未曾给他妻子一点安息。在二十年间，他从来没有给他的孩子一杯水，或是花五分钟在床边，在我的劳苦之后，给我有一丝喘息机会。"

尽管为自己的失败而沮丧，可贵的是托尔斯泰从来没有停止对基督真理的追求，他这方面的热情有增无减。他曾经对人说，不要因为他未能做到这些而判断神的理想。不要因像他那样披带基督名分而又不完全的人来判断基督；他不会讲道，只能以行为来讲道，而他的行为又是如此下贱……他的本意是努力想要做好，但实在是没有做到基督徒标准的千分之一。他为此感到羞愧，但是他意识到，这种失败并非因为他不想而是因为他不能。他希望人们告诉他怎么做才能从四周诱惑的网络中逃脱。他说人们可以攻击他，而且他也愿意自我批评，但是希望人们不要攻击他所跟随的道路。他请求大家的帮助，使他能够走在正路上。他恳求人们千万不要因为他迷路而开心，幸灾乐祸，而应真诚地帮助他。托尔斯泰的这份执著和真诚令人感动。

3. 托尔斯泰与俄国东正教的关系

A. 宗教、教会、教派与信仰

了解托尔斯泰的信仰生活和他与《圣经》的关系，不能不面对一个问题：托尔斯泰在各种场合批判了东正教会的教规、仪式，揭露了东正教会的虚伪，这与他的信仰生活的关系是什么？解决这个问题，前提是了解宗教、教会、教派以及信仰这些概念的意义及其之间的关系。

宗教。这个概念偏重于教义，同时也意味着与教义相适应的教规和仪式。比如当人们提到"伊斯兰教"时，就会在它的主要教义方面去认知它：它信奉哪个神？它的主旨是什么？等等。就宗教而言，东正教隶属于大的基督教概念，虽然在教义的理解上它有自己的一些特点，就这个意义来说，托尔斯泰批判的是东正教的一些仪式中反映出来的一些观念。

教会。这个概念偏重于基于共同信仰的聚会，以及与这种聚会相关的人群或建筑。也就是说，表面看它是一群人，他们隶属于某个教会组织；它也是一个具体的建筑物（圣彼得大教堂，圣瓦西里升天大教堂……），相对固定的一群人在那里聚会。但实质上它是基于信仰的，它的根是信仰。所以基督徒认为，教会是神的家。基督的教会只有一个。"因为无论在哪里，有两三个人奉我的名聚会，那里就有我在他们中间。"[1]这样，教会的真正意义就是神的进驻，有神进驻的地方就是教会，而对于基督徒而言，每个人的心都是神的殿。托尔斯泰批判的显然不是这个意义上的教会，而是在东正教建筑物中进行的一些仪式。

教派。同一宗教中由于对教义的不同解释而形成的不同派别。在基督教这个大的名称下，天主教、新教、东正教等都属于不同的教派。

信仰。完全接受并交托的一种状态。信仰的对象只能是真理，通常是与神合为一体的真理，因而这种真理是独一无二的。这就与理论、主义区别开来了。有些理论、主义有部分的道理，可以兼收并蓄，但是被信仰的真理是不能掺杂任何别的东西的。理论以人的理性加以对待，信仰带有明显而强烈的情感色彩，与崇拜相伴。真理并不固守在某一群人中，某一种建筑物中，某些教规、仪式中，在不同教派、教会里都有真信仰者。天主教虽然有犯奸淫的神父，但也有特蕾萨嬷嬷；反之，历史上被某些教派开除的，真正有信仰的也大有人在。在这个意义上，托尔斯泰虽然批判东正教的某些东西，但仍然有基督信仰。

东正教的产生与罗马帝国的分裂有关。公元476年西罗马帝国解体后，以拜占庭帝国为主体的教会不认同西部教会对《圣经》的某些解释，以自己为正统，遂被称为东正教；西部的教会成为天主教。在对教义的理解方面，东正教虽否认玛利亚肉体升天，但承认其地位的特殊性，并在仪式上加以崇拜。东正教认为神职人员有特殊地位（参见《复活》第一部第39章描写司祭用法术与祈祷使面包和酒变成耶稣的肉与血的场面）。主教头戴圆顶帽，胸挂圣像，手持令牌。教牧人员与普通信徒与神的关系并不一样。总的看来，托尔斯泰的观念比较接近于新教。

---

[1] "马太福音" 18:20。

B. 托尔斯泰与东正教的关系

托尔斯泰对东正教持批判态度，主要是认为东正教的教规、仪式以及对《圣经》的某些理解阻碍了真正的信仰，使得信仰流于形式；认为神职人员并不真正出于信仰来牧养教徒，他们的很多做法与耶稣的教导是背道而驰的。

托尔斯泰写过的许多《圣经》义理辨析与发挥的文章，如《教条神学研究》《我的信仰是什么？》《四部福音书的组合、翻译与研究》《天国在你们心中》，阐述自己宗教道德观念的变化，并对东正教教派的一些教义及学说原则进行了批判性的反思。

我们从下面将要重点阅读和思考的长篇小说《复活》中的一些描写，也可以看出他对东正教的批评。在《复活》第一部第39—40章，托尔斯泰描写玛丝洛娃参加的一个东正教的礼拜仪式。他带着讥讽的口吻写道："礼拜的要义据说是，司祭把面包切成小块，放到葡萄酒里，通过一定手法和祈祷，变成上帝的身体和血。那手法是这样的：司祭身穿碍手碍脚的口袋般锦缎法衣，从容不迫地高举起双臂，这样举着不动，然后跪下来，吻吻圣坛和上面的东西。不过关键性的仪式是司祭两手拿起一块餐巾，慢条斯理地在碟子和金杯上挥动着。据说，面包和葡萄酒就在这时变成上帝的身体和血，因此这一部分仪式特别隆重。"随后，托尔斯泰按他对《圣经》真理的理解，批评道："在场的人，从司祭、典狱长到玛丝洛娃，谁也没有想到，司祭声嘶力竭地反复叨念和用种种古怪字眼颂扬的耶稣本人，恰好禁止这里所做的一切事情。他不仅禁止这种毫无意义的饶舌和以师尊自居的司祭使用面包和酒所作的亵渎法术，而且斩钉截铁地禁止一些人把另一些人称为师尊，禁止在教堂里祈祷，并叮嘱各人单独祈祷。他甚至禁止人们修建教堂，说要毁坏教堂，还说人们不应该在教堂里祈祷，而应该在心灵里和真理中祈祷。……在场的人，谁也没有想到，这里所做的一切正是最严重的亵渎，以基督名义所做的一切正是对基督本人的嘲弄。谁也没有想到，司祭举着让人亲吻的四端镶有珐琅圆饰的包金十字架，不是别的，恰恰就是基督受刑的绞架的形象，而他之所以上绞架，就是因为他禁止此刻这里所做的事情。"

托尔斯泰的批判直接触及东正教的教规乃至神职人员。1901年，俄罗斯东正教会革除了托尔斯泰的教籍。

2010年，在托尔斯泰逝世一百周年之际，又有人提出要恢复他的教籍。不过这事无果而终。

4. 托尔斯泰的《圣经》文学

下面我们将简单介绍托尔斯泰创作的出自或体现《圣经》精神的文学作品（主要是小说）的概貌。这些作品创作于1880年以后。

A. 长篇小说

《复活》（1899）。由于后面将详细分析这部小说，此处从略。

B. 中短篇小说

a.《哪里有爱，哪里就有神》

作于1885年。故事描写的是一位老年鞋匠马丁如何接待耶稣。马丁是鞋匠，工作努力，技术出众，但个人经历颇为不顺。他有过妻子，但已经去世，孩子们也多在襁褓中死了，后来仅剩的一个小儿子也突然发高烧死了。从此，他陷入绝望，否定神，想弄明白神为什么让这样的事发生。有一天他遇到一位传道人劝勉他，要为神而活，并建议他读新约《圣经》中的福音书。他读了后，心灵得到安慰，并立志要照《圣经》上的话去做。一次他读到"路加福音"中耶稣到一个法利赛人家里去吃饭的故事，一位女子用泪水洗耶稣的脚，用接吻礼欢迎他，用膏油抹他的头，而法利赛人却没有。这个故事对马丁触动很大，他希望自己别像法利赛人那样，光为自己着想，并设想如果耶稣到自己家里来，自己要怎样接待耶稣。这时，马丁在蒙眬中听见有个声音对他说:"马丁,明天我要到你家里来。"第二天,他一早就起来,打扫屋子,生火,煮汤,熬粥,烧茶,准备接待耶稣,等了很久也没有人来。他往外张望中,看见一个给人守门的老兵,在街上扫雪,衰老不堪,又冷又累。马丁请他进来休息,烤火,喝茶。老兵走后,又有一个妇女,抱着个孩子,倚在他的窗前,又冷又饿,孩子啼哭不已。马丁请她进来,取暖,喂孩子,给妇人吃面包,喝汤。到了下午,马丁又看见一个老妇人背着一袋苹果与一个小男孩吵嚷,因为那个男孩偷了她一个苹果被她抓住了。他上前去劝勉他们,并引用《圣经》上的话说:"你们若不饶恕人,你们在天上的父,也不饶恕你们的过犯。"[1] 他叫孩子给老奶奶认了错,还帮老奶奶扛起苹果袋子一同往前走。天黑了,他虽没有接到耶稣,心里却很高兴。晚上当他又坐在油灯下读《圣经》时,他听见有声音喊他的名字。他以为是耶稣来了,却看见黑暗的角落里闪出老兵,闪出抱着孩子的妇女,闪出老妇人和顽皮的男孩,笑着对他打招呼。这时他又听见有声音说:"这些事你们既作在我这弟兄中一个最小的身上,就是作在我身上了。"[2] 他听了高兴不已,大叫:"主啊!果真是你!"

这个故事说明,爱是耶稣留给这个世界最宝贵的财富,一位献身给神的人,就有无私的爱,神就与他同在。

b.《人靠什么活着?》

作于1881年。小说写天使被上帝派到人间探询"人靠什么活着"这个问题的答案。一个贫穷的鞋匠在凛冽的冬天路遇一个露宿街头、衣衫褴褛的人。鞋匠把他带回家里,他妻子把家里仅剩的一块面包给了那人。那人第一次露出了微笑。鞋匠夫妇收留了这个年轻人,并教他做鞋。有一天,一位有钱的老爷拿来一块名贵的皮子,承诺给10卢布工钱,让他们做一双

---

[1] "马可福音"11:26。
[2] "马太福音"25:40。

一年穿不坏的皮靴，年轻人对着老爷发出他第二次微笑；而那位老爷还没回到家里就突然死了。六年以后，又有一天，有个女人带着两个长得一样的小姑娘来做皮鞋，主人问其中一个为何左腿有点跛。那位女人答道，这是她收养的一对双胞胎，其中一位她见到时就腿跛。她非常爱她们，两位小姑娘也很幸福。妇女离开鞋匠后，年轻人发出了第三次微笑。鞋匠不禁问道"你为何发笑？"这时年轻人向鞋匠道歉，并讲了他的故事。原来他是天使，上帝派他来取一个女人的魂，同时要求他搞清楚三个道理：第一，人心里存在着什么？第二，人天生缺少什么？第三，人靠什么生活？天使来取其魂的女人刚刚生了一对双胞胎女儿，她身体倒下时压坏了一个婴儿的一条腿。天使变成年轻人留在人间。在鞋匠夫妇收留他给他吃穿时，他笑了，因为他明白了第一个道理：人心里有爱。而当那位老爷带着十分苛刻的要求来做靴子的时候，年轻人（天使）的眼睛发现他背后站着死亡天使；知道他的灵魂在日落前必被取去。年轻人笑了，因为他明白了第二个道理：人无能为力的是死亡。而当那位女人带着两个长得一样的小姑娘来做皮鞋时，天使很快就认出她们就是他来取其魂的那位母亲的女儿，看到她们竟被一个陌生女子收养，并且幸福地活着，他又一次笑了，因为他明白了上帝的第三个道理：人活着全靠爱。谁生活在爱之中，谁就生活在上帝之中，上帝就在他心里，因为上帝就是爱。

c.《疯人日记》

作于1884年。这被认为是一个未完成的作品，其中只有一天的日记。这个故事源于托尔斯泰1869年的一次亲身经历，他在给妻子的信中谈到过这次经历，而这也成为他后来1870年代精神危机的一个促发点。故事以第一人称叙述。"我"小时候对世界充满爱意，也觉得人们是相互热爱的。但是在看到了一次主人对仆役的残酷鞭打，特别是听到姨妈讲述以色列人折磨耶稣的故事后，就有了疯病发作的征兆：嚎啕大哭，纠缠不休地要大人解释这一切。后来20年,"我"过着与贵族常人一样的健康生活:受教育,娇生惯养,寻欢作乐。在与妻子积攒了一些钱后,"我"决定做一笔买卖:去奔萨省买一个仅靠出售土地产品(如树木)就可以收回投资并获利的庄园。但是在途中的阿尔扎马斯过夜时,"我"突然面对旅馆白墙产生了强烈的恐惧。这恐惧来自于独处时对死亡的意识。"我"不知道自己所做的一切究竟有何意义,而死神正在降临的感觉笼罩了内心。(这就是托尔斯泰1869年的亲身经历,即所谓"阿尔扎马斯之夜"。)在恐惧中"我"想到了向上帝祈祷,问他"我为什么活着?""我为什么必须死?"祈求上帝保佑自己。真正的转变发生在"我"认罪之时:意识到只有我一个人有罪,请求饶恕,检讨自己的罪孽。认罪带来了对《圣经》的深入阅读,对"福音书"的感动,记载圣徒行为而有示范意义的"使徒行传"成为"我"最爱的《圣经》篇目。一次听庄园干活的农妇诉说生活的艰辛后,"我"决定放弃购买庄园。他告诉妻子,做出这一决定是因为他们的获利建立在别人的贫困和悲哀之上,令他妻子极为生气。做完礼拜,在教堂门口,他把口袋中的36卢布全部施舍给乞丐。为此,他被人们带到省公署去做鉴定,确定他是否疯了。

这个故事深刻讽刺了这个世界的黑白颠倒:人们从小受教育的过程就是良心泯灭的过程;人们认为正常的生活,其实潜藏着巨大的罪孽和荒谬,而按上帝爱的原则行事为人,却会被看成疯子。同时,这个故事也说明,个人的孤独空虚,对死亡的恐惧心理,都是因为自私,因为爱心的缺乏,而向神认罪悔改,是重新走向真理、获得内心平安的唯一途径。

d.《穷人》

作于1906年。这是根据雨果的诗"可怜的人们"改写的。它讲述一对穷人如何善待陷入绝境的更穷的人的故事。一位贫穷渔民的妻子,在等待她丈夫出渔回家时,牵挂患病的邻居及其幼孩。这位邻居是寡妇,患了绝症。渔民的妻子趁空过去探望,发现那寡妇已死,两个幼孩正在寡妇尸体边熟睡。渔民的妻子知道,如果把这两个孩子带回家,她家绝无能力养活他们,她丈夫会揍她。但她发现这时自己非这么做不可,所以忐忑不安地把他们带回自己已经有五个孩子的家里。她祈祷神的带领。这时她丈夫也回来了。当她小心翼翼地向丈夫讲述邻居的不幸遭遇时,不料她丈夫的反应是"得把他们抱过来",并且催促她赶快去:"我们总能熬过去的!快去!"这个极短的故事是喜剧结局。它表明了托尔斯泰对于贫富和人类基本道德的看法:神的爱是不讲条件的,爱的实施也是不需要条件的。爱是人的绝对道德。

e.《克鲁采奏鸣曲》

作于1889年。这是公认的托尔斯泰中篇小说代表作。小说用第一人称叙述。故事情节如下:波兹德内歇夫是一位贵族出身的青年,15岁时就曾被朋友带去过妓院。年轻时他一直处在矛盾的心理状况中:既迷恋乱性导致的快感,又从理性上反感这样的放纵。当他厌倦了放荡的生活,娶妻成家想开始过正常生活的时候,却发现妻子并不能使他安宁。在蜜月中他就和妻子发生争吵,家庭生活令他陷入另一种痛苦:他和妻子除了性生活和谐,其他一切皆不和谐。而且他发现他对性感妻子与其他异性接触充满了忌妒。所以当妻子和他们的音乐家朋友一起弹奏《克鲁采奏鸣曲》时,他的愤怒和猜忌终于酿成灾祸:用刀杀害了妻子。

这部小说的主题众说纷纭,常被人看作是探讨两性关系的矛盾甚至是表达爱情幻灭的观念的,故事中的性描写也常常被人津津乐道。但是托尔斯泰对作品主题有明确的表示。在小说的题头,他引用了"马太福音"的两段四节经文。第5章第28节:"只是我告诉你们,凡看见妇女就动淫念的,这人心里已经与她犯奸淫了。"第19章第10—12节:"门徒对耶稣说,人和妻子既是这样,倒不如不娶。耶稣说,这话不是人都能领受的。惟独赐给谁，谁才能领受。因为有生来是阉人，也有被人阉的，并有为天国的缘故自阉的。这话谁能领受，就可以领受。"由于很多人读后还是不能明白小说的主题，托尔斯泰后来专门写了一篇文章"《克鲁采奏鸣曲》跋"加以解释。在这篇"跋"里，托尔斯泰告诉读者，他写这部小说是为了表明，在《圣经》的视野下应该如何处理爱情和男女关系。他认为《圣经》、尤其是其中的"马太福音"关于男女关系的观念可以归结为自我克制、勿破坏婚姻承诺、孕育和教育后代为优先、特殊应许者可不结婚等五条。人们会认为这是理想，很难达到，但是托尔斯泰指出，人们的这种说法只是托词。他把人生比作大海行船，他认为，"必须遵循基督教义，就像遵循指南针那样"[1]，舍弃指南针将使人的生活面临灾难。结合到这部小说，波兹德内歇夫的可怕遭遇就是这种灾难的表现。

f.《魔鬼》

作于1889年。这是一部主题与《克鲁采奏鸣曲》相同的小说，小说的题词用了与《克鲁采奏鸣曲》相同的"马太福音"第五章第28节，以及第29—30节："只是我告诉你们：凡看见妇女就动淫念的，这人心里已经与她犯奸淫了。若是你的右眼叫你跌倒，就剜出来丢掉，宁可失去百体中的一体，不叫全身丢在地狱里；若是右手叫你跌倒，就砍下来丢掉，宁可失去百体中的一体，不叫全身下入地狱。"《魔鬼》情节取自当时一件真事：一个法庭侦查员婚前与一个农妇发生性关系，后来与出身相同阶层的女子结了婚。三个月后，他开枪打死了那个农妇。托尔斯泰试图通过小说展示这幕悲剧发生的心理和情欲上的煎熬过程。叶夫盖尼·伊尔吉涅夫26岁，是精力充沛的年轻人。他虽非好色之徒，但也不是禁欲者，于是就像托尔斯泰在"《克鲁采奏鸣曲》跋"里说的那样，顺应潮流地要找情妇解决性需求，把这看成

---

[1] 托尔斯泰:《克鲁采奏鸣曲》跋，见《克鲁采奏鸣曲》，草婴译，上海文艺出版社，2008年，第326页。

"人之常情"。于是他通过看林人找到了农妇斯吉巴尼达,后者"干净整洁,鲜润娇嫩,朴素大方"。奸情持续了整个夏天,斯吉巴尼达令叶夫盖尼欲罢不能。到了秋天,叶夫盖尼终于要结婚了,对象是一名城里的小姐丽莎。为此他中止了与斯吉巴尼达的来往。然而,两年左右以后,他们又相见了。叶夫盖尼此时无法处置家庭和婚外情之间的关系,内心十分煎熬:离开对方时,有很强的负罪感,他厌恶自己;见到对方时,情欲不顾一切地又控制了他。最终他不堪重负,举枪自杀。社会把他说成是精神病人。

在同一年时间托尔斯泰写了两部主题相同的小说,可见他对《圣经》在两性关系方面的道理上所作的思考之深入与认真。实际上,在"《魔鬼》结局的异稿"里,托尔斯泰还为这个小说设计了另一个结局:万般无奈之下,叶夫盖尼把枪对准了斯吉巴尼达,随后,同样被当作精神病人加以处理。这两个结局都是可能的,但是它们的含义是相同的:不顺服《圣经》的真理,给两性关系上的为所欲为戴上合理合法的面纱,这就是魔鬼,被它引诱,最终受损的是人自己。因为不论是自杀还是杀人,当事人都已陷入无法自拔的巨大灾难之中。小说的结语特别富有哲理,对全社会都有警戒的意义:"是的,如果说叶夫盖尼·伊尔吉涅夫有精神病,那么,人人都有精神病。至于真正有精神病的人,无疑就是那些在别人身上看到疯狂的症状,却看不到自己身上有这种症状的人。"

g.《三隐士》

作于1886年。小说写三个修道士住在远离凡尘的小岛上祈祷、沉思,追寻灵魂得救的故事。一位主教在一次远航中听说有远离尘世一心在小岛上修道的几个人,决定去探访他们。船长放下一只小船载主教去小岛。主教问三个修道士如何寻求得救和侍奉上帝,他们却回答说他们不知道,只知道祈祷,祷词很简单:"三就是你,三就是我们,愿恩典眷顾我们。"主教因此认定他们只有一点儿知识,但对于教义的意思和祷告的方法却一无所知。他教他们如何按上帝的意思祷告,并进而讲解什么是道成肉身和三位一体。他试图教他们主祷文和"我们的天父",但他们头脑不灵,记不住,主教不得不重复教到晚上,直到他满意,离开。主教上了大船之后,船长发现后面有一个像船的器具开过来,近前一看,才发现没有船,原来是三个修道士,他们在水面上像在陆地上一样走过来。他们对主教说,他们忘记了他教他们的词儿,他们只有一直重复背诵着,才会记得,过后就会忘记个别词,然后就连不起来了,所以希望他再教他们一遍。主教谦卑地回答他们:"你们自己的祷词会上达主那儿的。教你们祈祷不是为了我,祈祷是为我们所有罪人的。"他们这才折回小岛。

托尔斯泰这篇小说是试图通过把三个文盲的修道士简单、诚心但不知所以的祷告与受过教育的主教的正式的符合教义的祷告相比较,探讨祷告的实质。那种不停的单一祷词在东正教信仰中相当普遍。这篇小说的题词是"马太福音"第6章第7—8节:"你们祷告,不可像外邦人,用许多重复话。他们以为话多了必蒙垂听。你们不可效法他们。因为你们没有祈求以先,你们所需用的,你们的父早已知道了。"可见小说包含了托尔斯泰对东正教的看法。

h.《谢尔基神父》

作于1898年。小说描写公爵斯吉邦·卡萨斯基(后来的谢尔基神父)一生的经历和思想。卡萨斯基因发现自己的未婚妻与沙皇尼古拉一世有染,而辞去了他在皇室的工作,放弃了婚姻。这对他的虚荣心有很大打击,从此他退而加入俄国东正教,成为隐士,追求属灵的生活。但是他始终对于自己生活中如此重大的变故不能忘怀,他脾气暴躁和内心骄傲的习性依旧,对于来修道院勾引他的女人,虽然表面上冠冕堂皇地拒绝,但发现自己内心却依旧软弱、零乱。他对自己十分失望,甚至剁掉了自己的手指。勾引他的马科夫金娜大为震惊,决心改变自己,后来进了一个修道院。谢尔基神父属灵的声誉一直在增长，他甚至能够医治疾病，追随者来自四面八方，络绎不绝。但在内心深处他知道自己并没有真正的信心，甚至又一次犯了奸淫。他梦见天使让他去探访童年时的一个女同伴，他的堂妹巴申卡。他离开了修道院，找到了巴申卡。就世俗的意义看，巴申卡的生活是失败的：从小受人欺负，长大后嫁了一个有病且脾气暴躁的丈夫，丈夫很快就死了。神父见她的时候，她完全处于贫困中，苦苦支撑着她的家庭。但是巴申卡依然那么令人亲近，她有炽热的爱心。有一个细节：当她听到有香客（其实是谢尔基神父）过来时，她打算施舍五个戈比，但是没有找到比十个银戈比更小的钱，想施舍一片面包算了。但是她马上脸红了，除了面包，她把那十个银戈比也给了他。"这就是对你的惩罚，给双倍"，她对自己说。谢尔基神父十分感动。巴申卡的生活，平凡，贫穷，但是充满爱和感恩。谢尔基神父觉得自己一直寻找的信仰生活在这儿得到了答案。"噢，我的梦原来应的是这个。巴申卡就是我原来想做而没做成的人。我以前借口为上帝，其实是为人们活着；而她活着为了上帝，却以为是为了人们。是啊，做一件好事，施舍一碗水，不想得到报答，比我为人们造福更可贵。"他意识到，人间的虚荣心、成就感是信仰的大敌。他有过几分诚意要侍奉上帝，"但这一切都被尘世的虚荣玷污了，掩盖了"。成为著名的神父也是一种虚荣心。于是他到处游走，传福音，隐名埋姓，过苦日子，最后在西伯利亚的一个菜园里干活，教书，治病。

这个故事探索的是如何经历真正的信仰生活。

托尔斯泰在1880年以后写的以《圣经》为主题的中短篇小说很多，著名的还有《忏悔》（1886），《一个失去的机会》（1889），《主人与男人》（1895），《地狱的毁坏和重建》（1898），《假息票》（1904），《神性与人性》（1906），《过路客和农民》（1909）等，还有数篇未完成小说，包括《瓦西里神父》《世间无罪人》等。

第二节 《复活》及其主题

一、《复活》简介

《复活》是托尔斯泰作于 19 世纪末的一部长篇小说。从 1889 年至 1899 年，托尔斯泰花了整整十年时间才完成了它的全部写作，这比他前两部更长的长篇巨著《战争与和平》（四部）、《安娜·卡列尼娜》（两部）用的创作时间都要长，可见他在其中费的心思。

《复活》创作于托尔斯泰思想转变，成为基督徒之后，在这部小说中，他要探讨的问题如小说标题所述，是接受基督的救赎之后一个人在思想上和生活行为上全面的改变，是基督在信徒身上的重生。

小说男主人公聂赫留朵夫是贵族出身并且也继承了公爵爵位，家族地位高，家境富裕。聂赫留朵夫年轻时在自己姑妈家遇见其养女、出身低微的小说女主人公玛丝洛娃，产生纯洁爱情。后来聂赫留朵夫参军，在军队里染上玩世不恭习气，吃喝嫖赌无所不为。在一次回家探亲路过姑妈家时，与玛丝洛娃强行发生性关系，事后给了她一百卢布。此后，聂赫留朵夫从军队退役，回家继承爵位，过着典型的上流社会贵族青年的生活：游走于上流社会交际场合，心安理得地享用家族领地的农民上交来的收益，与女人鬼混，也参加社会公益事业——做法庭陪审员，直至他再次碰见玛丝洛娃。玛丝洛娃被聂赫留朵夫伤害后，发现自己怀孕了，她无法找到已经去了军队的聂赫留朵夫，脾气渐坏，被养母赶出了家门。由于没有生活来源，她把孩子生下后就送了人。在屡次遭受雇主欺负后，她逐渐接受了自己的现实处境——没有正当工作机会，坏女人的名声，怕吃苦，性感并有几分姿色。她成了拿执照的妓女。但是在一次接客过程中，妓院门房设计毒死了她的客人，抢走其钱财，并栽赃于她。玛丝洛娃成了杀人案被告。在审理这桩杀人案的法庭上，陪审员聂赫留朵夫认出了她。他意识到自己面对的正是自己的罪行所引起的一系列后果，他才是罪人，而他自己正在审判该案，极为荒谬。这从根本上改变了聂赫留朵夫的生活。他发誓要重新做人，不再混迹于上流社会交际圈，放弃声色犬马的荒唐生活。他决定与玛丝洛娃结婚，同时为平反她的冤案竭力奔走。在经常走访监狱之余，他了解了许多冤假错案，并且尽可能地为当事人上访。在途经自己庄园时宣布放弃自己的土地，无偿归给农民。他一直跟着玛丝洛娃的犯人队伍进入服刑的西伯利亚。玛丝洛娃为聂赫留朵夫的真诚所感动。她在监狱也开始了新的生活：摆脱了怕吃苦的习惯，彻底改变了以前那种以吸引异性为荣的人生观，乐于助人，富于同情心。她决定接受善良而富于牺牲精神的政治犯西蒙松的求爱，而拒绝聂赫留朵夫的求婚，也体现出她为他人着想的心意。聂赫留朵夫为玛丝洛娃案修正判决的努力最终成功了，但是他已经不为此事感到特别高兴。他为玛丝洛娃的新生而高兴，他最高兴的是他最终切身体会到了"马太福音"的道理，一种新的生命在他身体上和灵魂里启动了。

二、《复活》的几个重要主题

1. 审判

A. 《复活》提出的是一个怎样的审判问题

审判是现实生活中的一个大话题。法律的审判，道德良心的审判，都是我们经常讨论的问题。在《复活》中，这个问题以非常突出的形式面临到聂赫留朵夫的身上。他是法庭陪审员，站在这个世界审判者的位置，来审讯玛丝洛娃的案子。但是玛丝洛娃之所以落到与杀人案牵连的地步，与他早年对她的奸污行为有关。虽然玛丝洛娃并没有杀人，她被栽赃陷害了，但是她的生活陷入了犯罪的境地，她成了妓女，这与聂赫留朵夫有直接联系。但讽刺的是，现在审判她的正是造成这一切的元凶。人们可以说，聂赫留朵夫当时的做法并不必然导致玛丝洛娃当妓女，他并不必须为她后来的堕落负责，他只是与她发生了肉体关系，她的拒绝也不非常明显；他事后觉得不妥，还给了她一百卢布；这种事司空见惯，所以他不必为此遭这么大的谴责。可是，聂赫留朵夫自己心里明白他对她的根本性伤害，他清楚他的罪。而且正是因为这种罪在现世见多不怪，被合理化了，托尔斯泰才以这种特别醒目的方式，让人无可逃避的方式，提出这个问题：一个更加有罪的人何以能够审判一个罪人？这个世界为何接受这种现实并且习以为常？什么是真正的审判？

B. 现行法律审判制度的弊病

《复活》对于现行法律审判制度的弊病的揭露是全方位的。

第一，聂赫留朵夫审判玛丝洛娃这件事表明，无权审判的更坏的人在审判那些并不坏的人，这不可能是公正的。在审理玛丝洛娃案件时，托尔斯泰描写了各个陪审员、检察官、法官个人大量见不得人的品行。法庭庭长过着放荡的生活，与情妇打得火热；副检察官赌博，玩女人；书记官公报私仇……玛丝洛娃的有罪判决正是由这些人作出的。

第二，托尔斯泰对监狱和监禁制度做出了激烈抨击。在第三部第19章，他指出了监禁制度的四个巨大弊端。一是被关押的往往是好人。这些人往往是"一批最神经质、最激烈、最容易冲动、最有才能、最有力量的人。这些人同别人相比，往往最缺少狡猾和慎重，而且对社会来说丝毫也不比那些仍旧自由的人更有罪，更危险"。这根本不合理也不合法。二是侵犯人权。监狱普遍虐待犯人，让犯人生活在屈辱的压力下，形成了对人类尊严的侵犯。三是好人学坏。本来不是坏人的犯人在监狱环境中"被迫结交淫棍、凶手、歹徒。那些已经腐化的人对这些还没有通过一般方式完全腐化的人所起的作用，无异于酵母对面团所起的作用"。四是报复社会。犯人所受的侮辱和非人道的对待，促使他们以相同的方法对待别人，因为他们领会到"各种暴力、残酷行为、兽行，在对政府有利的时候，非但不会遭到政府禁止，反而得到政府的批准"，因此，残酷行为是有合法性的，可以做的。他们会以此来报复社会，平衡他们遭受的苦难。

监狱制度从来未能改造好罪犯，犯罪也从未因此减少，相反，情况可能是愈演愈烈。托尔斯泰一直就相信这一点。

第三，托尔斯泰通过对聂赫留朵夫的反思的描写，屡次强调，现行审判制度最大的弊端在于"人能够惩罚人"的意识。关于这个意识的根本性错乱，我们将在下面提及，这儿要提出的是这个意识引起的人际关系后果：对他人的刻薄无恩，只看见别人的恶，看不见自己的问题，形成全社会性的寻仇动力。"人能够惩罚人"不仅赋予人一种能够对他人实施的制裁、惩处的权利，它还具有一种导向作用，去关注、搜寻他人可被惩罚之处，是败坏和谐社会关系的罪魁。

第四，这种制度中官僚主义盛行。惩罚为主导的司法系统需要一套庞大的组织机制，其中每一个环节都文牍泛滥，充满了脱离实际、不负责任、草菅人命的情况。那些大权在握的人渎职现象屡有发生。聂赫留朵夫为玛丝洛娃以及其他冤狱，在官僚机构、各色人等之间疲于奔命，效率并不高，能够解决一些问题，也仅仅是由于他的贵族身份以及与长官们的私人关系。而在监狱中，有40个农民仅仅因为没有身份证就遭到关押。其实身份证他们是有的，只是过期两个礼拜了。身份证过期的事年年都有，从来没有处分过人，如今却把他们当作罪犯，在这里关了一个多月。

C. 现行审判制度的目的

在第二部第33章，聂赫留朵夫在与他姐夫的辩论中一针见血地指出了现行审判制度的目的——维护社会现状。他说："法院，依我看来，无非是一种行政工具，用来维护对我们的阶级有利的现行制度罢了。""法院的唯一目标就在于维护社会的现状，为此它才迫害和惩办那些高于一般水平而且有心提高这个水平的人，也就是所谓的政治犯，同时也迫害和惩办那些低于一般水平的人，也就是所谓的犯罪型。"

D. 基督的审判

托尔斯泰认为，现行审判制度的根本弊端在于"人能够惩罚人"这种意识。这个意识是一个重大的错误，但奇怪的是这一从未受到认真论证的明显的意识错乱，被托尔斯泰称为"莫名其妙的错误"，却被整个社会当作天经地义的真理。人们写了很多书说明惩罚的必要性，"然而它们没有回答主要的问题：某些人有什么权利惩罚另一些人？不但没有对这个问题的答案，而且所有的议论都归结到一点，那就是对惩罚作出解释，为惩罚辩护，认为惩罚的必要性是不辩自明的公理"。[1]为什么这些见解是错误的？真正的审判是什么样的？

托尔斯泰在《复活》中做出了判断，这一判断是依据《圣经》做出的。托尔斯泰完全按照《圣经》的道理来思考玛丝洛娃的案子所反映出来的所有问题。因此，我们有必要依据他作品的线索来理解他的思路。《复活》扉页的题记和最后一章的内容给出了答案。

《复活》的题记是由四段"新约"引文构成的：

"马太福音"第18章第21节至第22节："那时彼得进前来，对耶稣说：主啊，我弟兄得罪我，我当饶恕他几次呢？到七次可以么？耶稣说：我对你说，不是到七次，乃是到七十个七次。"

"马太福音"第7章第3节："为什么看见你弟兄眼中有刺，却不想自己眼中有梁木呢？"

"约翰福音"第8章第7节："……你们中间谁是没有罪的，谁就可以先拿石头打她。"

"路加福音"第6章第40节："学生不能高过先生，凡学成了的不过和

---

[1] 托尔斯泰：《复活》，汝龙译，人民文学出版社，1979年，第429页。

先生一样。"

在全书最后一章，聂赫留朵夫阅读《圣经》，辨析道理，豁然开朗。其中引用的与审判和惩罚有关的《圣经》有一长段，"马太福音"第18章第21—33节：

> 那时彼得进前来，对耶稣说："主啊！我弟兄得罪我，我当饶恕他几次呢？到七次可以吗？"耶稣说："我对你说，不是到七次，乃是到七十个七次。天国好像一个王，要和他仆人算账。才算的时候，有人带了一个欠一千万银子的来。因为他没有什么偿还之物，主人吩咐把他和他妻子儿女，并一切所有的都卖了偿还。那仆人就俯伏拜他，说：'主啊！宽容我，将来我都要还清。'那仆人的主人，就动了慈心，把他释放了，并且免了他的债。那仆人出来，遇见他的一个同伴，欠他十两银子，便揪着他，掐住他的喉咙，说：'你把所欠的还我！'他的同伴就俯伏央求他，说：'宽容我吧，将来我必还清。'他不肯，竟去把他下在监里，等他还了所欠的债。众同伴看见他所做的事，就甚忧愁，去把这事都告诉了主人。于是主人叫了他来，对他说：'你这恶奴才！你央求我，我就把你所欠的都免了。你不应当怜恤你的同伴，像我怜恤你吗？'"

题记中的四段互相关联。第一段讲人与人发生争执时应该讲究宽恕，无条件的赦免，反复赦免，而根本不应该设定限度。这是一个命令，其依据乃在于神的意志，但是也有理性的依据：上帝创造世界及人都是按"好的"原则创造的，能够导致"好的"结果的将人物与事物联系在一起的唯一原则就是爱和宽恕。因此，如果都按耶稣说的对冒犯自己的人能够饶恕七十个七次，审判和问罪的事就不应该发生。第二段说，如果一个人一定要寻找别人的缺陷与可惩罚之处，那也可以，但这是有条件的：他本人必须无缺陷,这样他借以观看的眼睛乃至灵魂才是清澄无污染的,才能真正看清他人的缺陷。但是耶稣说他"自己眼中有梁木",即比他审判的对象有更大的缺陷。这个话虽然是针对一个具体的人("你")的,但是涉及的是所有人,因为第三段已经把这一点指出来了:"你们中间谁是没有罪的,谁就可以先拿石头打她。"这一段的上下文是:一群犹太人抓住一个行淫的女子,交给耶稣,看他是否遵循律法(那就是把女子用石头砸死)。耶稣提出了这一条件。耶稣知道,这事(有人出来拿石头打那位女子)绝不会发生,因为这样的(没有罪的)人是不存在的。这一段是讲,即使你真的找到了他人的缺陷、罪行,你也没有资格惩罚他(她),因为下述逻辑是说不通的:一个罪人有权去惩罚另一个罪人。最后第四段是一个总结:罪人不能教导出超过罪人的人。这儿的"先生"是指法利赛人。法利赛人自己就是罪人,如果他们做教师,带出来的学生并不能超过他们,最多与他们一样。罪人不能教导人,因而也不能审判人。

全书最后一章引用的"马太福音",头两节重复题记第一段,但后面的引文讲述了一个故事,这很关键。一位受到赦免的人居然不肯赦免别人,一位享受恩典的人不愿意将这恩典推广到他人身上,反倒用问罪、惩罚的方式对待他人。具体到《复活》,从检察官到法官,再到陪审员,他们身上有如此多污秽龌龊,他们的行为如此经不起审查,而能够不被追究罪责,他们不去感谢他们的主人(神)的赦免之恩,不把这种恩典推及众人,反而堂而皇之审判起人来,而且给审判对象以牢狱之灾甚至剥夺他们的生命。在玛丝洛娃这个案子中,审判她的人就是导致她犯罪的罪魁。所以这主人惊愕地问道"你这恶奴才!你央求我,我就把你所欠的都免了。你不应当怜恤你的同伴,像我怜恤你吗?"托尔斯泰通过这段引文把这种惊人的罪恶,把神的审判明白无误地表现出来。

最后我们看到,托尔斯泰解决这个世界的恶的方案,这个方案也就是上帝的方案。上帝的意思乃是说：人无权审判，人的审判只能带来灾难，带来恶的恶性循环。这个世界的治理，唯一的原则是爱（饶恕就是爱）。在小说最后，托尔斯泰写道："聂赫留朵夫现在才明白，社会和一般秩序所以能存在，并不是因为有那些合法的罪犯在审判和惩罚别人，却是因为尽管有这种腐败的现象，然而人们仍旧在相怜相爱。"

2. 爱情

A. 聂玛的爱情悲剧及其原因

聂赫留朵夫与玛丝洛娃曾经拥有真正的爱情。托尔斯泰对此做了精心的描绘（见第一部第12—15章）。聂赫留朵夫19岁那年到姑姑家做客，遇到她们的养女玛丝洛娃，一见钟情。那是少男少女的恋爱，他们可以尽心尽情地在一起玩，许多共同的话题，相互间巨大的吸引力，害羞，但总想在一起，却心无邪念。但是这些都被当兵三年后回到姑姑家探亲的聂赫留朵夫的一次奸污行为破坏了。这次对玛丝洛娃的奸污带来了一系列可怕的后果：聂赫留朵夫惊慌中想到了给玛丝洛娃塞一百卢布，这个行为是他从部队里玩世不恭的同伴那里学来的，他觉得这样就打发了这件事，因此他把与玛丝洛娃的关系处理成与一个妓女的关系；玛丝洛娃一开始有幻灭的感觉：一种美好的爱情变成了交易，而且她怀孕了，这个孩子生来就不受祝福，她无法找到孩子的爹，因此这是她不能要的；孩子结果成了弃婴、死婴，这是对聂玛关系的诅咒，是当事人不敢面对的后果。最后，玛丝洛娃流落到烟花巷，成了注册的妓女，败坏社会风气的人，并且（迟早会）像任何这类社会底层的人一样与杀人（或者抢劫、偷盗、监禁，以及今天的吸毒）一类的事有染。

一件始于爱情的事，为什么会变成如此可怕的悲剧？托尔斯泰总结的原因只有一个：肉欲。

在从第一部第12章到第16章，托尔斯泰仔细描写了聂玛爱情过程中不同时刻的三次吻，这三次吻微妙地表现了肉欲的有无对纯洁爱情的影响。第一次吻发生在聂玛恋爱初期，两人在花园中嬉戏，挨近时无意地、又是恰如其分地将嘴唇贴在了一起，随后很快分开了；第二次已经是三年后，聂赫留朵夫去姑姑家看玛丝洛娃，两人一起参加星期天晨祷会，在动人的敬拜仪式之后，两人相对而感叹"耶稣复活了"，吻了对方。这两次吻都是很自然的动作，甚至在吻后玛丝洛娃才觉得不好意思。爱情的吻是自然的，无邪念的。但是第三次，当聂赫留朵夫在姑姑家走廊上搂住玛丝洛娃吻她的时候，肉欲掺杂进来了，玛丝洛娃从他的眼睛里看到了这一点，她感到了害怕。托尔斯泰写道："这一吻完全不同于前两次的吻，也就是以前在丁香花丛后面那不由自主的一吻和今天早晨在教堂那儿的又一次接吻。这一吻是可怕的，这一点她也感觉到了。"很快就发生了聂赫留朵夫对玛丝洛娃的奸污。肉欲破坏了爱情的美好，一开始使人不知所措。既而，因为对肉欲的羞耻感，为了躲避这种羞耻，就要做种种掩盖、逃避甚至毁坏的行为。一百卢布的交易，弃婴，以及沦落风尘，良心永久的责罚，就成为自然的后果。

这种破坏性后果甚至在聂赫留朵夫真诚忏悔，并且提出与玛丝洛娃结婚后，仍然无法消除。在结婚提议中，聂赫留朵夫的目的是悔罪，婚姻成了一种代价，因此即使它实现了，也不会带来自然的婚姻所具有的幸福和甜蜜感。也正因为如此，玛丝洛娃拒绝了这一提议，她认为这不公平，因为爱情只因为互相吸引，互相需要，没有亏欠，她如果接受这种婚姻，就是接受一种牺牲，一种代价，从而她又背上了新的债。

真正的爱情一旦被破坏，很难恢复原样。

B. 玛丝洛娃和西蒙松的爱情

玛丝洛娃在监禁中与政治犯西蒙松的爱情是公平的：他们同在患难之中，都有帮助对方、怜恤对方的意愿。西蒙松喜爱玛丝洛娃，因为她善良，平静；玛丝洛娃为西蒙松感动，因为西蒙松不仅心地善良，乐于助人，而且有崇高理想和生活目标。在玛丝洛娃心目中，他在思想境界上远远高于自己，但是西蒙松完全没有这种优越感，他很谦卑，对玛丝洛娃真心欣赏、喜爱。

这种爱情当然很纯洁，但并不是理想的。与聂玛早期的爱情相比，它多了些理性，但少了心动的感觉，少了独特的吸引力。而且，托尔斯泰把这个爱情表现为柏拉图式的：它是排除性爱的。西蒙松并不因为性而与玛丝洛娃交往，而那时的玛丝洛娃告诉聂赫留朵夫，她也早已对性不感兴趣了。

C. 托尔斯泰爱情观的矛盾

托尔斯泰在爱情观上有矛盾，这在他80年代思想转变以后表现得尤为明显。

在《安娜·卡列尼娜》中，列文与吉提的爱情是被托尔斯泰作为典范提出来的。这两人的爱情虽然也很纯洁，而且列文的思想和行为具有托尔斯泰主义实践的性质——亲近农民，亲近土地，敬神，道德上严格律己，但是他们的爱情故事并没有排除性爱。而在《复活》中，托尔斯泰虽然写出了聂玛早期爱情的那种生动场面，在后期，尤其是参与监狱和流放生活以后，他似乎要通过突出玛丝洛娃与西蒙松的爱情的无性特征，表现他当时的一些观念转变。这就在同一部小说中显露出了爱情观的矛盾。

玛丝洛娃与西蒙松关系的这种排除性爱的观念，在另一个人身上也表现得很突出。这就是被托尔斯泰当作实践他理念的另一个形象玛丽雅·巴甫洛芙娜。玛丽雅·巴甫洛芙娜出身上层社会，年轻美丽，但同情穷人，一心服侍别人。她脱离了自己的家庭，投入改变社会的事业，在一次警察的抓捕行动中，为了保护他人而被作为政治犯投入监狱。她有许多异性追求者，但是她穿着破烂，拒绝恋爱。托尔斯泰描写说"她对于恋爱是抱着断然厌恶和恐惧的态度的"[1]。

80年代思想转变后,托尔斯泰的爱情观发生了很大改变。托尔斯泰把灵魂得救建立在行为廉洁的基础上,用"马太福音"中的登山宝训作为行为的规范。在《〈克鲁采奏鸣曲〉跋》中他明确表示,过贞洁的生活是基督徒的理想。他认为现实中人们赋予爱情及两性的性爱关系以太多的理想色彩,这是不对的,不符合《圣经》的教导。他甚至反对婚后性关系:"必须改变对肉体爱的看法,男女都应接受家庭和舆论的教育,他们在婚前和婚后不能像现在的人那样把恋爱和与此联系的肉体爱看作一种充满诗意的高尚行为,而应该看作一种卑劣的兽性行为。"他认为不被肉体关系所吸引是人保持尊严的必要条件。虽然这很难做到,但是这应该被树为理想,而托尔斯泰认为理想就像太阳和灯塔,是不能打折或改变的。看见理想才能追求天国的门。可见,托尔斯泰的理想人生是排除性爱的,这也就是他晚年如此痛恨自己的原因。

3. 复活

A. 什么是复活

首先需弄清《圣经》关于复活的道理是什么。

《圣经》中关于复活的道理主要见于"新约"。"新约"的主要意义是耶稣的救赎,而这种救赎通过道成肉身和代罪人受死、献祭来实现。耶稣被钉于十字架,死后复活。人凭自己不可能复活。复活乃是证明耶稣是神子的主要证据。所以"哥林多前书"第15章第14节说:"若基督没有复活,我们所传的便是枉然,你们所信的也是枉然。"但是耶稣同时允诺他的信徒,他们也将在末日复活,前提是他们认罪悔改,信耶稣为神子,依靠他,同时要学他的样式生活。认罪就是向罪而死,向罪而死就有新生,就

---

[1] 托尔斯泰:《复活》,汝龙译,人民文学出版社,1979年,第504页。

能复活，他们的举动不再如前，"所以，我们藉着洗礼归入死，和他一同埋葬，原是叫我们一举一动有新生的样式，像基督藉着父的荣耀从死里复活一样"[1]。这就是改变。信仰的一个重要表现是改变，"死人要复活成为不朽坏的，我们也要改变"。[2] 改变体现在行为的更新上，有善行，"行善的复活得生，作恶的复活定罪"。[3] 改变的另一个要点是不犯罪，过贞洁的生活："也不要将你们的肢体献给罪作不义的器具。倒要像从死里复活的人，将自己献给神。并将肢体作义的器具献给神。"[4]

其次，需要弄清托尔斯泰强调复活的哪个方面。《圣经》的复活意味着耶稣的复活，接受这一点是信仰的根基；复活也同时意味着信耶稣的人的复活，它其实有两个层次，一是它表明了信徒的地位和希望（他们会复活），二是复活在信徒言行上的表现（改变和新生）。托尔斯泰的《复活》探讨的是后者，是人的复活，而且主要是从言行的改变上展示复活的意义。

B. 聂赫留朵夫的复活

首先是聂赫留朵夫的认罪悔改。在小说中，聂赫留朵夫有一个明显的认罪阶段，这是在庭审玛丝洛娃的过程中发生的。玛丝洛娃的遭遇唤起了他深深的罪恶感，以前对自己良好的感觉发生崩塌，他看到了自己眼中的梁木，意识到他才是玛丝洛娃犯罪的始作俑者：

> 于是他逼真地想起当初：他在过道里追上她，把那笔钱塞给她，然后从她身边跑掉的情景。"啊，那笔钱！"他回想当时的情景，又是恐惧，又是憎恶，就跟那时候他的心情一样。"哎呀，哎呀！多么丑恶！"他也像

---

1 "罗马书" 6:4。
2 "哥林多前书" 15:52。
3 "约翰福音" 5:29。
4 "罗马书" 6:13。

当时那样大声说出来。"只有流氓,坏蛋才干得出这种事来!我,我就是坏蛋,就是流氓!"他大声说道。"不过,难道真是这样吗?"他停住脚,不再走动,"难道我真是坏蛋,难道我确确实实是坏蛋?然而不是我又是谁呢?"他回答自己说。"再者,莫非只有这一件事吗?"他继续揭露他自己。"莫非你跟玛丽雅·瓦西里耶芙娜以及她的丈夫的关系就不丑恶,不下流?还有你对财产的态度呢?你认为财产不合理,可是你又借口说那些钱是你母亲的,就放手用起来。还有你那游手好闲的、肮脏的全部生活。而这一切的顶峰,也就是你对卡秋莎的行径。你这坏蛋,流氓!随他们(别人)爱怎样评断我就怎样评断我好了,我能够欺骗他们,可是我欺骗不了我自己。"[1]

认罪并不容易,这其实意味着整个世界的巨大变化,世界差不多颠倒了,按理它会令人痛苦。但是托尔斯泰写出了它匪夷所思的另一面:

> 他这才忽然明白过来,原来他在最近这段时期对人们所发生的憎恶,特别是今天对公爵,对索菲雅·瓦西里耶芙娜,对米西,对柯尔涅依所发生的憎恶,其实就是对他自己的憎恶。说来奇怪,这种承认自已卑鄙的心情,固然不免使人痛苦,同时却又使人快乐而心安。[2]

认罪居然带来了平安,他体会到了这种神奇的事情。

不过,这种自责,灵魂的大扫除,曾经在聂赫留朵夫身上发生过多次,事后他却依然故我。靠他自己没有能力做到真正的改变。这一次聂赫留朵夫想到了上帝:真正的认罪是向着上帝,借助于上帝的力量,才能摆脱罪的捆绑。

---

[1] 托尔斯泰:《复活》,汝龙译,人民文学出版社,1979年,第136—137页。
[2] 同上,第137页。

他停住，照他小时候常做的那样把两只胳膊交叉在胸前，抬起眼睛往上看，对一个什么人说：

"主啊，帮助我，教导我，到我的心里住下，清除我心中的一切污垢吧！"

他祷告，请求上帝帮助他，到他的心里来住下，清除他心里的一切污垢，同时他所要求的那些事就已经实现了。住在他心里的上帝，已经在他的思想感情里醒过来。他感到了上帝的存在，因此不但感到自由、勇气、生活的快乐，而且感到了善的全部威力。这时候，凡是人能做的最好的事，一切最好的事，他觉得他自己都能够做到。[1]

聂赫留朵夫的复活还表现在他的行为，他努力去实践福音书上的教诲。

聂赫留朵夫放弃了上流社会圈与舒适生活，他的交往圈转而变成与监狱犯人有关的一切人：刑事犯，政治犯，他们的家人，狱卒，监狱管理者，各级上诉机构官员等。他诚心为犯人及其家属服务，甚至不惜让自己也变成流放队伍中的一员。学习耶稣的生活样式就是学会他的爱，就是凡事为他人着想。聂赫留朵夫以前为自己活着，现在变成为他人活着，他的生活重心从自私的肉体享受转为帮助他人。他愿意做任何能够减轻玛丝洛娃厄运的事情。他也认真施行将自己的土地无偿送给农民的计划，为宗法制度下农民的经济改善和人身解放谋求办法。

他甚至试着学会爱自己不喜欢的人，因为耶稣的说法是你们要爱自己的仇人。不喜欢的人还没有达到仇人的程度，但是对于未得复活的人来说，那也极其不易。比如聂赫留朵夫极其讨厌他的姐夫，因为他非常庸俗，还自以为得意，两人见面总要争吵。在一次为司法制度而进行的激烈争吵中，他狠狠地刺痛了他姐夫。但这一次，他事后却非常后悔，主动向姐姐道了

---

[1] 托尔斯泰：《复活》，汝龙译，人民文学出版社，1979年，第139页，第136—137页。

歉，决心以后再也不这么残酷了。他的总结是，这是自己没有爱心的结果，仇恨就是由于自己无爱地对待别人而引发的反弹。带着爱的眼睛，就不会看到可恨和厌恶的事情。总而言之，聂赫留朵夫尝试着做耶稣要求信徒所做的一切，虽然那一切都是相当艰难，以俗世眼光来看是极不可能、违背常理的事情。

C. 玛丝洛娃的复活

复活的主题不仅体现在聂赫留朵夫身上，也体现在玛丝洛娃身上。这是托尔斯泰明确叙说了的。第二部第34章描写玛丝洛娃等犯人将去西伯利亚服刑，聂赫留朵夫准备随行。他在日记中写道：

卡秋莎不接受我的牺牲，却要牺牲她自己。她胜利了，我也胜利了。我觉得她的灵魂在起变化，却又不敢相信，她那种内心的变化使我高兴。我不敢相信，可是我觉得她在复活了。

玛丝洛娃的复活，表现在她的生活观和行为的改变上。在与聂赫留朵夫重逢后，玛丝洛娃逐渐回归自己的原有的纯朴，放弃了妓女的以吸引男人为荣的生活观，不再卖弄风情，唤回纯真善良、为他人着想的本性。监狱的生活给她带来正面的影响，尤其是在她接触了玛丽雅和西蒙松这样的正直而有理想的政治犯以后，她彻底告别了消极无聊的生活，投入为有需要的人提供无私帮助的工作。为此，她甚至感激自己被判有罪的经历，因为这给她认识这些人的机会，以及与聂赫留朵夫重逢的机会。她相信了上帝。

所以，尽管对玛丝洛娃复活的描写不如对聂赫留朵夫的描写那么多、那么细致深入和全面，但是"复活"的主题是属于他们俩的，这一点没有疑问。

第三节 《复活》的艺术特点

一、精深思想的容器

托尔斯泰把小说作为思想探索的途径，他探索的都是人类生存的终极性问题，而又有能力在很高的层次上驾驭和展开这些问题，这使他的小说气度非凡。

1. 深刻的洞见

《复活》中充满了深刻的洞见。托尔斯泰令人惊叹之处在于他能够把这些洞见以足够震撼的形式告诉人们。

从大的方面看，聂赫留朵夫设想的许多计划，他认为按理必须实行的人生道路和社会改革，都以一种天方夜谭的方式出现在"正常人"的世界。例如，他说人不能审判和惩罚人，马上就会引起一个质疑：恶人怎么办？谁来保护我们的安全？难道可以取消法律和司法系统？他姐夫就是为此与他争执，因为他觉得聂赫留朵夫太违背常识了。聂赫留朵夫把认罪悔改看作是能够引起轻松、喜乐之举，这也违背一般人的经验：人们常常是在无可奈何的情况下才会承认错误，因为那令人难堪，损害尊严，这哪能有快感呢？但是托尔斯泰确实在不止一处写到聂赫留朵夫认罪后的快感，他绝对是有意为之。又如，他打算把土地送给农民，搬出自己的住宅，就连他忠实的仆人都不能理解：老爷你如何生活？住在哪里？

从小的方面看，他对生活场面中的各种细节都有独到见解，挑战人们习以为常的观念。第二部写聂赫留朵夫到彼得堡为玛丝洛娃的平反疏通关节，见到在政府做官的老战友谢列宁。谢列宁妻子整天出入上流社会社交场合，十分珍视这种生活。她不愿意多生孩子，整天为穿什么衣服，戴什么首饰费思量；还强迫自己丈夫参加各种酒会、舞会。应该说，这种生活是这个阶层的人十分向往的，她们习以为常并且以此为荣。而托尔斯泰却说：“姑且不提她用这种生活方式毒害了她丈夫的生活，就连她自己，从这样的生活里除了消耗大量的精力，换来过度的疲劳以外，似乎也一无所获。"

他的上述想法和举动违背常理。

但是思想的深刻之处不就是在于它令人震撼、超越常理吗？托尔斯泰以他的慧眼能够在一种组织恰当的语句和叙述中展现出这种深刻的洞见，而且通俗易懂，让我们在经过思考后能够领会他的洞见：的确，人能够惩罚人的想法完全站不住脚；的确，上层社会的声色犬马生活，对于当事人的实际收获只是疲劳。

2. 议论性写法

为了表达对社会、哲学、宗教、法律等问题的见解，托尔斯泰常常采用一种直接的议论性写法，把整段的议论编织到作品整体中。

议论直接入小说，这种方法是有争议的。小说的编织线是情节，通常叙事者并不表达自己的见解，它容易打断情节，削弱读者对故事的注意力。不过托尔斯泰却做得很好。由于他思想的锐利，见解的精彩，把这些议论大部分编织在主人公行动过程中，小部分以叙事者的口吻随着情景的进展，自然流露出来，成功地使这些议论融入作品的艺术整体之中。

《复活》中的议论集中在两个方面：东正教教规和司法审判制度。

小说中几次议论东正教教规仪式。第一部第 28 章托尔斯泰描写玛丝洛娃被判有罪后第一次作为囚犯参加礼拜。第 39—40 章，作者用了两章的篇幅以嘲讽的口吻刻画礼拜仪式的细节，而在此期间，对许多环节做了直接的议论批评，如：

在场的人，从司祭、狱长到玛丝洛娃，谁也没有想起来，由司祭声嘶力竭地念过无数次而且用各种稀奇古怪的字眼赞美过的耶稣本人，恰好禁止这儿所做的一切事情。他不但禁止这种毫无意义的饶舌和身为导师的司祭利用面包和酒所作的渎神法术，而且用最明确的方式禁止某一些人把另一些人称为导师，禁止在殿堂里祈祷，叮嘱每一个人要单独祈祷。他连殿堂本身也禁止修建，他说过他是来毁坏殿堂的，又说人不应该在殿堂里祈祷，而应该在精神里，在真理里祈祷。主要是，他不但禁止按这里所做的那样审判人，监禁人、虐待人、侮辱人、惩办人，而且禁止对人使用任何暴力，他说过他是来释放囚徒，使他们获得自由的。

在第二部第 23 章，借助对谢列宁的描写，作者又一次用了不少篇幅批判了虚伪而迷信的"官方宗教"即东正教。我们可以想见，在东正教作为正统的俄罗斯社会，这会引起何等巨大的反响。实际上，对于宗教和信仰的关系的这些思想，对于全人类，特别是信仰上帝和耶稣的人们带来的冲击，会一直存在下去。

关于本小说的第一个重要主题——对司法审判制度的批判，托尔斯泰花费了更多篇幅和精力。这部小说的情节一直就在法庭——上诉——监狱之间游走，因此，托尔斯泰（主要通过聂赫留朵夫之口）随顺故事的进展，对司法和审判的各个环节都随时做出了议论。在第二部第 30 章，他写道，聂赫留朵夫通过办理玛丝洛娃案和为监狱中诸多冤案的申诉，对监狱囚犯做了分类研究，认为他们有五类，绝大部分是无罪的。他并且分析了他们被定罪的深层原因，这完全像一篇法学论文，但是鞭辟入里，是法学专家无法漠视的。

二、独特超凡的想象力

1. 独特性何在

文学家以想象力见长，但是托尔斯泰的想象力有其独特性，也超出一般的文学家。一般的文学作品能够给出贴切的场景，写出这种场景中的具体感受，但通常是单维的：它由一种视点支配，看到的世界有统一的色调或背景。伟大文学家能够展示两种以上视点及其观看中的世界，莎士比亚、陀思妥耶夫斯基，以及托尔斯泰都属于这一类。不过，与其他伟大作家相比，托尔斯泰有自己的独特性。比如，他非常反感莎士比亚的冷漠。莎翁笔下的人物都有自己独特的逻辑、生存哲学，但从这些人物的台词和独白中，我们无法听到作家的声音，而托尔斯泰的激情始终洋溢在他写的每一个场景中。他与陀思妥耶夫斯基也不同，后者的多元世界建立在多样的心理突变基础上，而且与莎士比亚一样，作家自己是不出面的。托尔斯泰则始终在叙述者的掌控下展开故事和人物。托尔斯泰能够以普通的第三人称叙述写出两种思想境界中的现实状况并且显示其对比。

2. 例证

仅举两例：

第一例，小说第一部第43章。经过对玛丝洛娃案的庭审，聂赫留朵夫承认了自己的罪，决定用行动去赎罪。这时玛丝洛娃的一个表现让他大感意外，动摇了他的决心。她在犯人会见中向聂赫留朵夫讨钱。

> "要知道，这是一个已经死去的女人了。"他暗想，瞧着那张从前妩媚可爱，可是现在却不干不净而且臃肿的脸，以及那对斜睨的黑眼睛里射出来的不正派的亮光，那对眼睛正盯紧副狱长和聂赫留朵夫的捏紧钞票的手。一时间他心里动摇了。
>
> 昨天晚上说过话的诱惑者，如今又在聂赫留朵夫的灵魂里说话了，照例引他不去考虑他应该怎么做的问题，却去考虑另外的问题：他的行动会造成什么后果，怎样做才能对他自己有利。
>
> "你对这个女人已经一点办法也没有了，"那个声音说，"你无非是把一块石头吊在你的脖子上罢了，这块石头会把你活活淹死，妨碍你去做对别人

有益的事。你不如把钱给她,把现在你身边的钱统统给她,然后向她告别,从此跟她一刀两断,这岂不更好?"他不由自主地暗想。

然而他顿时感到现在,就在眼前,他的灵魂里正在发生一种极其重大的变化。他感到他的内心生活目前仿佛放在摇摆不定的天平上,只要稍稍加一点力量上去,就能使天平往这一边或者那一边歪过去。他真就使出他的力量来,向昨天感到在他的灵魂里存在的上帝求援,上帝果然立刻在他的灵魂里响应他。他决定马上把一切话都对她说出来。

两个相反的聂赫留朵夫在这一小段描写中同时被活灵活现地展示,都很有理由,而且作家指出了未经洗礼的那个灵魂的思想逻辑的要害:"不去考虑他应该怎么做的问题,却去考虑另外的问题:他的行动会造成什么后果,怎样做才能对他自己有利。"工具理性取代了实践理性,而在目标处则放上了一个没有灵魂的自我。

第二例是关于玛丝洛娃的。

玛丝洛娃的内心经历了多次转变。一开始,她是一个天真无邪的美丽少女,纯洁,开朗。在经历了聂赫留朵夫的奸污和遗弃后,由愤怒、绝望转而自暴自弃,成了甘心情愿的妓女。但这种情况在聂赫留朵夫再次出现后得到了扭转,她内心经历了改变,复活,而成为一个新人。这些转变可以得到流畅的叙述,但是要把其中每一种心态中的世界及其区别表现出来,却非易事。在第一部第48—49章,聂赫留朵夫第二次去监狱探访已经被判罪的玛丝洛娃。玛丝洛娃仍然以自认倒霉、自暴自弃且已习以为常的态度对待他。她称自己的辩护律师为"老骚货",她为同监室狱友的冤案向聂赫留朵夫要求帮助,原因是以他的身份应该无所不能。对聂赫留朵夫要赎罪、要与她结婚的表示,她大感惊讶,认为这是愚弄她,利用她。她完全沉浸在自己的世界观里:现实的利害原则支配所有的判断,回避善恶。赎罪既没有利益也于事无补,是没有意义的事。细究之下,它只对聂赫留朵夫有间接的好处。这令她十分愤怒:"你打算用我来拯救你自己,你在尘世的生活里拿我取乐还不算,你还打算在死后的世界里用我来拯救你自己!我讨厌你,讨厌你那副眼镜,讨厌你那张肮脏的肥脸!你走开,走开!"她不愿意再被利用了。但是这些话触及了她的伤心之事,从而揭开了廉耻与善恶的盒盖,她无法再对此熟视无睹、习以为常:他并没有欠她的钱,他伤害的是她最初的良心,而现在他真的在忏悔。托尔斯泰写出了她此时的表现:对于聂赫留朵夫再次认真的忏悔,她既没有言行上的攻击,也没有嘲笑,而是一句话也没有地离开了会见室。回到囚室,她没有回答狱友的问题,面对墙呆呆地一直躺到了晚上。"她的心里在进行一种痛苦的活动。聂赫留朵夫对她所说的那些话,把她引到她在其中受过苦的那个世界里去了,而她不了解那个世界,痛恨它,早已从那里面走出来了。现在她已经不能再照原先那样忘掉一切,浑浑噩噩地生活下去,可是清楚地记住过去的事而生活下去,又未免太痛苦。"在这儿,托尔斯泰写出了一种挣扎、争夺中的矛盾心态,这种心态与玛丝洛娃少女时期、自暴自弃时期以及复活后的心态产生明显对比,通过他出色的想象力,人物的表现充满层次感。

3. 后果:强迫读者做道德选择

但是,托尔斯泰在这种深度上应用他的超凡想象力,产生了道德层面上的更大的效果。

我们注意到,小说男女主人公所陷入的每一种心态,似乎都是很有道理的。它们没有出现在一种统一的道德标准下,而是分别出现在各种不同的道德系统中。聂赫留朵夫原有的贵族生活有一套道德标准,它合法,也合理。他富裕,是因为继承了遗产,而这遗产来自为祖国(皇室)战斗过的祖先,是合法的,甚至是光荣的。他没有做违法的事,甚至还承担一定的社会责任:无偿地担当陪审员的工作。过舒适的生活,只要不违法,无可非议。他非要放弃财产吗？即使在玛丝洛娃这件事情上，他也顶多有愧疚，而且有愧疚说明他还有良心；他并不必须为玛丝洛娃成为妓女担责，玛丝洛娃成为妓女也有她自己的原因，并不是每一个有如此遭遇的人都选择当妓女。托尔斯泰成功地把我们引入聂赫留朵夫原有的心态中，这其实也是世俗的心态，是我们这个世界大部分人的心态，我们对此有着明显的认同。玛丝洛娃自暴自弃时期的心态又何尝不是如此？如果你已经不幸成了妓女，放弃一切的幻想吧，只有你自己能够为你着想，不要抱怨，不要感伤回忆，那都没有用，现实一点，赶紧弄点钱，你后半生的生活就靠它了。

托尔斯泰把我们引入我们一直在认同的已经被赋予正当性的道德观中间，然后，他写出了与之对比的复活了的聂赫留朵夫和玛丝洛娃。复活后的那种心态，我们虽然觉得崇高，得益于他超凡的想象力，却也写得那么切实可行，理所当然，难以回避和否认。（我们怎么能够否认道德理性高于工具理性？怎么能够否认爱能带来快乐？怎么能够否认未来和盼望很重要？）因此托尔斯泰以他富有想象力的描绘把我们推到一种境地：必须在两种道德境界之间做选择，无处逃遁，也无法折中。

三、史诗般的整体构造

1. 丰富生动的人物性格

托尔斯泰在塑造人物性格方面堪称大师。他的作品人物众多，且各有独特性格，这是他的小说，特别是长、中篇小说自始至终的特色。《战争与和平》一共写了五百多个人物，其中能够留给读者深刻印象的超过了三十个。

在《复活》中，重要人物也有数十个之多。这些人物涉及俄罗斯社会的各个阶层。托尔斯泰写到贵族阶层的人物就很多：有当今得势的，有已经失势但仍然装腔作势摆架子的；有淑女，绅士，也有无聊的贵妇、小姐；有居于莫斯科、圣彼得堡的政要，也有居于乡村的世袭贵族。托尔斯泰甚至写到了沙皇。而监狱的场景让他能够尽情展示俄罗斯社会最底层的民众：贫穷的农民，城市马车夫、仆役，监狱的狱卒，以及各级管理者的嘴脸，尽都一一展示。托尔斯泰借助于监狱，写到很多他接触并不很多的革命者，但是他能够把他们塑造得有血有肉，各不相同：有凭一腔热血献身革命口号的少年人，有一心减轻他人痛苦的牺牲者，也有利用革命的投机家。在小说结尾还出现了一个以自我为中心的宗教教义宣讲者。托尔斯泰让他们出现，进入到自己探讨的问题中，在这样做的时候得心应手，人物都栩栩如生。

2.严谨复杂的结构织体

与托尔斯泰其他长篇小说一样，《复活》的情节结构也是多线条的，但是编织得丝丝入扣，天衣无缝。

《复活》的主线是聂赫留朵夫的行动，但是其中穿插出许多新的情节线。例如玛丝洛娃的线索，贵族女友柯察金公爵一家的线索，战友谢列宁的线索，女革命者玛丽雅·巴甫洛芙娜的线索，等等。而每一个线索都有可能再生出较小的其他头绪。在穿插时，某一个被中断的线索，会在很远的地方再次显露出来，接续下去，或者被暗含在场面和情节中，形成很强的整体感。整部小说就像音乐中多声部的复杂的华彩乐章，以主音音乐的织体编织在一起，复杂丰富，而被一双技艺娴熟的手所掌控。

四、奇异化

1.什么是奇异化

"奇异化"是俄国形式主义文学理论家什克洛夫斯基提出的一个概念。他认为，文学的真正功能不是利用形象来作理性思维，而是提供一种前所未有的体验和感受。这种体验和感受的获得有赖于全新的写法，他称之为"奇异化"，即把熟悉的事物以陌生的方法写出来，这样，读者就不再是按照概念来理解所用的词语，而是用感觉来感受事物，阅读作品的过程就是感受事物的过程。具体的方法，一是不用熟悉的词语和写法，而用新鲜的、甚至人们从未见过的表达法，增加感受的难度；二是延长表述的过程，增加感受的长度。

什克洛夫斯基认为，奇异化写法的典范就是托尔斯泰：

> 列夫·托尔斯泰的奇异化手法在于他不说出事物的名称，而是把它当作第一次看见的事物来描写，描写一件事则好像它是第一次发生。而且他在描写事物时，对它的各个部分不使用通用的名称，而是使用其他事物中相应部分的名称。……任何一个很熟悉托尔斯泰作品的人都能找出几百个上述类型的句子。这种把事物从其环境中抽离出来看的方式，使托尔斯泰在晚期作品中剖析种种教规和仪式时，也对之采用奇异化的描写方法。他不使用习惯的宗教用语，而是用普通涵义的词，于是产生某种奇怪的荒诞不经的效果，被许多人真诚地看成是对神的亵渎，刺痛了许多人。这其实是托尔斯泰感受和叙述周围事物的一贯的同一手法。托尔斯泰式的感受动摇了托尔斯泰的信仰，触及了他久久不愿触及的事物。[1]

2. 奇异化在《复活》中的表现

从大的方面说，《复活》表现出来的思想对于普通人来说都是陌生和奇异的。关于审判的问题，社会公平的问题，罪与无罪的问题，幸福的问题，他的见解都独特无比。他的奇异化特别表现在他能够以一种颠覆了人们常识的大胆语句来表达他认识的真理。他说："我们是更危险更有害的人"[2]；他说，现政权消除犯罪的努力只是为了确保他们顺利搜刮人民财产[3]。任何人在

---

1 什克洛夫斯基：《散文理论》，刘宗次译，南昌，百花洲文艺出版社，1994年，第11—16页。
2 托尔斯泰：《复活》，汝龙译，人民文学出版社，1979年，第165页。
3 同上，第410页。

读到这些话的时候,都会被惊倒:"危险"和"有害"这些词从来不会用来形容第一人称主语。但是读到这个句子,读者都会看他讲下去:我们何以更危险更有害?结果我们不得不意识到他的结论的合理性和深刻性。这就是托尔斯泰艺术的力量。

从小的方面说,托尔斯泰的奇异化才能几乎贯穿在任何可能用到的地方,他确实有这方面的追求与兴趣。

我们举两个细节。第一个,聂赫留朵夫与玛丝洛娃初恋后,从部队回家探亲,去姑姑家探望玛丝洛娃。他的爱情重又被燃起。与玛丝洛娃去教堂礼拜后,他在门口等候她,从出门的千百信众中寻找她。他不是通过脸面、服饰、声音找到她的,而是罕见地通过头部,"可爱的头出现了"[1],这既显示了场面特点,即人群拥挤,只能看见头的上部;又表现了恋人间的吸引力:他们辨认对方的方法与众不同,即使看不见对方的面庞,也能通过其姿态及运动的韵律辨认出来。

第二个,小说尾部,聂赫留朵夫最后一次在监狱探视,看到犯人们的住处。托尔斯泰描写拥挤的程度说:"有三个人显然就连在过道上也找不到空地方,索性在前堂里一个臭烘烘的、从裂缝里渗出粪浆来的便桶旁边睡下了。其中,有一个是痴呆的老人,聂赫留朵夫常常在旅途上见到他。另一个是十来岁的男孩,躺在两个男犯人中间,把头枕在一个男犯人的腿上,一只手托着脸颊。"[2]相信任何人在读完这一段后,都会对犯人们睡在"一个臭烘烘的、从裂缝里渗出粪浆来的便桶旁边"印象深刻,极其刺激。

3. 奇异化的效果

首先是诡异。奇异化就是一种凭经验想不到的效果。它在接受中不那么顺畅,有点怪诞,但是因此也产生了强烈的、刺激性的感觉。它有一种

---

[1] 托尔斯泰《复活》,汝龙译,人民文学出版社,1979年,第76页。
[2] 同上,第563—564页。

对常态世界进行挑战的架势。

其次，它还特别自然贴切。经历诡异的经验后的境界的提升，使得曾经诡异的事物变得可以理解，不仅可以理解，而且成为新的整体世界中的有机组成部分。

五、纯属语言的艺术

最好的艺术家创造的都是纯属该项艺术的成就。它是无法用其他艺术语言言说的。

比如贝多芬用回旋曲式作的钢琴曲"献给爱丽丝"，那种爱情絮语，它无法用绘画、文学加以表达，我们甚至难以用语言来描述它所产生的那种效果，它是纯属于音乐的。如果我们不能听出其主旋律中那种由音乐表现出来的冲动，它每一个对比段落开拓的不同境界，以及它们向主调试探着回归时的那种暗示，最终回归时的那种归属感，我们就无法理解它。

又如毕加索"奔向海滩"一画中的那种豪情，其中的力度通过速度以及人体对大地施加的压力加以表达，而其速度又通过人体壮硕的实体感、跑姿的奔放加以表达。任何语言都无法描述这种力量与豪情，当然，它也不是音乐能够设想的。这造就了不可替代的绘画作品和伟大的画家。

我们只要翻开《复活》的第一部第一章开头的描写，就能够发现什么叫做文学的不可替代性：

尽管好几十万人麇集在不大的一块地方，千方百计把他们聚居的那块土地毁坏得面目全非，尽管他们把石头砸进地里去，不让任何植物在地上长出来，尽管出土的小草一概清除干净，尽管煤炭和石油燃烧得烟雾弥漫，尽管树木伐光，鸟兽赶尽，可是甚至在这样的城市里，春天也仍然是春天。太阳照暖大地，青草在一切没有锄绝的地方死而复生，不但在林荫路的草地上，甚至在石板的夹缝里长出来，绿油油的。桦树、杨树、樱桃树长出发黏的和清香的树叶，椴树上鼓起一个个快要绽裂的花蕾。寒鸦、麻雀、鸽子像每年春天那样已经在欢乐地搭窠。被阳光照暖的苍蝇沿着墙边嗡嗡地飞。植物也罢，鸟雀也罢，昆虫也罢，儿童也罢，一律兴高采烈。唯独人，成年的大人，却无休止地欺骗自己而且欺骗别人，折磨自己而且折磨别人。人们认为神圣而重要的不是这个春天的早晨，也不是上帝为造福众生而赐下这个世界的美丽，那种使人趋于和平、协调、亲爱的美丽；人们认为神圣而重要的却是他们臆想出来借以统治别人的种种办法。

这是关于春天的描绘，它像一幅图景，但是只有文学可以这样写，因为它使用的是语言。它并不能被画出来，它也无法被拍成电影。花蕾、寒鸦、麻雀、鸽子可以被拍摄出来，也可以被画出来，但是我们无法拍摄出和画出"尽管"以及"春天也还是春天"这两个表述，而这两个表述是这一长段文本的主旨，因为托尔斯泰要表明的不是那些事物，而是一个被人类贪欲毁坏了的世界，它仍然有上帝播撒的善、和谐与美丽的痕迹。这段文本要表现的对比必须在这样的句式中才能成立。这与他在《安娜·卡列尼娜》开头处所做的一样。"幸福的家庭都是相似的，不幸的家庭各有各的不幸"，这两句在全世界已拍摄的所有版本的《安娜·卡列尼娜》的电影、电视剧里都付诸阙如，而这两句实在是该小说画龙点睛之笔。

托尔斯泰展示了何为语言艺术。他的艺术是不可复制的，不可改编的。

第四节　小结与讨论题

一、小结

托尔斯泰是一位令人信服的语言艺术家，他的每一句话都有刺激性，都能点亮事物，令事物摆脱昏昏欲睡的状态。在《复活》中，他也用语言建造了一个复杂、严谨、层次清晰的叙事体，其中每一个细部都功能突出，并且恰当地镶嵌在作品整体中。

不过，更重要的是，托尔斯泰无与伦比的艺术与他伟大的思想探索结合在一起，他的语言激发了人们对这个世界的疑问和兴趣，他也构造了一个纯属他自己特有的精神的道德的世界本身。他从这个探索得出的最终结论，就是《圣经》的真理，特别是"马太福音"的真理。《复活》就是这方面具有标志性的成果。

《复活》涉及的是关于爱情与诱奸的老题材，但是托尔斯泰在其中用令人警醒的方式，奇异化的方式，说出了人们灵魂中一直习以为常、实则耸人听闻的罪恶，这些罪恶既与个人有关，也与整个社会（它的指导原则、制度、意识形态）有关。托尔斯泰并不只是揭露，就像很多批判现实主义作家那样，他非常清楚真理何在，他把《圣经》倡导的爱与和谐作为最高的理想。聂赫留朵夫在小说最后一章完全沉浸在"福音书"的话语中，以这样的方式结尾，被许多评论认为是败笔，是托尔斯泰不切实际的表现。但是如果我们要接受托尔斯泰的艺术，就必须接受这一章，因为这才是一个典型的托尔斯泰。他说过，实施这一切的确不那么容易，他认为他自己就失败了，没能做到其中的千分之一。但是，他说，这才是理想。理想是一个灯塔，它是用来照耀的，灯塔放射的光芒，一丝一毫也不能减弱，不能打折扣；有灯塔，才有方向，失败也能被接受。在这个意义上，托尔斯泰不仅是一个伟大的批判现实主义作家，也是伟大的理想主义者。他拥有一种无法被击败的理想。

二、讨论题

1. 扉页引用的每一段经文分别说明故事的哪些含义？

2. 以《圣经》的立场对聂赫留朵夫与玛丝洛娃爱情关系的演变加以分析，解释《圣经》对于男女爱情的观点。

3. 聂赫留朵夫的内心改变是从哪儿、以什么方式开始的？改变前后他看待他人和事情有何不同？

4. 聂赫留朵夫为什么能够接受玛丝洛娃在监狱医院可能的再次堕落？

5. 第二部第23章描写了谢列宁的困惑，联系全书，谈谈这种困惑说明了什么。

6. 文学重细节描写，您对《复活》中哪些（类）细节印象最深？为什么？

7. 分析法官、检察官、陪审员以及上诉过程中京城各级权力人物在玛丝洛娃案件审理中的言行表现，指出作者想要表达的意思。

8. 全书有几处对监狱（包括男监和女监）中各种囚犯的具体描写？托尔斯泰借此要说明什么？

9. 聂赫留朵夫认为造成社会可怕现实的原因是什么？他认为拯救的药方又是什么？

10. 许多人认为现世司法制度的存在和实施制止了犯罪，保护了人们的正常生活和社会秩序；但托尔斯泰却认为社会及其秩序之所以能存在下来，是因为人们仍然相怜相爱。你怎么看？

11. 托尔斯泰小说喜欢议论。试举书中任何一两段较长篇的议论（包括小说人物的议论），分析它在小说中的功能和效果。

12. 按托尔斯泰的描写，个人怎样才能幸福？借小说中的人物加以说明。

13. 书名《复活》表达了什么意义？

第三章 陀思妥耶夫斯基的《圣经》文学

第一节 陀思妥耶夫斯基的思想历程与文学成就

一、陀思妥耶夫斯基的生平与文学成就

1. 生平

费多尔·米哈伊洛维奇·陀思妥耶夫斯基1821出生于莫斯科一个军医家庭。

1837年母亲死于肺结核，1838年父亲被农奴打死。他和弟弟按父亲遗愿考入彼得堡军事工程学校。

1847年陀思妥耶夫斯基对空想社会主义感兴趣，参加了彼得拉舍夫斯基小组的革命活动。同年果戈理发表《与友人书信选》，别林斯基撰写《给果戈理的一封信》对其观点给予驳斥。陀思妥耶夫斯基寻找到该文的手抄本在活动小组上朗读。1849年4月23日因参加彼得拉舍夫斯基小组活动而被捕，被判处死刑，并于12月22日在谢苗诺夫校场举行死刑仪式。他与其他犯人穿上白色的尸衣，三人编为一组，准备分组依次被处决；在行刑之前的一刻被改判成流放西伯利亚四年。

在西伯利亚他遇到一个女子,给了他一本福音书,使他的思想发生了巨变。

1854年陀思妥耶夫斯基被释放,但是被要求必须在西伯利亚服役。1857年第一次结婚,妻子玛利亚·D.伊萨耶娃。1858年他被提升为少尉,从此可以有自己的时间来思考与写作。1859年底获准返回圣彼得堡,开始了密集的文学创作与发表活动。1864年第一任妻子去世。1867年与自己的写作伙伴、女速记员安娜·斯尼特金娜结婚。1877年陀思妥耶夫斯基当选为科学院俄罗斯语言文学通讯院士。繁重的创作损害了陀思妥耶夫斯基的健康,终于1881年因血管破裂去世,享年60岁。弥留前妻子为他朗诵《圣经》。葬于圣彼得堡。他与安娜·斯尼特金娜育有二子二女,其中一个女儿和一个叫阿辽沙的儿子先后夭折。

陀思妥耶夫斯基晚年面临的生存境况是缺钱和成名的共存。

他总是缺钱,因为他不仅要赡养自己的家庭、孩子,还要赡养前妻带来的孩子,以及哥哥去世后留下的孩子;他有一段时间沉溺于赌博,输掉不少钱;他不会理财,又乐善好施。

成名使得他有许多稿约和稿费预支。为挣钱他允诺了过多的预约,同时写几部作品;但他对写作一丝不苟,要求极严,因此健康受到极大损害。

2. 文学成就

陀思妥耶夫斯基最早尝试文学创作是1840年,写作了两部历史悲剧《玛利亚·斯图亚特》和《鲍里斯·戈东诺夫》;最早发表的文学作品是一部译作,1843年,他将巴尔扎克的《欧也妮·葛朗台》译成俄文。1844年退伍后,他结识了当时的俄罗斯著名诗人涅克拉索夫。1845年写出处女作小说《穷人》,在涅克拉索夫主编的《彼得堡文集》显著位置发表,广获好评,一举成名。《穷人》与果戈理的作品主题相似,作者因而被很多评论者誉为"又一个果戈理",但是小说的写法刺激了许多人的内心,引起激烈反应，包括谩骂。当时年仅 24 岁的陀思妥耶夫斯基很有信心地知道自己找到了一条不同于果戈理的道路，他借用别林斯基对《穷人》的评论说："我向纵深发展，通过对原子的分析抓住整体。而果戈理则直接抓住整体，因而不像我那样深刻。"[1] 深刻的心理分析，这就是他以后作品的主要特色。

在流放西伯利亚之前，他主要发表一些中短篇小说，著名的还有《双重人格》《白夜》等。从西伯利亚回到彼得堡后，他开始密集发表作品。1859 年发表中篇小说《舅舅的梦》；1860 年开始发表纪实作品《死屋手记》，该书描写监狱生活及犯人形象，再次震撼文坛甚至政界，获得托尔斯泰、屠格涅夫、赫尔岑等人激赏。1861 年开始在他与长兄合办的《时报》杂志连载其第一部长篇小说《被侮辱与被损害的》。1864 年，又一部重量级作品《地下室手记》问世，把他的心理分析能量推向高峰。1866 年，《罪与罚》出版，被视作近代世界推理小说鼻祖。因受到普遍欢迎，出版社催稿，陀思妥耶夫斯基改以口述，同时口述三篇不同小说，让速记员记录。1867 年，中篇小说《赌徒》出版。1868 年完成著名长篇小说《白痴》。1869 年开始构思《卡拉马佐夫兄弟》。1872 年陀思妥耶夫斯基完成了长篇小说《群魔》。1875 年开始发表长篇小说《少年》。1880 年发表了最后的也是公认的他最伟大的杰作《卡拉马佐夫兄弟》。1881 年准备写作《卡拉马佐夫兄弟》下部，但终因患病不治而逝世，给世界文坛留下了永远的遗憾。

二、陀思妥耶夫斯基的上帝——恩典与爱

为了理解陀思妥耶夫斯基小说与《圣经》的关系，需要了解陀思妥耶夫斯基心目中的上帝。

陀思妥耶夫斯基的上帝，一言以蔽之，就是施恩典的神。

---

[1] 陀思妥耶夫斯基致米·米·陀思妥耶夫斯基的信，1846 年 2 月 1 日。《陀思妥耶夫斯基集》，徐振亚主编，花城出版社，2008 年，第 297 页。

1. 无法靠理性接近上帝

如果是神的恩典让人得救，那么人与神的关系就不是智力上的和理性的，无法通过理性思考来维系。陀思妥耶夫斯基有一句名言：如果真理与基督无关，那我宁愿与基督而不是真理在一起。这句话一直以来为人引用，说明他信仰的特点。我们把它的上下文摘引如下：

> 我是时代的产儿，直到现在，甚至（我知道这一点）直到进入坟墓，都是一个没有信仰和充满怀疑的孩童。这种对信仰的渴望使我过去和现在经受了多少可怕的折磨啊！我的反对的论据越多，我心中的这种渴望就越强烈。可是上帝毕竟也偶尔赐予我完全宁静的时刻，在这种时刻我爱人，也认为自己被人所爱，正是在这种时刻，我心中形成了宗教的信条，其中的一切对于我来说都是明朗和神圣的。这一信条很简单，它就是，要相信：没有什么能比基督更美好、更深刻、更可爱、更坚毅和更完善的了，不仅没有，而且我怀着忠贞不渝的感情对自己说，这绝不可能有。不仅如此，如果有谁向我证明，基督存在于真理之外，而且确实真理与基督毫不相干，那我宁愿与基督而不是与真理在一起。[1]

在这儿，陀思妥耶夫斯基表达了他对自己信仰上可能的软弱的担心，但是他特别强烈地感到信心缺失时的不安和恐惧，这使他觉得那时更加需要上帝。他表明，对上帝的信仰源于依赖和情感上安宁的需要，对上帝只有接受或不接受两种态度。上帝之所以为人接受，固然也因为他正确，但最重要的是因为他的无与伦比的爱，被爱的人受到感动，才能接近并接受上帝。所以仅靠理性思考是无法接近上帝的，因为这不是上帝与人接触的

---

[1] 陀思妥耶夫斯基致娜·德·冯维辛娜的信，1854年2月下旬。《陀思妥耶夫斯基集》，徐振亚主编，花城出版社，2008年，第311页。

方式。

在小说《白痴》中，他借梅什金公爵之口更直接地表达了这层意思。梅什金公爵对罗果仁说，他从一位妇女身上学到很多：

> "你在想什么，大嫂？"（那时我什么都爱问。）她说："做母亲的第一次发现自己的孩子在笑，心里有多么高兴；上帝每一次看到有罪的凡人真心诚意地跪在他面前做祈祷，我想一定也是那么高兴。"这是一个乡下女人对我说的，原话同这差不多，他说出了非常深刻、非常精细而又真正是宗教的思想，一下子表达了基督教的全部精神实质：上帝好比我们的父亲，上帝喜欢人犹之乎父亲喜欢自己的亲生孩子——这个概念正是基督最根本的思想！一个普通的乡下女人！是的，她是母亲……谁知道，也许这女人就是那个士兵的妻子。听我说，巴尔菲昂，刚才你向我提出一个问题，这就是回答：宗教感情的实质同任何错误或犯罪行为、同任何无神论都不相干；这里头不是那么个问题，永远不是那么个问题；这里头的问题各种各样的无神论永远只会擦着滑过去而永远不能说到点子上。[1]

上帝是一种爱，而无神论是一种理性论证，陀思妥耶夫斯基的上帝与理性不相干。就是说，无神论论证得再好，它与信仰无干，信仰不是一件论证的事；当然，反之，论证也不能给人带来真正的信仰。

2. 恩典的前提：认罪和宽恕

按《圣经》，只有意识到自己不配，上帝的恩典才是恩赐。所以，认罪，求得宽恕和宽恕他人，是接受恩典的前提。陀思妥耶夫斯基深谙这个奥秘，他把认罪和宽恕视作信仰中也是他小说人物中正面形象的一个突出素质。

---

[1] 陀思妥耶夫斯基：《白痴》，荣如德译，上海译文出版社，1991年，第203页。

《卡拉马佐夫兄弟》中的阿辽沙,因为佐西马长老的死以及未现奇迹而心情不好,他怀着破罐子破摔的态度去"荡妇"格鲁申卡那里,但却意外受到了后者的同情和关爱。阿辽沙说,格鲁申卡宽恕了自己,他特别提到说"她在爱人这一方面高出于我们之上",自己则是"最渺小的","我和她相比算得了什么"[1]。这种忏悔和接受宽恕之心引起的是对方与自己和睦并且一起体验上帝恩典,在这种情绪下,格鲁申卡的自尊和感动都被激发了。同样的例子也出现在后面将要提及的卡捷琳娜与德米特里相互的忏悔和宽恕。法国作家安德烈·纪德说:"陀思妥耶夫斯基的绝大多数人物,常常在不知什么时候,会以一种异乎寻常的、不合时宜的方式强烈地要求去忏悔,去恳求他人饶恕,哪怕人家有时甚至不知道是怎么一回事。他们需要把自己贬低到比别人更加卑微低贱的地步。"[2]然后流着眼泪与对方拥抱、亲吻。因为只有在认罪和求得饶恕的过程中才能体会上帝的恩典。陀思妥耶夫斯基在生活中,自己也是这么做的,例如他在书信中谈及自己的赌博恶习时(见下文"佐西马长老系列"一节),以及他与屠格涅夫的一次交往(详见安德烈·纪德《关于陀思妥耶夫斯基的六次讲座》中的第二讲)。

3. 白得的爱

托尔斯泰非常执著地努力践行"马太福音"中耶稣的教导,他也觉得自己不配,但是他没有欣然接受来自神的恩赐,而是忧心忡忡,唉声叹气,觉得自己不配得恩典,看到的是自己的缺陷。陀思妥耶夫斯基的理解是,既然恩典不是人努力得来的,那就应该欣然接受,充满欢欣与喜乐,心安理得,就像自己该得的,白得的。

---

[1] 这些话见陀思妥耶夫斯基:《卡拉马佐夫兄弟》,耿济之译,人民文学出版社,1981年,第532—533页。
[2] 安德烈·纪德:《关于陀思妥耶夫斯基的六次讲座》,余中先译,广西师范大学出版社,2006年,第63页。

所以陀思妥耶夫斯基小说的人物能够奇怪地把自己有罪的意识与得救的强烈信心结合得天衣无缝。在《罪与罚》里，索尼雅的父亲马尔美拉陀夫在旁人看来简直就没治了，他酗酒，被酒精毁了一切，偷盗自己家里的钱，不顾年幼的儿女和患病的妻子，甚至默许女儿成为妓女，为家里挣钱。但是他对自己得救很有信心，他认为最后的日子耶稣将会把他拉到自己的怀抱里，享受救恩。别人把他这种想法视作痴心妄想，但他深信不疑。

如果恩典是白得的，那就不是靠自己努力得来的；恩典之为恩典，就在于白白的享受，但是人得认罪。

三、陀思妥耶夫斯基小说的艺术特点

陀思妥耶夫斯基声言，他一辈子魂牵梦萦并为之苦恼的问题是上帝的存在问题。陀思妥耶夫斯基写小说就是在寻找这个问题的答案。他的这个问题具体化为上帝如何在现实中存在，为此他用小说探讨人心这个上帝的住所：对上帝的接纳与拒绝，在人的内心是如何运作的？

与这种探索相适应，形成了陀思妥耶夫斯基小说的艺术特点。

1. 复调或对话

用"复调"概括陀思妥耶夫斯基的小说艺术，是 20 世纪俄罗斯文学理论家米哈伊尔·巴赫金的发明。虽然巴赫金对这一理论的阐发并不完全合乎陀思妥耶夫斯基作品的实际情况，但是这仍然是一个能够说明陀思妥耶夫斯基小说艺术特色的关键词。

复调是一种音乐作曲风格，它用不同的旋律构成音乐中不同的声部，通俗地讲，它使两个以上不同的旋律同时进行。为了显出同一性，这些不同的旋律常常是对位的。这种音乐的优势就是多元化，因为性质不同的旋律同时进行，是对于世界的复杂性的一个很好的隐喻。它也会碰到困难，主要是理解上它不如主调音乐（和弦只起伴奏的作用）那么平白。

复调小说，就是小说中表现的思想是多元的，它们之间互相竞争，平等对话，而不是像通常大部分独白型小说中那样形成主配角关系，突出主旋律。巴赫金认为，陀思妥耶夫斯基写的都是思想的人，他们用思想生活，每一个人就是一个思想，他们让自己所秉持的观点活了出来。"一进入他的复调小说，思想家陀思妥耶夫斯基的思想就改变自身的存在形态，转变为思想的艺术形象了：它们与人的形象（索尼雅、梅思金、佐西马等人的思想）结合成不可分割的整体，从自身独白的封闭完成状态下获得了解放，整个被对话化了，并以跟其他思想形象（拉斯科尔尼科夫、伊万·卡拉马佐夫等人的思想）完全平等的权利投入到小说的大型对话里。"[1] 作为艺术家的陀思妥耶夫斯基，天才地让各种不同的思想平等、充分地展开了它们自身，而由于这些思想都活了，它们有说服力，互相竞争。

这的确是陀思妥耶夫斯基小说艺术的重要特色。他作品中各个人物的思想，甚至同一个人的各种相互冲突的思想会相互争论，相互请教。前者如《卡拉马佐夫兄弟》中伊凡与阿辽沙在酒楼上的著名对话，伊凡酣畅淋漓地演示了无神论的思想魅力，而阿辽沙以完全不同的语调和力量演示了生活和信仰的另一种场景；又如《罪与罚》中索尼雅与拉斯科尔尼科夫同样的对白。后者如《地下室手记》中的主人公，他能够以两种相反的态度对待一个女子，而且，作品令人信服地表明，任何偶然因素都能够让他从一面转向另一面，而且每一面都是尽情的、真实的；其实《卡拉马佐夫兄弟》中的伊凡和斯麦尔加科夫的内心也住着两个人格。

复调对于艺术家的陀思妥耶夫斯基是一种独创，通过这种风格，他开创了能够容纳不同基调的思想和复杂冲突的小说类型；而对于思想家的陀思妥耶夫斯基，复调则是一种精心的写作策略，它让真理在真枪实弹的竞争中展示自己的真理性，也让谬误在尽情发挥中碰壁，伊凡和拉斯科尔尼

---

[1] 米哈伊尔·巴赫金：《陀思妥耶夫斯基诗学问题》，刘虎译，中央编译出版社，2010年，第100页。

科夫最终都遇到了这种情况。

2. 深刻的心理揭示

陀思妥耶夫斯基小说的另一个艺术特点就是深刻的心理揭示。

前文引用了他在第一篇成功的小说《穷人》发表后给他哥哥的信中的话:"我向纵深发展,通过对原子的分析抓住整体。而果戈理则直接抓住整体,因而不像我那样深刻。"这句话不仅说出了他作品的表面观感,也表达了他的艺术追求。

任何读者都能够很容易地看到他在心理揭示上与众不同的深度和特点,而且,看来他也充分发挥了自己的这个特长。比如《罪与罚》,被誉为近一百多年世界谋杀类侦探小说中"最出色的"[1],其中最重要的原因之一,是它的侦破过程完全是心理式的,刑侦史上的另类侦破方式。侦探波尔菲里对拉斯科尔尼科夫的讯问从思想和心理分析入手,用心理武器与嫌疑人斗智斗勇并且瓦解对方,以致已经与拉斯科尔尼科夫产生心理认同的读者读这些过程的时候有心惊肉跳的感觉。

不过陀思妥耶夫斯基的写作当然不只是为了产生心理效果,那么他在信中声称自己已经抓住的这个"原子"到底是什么,它何以导向人的内心深处?

陀思妥耶夫斯基抓住的是人内心中两种相反力量(邪恶与善良)的共存这一点。安德烈·纪德说:"他的人物毫不顾及性格的一致性,他们乐于向其天性尚能容忍的一切矛盾、一切否定面让步。"[2] "主人公从未像他在夸大自己的恨时那么接近爱"[3]。拉斯科尔尼科夫的疯狂和残忍(杀了两个无辜

---

[1] 见哈罗德·布鲁姆:《如何读,为什么读》中对《罪与罚》的分析,尤其见第181、187页等,黄灿然译,译林出版社,2011年。
[2] 安德烈·纪德:《关于陀思妥耶夫斯基的六次讲座》,余中先译,广西师范大学出版社,2006年,第84页。
[3] 同上,第88页。

的人），与他深刻的同情心（对马尔美拉陀夫、索尼雅等），二者很难相容，但却真实地集于他一身；德米特里一方面恋爱卡捷琳娜，一方面又恨她，卡捷琳娜对德米特里也是如此。在陀思妥耶夫斯基的人物中差不多都聚集着这种互相矛盾的个性。它们何以能够集于一人，这是无法解释的。但是读者往往被这种矛盾激怒，因为它是如此真实，令人不能不认同。陀思妥耶夫斯基仿佛让我们体验了我们自己身上实际上也存在但我们在理性上还不知道或不承认的这种内心倾向。他的方法是细致描写每一种情绪来临时的思想和行为的具体过程，它们的动作和反应、转折，使得这个过程能够被每个人所经历，其走向虽不能被人理解，却合乎情理。这种致力于诉诸读者认同的笔触就产生了一种深刻的心理揭示的效果。

四、对陀思妥耶夫斯基的评价

今天，陀思妥耶夫斯基已被公认为具有全球影响力的最好的两个俄罗斯作家之一（另一个是托尔斯泰）。

尼采在首次读到陀思妥耶夫斯基的《死屋手记》后对他大为赞叹，把他列为影响自己思想的三个里程碑式的作家之一，其他两个是叔本华和司汤达。他说他敬爱陀思妥耶夫斯基，后者给了他高深的基督信仰理论。陀思妥耶夫斯基的心理描写给了他非常深刻的印象："陀思妥耶夫斯基是我从之学到一点东西的唯一一位心理学家，他是我生命中最美好的幸遇之一，甚至要超过我之发现司汤达。这个深刻的人有十倍的权利蔑视肤浅的德国人"[1]。

在俄罗斯（包括苏联），对陀思妥耶夫斯基的评价呈现了一个曲折的过程。陀思妥耶夫斯基在世时，他曾经得到诸多同行的激赏，如别林斯基、涅克拉索夫、赫尔岑、屠格涅夫等。托尔斯泰在看到他的《死屋手记》后给予高度评价，说："我认为在包括普希金在内的整个新文学中，再也没有

---

[1] 尼采：《偶像的黄昏》，周国平译，光明日报出版社，2001年，第94页。

比这本书更好的书了。书中的观点令人惊叹：真挚而朴实，符合基督教精神。这是一本富有教益的书。"[1] 俄罗斯著名哲学家别尔加耶夫称陀思妥耶夫斯基为自己的"精神之父"[2]。但是到苏联时期，由于其保守的政治态度，陀思妥耶夫斯基遭到贬斥。即使如此，人们对于他的艺术成就仍然是承认的。高尔基认为，托尔斯泰和陀思妥耶夫斯基是对自己祖国有过不好影响的人，但就艺术才能而言，是堪与但丁、莎士比亚、歌德等媲美的伟大作家。苏联时期，米哈伊尔·巴赫金对陀思妥耶夫斯基的研究最为著名，他发现陀思妥耶夫斯基创造了一种全新的艺术思维形式，称"陀思妥耶夫斯基是艺术形式领域里最伟大的革新者之一"[3]。直到20世纪后期，陀思妥耶夫斯基才在俄罗斯再次受到极大重视。

在欧美，陀思妥耶夫斯基在他死后不久就开始闻名。德国是首先重视他的国度，后来他的影响在法国、英国等相继蔓延。安德烈·纪德把他誉为19世纪后欧洲最伟大的人。"应该将他，陀思妥耶夫斯基，而不是托尔斯泰，与易卜生和尼采并列。他跟他们同样伟大，也许还是三人中最重要的一位。"[4] 而20世纪下半叶开始，西方学界对他的兴趣又有持续高涨之势，发现他的思想与艺术与20世纪的一些重大理论问题如形而上学、心理分析、存在主义、叙事学甚至政治学有着密切联系，为这些领域提供了重要思考线索和养料。

在中国，鲁迅的评论是最为著名的，直接抓住了陀思妥耶夫斯基创作的要害。鲁迅把陀思妥耶夫斯基誉为"残酷的天才"："陀思妥夫斯基

---

[1] 托尔斯泰：1880年9月26日给斯特拉霍夫的信，转引自王健夫作中文版《死屋手记》译后记，见《死屋手记》，人民文学出版社，1981年，第386页。
[2] 见尼古拉·别尔加耶夫：《陀思妥耶夫斯基的世界观》前言，耿海英译，广西师范大学出版社，2008年。
[3] 米哈伊尔·巴赫金：《陀思妥耶夫斯基诗学问题》；刘虎译，中央编译出版社，2010年，第1页。
[4] 安德烈·纪德："从《书信集》看陀思妥耶夫斯基"，见安德烈·纪德：《关于陀思妥耶夫斯基的六次讲座》，余中先译，广西师范大学出版社，2006年，第1页。

将自己作品中的人物们，有时也委实太置之万难忍受的，没有活路的，不堪设想的境地，使他们什么事都做不出来。用了精神的苦刑，送他们到那犯罪，痴呆，酗酒，发狂，自杀的路上去。有时候，竟至于似乎并无目的，只为了手造的牺牲者的苦恼，而使他受苦，在骇人的卑污的状态上，表示出人们的心来。这确凿是一个'残酷的天才'，人的灵魂的伟大的审问者。"[1] 又说："他把小说中的男男女女，放在万难忍受的境遇里，来试炼它们，不但剥去了表面的洁白，拷问出藏在底下的罪恶，而且还要拷问出藏在那罪恶之下的真正的洁白来。而且还不肯爽利的处死，竭力要放他们活得长久。而这陀思妥夫斯基，则仿佛就在和罪人一同苦恼，和拷问官一同高兴着似的。"[2] 这些评论准确把握到陀思妥耶夫斯基小说的心理学深度。在另一方面，鲁迅也对其基督信仰做出了实事求是的评论："不过作为中国的读者的我，却还不能熟悉陀思妥夫斯基式的忍从——对于横逆之来的真正的忍从。在中国，没有俄国的基督。在中国，君临的是'礼'，不是神。百分之百的忍从，在未嫁就死了定婚的丈夫，坚苦的一直硬活到八十岁的所谓节妇身上，也许偶然可以发见罢，但在一般的人们，却没有。忍从的形式，是有的，然而陀思妥夫斯基式的掘下去，我以为恐怕也还是虚伪。因为压迫者指为被压迫者的不德之一的这虚伪，对于同类，是恶，而对于压迫者，却是道德的。但是，陀思妥夫斯基式的忍从，终于也并不只成了说教或抗议就完结。因为这是挡不住的忍从，太伟大的忍从的缘故。人们也只好带着罪业，一直闯进但丁的天国，在这里这才大家合唱着，再来修练天人的功德了。只有中庸的人，固然并无堕入地狱的危险，但也恐怕进不了天国的罢。"[3] 在这儿，鲁

---

[1] 鲁迅："《穷人》小引"，见《集外集》，人民文学出版社，1973年，第85—86页。
[2] 鲁迅："陀思妥夫斯基的事——为日本三笠书房《陀思妥夫斯基全集》普及本作"，见《鲁迅全集》第六卷，人民文学出版社，2005年，第425页。
[3] 同上。

迅坦言自己不熟悉基督，也不懂陀思妥耶夫斯基忍从的哲学，而忍从是他一直批判的中国虚伪害人的礼教要求人们去做的。不过他肯定了陀思妥耶夫斯基在信仰上的真诚，也指出基督的忍从是"太伟大"了，不是封建礼教的所要求的忍从可以比拟的。

第二节 《罪与罚》及其主题

一、《罪与罚》简介

1. 故事简介

《罪与罚》的主要故事是19世纪60年代发生在彼得堡的一桩谋杀案。大学生拉斯科尔尼科夫由于贫困而辍学，生活没有着落以至于经常挨饿。不过他思考人生的大问题，并不屑于为吃喝而去谋家庭教师或出版社校对之类的职业。他给自己设计了一条不按常规的人生道路：劫杀阴险刻薄、发不义之财的当铺老板娘，用劫来的钱财为自己未来拯救人类的大事业服务。作案过程一波三折，老板娘被杀后，她的表妹、老实善良的丽扎韦塔意外闯入，拉斯科尔尼科夫不得已也将后者杀害，逃离现场时差点遭遇诸多见证人。案件的侦破也一波三折，警察局侦探波尔菲里只是根据观察和心理分析及言语交锋而认定拉斯科尔尼科夫是罪犯，但并没有明显的人证物证可供落实，其中还出现了另一位在现场者主动认罪的插曲。于是出现了这样的局面：如果贸然抓住拉斯科尔尼科夫并且起诉，波尔菲里将没有过硬的证据进行指控。拉斯科尔尼科夫偶然结识的妓女索尼雅促使他主动投案自首，这导致了案件顺利告破。法庭基于各种迹象认为罪犯主观恶意不大且其精神有问题，轻判他去西伯利亚服刑八年。

索尼雅跟随拉斯科尔尼科夫去了西伯利亚。在那儿，拉斯科尔尼科夫被索尼雅的爱，也是来自福音的爱所感动，终于明白此前自己的人生哲学症结所在，决心洗心革面，重获新生。

　　穿插于故事主线的还有索尼雅与其父马尔美拉陀夫、以及继母卡杰琳娜的故事；拉斯科尔尼科夫的妹妹杜尼雅与曾经的未婚夫卢仁的故事，她与做家庭教师时觊觎她的东家斯维德里加伊洛夫的纠葛，以及与最终她向其托付终身的拉祖米兴的故事。所有这些故事情节围绕的中心就是人的罪，对于罪的惩罚，以及拯救。

2. 某些素材来源

陀思妥耶夫斯基曾经提及过的《罪与罚》的素材包括：

从报刊上读到的1830年代法国的皮埃尔·弗兰苏阿·拉辛聂耳案件。该案主犯出身卑微，贪图享受，最终杀人，却辩解说自己是时代的牺牲品。

1864年，莫斯科一位大学生扬言要捣毁邮局、杀死邮政人员，遭大学开除；另一位神学生奸淫并且杀害了与他约会的女孩。这两位都是受过良好教育的知识分子，最终成为杀人（及未遂）犯，这与陀思妥耶夫斯基思考本小说的主题（杀人的道义理由）有关。

1865年8月，报载商人格拉西姆·契斯托夫的儿子用斧子砍死两个女子：一个厨子和一个洗衣妇，抢夺了他们的钱财。

陀思妥耶夫斯基通过报道了解到这些案件。不过，上述素材对于小说故事的作用只是涉及人员类型（大学生，知识分子）和犯案外观（用斧子砍人，杀了两个人），对于主题并不重要。

《罪与罚》是1866年一月开始在当时的《俄国导报》连载的，这以后，俄国多家报纸报道了发生在莫斯科的一个案件：大学生达尼洛夫杀死高利贷人波波夫和他的仆人诺尔德曼。小说和真事的相互关系在这儿被逆转：这成了追随陀思妥耶夫斯基的小说而行的一件谋杀案。这是对小说故事起源于真实事件原型的思维定式的一个颠覆。陀思妥耶夫斯基说"我们的理想主义曾经预测到了现实"[1]，指的就是《罪与罚》发表后发生的这个案件。小说不是复述一件已经发生的事，而是发掘事情的理由，这个理由才是事情发生的原因，只要它还存在着，这类事情仍然会再发生。这种再发生的事，作为后置的素材，证明了作品对于生活事件的积极作为。（如果人们不像拉斯科尔尼科夫在小说尾声中那样接受恩典与爱，此类杀人理由及谋杀案仍然会层出不穷。）

二、《罪与罚》的几个重要主题

《罪与罚》以谋杀案为题材，但是陀思妥耶夫斯基并不是为了展示罪行的奇特、血腥、耸人听闻。他在一封信中说，这部小说"暗示了一种思想，就是刑法对罪行的惩罚远不如立法者所想象的那样能威慑罪犯，部分原因是罪犯本身在道义上要求接受惩罚"[2]。拉斯科尔尼科夫，以及其他类似的人，当他们实施谋杀的时候，道义上的问题何在？他们如何把自己的行为合法化？这种合法化论证如果是符合人间常理的，特别是其个例在人类历史中屡见不鲜，那又如何？从罪的论证与罚的裁量的角度思考谋杀问题，往前走入绝境，转而进入基督的救赎，是《罪与罚》的基本主题。

1. 罪

A. 拉斯科尔尼科夫

拉斯科尔尼科夫是小说的男一号主人公，他主导着这个故事及其主题。围绕在他周围还有一些其他人，他们共同展开了罪的主题。

a. 谋杀之罪

拉斯科尔尼科夫犯了谋杀之罪，但这不是无可争议的。在最后的救赎

---

[1] 陀思妥耶夫斯基致阿·尼·迈科夫的信，1868年12月23日。《陀思妥耶夫斯基集》，徐振亚主编，花城出版社，2008年，第347页。

[2] 陀思妥耶夫斯基1865年致卡特科夫的信。转引自 Г.Б.波诺马廖娃《陀思妥耶夫斯基：我探索人生奥秘》，张变革、征钧、冯华英译，商务印书馆，2011年，第135页。

到来前，他本人对自己被定罪就不服。他有一套说辞。

"在哪一点上，在哪一点上，"他心里想，"我的思想要比这个世界诞生以来所产生的为数不少、互相抵触的其他思想和理论更愚蠢？只要抱不偏不倚、目光远大而不囿于习俗的观点来看问题，那么，不消说，我的思想根本就不是那么……奇怪的了。唉，否定者和不值几文钱的哲人们，你们为什么半途而废呢！"

"为什么他们认为我的行为是那么荒唐呢？"他自言自语，"这是因为我的行为是暴行吗？暴行这个词儿是什么意思啊？我问心无愧。当然，我犯了刑事罪；不错，我犯了法，杀了人，那么你们就依法惩办我好啦！……当然，如果是这样，那么许多不能继承权力而自己夺取了权力的人类的恩人们甚至一开始行动，就应该被处死了。可是那些人成功了，所以他们是正义的；可是我失败了，因此，我没有权利让自己采取这个行动。"

他仅仅在这一点上服罪了：他失败了，所以他去自首了，仅仅在这一点上他服罪了。[1]

谋杀并不是如它听起来那样直接就有罪。"夺取了权力的人类的恩人们"（他常用的例子是拿破仑）为了事业的成功，都杀人，甚至杀人如麻，但只要成功地夺取了权力，他们不仅不会被惩罚，而且会被感恩戴德。而如果他们没有成功，那就是犯了刑事罪。"我犯了刑事罪"，只是说明了我没有成功，并不能说明谋杀一定是罪。目标的达成与否，决定了杀人的性质。不能绝对地说"不可杀人"。拉斯科尔尼科夫在对波尔菲里介绍他写的关于强人哲学的文章时解释说，当然这并不意味着一定要杀人，但是强人在自己事业受到某个要素（例如经费）困扰时，有权消除这一困扰，哪怕

---

[1] 陀思妥耶夫斯基：《罪与罚》，岳麟译，上海译文出版社，2006年，第465—466页。

采取极端手段——不得已而杀人。

拉斯科尔尼科夫认为他的理论没有错,但是判他有罪的人对此置之不顾或者不敢这么想,人云亦云地直接把谋杀定为有罪。他们是些庸人。他也恼恨那些哲人们半途而废,不能把这一思想坚持到底,对由之而来的互相抵触的问题加以彻底解决。

实际上,在这个世界的语境里,我们至今无法直面拉斯科尔尼科夫提出的问题,道理仍然是相互抵触的。我们仍然无法说,拿破仑、亚历山大,或者成吉思汗犯了谋杀罪,因为他们的杀人具有合法性。在同一件事(谋杀)上,人们有不同的标准。拉斯科尔尼科夫对此不服,他傻傻地非要揪住这个人们对之讳莫如深的问题不放。陀思妥耶夫斯基说"罪犯本身在道义上要求接受惩罚",就是要接受拉斯科尔尼科夫提出的这个挑战,在道义上解决这个问题。

当然,只有在《圣经》的框架内才能解决这个人世间莫衷一是的问题。谋杀有罪,是因为《圣经》直截了当地说"你不可杀人",上帝没有对此设置任何前提条件。但拉斯科尔尼科夫是为了自己的目标杀人。当他觉得不能绝对地说"不可杀人"时,他已经改变了《圣经》,或者说他拒绝接受上帝。问题还在于,这给罪犯带来了一系列我们后面要谈及的他无法承受的后果。就这个意义上说,不可杀人的训诫实在是出于对人的爱。

b. 行判断

谋杀的前提是对被杀者做出的一个判断:他(她)是该杀的。

拉斯科尔尼科夫谋杀的目标阿廖娜·伊凡诺夫娜是位放高利贷的当铺老板,她是个瘦干瘪的老太婆,目露病态的凶光,邪恶吝啬,爱财如命,用狠心缺德的方法盘剥那些急需钱用的当货的顾客,欺压她的妹妹、老实木讷的丽扎韦塔,把她当奴隶那样使用;除了典当业务,几乎从不出门。当然,她也非常富有。

拉斯科尔尼科夫觉得那个老太婆就是个吸血鬼，除了剥削迫害他人，对社会一无所用。他对这个老太婆的深刻的厌恶促成了他可以杀她的想法。他的推演是：如果杀了她，可以用她的钱使多少对社会有用的人（包括他自己）免于贫困，救助多少条濒于死亡的生命，使多少人走上正路。一桩轻微的罪行办成了无数件好事，这是一道其答案再清楚不过的数学题。"这样的人活着有什么用？"正是这个判断支持了他的谋杀。这其实是陀思妥耶夫斯基的另一部杰作《卡拉马佐夫兄弟》中的一个章节的标题，当时德米特里在修道院的调解会上听到伊凡"什么都可以做"的理论，立刻对他荒淫无耻的父亲做出了这样的判断：费多尔是可杀的。

　　所有的谋杀都源于人的审判。当人有这种想法的时候，他已经施行了谋杀。拉斯科尔尼科夫觉得自己有权审判阿廖娜·伊凡诺夫娜，他僭越篡权。当他理由十足地把同样的问题抛给索尼雅的时候，索尼雅的回答已经把他的罪表露无遗：

"索尼雅，您要知道，假如您事先知道卢仁的一切意图，并且也知道（就是说确实知道），由于他的这些意图，卡杰琳娜·伊凡诺夫娜就会毁灭，孩子们也会毁灭；您也会连带（因为您决不认为自己会连带）毁灭。波列奇卡也会……因为她也会走那条路。嗯，那么，假如现在忽然由您来决定：让这个或那个活在世上，就是说，让卢仁活着作恶，还是让卡杰琳娜·伊凡诺夫娜死？那么您会怎样决定呢？我问您：应该让他们里面哪一个死？"

索尼雅惶恐地望着他：她从这些吞吞吐吐地、转弯抹角地暗示着什么的话语中，听出了一种特别的意思。

"我早已预感到了您会这样问我。"她说，一边探究地打量他。

"那很好，就算您有过预感，可您怎样决定呢？"

"您为什么要问不可能发生的事？"索尼雅极厌恶地问。

> "那么,还是让卢仁活着作恶吧!您连这样的事也不敢决定吗?"
>
> "可我没法知道天意……您为什么要问不能问的事?问这些没意思的问题干吗?这由我来决定,哪会有这样的事?谁委我做法官来决定让谁死,让谁活?"[1]

"这由我来决定,哪会有这样的事?谁委我做法官来决定让谁死,让谁活?"这是这个回答中的精华。索尼雅压根就没有想过要做审判官。对于这位虔诚信奉上帝的使女而言,这样的大罪她不能犯。

c. 罪与良知

拉斯科尔尼科夫杀人的合法性仅限于理性层面,这种理性支持着他疯狂的计划;但另一方面,他又发现自己的良知总是对此感到不安。在实施谋杀计划前,他一直被这种否定性的良知所折磨。

> "我知道,我不能干这种事,那么为什么我直到目前还让自己苦恼着呢?还在昨天,就是昨天,我就为着这个目的而……去试探过,昨天我不是完全明白了,我会受不了的……为什么我现在又……?为什么我到现在还疑惑不决呢?昨天我下楼的时候,我不是说过,这是卑鄙的、下流的,可恶,可恶……我从梦里醒来的时候,这个念头使我恶心,使我恐惧……"
>
> "不,我会受不了的,会受不了的!就算我的这些计划都是无可怀疑的,就算我在这个月里所决定的事像白天一样清楚,像算术一样准确。天哪!我还是不敢!要知道,我会受不了的,会受不了的!……那么,为什么,为什么到现在还……"

他站起来了,惊讶地四下望望,仿佛感到奇怪似的:他为什么上这儿来呢;他向 T 桥走去。他脸色惨白,双目炯炯发光,四肢乏力,可是他的

---

[1] 陀思妥耶夫斯基:《罪与罚》,岳麟译,上海译文出版社,2006 年,第 349 页。

呼吸好像忽然轻松些了。他觉得，他已经卸下了这个压在身上这么久的可怕的重担。他心头忽然感到轻松而宁静了。"上帝！"他祈祷起来，"给我指点一条路吧，我抛弃这个该死的……我的梦想！"[1]

良知为罪设置了一个自反机制，犯罪的人会因此不安，清楚地知道这是罪。这是一种真正的罪恶感：恐惧、恶心，觉得自己卑鄙下流，见不得人。它甚至传导到生理层面——肌肉和呼吸系统。

罪的特点就是犯罪者对其邪恶心知肚明。陀思妥耶夫斯基笔下的许多罪犯都表现了这个特点：《卡拉马佐夫兄弟》中的伊凡、费多尔、斯麦尔加科夫，《群魔》中的斯塔夫罗金。这本来是逃避犯罪的心理机制，拉斯科尔尼科夫已经开始祈祷了，并且因而预感到将得的轻松与宁静。可惜，他最后仍未能摆脱罪的困扰，卸下重担。

d. 罪的失控

拉斯科尔尼科夫花了很长时间精心策划这起谋杀，他利用自己出色的想象力设计好了每一个步骤，还常常为自己此前遗漏的细节而惊心。在他实施谋杀的时候，看起来一切均安排妥当了。然而犯罪的过程并不像他理性推论时那么清晰明白，如许多刑事罪犯一样，他遇到了太多意想不到的偶发因素：他击杀了当铺女老板，却并没有拿走她藏在屋里的主要款项；还没有来得及逃离现场时遭遇了典当客人的来访，他躲在门后却插上了插销，以致门外的人可以判断里面一定有人；他在二楼油漆匠施工的房子里遗落了抢来的当品，给警察的查找留下了线索。当然，最大的意外，同时对他犯罪理由形成讽刺的是，他杀人时房子的门一直未关，以致丽扎韦塔意外返回时遇见了他正在杀人，他不得不把丽扎韦塔也杀了。而他杀阿廖娜·伊凡诺夫娜的一部分原因正是因为同情和保护丽扎韦塔。拉斯科尔尼

---

[1] 陀思妥耶夫斯基：《罪与罚》，岳麟译，上海译文出版社，2006年，第50页。

科夫发现自己把一切都搞砸了。

人策划犯罪时感觉自己是上帝，一切都在掌控中；但在实际操作中，一切都失去了控制。按《圣经》，罪本身就是对世界和谐秩序的破坏，人想通过对犯罪过程的设计和掌控接管世界，会发现自己进入到了一个与自己处处为敌的环境。

B. 斯维德里加伊洛夫

斯维德里加伊洛夫是拉斯科尔尼科夫痛恨的人，他的妹妹在前者家里做家庭教师，但遭到前者厚颜无耻的纠缠。从很多方面来看，他与拉斯科尔尼科夫并没有共同点：他奉行玩世不恭、及时行乐的哲学，没有理想，也没有信仰；他玩女人，用欺骗的卑鄙手段吃女人软饭，挥金如土，不负责任，却还为自己的绅士风度洋洋自得。他还是一个为自己利益而不择手段的人，曾经欺凌一个15岁少女而致其自杀，并害死过一个仆人；最后，为了追逐拉斯科尔尼科夫的妹妹杜尼雅，很可能毒死了爱他的妻子玛尔法，并把她的所有财产攫为己有。他有一套寻欢作乐的理论，说自己喜爱腐化的生活："我同意这是一种病。凡是过了度的都是病，——而在这样的事情上一定会过度，——但首先各人的情况不同；其次，不用说，一切事情都要有个分寸，要有节制，虽然这是下流的，可是有什么办法呢？如果不在这方面寻欢作乐，我也许会拿手枪自杀。"[1]

不过拉斯科尔尼科夫隐约觉得自己与他有一种神秘的联系，这不止是因为他与自己一样，在犯罪的同时也会做像资助卡杰琳娜的遗孤这样的善事，而且是因为他们有一种精神上的联系，"这个人对他有一种潜在的权力"[2]，他可能掌握着自己的人生道路的理论。拉斯科尔尼科夫到酒吧找斯维德里加伊洛夫，就是想听听他对这种自行其是，什么都可以干的人生哲学

---

1 陀思妥耶夫斯基：《罪与罚》，岳麟译，上海译文出版社，2006年，第404—405页。
2 陀思妥耶夫斯基：《罪与罚》，岳麟译，上海译文出版社，2006年，第397页。

怎么说。而如果我们了解斯维德里加伊洛夫的行为逻辑，就可以看清两人之间的一致性。

斯维德里加伊洛夫杀了自己的妻子玛尔法，因为他追求真正的爱情。他与玛尔法谈不上爱情，只有交易：玛尔法在他危难时救了他，而他则以娶她作为回报。他爱杜尼雅，不仅因为她漂亮，而且因为她气质高雅，人品高尚。如果拉斯科尔尼科夫的理论——为了崇高的事业可以除去那个放高利贷的老太婆——是对的，那么斯维德里加伊洛夫就也是对的：他是为了崇高的爱情杀死了挡路的障碍。所以尽管在性格和表现形式上他们差异很大，尽管斯维德里加伊洛夫更加露骨直接，而拉斯科尔尼科夫表现出了更多的内心纠结，良心碰撞，以及对理想、正义等的思考，从本质上看，他们的理论是一样的。

C. 卢仁

另一个类似的人是卢仁。

卢仁是拉斯科尔尼科夫的死对头。因为自己没有能力而致母亲和妹妹陷入困境，这是拉斯科尔尼科夫觉得最耻辱的事。卢仁却趁着拉斯科尔尼科夫家里出现经济危机而想以交换的方法得到杜尼雅：他出钱，杜尼雅付出与他结婚的代价。卢仁用经济学观点指导他一切的行为，包括爱情：他给（哪怕只是允诺）了杜尼雅什么，杜尼雅欠他什么，怎样偿还可得平衡，甚至以此作为要挟来讨要其他筹码。卢仁还是一个用心险恶的小人，为了抹黑拉斯科尔尼科夫居然设计陷害毫无防备心的索尼雅。

在小说中，卢仁作为罪的极致代表而被脸谱化了。但是卢仁初次见拉斯科尔尼科夫的时候说出了他的哲学，这个哲学看起来粗俗，理论上却与拉斯科尔尼科夫哲学是相通的。

卢仁说，人们被告知去爱人是最崇高的，但是科学告诉我们，爱人首先是爱自己，因为世上所有事情都是以个人利益为基础的，你把自己的利益照顾好了，社会就整个地好了。这个哲学看起来挺不错。社会的每一个细胞（个人）都好了，社会整体才会好。所以每个人应该致力于追求个人利益，为自己打算。他的卑鄙行为实在是被这个哲学贯透的。人可以以个人利益为最高目标，当然包括可以排除实现这一目标的障碍。所以，拉斯科尔尼科夫自己就看出了这其中的联系，他对卢仁说："根据您刚才的说法，那么杀人是可以允许的了……"[1]

斯维德里加伊洛夫是拉斯科尔尼科夫哲学的不加遮掩的赤裸裸表现，卢仁是拉斯科尔尼科夫哲学的粗俗表现。

D. 索尼雅

索尼雅曾经对拉斯科尔尼科夫说："我是个大罪人。"[2] 索尼雅何罪之有？她谦卑，善良，总是帮助他人，为他人着想，从不算计别人。为了醉鬼父亲、继母及其孩子，她卖淫帮助他们活下去，受尽欺辱，为千夫所指，成了最卑贱的人。但是她犯了奸淫，犯了诫命，这一点无可逃避，她每天面对神的审判，自己知道自己在犯罪，做自己不愿意做的事。就生活状态看，她是小说中最不幸的人。

索尼雅是嫖客的牺牲品。嫖妓是一种不正当的男女关系，男人为了逞一时之快破坏了人与人、男人与女人之间的正常关系。而索尼雅隶属于这种被破坏了的关系结构，成为其中的组成要素，就这个意义而言，她是罪人。这令人心碎：在一个充满罪的世界上，每个人都以各种不同的甚至自己意识不到的方式与罪相联结，再好的人也不能例外。

当然，索尼雅与小说中其他人的罪也有根本的区别：她知罪，她不把自己的罪合法化，不为自己的罪开脱。某种意义上说，她也是主动背负十字架的人。

---

[1] 陀思妥耶夫斯基：《罪与罚》，岳麟译，上海译文出版社，2006年，第128页。
[2] 同上，第277页。

E. 罪的链环

罪不符合人的本性。当拉斯科尔尼科夫酝酿犯罪的时候，他的良知抵制他，使他羞愧。人从心底深处痛恨罪。这从拉斯科尔尼科夫对卢仁的态度可见一斑：卢仁的猥琐和伪善引起了他强烈的厌恶、不齿。不过这种痛恨仅限于对别人的罪。对于自己的行为，羞愧是羞愧，但还是找出一万个理由加以支持，以为这是可以做的，他以为他的谋杀最多伤害了那个吸血鬼老太婆，不会产生别的后果。

但事实很残酷。他还杀害了他同情的和想加以保护的丽扎韦塔；他伤害了母亲和妹妹的感情以及他们的生活，他令索尼雅喊出"唉，我这个苦命人！"这个链环如果一直连下去，他会惊异地发现，他引起的是想象不到的连环后果。每个人的罪都有类似后果，它织成了罪的网罗，索尼雅遭遇的就是这种后果中的一环。

最具讽刺意味的是，斯维德里加伊洛夫和卢仁，他们奉行的是与拉斯科尔尼科夫相同的哲学。如果拉斯科尔尼科夫是对的，他们也就对；但是他们的罪直接伤害的正是拉斯科尔尼科夫的妹妹。他妹妹及其他类似的无辜者成了他们的罪的共同猎物，这是拉斯科尔尼科夫不敢面对的。

人类是一个整体。17世纪伦敦圣保罗教堂的教长、玄学派诗人约翰·堂恩的一首诗说：谁都不是一座孤岛，可以自成一体，每个人都是那广袤大陆的一部分。如果海浪冲刷掉一个土块，欧洲就少了一点。如果一个海角、你朋友或者你自己的庄园被冲掉，也是如此。任何人的死亡，使我受到损失，因为我包孕在人类之中。所以别去打听丧钟为谁而鸣，它为你敲响。如果他人的损失就是我的损失，在这个世界中谁也不能置身事外，那么他人的罪也会成为我的罪，反之，我的罪将会损害的也就并不只是那个直接的受害者，而是一切人。它通过链环传导，从效果上看类似蝴蝶效应。陀思妥耶夫斯基通过《罪与罚》显示的正是这样一种关联性。

2. 罚

有罪就有罚。如果在罪上陀思妥耶夫斯基发现了上述这些深层次关联，那么在罚的问题上，他更是注意到了道义的层面，而不仅仅是惩罚、报应。

A. 司法制度的惩罚

a. 罪名的惩罚与道义的惩罚

社会对于罪的惩罚是通过司法审判，以量刑的方法决定剥夺罪犯相应时间的自由，或以其生命相抵。托尔斯泰揭露了这种法律制度的弊病，而在《罪与罚》里面，陀思妥耶夫斯基还提出了其他思考的路数。

陀思妥耶夫斯基说现行"刑法对罪行的惩罚远不如立法者所想象的那样能威慑罪犯，部分原因是罪犯本身在道义上要求接受惩罚"[1]。拉斯科尔尼科夫对于判决并不服，这不是因为量刑问题，而是因为是非问题，他认为自己并没有错。司法制度只关注罪行的条文上的契合性，并不在乎罪行的道义上的问题。它没有向拉斯科尔尼科夫说清他的理论和行为错在哪里，拿破仑、亚历山大是不是犯了谋杀罪，为什么他们可以而他不可以，以及如果他成功了是否还会被追究刑事责任。这些问题没有搞清，他只能以自认倒霉的姿态接受判决，道义上没有受到惩罚。如果这个世界普遍奉行笑贫不笑娼的哲学，而警察只抓了嫖者妓者，却没有触及在合法外衣下实际上的嫖和妓，道义问题就会变成权力问题。在这种情况下，受惩罚者在服刑以后会得出什么经验教训，是可想而知的。这是现代司法制度的共同问题。

b. 罪证问题

拉斯科尔尼科夫在谋杀过程中失控，以至于出现了许多意想不到的情况，令他沮丧。但司法审判的定罪是需要罪证的，他的精心设计再加上一点运气使得本案罪证缺失：凶器没有找到，赃物不知下落，没有目击证人。

---

[1] 陀思妥耶夫斯基1865年致卡特科夫的信。转引自 Г.Б.波诺马廖娃《陀思妥耶夫斯基：我探索人生奥秘》，张变革、征钧、冯华英译，商务印书馆，2011年，第135页。

波尔菲里的心理侦探卓有成效，很快就锁定了犯罪嫌疑人，但是缺乏罪证的状况让他也无计可施，他只能寄希望于拉斯科尔尼科夫自首。罪证问题使得如下情况得以可能：尽管人们都知道谁是罪犯，但是他仍然可以逍遥法外。本案的刑侦过程使这个问题尤为突出。现代司法制度在这方面受到的掣肘和本身的无能是显而易见的。

B. 道义上的惩罚

拉斯科尔尼科夫不服司法的审判，但是真正让他备受煎熬的是道义上的审判和惩罚，这没有一个开始和结束的程序，却无时无处不在。

首先是心理上的折磨。拉斯科尔尼科夫杀人以后就长时间与梦魇相伴，处在不知是睡还是醒、时时被噩梦惊起的状态中。他喜怒无常，待人接物一反常态，表现完全是病态的，他最好的朋友拉祖米兴只能向别人解释道"他病了"。他一直觉得自己手上的血没有洗干净，一直觉得赃物藏得不好，被发现了，觉得背后有人跟踪，这跟麦克白杀人后的状态相当接近。当真的发生一个人在街上冲着他喊"凶手"的时候，他觉得自己要昏过去了。拉斯科尔尼科夫可以告诉那些有杀人计划的人，即使没有被抓到，这种心理折磨已经使人生不如死。

他开始与人隔绝。母亲和妹妹的探望不仅没能安慰他的心，而且让他处处不自在。他无法用正常心态享受天伦之乐，心里有事；为了处理谋杀引起的一系列麻烦，他没有时间与他们一起多呆，外出还要掩掩藏藏，不能挑明真相。他觉得他们的来访妨碍了他："妈妈，妹妹，从前我多么爱她们！现在我为什么憎恨她们？是的，我憎恨她们，生理上憎恨她们。我讨厌她们站在我身边……"[1]对于好朋友拉祖米兴也一样，后者的关心成了自己的一个负担。没有欢乐，没有亲情，一切都不复从前，心灵成为了监狱，

---

[1] 陀思妥耶夫斯基：《罪与罚》，岳麟译，上海译文出版社，2006年，第236页。

这是真正的惩罚。

最后，罪没有出路，对罪的惩罚是让其走投无路。拉斯科尔尼科夫在投案前一直试图逃脱。他问索尼雅应该怎么办，索尼雅让他自首，并且在大街上跪地认罪，他一开始拒绝了。但是索尼雅的反应是："那你怎样活下去，怎样活下去呢？你靠什么活下去呢？"诚实地对待这个问题，拉斯科尔尼科夫必然知道，即使法庭没有证据判他的罪，即使他不被监狱惩罚，噩梦也会伴随他一辈子。斯维德里加伊洛夫最后的自杀就是走投无路的征兆，即使他成功地避开了任何对他的指控甚至怀疑。他怎样活下去呢？

按《圣经》，道义上的惩罚当然与神有关。索尼雅说到这种惩罚的意义："您离开了上帝，上帝惩罚了您，把您交给了魔鬼！"[1] 自行其是，背离上帝，受到上帝的惩罚；这种惩罚的方式是把他交给魔鬼，让他生活在破坏了的秩序中，到处受到自我的反对力量的攻击，一切都不对头了；这是对破坏神圣、和谐世界秩序的惩罚。

3. 救赎

对于罪，惩罚并不是出路。小说不仅思考了罪与罚的主题，陀思妥耶夫斯基还涉及了救赎的主题。它没有展开，这是一个新的故事，"这个故事可以作为一部新的小说的题材"[2]，但是通过索尼雅等人故事的铺垫，以及尾声中拉斯科尔尼科夫的改变，我们仍然可以一见端倪。

A. 恩典

按《圣经》，救赎的保证是恩典，救赎是神恩赐的，不是人争取来的；从另一个角度看，人可以通过接受，尽情享受这个恩典。

马尔美拉陀夫酗酒、堕落，但是他没有失去希望："那个怜悯一切人、

---

[1] 陀思妥耶夫斯基：《罪与罚》，岳麟译，上海译文出版社，2006年，第359页。
[2] 同上，第471页。

了解一切人和一切事的人，会怜悯我们的，"他说，这是因为这个上帝知道，"我所以收受他们，是因为他们当中没有一个人认为自己是受之无愧的……"[1]。他只是接受上帝白给的恩典。丽扎韦塔生活在这么严酷的环境中，她的姐姐无耻地剥削压榨她，虐待她，但是通过与索尼雅一起时常的祷告、阅读《圣经》，她能够获得爱，保持自己的善良。索尼雅完全因为恩典而活着。她陷入了自己如此厌恶的可怕处境，如果对上帝没有那么大的信心，宁可死，也不会忍受。

恩典让这样一些罪人觉得自己是有希望、有未来的，他们将收获的不是罚，而是救赎。

B. 认罪忏悔

人都犯了罪，罪犯都自知有罪，但并非每个人都认罪忏悔。认罪忏悔构成了救赎的通道。

在《罪与罚》中，罪人们的境遇因此而大相径庭。卢仁、斯维德里加伊洛夫都是一条道走到黑，他们没有罪恶感，不知道自己对世界秩序的破坏，他们自认没有错，因而，他们也没有前途，后者甚至走到了"美国"——自杀，除此以外，已经不知道自己活着还有什么意义了。

但是索尼雅不同，她自己知道自己是大罪人，在神的面前只有认罪的份，而正是靠着这种认知，她能够放弃自己的骄傲，接受恩典。马尔美拉陀夫甚至认为自己跟畜生一样，他有痛悔，他知道自己对于自己的妻子、女儿、家庭，尤其是上帝所犯下的罪孽，这种痛悔让他能够体会救恩的滋味。

在上述两种人之间的是拉斯科尔尼科夫。他自己知道，摆在他面前的只有两条路：斯维德里加伊洛夫的路和索尼雅的路。在他认罪之前，他与恩典是隔绝的，满是抱怨、自责、牢骚，无法从病态的心情中走出来。这

---

[1] 两句引文均见陀思妥耶夫斯基：《罪与罚》，岳麟译，上海译文出版社，2006年，第19页。

种情况一直持续到去西伯利亚服刑之后，为此他消沉疲乏，整天无精打采。陀思妥耶夫斯基甚至不惜以叙述者的身份出面直接说："假如他能够认为自己有罪，他会感到何等幸福啊！"[1]最后，那个改变发生了，他跪在索尼雅面前，恨与讨厌变成了爱与接受，他走上了另一条道路。

C. 爱的大能

导致拉斯科尔尼科夫改变的是两件事。第一，他虽然在服刑，但仍然不服，为什么卢仁能够活着而卡杰琳娜必须死，为什么自己不能改变这种不公平的事实，这些仍然困扰着他。于是他做了一个梦，梦见全世界的人都感染了一种叫"旋毛虫"的病菌，每个感染者都认为自己掌握了真理，而别人都是错的，有罪的，为此互相仇杀，于是，饥荒、火灾、瘟疫流行起来。只有少数几个人能够得救，他们特殊而纯洁，负有创造新人种的使命，但是没有人见过他们。这个梦令拉斯科尔尼科夫悲怆苦恼，长久地纠缠他。与此同时，发生了第二件事。当时索尼雅在监狱外生活，陪他服刑，而拉斯科尔尼科夫因为不服，完全不能领情，甚至像犯罪后讨厌他母亲和妹妹那样讨厌或者说不愿意见她。在他因病住院的日子里，有很久没有跟索尼雅见面。那一天他病好了，无意中站在病房的窗户前，突然见到索尼雅远远地站在院墙外向他的窗户张望，他的心像被猛扎了一下。他突然意识到自己是多么希望见到她，他被一种无形的力量吸引，她成了他须臾不能离开的人。他跪在她面前，却感到了难以言表的幸福。

这两件事似乎并没有关系。这世界令人苦恼的难题——谁掌握真理？吸血鬼老太婆活着有什么用？卢仁和卡杰琳娜到底谁应该活着——在索尼雅的爱里似乎并没有得到解答。那么，到底是什么使这两件事共同成为拉斯科尔尼科夫新生的契机呢？

拉斯科尔尼科夫此前正是一个旋毛虫感染者，他追逐着想使自己成为

---

[1] 陀思妥耶夫斯基：《罪与罚》，岳麟译，上海译文出版社，2006年，第464页。

真理的拥有者，他做审判：谁应该活着，谁去死。以这样的方法提出的问题，其"正确"的答案就在这个逻辑的起点：我是正确的，我审判。与此同时，他人一定是有问题的，邪恶的，应该被惩罚的。这是这个世界灾难的原因。这个世界有那么多坏人的原因是我自行审判，是我把他们看成了敌人：我用恶看世界，世界因此成为恶的，于是我们深陷恶人包围中，悲哀痛苦，没有安宁。

在索尼雅的世界里没有谁应该活着、谁去死这个问题。她的问题是这样的：你（拉斯科尔尼科夫）是多么痛苦啊！你杀了人，内心怎么能够承受？或者，我如果不去跳入火坑（指卖淫），卡杰琳娜和孩子们怎么办？卡杰琳娜对待索尼雅有打骂虐待之嫌，但当拉斯科尔尼科夫询问此事的时候索尼雅为卡杰琳娜说好话，她说虐待是没有的事，我们是一家人，卡杰琳娜只是为家里揭不开锅着急。她甚至为自己未能满足对方不必需的购物要求，使得对方失望，而感到悔恨："我简直是残酷无情！"即使对卢仁，后者蓄意害她，她也只是害怕，从未起意报复。索尼雅似乎不是这个世界的人，索尼雅的世界我们不懂。她用爱意，用深切的同情和为他人着想的逻辑看待这个世界及其中的人。在顺境中人们从不意识到她这样的人的存在，在逆境中才会感觉到需要她，感到她的可亲近。她实在就是爱本身。

在拉斯科尔尼科夫改变的瞬间，这两件看似没有相交点的事以另一种方式发生了交集：回答他以前苦恼的那些问题的正确方法是使这些问题消失，而当人们用爱看待世界和人的时候，这些问题根本就不会出现；取而代之的是另一些问题：我们如何因他人的存在而感受爱，以及我们如何以爱人来获得满足。爱能够改变这无恩的世界。

问题仍然存在：什么样的爱有此大能？那个能够发出如此巨大能量的爱显然不是索尼雅柔弱瘦小身躯本身具备的。陀思妥耶夫斯基的回答是，如果不解决上帝的存在问题,是不会在人们面前展开一条与这个世界迥然相异的道路的,如果不是来自耶稣,爱也不会有如此大能。

第三节 《卡拉马佐夫兄弟》及其主题

一、《卡拉马佐夫兄弟》简介

1. 故事简介

《卡拉马佐夫兄弟》是陀思妥耶夫斯基生平最后一部重要作品,也被公认为是他最伟大的作品。在作品出版前的大约12年即1868年,他就开始构思这部作品,可见他对此作的重视,其后历经一些更改,但主要框架和主题一如既往。

故事发生在一个叫斯科托普里贡斯克的小县城。淫荡、吝啬的老酒鬼费多尔·卡拉马佐夫从两任前妻那里聚敛了许多财富,过着荒淫无耻的生活。他的大儿子德米特里前来索要母亲遗留下来属于自己的财产;二儿子伊凡和三儿子阿辽沙也从外地回来。伊凡是一个很有思想和主见的知识青年,住在自己父亲的家里;阿辽沙则是虔诚的基督徒,回来后进入当地的一个修道院跟随著名长老佐西马修道。德米特里索要财产遭到费多尔的拒绝,不仅如此,费多尔还与他争夺情人,令脾气暴躁的德米特里极为愤怒。在整个县城都已知晓他们家庭矛盾达到顶点的时刻,老卡拉马佐夫在家中被杀。众多迹象都表明嫌犯是德米特里,最后的法庭审判也判德米特里有罪,但是小说告诉读者,杀人的是费多尔家的年轻仆人、很有可能也是他的私生子斯麦尔加科夫。

2. 小说的任务

虽然就情节看,这像是一部以凶杀案为题材的犯罪小说,但陀思妥耶夫斯基明确指出它不是。他说小说的主人公是阿辽沙,而这个人物在凶杀案中没有扮演主要角色，而只是一个见证（还是部分的见证）人；他并且指出这部已出版的小说只是整个小说的上部，下部才是最重要的，可惜，由于写完《卡拉马佐夫兄弟》不久陀思妥耶夫斯基就不幸去世了，它的下部没有完成。在作品中，作者花了大量篇幅描写了与凶杀案没有直接关系的情节，例如修道院和佐西马长老的生平及死亡，伊凡私拟的"宗教大法官"长诗以及他关于上帝的长篇大论；又比如作品插入了一条很长的关于一批小学生日常生活的情节线。

陀思妥耶夫斯基曾明确指出，围绕他晚年小说的总主题是上帝是否存在。从《罪与罚》开始，这个主题就明显体现在他的各部小说中。但是每部小说在这个总主题下有自身的具体任务。《罪与罚》探讨罪人的内心惩罚和得救之道；《白痴》探讨属世眼目中的属灵者及二者的差距；《群魔》探讨属世的政治革命带来的灾难。这些都具体诠释了他的上帝。《卡拉马佐夫兄弟》的具体任务是什么呢？

《罪与罚》的最后一段话显露出陀思妥耶夫斯基想探讨的一个新问题：

> 可是一个新的故事，一个人逐渐再生的故事，一个他逐渐洗心革面、逐渐从一个世界进入另一个世界的故事，一个熟悉新的、直到如今根本还没有人知道的现实的故事正在开始。这个故事可以作为一部新的小说的题材，——可是我们现在的这部小说到此结束了。

"洗心革面"指重生了的人，他要进入"如今根本还没有人知道"的另一个世界，而这是一个现实的世界，是人可以在其中生活的世界，当然，由于根本还没有人知道它什么样，所以他必须逐渐熟悉和适应它。这正是后来的《卡拉马佐夫兄弟》的任务。《卡拉马佐夫兄弟》探讨信徒（阿辽沙）怎么在现今世界上过属灵的生活。由于探讨的是现今，特别具有现实性。它把信仰的问题变成我们天天面对的生活问题，所以阿辽沙从修道院出来，到俗世上。

完成此任务的两个步骤：第一部是序曲，写"十三年前的"故事，是"主角青春时代的某一刹那"；"第二部小说是主要的，写的是我的主角在我们时代，即我们目前的活动"[1]。我们现在看到的就是小说的第一部，据此可以推断，第二部故事发生在第一部后的十三年，那时阿辽沙三十三岁。据陀思妥耶夫斯基的设想，第二部要写到阿辽沙信心的动摇及最后的坚固，也就是信徒如何熟悉并适应属灵生活的过程。

在已完成的部分，凶杀案只是他探讨上帝存在问题的组成部分；凶杀是犯罪，而罪的最深刻的根源却在人心里，它与对上帝的信仰有关。凶杀中的所有人物及其命运也都被紧密联系到这个总主题之中，是其具体的展开。

3. 某些素材来源

这部小说的弑父情节设计，与陀思妥耶夫斯基在西伯利亚流放期间的一段经历相关。那段时期，他遇到了一个年轻人意林斯基，对方被指控谋财弑父而被流放西伯利亚。但是在十年后，陀思妥耶夫斯基得知意林斯基是被误判的，在真正的杀人犯伏法之后他已经被无罪释放。

主人公阿辽沙的名字似乎是为了纪念陀思妥耶夫斯基夭折的小儿子，他于陀思妥耶夫斯基54岁那年出生，但在三岁时病殁，名字也是阿辽沙。

此外，小说中斯麦尔加科夫、伊凡以及阿辽沙都罹患的癫痫症，也是陀思妥耶夫斯基家族的遗传病，陀思妥耶夫斯基深受它折磨，而他儿子阿辽沙也死于此病。作者对此病有很深的体会。

---

[1] 此处引文均见陀思妥耶夫斯基：《卡拉马佐夫兄弟》之"作者的话"第2页，耿济之译，人民文学出版社，1981年。

据陀思妥耶夫斯基书信，佐西马长老的原型来自一位叫做吉洪的18世纪俄国东正教著名主教。详见下文"佐西马长老系列"一节。

二、《卡拉马佐夫兄弟》的几个重要主题

1. 人物分析——伊凡

伊凡是《卡拉马佐夫兄弟》中的最主要人物之一。他是费多尔的次子，母亲早亡，父亲完全不管不顾，从小生活艰难，在他人帮助下大学毕业。伊凡外表冷峻，很有思想，有一套自己的社会和人生见解。他恨自己的父亲。他的哲学"什么都可以做"直接影响了斯麦尔加科夫弑父。但是在杀人案真相大白之际他意识到自己是有罪责的，几近疯狂。陀思妥耶夫斯基通过他从一个方面探讨了自己一直思索着的问题。

A. 佐西马长老的断语

伊凡给读者的一般印象是：表面很酷，内心很痛苦，高傲、理性而无情。

这几个印象其实有互相矛盾之处，例如理性而无情何以又会内心痛苦？

伊凡是一个整体形象，佐西马长老对他的断语是把伊凡这几种看似矛盾的方向联结起来的线索。

在小说第一部第二卷第六章里，佐西马长老为伊凡的人格和命运做了描绘。当时伊凡刚刚介绍了他关于宗教问题的论文的观点，他在那篇论文中提出，将来全世界都应该转变为教会，教会将取代国家的一切功能，而人们如果丧失了灵魂不灭的宗教理想就失去了道德。这看起来是一个宗教狂热分子的理论，但是佐西马听出其中一丝讽刺意味。于是有了下述对话：

"难道您果真认为人们丧失了灵魂不灭的信仰后会得到这样的结果么？"长老忽然问伊凡·费多罗维奇。

"是的，我曾说过这话。假使没有不死，就没有道德。"

"您这样想,是感到愉快呢,或是很不幸!"

"为什么不幸?"伊凡·费多罗维奇微笑着说。

"因为您大概自己就既不相信自己的灵魂不死,甚至,也不相信您关于教会和教会问题所写的那些言论。"

"也许您是对的!……但不管怎样我总不是完全开玩笑。……"伊凡·费多罗维奇忽然奇怪地承认,而且很快地脸红了。

"不完全开玩笑,这是真的。这观念在您的心里还没有解决,还在折磨着您的心。但是受折磨的人有时也常爱以绝望自娱,而且这似乎也正是由绝望所驱使。您眼下就正在用给杂志写文章,在社交场合辩论等等的方式,以绝望来自娱,自己却并不相信自己的论证,还怀着痛苦的心情自己暗中笑它。……这个问题在您的心中还没有解决,您的最大悲哀就在这里,因为这是必须解决的。……"

"能不能在我心里解决,并且向肯定的方面解决呢?"伊凡·费多罗维奇继续奇怪地问,还是带着一种不可捉摸的微笑望着长老。

"假使不能作肯定解决,那么同样也永远不会作否定解决,您是自己知道您的心的特点的,而您的心灵的全部痛苦也就在这里。但是您应该感谢上苍,他给您一颗能以忍受这种痛苦的高超的心,能够去'思考和探索崇高的事物。因为我们的住所位于天上'。愿上帝赐福给您,使您的心在地上就得到解答,愿上帝祝福您的行程!"

佐西马长老的这些断语指出了这样几个要点:

1. 上帝存在的问题在伊凡心里还未解决,在折磨他;

2. 即使不能肯定(上帝的存在),也绝不会否定;

3. 因为折磨,就用绝望自娱;

4. 自己不相信自己的论证,嘲笑自己的论证,因而带来痛苦;

5. 上帝给了伊凡一颗忍受这种痛苦的高超的心,他用这颗心思考的是崇高的事物(人类的命运等)。

也就是说,伊凡性格的特征都与上帝的存在问题联系在一起,其中的症结是徘徊与矛盾。这是一种折磨。他的表面很酷,内心很痛苦,理性而无情,就贯穿在这个线索中。

B. 分裂的人格

由于两种思想的征战导致的人格分裂,就是伊凡在《卡拉马佐夫兄弟》中表现的基本品性。

a. 伊凡人格分裂的特征

伊凡内心相互征战的两种思想是信靠自己还是顺从上帝。

在与阿辽沙的长谈中,伊凡指出他不能接受上帝的世界,因为这个世界充满了恶,无辜的孩子受到虐杀,人们残酷成性,而上帝要求人们宽恕和爱,这要求完全行不通,也是不对的。而拒绝了上帝,他发现现有的道德准则都失灵了,什么都可以做,这是他感到痛快的一面。不过,佐西马长老指出,他这是以绝望自娱,这是一种绝望,他自己知道。这表明,上帝的世界及其原则仍然在他心里,并未泯灭。有几个细节显示了他的另一面。比如,他厌恶人们只关心实际问题的功利主义,他与阿辽沙的长谈讨论的是上帝的存在问题,"永恒的问题"(伊凡语);他称阿辽沙为虔诚信神的"小修士",在下面这段话里表明了对阿辽沙的敬意,或者为自己未来转向上帝预留了位置:"假使我果真还有力量顾得上滋润的嫩树叶,那么我只要一想起你,就还会对它们产生爱的。只要你还在什么地方活着,这对于我已经足够,我还不至于不想活下去。"[1] 陀思妥耶夫斯基解释道:"对于这个人(即阿辽沙)他心里无疑是抱着很大的期望的。"[2] 在"宗教大法官"一章,

---

[1] 陀思妥耶夫斯基:《卡拉马佐夫兄弟》,耿济之译,人民文学出版社,1981年,第395页。
[2] 同上,第397页。

他鬼使神差地为结尾设计了耶稣吻大法官的一幕，仿佛下意识地把耶稣最重要的特质正面展示出来；而就在佐西马长老对他说那些断语的时候，他申明自己对教会取代国家的论证并不是完全开玩笑，而佐西马长老也认可了这一点；而且伊凡对于长老对自己的预测很感兴趣，他也想知道自己最后会倒向哪一方；最后，当他理解到杀人的不是德米特里而是斯麦尔加科夫时，良心受到极大的煎熬，病倒了，但仍然决定"自首"，承担责任。作者写道："阿辽沙拿了个枕头，和衣躺在沙发上。临入睡的时候，为米卡和伊凡祈祷了一会。伊凡的病情他有点了解了：'作出高傲的决定的痛苦，深刻的良心谴责！'他所不信仰的上帝和他的真理，把还在倔强不驯的心制服了。"[1]阿辽沙的想法似乎也在印证佐西马长老的断言。

只是，在《卡拉马佐夫兄弟》已经完成的部分里，伊凡思想中占上风的是拒绝上帝，不信上帝。但是这个拒绝的背后我们总可以听到一种不确定。所以他思想的特点是：依靠自己、拒绝上帝的时候另一种声音会响起；他常常知道自己所做的是不对的。

b. 伊凡人格分裂的表现

第一，他与斯麦尔佳科夫的关系。斯麦尔佳科夫从信念上、思想方法上其实是处处模仿伊凡的，他崇拜伊凡，特别是伊凡"什么都可以做"的理论为他报复不公平的世界找到了依据，他最终杀死老卡拉马佐夫的行为是这个理论的实践。所以，斯麦尔加科夫是伊凡在这个家族中最铁的同盟者。但奇怪的是伊凡痛恨他。每当斯麦尔加科夫表露出对他的崇拜，或者对他的话语有了体会的那种自得的时候，伊凡就非常痛恨他。如果我们了解伊凡的矛盾和内心折磨，我们就可以知道为什么会有这种奇怪的恨：实际上他痛恨的是他自己的一部分。

第二，他与阿辽沙的关系。伊凡既需要阿辽沙的爱和安慰（"我只要

---

[1] 陀思妥耶夫斯基：《卡拉马佐夫兄弟》，耿济之译，人民文学出版社，1981年，第992页。

一想起你,就还会对它们(嫩树叶)产生爱的。只要你还在什么地方活着,这对于我已经足够了"),需要阿辽沙倾听他内心的声音。阿辽沙是他能够找到的最好的倾听者,在他最需要知音或内心最苦闷的时候,包括后来被梦魇苦苦纠缠的时候,他都需要向阿辽沙倾诉;但是另一方面他又恨阿辽沙的爱反映出自己信仰上的错误,常常冷酷地拒绝阿辽沙的爱。例如当他父亲被谋杀后,他很担心自己的理论在这桩谋杀案中起到的作用,担心实际上是他杀了人,阿辽沙告诉他"不是你,不是你",这冒犯了他的自尊,他听到这话时非常愤怒,宣布与阿辽沙断交:"我不能忍受那些预言家和疯癫病人,尤其不能忍受什么上帝的使者,您是很知道的。从现在起我和您断绝关系,而且大概是永远的。请您就在这十字路口立刻离开我。"[1] 他痛恨阿辽沙了解自己有难言之隐的内心(阿辽沙告诉他"不是你杀的"时,他觉得阿辽沙听见过自己在梦魇里说的话)。在另一个场合下,他还主动问阿辽沙"你当时有没有认为我希望父亲死",因为他的确希望他父亲死,怕阿辽沙知道自己的意念。他对阿辽沙的态度也是反复无常,矛盾重重。

第三,与卡捷琳娜的关系。他爱卡捷琳娜,但是因为骄傲,特别是因为他的长兄德米特里是卡捷琳娜的未婚夫,而他骨子里又非常看不起德米特里,觉得承认爱她是没有面子的,所以有时会否认这种爱,比如他为了远离自己估计一定会发生的凶杀案,而离家去莫斯科前,曾经向阿辽沙声称"我是根本不爱她的";而从莫斯科回来后也向阿辽沙表示过自己"对她不感兴趣",并不是为了她而来。从某种意义上说,这种出于面子的做法与卡捷琳娜刻意维持与德米特里的婚约的做法是一样的。

第四,与弑父案的关系。他希望他父亲死,但是他要为这种希望找出理由,这就是"一条毒蛇咬死另一条毒蛇"。只要给凶手和被害人定道德上的罪名,那么这种可怕的罪行似乎就是可以理解且允许发生的。但是杀人

---

[1] 陀思妥耶夫斯基:《卡拉马佐夫兄弟》,耿济之译,人民文学出版社,1981年,第912页。

毕竟是一个罪行,所以希望他父亲死的这个念头毕竟不能声张,这成了撕裂他内心的一把利器。

c. 伊凡人格分裂的最终发展:梦魇与自首

随着案件的发展,伊凡终于从斯麦尔加科夫那里亲自听到他杀人的真相。父亲的死本来是伊凡期望的事情,但是当这事真的发生,并且是他意想不到地由他的追随者斯麦尔加科夫做的,并且斯麦尔加科夫指控说这是听了他的"什么都可以做"的理论的结果,伊凡终于崩溃了。他的梦魇和他在法庭上自首的表现使这种人格分裂走向极端。

斯麦尔加科夫的真相让他病倒了。梦魇是他在发烧状态下所做的噩梦,其中出现一个小鬼,用玩世不恭的态度重说出伊凡想过的所有念头,是他的同情者,却令他无比愤怒;这是另一个斯麦尔加科夫,其实也是另一个伊凡自己,是他的分裂的另一半。问题是当这个鬼魂面对自己表演的时候,他能够直接看到它的无耻、可恶的嘴脸,这使他对自己的恨进一步上升。

梦魇之后是法庭上的自首。本来他出席法庭作证,是回答他所知道的关于被告德米特里的实情;法庭并不知道斯麦尔加科夫杀人的事实,斯麦尔加科夫自杀了,也不愿意告诉伊凡以外的任何人。但是对于伊凡而言,此案的真相已经大白。如果伊凡是个卑鄙的人,他尽可以隐瞒这一真相,自己也能够不受煎熬,问题在于他不是,他不是拉基金,也不是费多尔。他是追求崇高事物的人,他只是因为不信上帝而误入歧途。所以他决定在作证时说出真相。但是由于这与除阿辽沙以及德米特里外所有人的期望相去甚远,又没有令人信服的证据,他的作证显得极其荒谬。这除了事实的出人意外,还表现在他的语无伦次,他的思想已经彻底凌乱。

他说:"是他(斯麦尔加科夫)杀死的,但是我教他杀的……谁不希望父亲死呢?"一会儿又说"我不是疯子,只是凶手";当法官要求他出示证据时,他莫名其妙地说"你们脑子里想的就是信封,只要有一个就满意了"

（暗指他自己曾经把德米特里写给卡捷琳娜的信作为铁证）；后来甚至说"那一个带尾巴的小鬼"是证人，而这个梦魇中的小鬼，除了阿辽沙和他自己，没有人知道是什么。

他发烧了，但是这种语无伦次更多的是源于他内心已经被这个真相击垮，是精神层面上的而不是生理层面上的因素击垮了他。

d. 伊凡人格分裂的主要症状

伊凡人格分裂的主要症状是有罪恶感。他摆脱了上帝的准则，自己搞一套，但是却对自己的那一套没有信心，逃避责任，对由此而来的后果唯恐避之不及，不敢坦诚面对。

凶杀案发生后他与斯麦尔加科夫做了三次谈话，在第三次谈话中他了解到了真相。但是他吓坏了，显得完全不知所措，非常惊慌；这使斯麦尔加科夫感到困惑、奇怪："当时您多勇敢，您说'什么都可以做'，但是现在竟吓成这样！"[1] 的确，他说过这句话，但是他清楚地知道这句话有什么地方不对头，现在面对这句话的可怕后果，他像一个做错事的孩子本能地逃避："这不是我干的""这与我无关"。这种情形非常像亚当、夏娃吃禁果后的表现：躲起来，"这不是我干的，是她（它）要我干的"。按《圣经》，自行其是是一种罪，罪的后果是罪恶感，击垮伊凡的就是这种罪恶感。

这种负罪感一直伴随着伊凡在故事中的表现。梦魇一章表现了这种罪恶感的折磨：小鬼说的都是伊凡平时的思想，但是他非常痛恨它说出这些：小鬼说"良心！什么是良心？我自己就可以制造它，这只是世界上延续了7000年的习惯"，但是他知道这是肮脏的思想。法庭作证要不要说出真相（斯麦尔加科夫干的，但是受了伊凡思想影响），伊凡为此纠结了很长时间。其实，决定说出真相是自己认罪、摆脱精神折磨的一个好办法，但是他竟

---

[1] 陀思妥耶夫斯基：《卡拉马佐夫兄弟》，耿济之译，人民文学出版社，1981年，第945页。

然担心别人说他装好人，是为了显示自己愿意帮助德米特里，是作秀，而且想着想着真的也相信了这种说法，开始嘲弄起自己来。罪恶感使人不断地往恶的、羞愧的方面想，即使好事也被引向了罪恶。

C.伊凡形象的意义

陀思妥耶夫斯基的伊凡在他所探讨的问题中担当了什么功能？伊凡形象有什么意义？

a.伊凡代表了叛逆的一般理论：不接受上帝的世界

阿辽沙对伊凡的生活哲学的性质概括为两个字：叛逆。"什么都可以做"是对上帝的公然背叛。但是伊凡为这种叛逆理论提出了他认为驳不倒的有力论据。

这是第二部第二卷他对阿辽沙讲述的几个关于虐待动物和弱者特别是虐杀孩童的故事中提出的，在这些故事中大人以虐待弱者、孩子为乐趣。概括起来，虐童演讲的逻辑是这样的：

上帝是人造的（伏尔泰语）；如果不是，上帝就应该是我们能够理解的；

但是面对虐童的事实，我们无法理解上帝：上帝为什么不阻止这些可怕的恶？

这说明，要么根本就没有上帝；要么上帝错了。上帝的原则是和谐，但是他没有权力拿完全无辜的孩子做代价；或者上帝为了惩罚原罪，只要是人，就带有原罪，但是孩子何罪之有？或者为了宽恕和爱，然而面对这些反人类的暴行，无人有权宽恕。

所以，伊凡得出结论说，他可以承认有上帝，但他不接受上帝的世界，这个世界太丑陋，太不完美，他把入场券恭恭敬敬地退了回去。

这里关于不相信上帝的理由，是不信神的人最普遍的理由，由主人公伊凡提出来有典型意义。它反映了这样一些普遍思想：人是中心，不承认人的局限性，骄傲，自己作主，而最主要的是，无法理解恩典，崇尚等价交换，奉行基于人的理解力的因果报应的原则。所以伊凡的理论都是人们耳熟能详、且像空气和水一样被视为理所当然的理论。

这样，陀思妥耶夫斯基创作的伊凡这个人物就更加有警示意义：这种看似十分自然公平的思想会导致可怕后果，不仅人们可以用它去杀人，而且倡导者自己也会被它逼疯；那个倡导者根本无力为这理论负责，真正的后果出现时，他自己也会被吓坏。

b. 揭示欧洲历史灾难的本质：宗教大法官的思路及其后果

伊凡是一个有思想的青年知识分子，自视甚高，他对欧洲历史有研究，且是居高临下的研究，对历代统治术的观察使他觉得能够从他的角度对欧洲历史做出叙述，虽然其中表现出不是很有把握的感觉。陀思妥耶夫斯基正是通过这个叙述，以戏仿的方法揭示了欧洲千年历史的逻辑基础。这个叙述集中在"宗教大法官"的长诗中（第二部第二卷第五章）。

这首诗描写一个以基督教领袖身份统治民众的人物的故事，他的统治方法是以耶稣的名号，让人们顺服他，由他代替人们行审判，与神交流，而他则给人们提供面包。这时耶稣出现了，这使他非常慌张恼怒，因为他知道他所做的都不是耶稣所喜悦的。他把耶稣抓起来，在监狱里向耶稣表明他的统治理论，认为这比耶稣的要高明而且符合实际；他指控耶稣的到来破坏了这个世界的秩序，扬言要通过宗教裁判所烧死耶稣。这个故事特别具有反讽意义，但是重要的是他对自己理论的辩解和说明，里面反映出他的思维逻辑，这与虐童的故事一起，构成了这个无恩的世界运作的机制，只不过虐童的故事反映的是民众的想法，而宗教大法官反映的是统治者的想法。

宗教大法官理论的逻辑是这样的：

这个世界的治理要靠三样东西——面包（物质利益）、奇迹（统治者光环的证明，对耶稣名分的借助）、权威（明确的理论，即经济和政治旗帜）。

这就是耶稣受撒旦试探时撒旦诱惑耶稣的三样东西。我们知道耶稣拒绝了这三样东西，严格地说是拒绝了对这三样东西的膜拜。但是宗教大法官认为耶稣对撒旦的三个回答都不切合人类的实际。因为耶稣把人视为高贵的和有自由的，膜拜这三样东西会使人失去自由。宗教大法官说，普通人并没有那么高贵，他们配不上自由，他们宁可用自由换取面包；即使有时候他们为了良心可以舍弃面包，也必须清楚地告诉他们真理是什么，要为什么而奋斗。否则自由会成为负担，甚至导致人们反叛，自相残杀。

因此宗教大法官以撒旦的理论为基础实施统治。他接管了人们的自由，但给他们面包和行为规则，他实施了成功的管理，虽然其中有些地方必须付出令人遗憾的代价（镇压，流血等），但这是为了维护稳定必须付出的。实践证明大法官的治理是对的，而且他有一种牺牲自己而为人类服务并且贡献一切的崇高感，因为实施这样的统治并不容易。这才是一种真正的爱。所以耶稣虽然创造了这个世界，但是已经无权管理。被驯服的人们可以用宗教裁判所处决他，他必须离开。

宗教大法官理论的实质是：

第一，假借耶稣的名义。之所以是假借，因为他实施的都正好与耶稣教导的相反。他自己知道这一点，所以他对耶稣直言不讳地说"我们听从的是他（撒旦）"。因而他诋毁了耶稣的名义。

第二，宗教大法官实施政教合一、宗教裁判所式的残暴统治，剥夺了人的自由，而自由本是上帝给予人类的最重要礼物。

第三，这个理论制造了假神——"人神"。如果有一个人可以代替人类行使自由，那么这个人就已经不是普通人。当伊凡进入梦魇的时候，那个小鬼重提宗教大法官这首诗，但是加以引申说，像这种精神高超、意志力和智慧出类的人就成为了人神。他可以做一切。

伊凡的宗教大法官诗，其实回答了欧洲黑暗的原因。陀思妥耶夫斯基在一封信中指出："欧洲的不幸，一切的不幸，无一例外地都起源于与罗马教会同流合污而丧失了基督，而且后来还以为没有基督也可以生活。"[1]虽然有基督教的名义，但是欧洲中世纪的政治统治中掺杂了许多假神，即假借神的名义而实施完全反上帝的统治。这种灾难并不比没有神名号的统治小。

c. 揭示这种世界观在理论和实践上的后果

从理论上看，伊凡的虐童故事和宗教大法官诗具有无法克服的自相矛盾。

首先，无恩和仇恨本来是世界上残酷现状（包括虐童现象）的原因，用复仇（枪毙）的方法只会加剧这种恶性循环；

其次，大法官被描绘为爱人类的人，因为爱人类，所以压迫人类，鄙视人类（认为人类不配得自由），夺去他们的自由，为他们行使权力。这自相矛盾；

最后，最大的矛盾是大法官论与虐童论之间的矛盾。如果宗教大法官是人神，那么他就成了什么都可以干的人，因此如果他用一个理由要虐杀孩子，也就会被接受，他属下的那些人就不仅会旁观孩子受虐杀（像旁观那位将军杀孩子一样），甚至会发出欢呼，因为他们被剥夺了思想和感觉的自由，把自由换成面包了。伊凡指控耶稣的宽恕使得孩子被虐杀，但是他的大法官如果亲自虐杀孩子，甚至会受到他的辩护。

陀思妥耶夫斯基有力地证明了无恩理论的破产。

从实践上看，对上帝的叛逆带来的结果必然是"什么都可以做"，它的实践后果从伊凡身上已经可以明显见出。此外，还有斯麦尔加科夫的人生，费多尔的人生，以及拉基金的人生，都是实践这种理论的样板。

2. 人物分析——阿辽沙

阿辽沙是费多尔的小儿子，伊凡的同胞弟弟。他生性羞涩，心地善良，从寄居处回到家里后，选择去修道院做见习修士，师从深孚众望的佐西马

---

[1] 陀思妥耶夫斯基致阿·尼·迈科夫的信，1870年10月21日。《陀思妥耶夫斯基集》，徐振亚主编，花城出版社，2008年，第356页。

长老。在家里发生重大冲突，乃至最终发生凶杀时，他都是阻止恶行、发扬善意的中坚力量。他爱自己的兄弟，朋友，甚至自己荒淫无耻的父亲。他身上体现了另一种素质。

A. 阿辽沙的使命

虽然伊凡是《卡拉马佐夫兄弟》中描写最多且表现最复杂的人物，甚至在很多评论者看来是书中的主角，但是陀思妥耶夫斯基明确纠正过这种看法，他始终把阿辽沙看作主角。在小说前言"作者的话"中，他提及的唯一主角就是阿辽沙，说这是一部关于阿辽沙的书。

阿辽沙的使命有两个方面：第一，陀思妥耶夫斯基通过这个人物在文学上要实现的目标；第二，这个人物在生活中被赋予的使命。

陀思妥耶夫斯基早在构思时就定了调子，要把阿辽沙作为"一个气势磅礴的正面的圣洁人物"[1]来写。实际上，文学虽然是一种理想化的虚构艺术，但是翻遍世界文学，却罕见理想的美好人物，这其实很令人惊讶。文学大师们写了各种类型的人物，这些人物各有惊人之处，但也伴有各种缺陷、问题。文学评论界的比较一致的结论是，只有有缺陷的人物才是真实的人物。陀思妥耶夫斯基决心对此提出挑战，要首次在俄国文学乃至世界文学中令人信服地写出堪称美好的理想人物。关于这样的人物，他已经在《白痴》中进行了尝试，《卡拉马佐夫兄弟》是这种尝试的继续。

这是一种什么样的人物呢？

首先，无疑他必须真的美好，这美好的样板就是耶稣。"在世界上只有一个绝对美好的人物——基督，因此这位无可比拟、无限美好的人物的出现当然也是永恒的奇迹"[2]。陀思妥耶夫斯基的逻辑是这样的：耶稣的到来让

---

[1] 陀思妥耶夫斯基致阿·尼·迈科夫的信，1870年4月6日。《陀思妥耶夫斯基集》，徐振亚主编，花城出版社，2008年，第353页。

[2] 陀思妥耶夫斯基致索·亚·伊万诺娃的信，1868年1月13日。《陀思妥耶夫斯基集》，徐振亚主编，花城出版社，2008年，第340页。

人类真真切切地目睹了一个现实的美好人物，文学如果描写现实，难道不应该描写这样的人物吗？文学如果描写理想，这样的人物更是理想中的奇迹。

其次，他是活着的人物，他活在当下。完美无缺、理想化，令人联想到不现实，无法存活，不真实。陀思妥耶夫斯基提出的挑战就是让他活在当下。他在给朋友提及《卡拉马佐夫兄弟》构思的时候，意识到这与当时流行的现实主义思潮会发生冲突，他说："我对现实和现实主义的理解与我们的现实主义作家和批评家完全不同。我的理想主义比他们的现实主义更为现实。"他意识到那些作家和批评家会说他"虚幻"，他说："可是这是本来的、真正意义上的现实主义！这才是现实主义，只是更为深刻，而他们的则很浅薄。"[1] 这个"浅薄"是指仅止于外表的理解。作家必须创造，必须有想法，主导他的作品，为其提出问题，然后通过人物去展开这些问题，也就是让他们活下来。这就是理想的主导，但这也更是现实主义。没有理想的现实，是僵尸而已。

阿辽沙在作品的世界里，也被赋予了他的生活使命，这个使命与陀思妥耶夫斯基的艺术目标是一致的，这就是佐西马长老给他的嘱咐：你不要在修道院里，你要到社会上去，结婚生孩子，组织家庭，与世人生活在一起。阿辽沙的这个使命体现陀思妥耶夫斯基对《圣经》的一个主要精神的关注，这个精神通过小说的题记表现出来："我实实在在的告诉你们，一粒麦子不落在地里死了，仍旧是一粒。若死了，就结出许多子粒来。"这个题记出自"约翰福音"，耶稣告诉他的门徒，要像种子一样结出更多的果实，确切地说，要传福音给大众，使得更多的人归入基督门下。但是陀思妥耶夫斯基理解的传福音不仅是在教堂讲道，而且是通过门徒在生活中的一举一动，让人们体会耶稣的存在，将荣耀归于神。这就是陀思妥耶夫斯基苦

---

[1] 这两段都出自陀思妥耶夫斯基致阿·尼·迈科夫的信，1868年12月23日。《陀思妥耶夫斯基集》，徐振亚主编，花城出版社，2008年，第347页。

恼的"上帝的存在"问题的要点。

B. 阿辽沙的言行

作为一个主要人物，阿辽沙在故事中做了些什么事？

从他回到父亲费多尔家里以后，他周转于修道院、父亲家，与两个哥哥、哥哥的女友卡捷琳娜、格鲁申卡、女朋友丽莎及其母亲霍赫拉科娃交谈；为他们传信，听他们诉说；到受到德米特里伤害的上尉斯涅吉辽夫家，与他的儿子伊留沙及其小同学们谈话，探视病人。所说所做既琐碎，也似乎没有什么明确的目的。这与其他任何人都不一样。费多尔要荒淫的生活，保住自己的钱包；德米特里要从父亲那里得到他该得的钱，要追求格鲁申卡；伊凡，虽然作者写到他为什么回父亲的家是个谜，但是无疑，他的所作所为有明确的目的，只是其中的一些别人不知道；卡捷琳娜要牺牲自己，恪守诺言；而阿辽沙跑来跑去，也忙得不亦乐乎，却所为何来？然而如果我们理解《圣经》的言行观，就可以看到他做的其实是最基本的两件事：爱人，以及使人和睦。

a. 爱人

阿辽沙爱他生活中的几乎所有人。他爱德米特里，爱科里亚、伊留沙；他也爱格鲁申卡，特别是由于自己是在佐西马长老去世而极其沮丧的心情下第一次见格鲁申卡的，而后者给了他安慰；无疑他也爱丽莎，丽莎的母亲霍赫拉科娃如此唠叨烦人，他从未不耐烦；几乎没有人爱费多尔，包括他的其他儿子们，但是阿辽沙爱他，这种爱给了费多尔极大的安慰，只有在阿辽沙面前他表现了些许人性和温情；阿辽沙甚至对不择手段敛财、报复和向上爬的拉基金也很有耐心，阿辽沙是拉基金在这个世界上甚少的可以倾诉的人。

阿辽沙对他人的爱是发自内心的，他即使没有说什么，或所说很少，也没有做什么，但是他的交往者能够感觉到他对他们的爱。他的方法是设身处地地为他们着想，尤其是把他们每一个人都看成是可爱的。他跟伊凡在酒店的长谈中，伊凡问"你好像为了什么原因爱着我，是不是"，在得到肯定的回答后伊凡要求阿辽沙谈谈对自己的看法。阿辽沙说"你是个普通的青年，和所有别的23岁的青年一样，同样是年轻、活泼、可爱的小伙子，实际上还是个乳臭未干的小孩子！"这个看法的奇特之处不只在于它与大家的看法完全不同（在其他人眼中，伊凡是个思想复杂、理性智慧且自视很高的人），而且在于这种描述中洋溢的爱意。阿辽沙也是用这种方法爱其他人的。

阿辽沙的爱也表现在他为所爱的人的罪感到痛苦惋惜。他目睹哥哥德米特里痛打自己的父亲时，哭着对他喊道"你几乎把父亲杀死"；他听到伊凡关于用报复的方法以暴制暴的观念，对伊凡说"心里藏着这样的地狱，怎么过得下去啊"。这是一种批评，不认同，但是是以同情的立场表达的，设想自己处在这种状况时（打了父亲，或想以暴制暴）内心的痛苦。

去爱人不是一项通常意义上的人生事业，在通常的人生规划中它比任何事业（学业、职业、名声、地位、家庭）都不重要，但是如果说那些"重要"的事业都是为了自己，只有阿辽沙的事业是为他人的。

b. 使人和睦

阿辽沙做的另一件事情就是使人和睦，也就是促使他人去爱人。他做这件事花费的精力和心思与自己去爱人一样多。

在德米特里与父亲的冲突中他做了很多调解的事。他找德米特里谈话，对哥哥打人的事表示了痛心；他也找费多尔谈话，甚至帮助德米特里向父亲要钱，虽然他知道父亲绝对不可能给哥哥钱，但是为了使得事情朝好的方向发展，为了二人的和解，他做了按其性格不愿意做的事。

在科里亚和同学们与伊留沙的关系上，阿辽沙付出了很多时间和精力，让一开始势同水火的同学之间相互体恤关爱，守护童年最美好的品质；他还以自己的真诚打动了像科里亚这样的少年。科里亚聪明、早熟、有领袖气质，但也骄傲，会恶作剧，与阿辽沙的交往令他善良的一面大开，聪明智慧都用到了去安慰他曾经的对头伊留沙上。

德米特里与卡捷琳娜是一对有着特殊关系的人，他们开始有施恩与受恩的关系，但在卡捷琳娜的骄傲的理性驱使下，变成不自然的订婚夫妇关系，而在最后，随着弑父案的审判，卡捷琳娜对伊凡的真情终于冲破了理性的藩篱爆发出来。为了伊凡，她做了一件被视为背叛德米特里的事：出示信件证明他谋杀了费多尔。德米特里被判有罪。德米特里以认罪的态度对待这件事，认为由于自己深深伤害过对方才使对方有这么大的恨，很希望在服苦役前求她宽恕。阿辽沙介入了这件事，他竭力劝说已经深感羞愧的卡捷琳娜去见德米特里一面。这当然很难，特别是对于卡捷琳娜，但是在阿辽沙的真情面前，她抱着"赴死"的勇气到关押地，于是发生了"谎话一时成为真实"这一章中的感人场面：两个冤家互诉衷肠，求得对方宽恕，恨转化为爱，在卡捷琳娜这里还转化为营救对方的强大动力。

实际上，在审判以后，阿辽沙真正极力去做的事只有两件：参加伊留沙的葬礼，以及安排两人的会面。至于营救德米特里，这是伊凡和卡捷琳娜着力在做的事。阿辽沙的这两件事都是使人和睦。

C. 阿辽沙的品性

阿辽沙表现出来的个人品性也很特别。

a. 谦卑

阿辽沙是一个谦卑的人，他不仅对佐西马长老、佩西神父持谦卑的态度，而且能够谦卑地对待穷困潦倒的斯涅吉辽夫，倾听他的心声，给予他所需要的尊重而不仅仅是钱。阿辽沙甚至在与科里亚、伊留沙这些小学生交往的时候也秉持谦卑，从他们身上学习。

格鲁申卡是个名声不好的女人，在那个时代人们通常戴着有色眼镜看待这样的人。但是阿辽沙第一次见她就受到感动，因为格鲁申卡听说阿辽沙的长老刚刚去世，便一改原来设计好的挑逗姿态，竭力安慰他，露出了真情。阿辽沙因长老尸体过早腐烂而正处在信心动摇状态，但他从格鲁申卡的举动中再一次坚定了信心。他对本想看闹剧的拉基金说："你最好看一看她：你有没有看见她是怎样宽恕我的？我到这里来原想遇到一个邪恶的心灵，——我自己这样向往着，因为我当时怀着卑鄙、邪恶的心，可是我却遇见了一个诚恳的姊妹，一个无价之宝——一个充满着爱的心灵。……她刚才把我宽恕了……阿格拉菲娜·阿历山德罗芙娜，我说的是你。你现在使我的心灵复元了。"[1]这里表现了两层意思：第一层，人们之所以会看见邪恶，是因为自己本身邪恶；第二层，只有看见自己的恶，才能看见别人的善，谦卑是爱的前提。"她刚才把我宽恕了"一句说明格鲁申卡比自己好，他认为后者的宽恕是无价之宝，相比之下，自己却曾怀着邪恶与卑鄙。

b. 善良诚实

所有人爱阿辽沙的原因就是他善良诚实，因而可亲可靠。

阿辽沙不说谎，不说夸张的话，他的善良使得他并不需要老是指责他人的错误，他的诚恳又使得他能够在批评他人时直言不讳，却也并不伤人。他与科里亚交朋友，但是他对科里亚有期望，他希望科里亚摆脱骄傲的习气，他对科里亚说"魔鬼化身为自负，你应该与众不同"。而正是由于他的善意和诚实，即使狂傲如科里亚这样的人，也把他的批评当作忠告，十分珍视。他的诚实令人十分重视他的建议，虽然他只有二十出头，那些大人们凡事都想听听他的意见，比如德米特里拟议中的逃跑，所有策划者都想听听阿辽沙对此事的看法。

在这一点上，我们也可以看出，当初佐西马长老提议他到尘世中去是有他个人的原因的。他的这个品性使他成为社会和谐的一种黏合剂，他能

---

[1] 陀思妥耶夫斯基：《卡拉马佐夫兄弟》，耿济之译，人民文学出版社，1981年，第526页。

够以一种正能量为人们服务。

c. 知人心

阿辽沙善良，但却十分聪明，他判断事物的准确性令人印象深刻，而在他最擅长的领域——人的心理方面，更是展现出他鞭辟入里的洞察力。

伊凡离开家到莫斯科去，传来了父亲被杀的消息。虽然他盼望这件事发生，但是以他分裂的内心，很快就受到一种自我谴责的折磨。他觉得这事与己有关。顺着这种想法，他去斯麦尔加科夫那里一探究竟，三次上门，疑惑战兢地终于获知真相。奇怪的是，在他尚未知道全部真相之前，阿辽沙就看出了他心里的问题，看出了他的自我折磨。他非常痛心地对伊凡说，不论发生什么，都请记得我此刻对你说的话"不是你！不是你！"其实他并不知道伊凡去找斯麦尔加科夫，也不知道伊凡的梦魇，但是他准确地判断出伊凡的折磨之所在。这使伊凡甚至怀疑他见过了自己梦中的小鬼。而情节的发展已经向我们展示了伊凡后来果然陷入了这种自责。我们还知道，在整个案件相关人中，只有阿辽沙准确无误地判断出杀人者是斯麦尔加科夫。与伊凡不同，他没有听对方亲自告诉他。他也诚实地告诉德米特里，他从未怀疑过德米特里是凶手。另一个匪夷所思的例子是他奉命为斯涅吉辽夫送去二百卢布，他能够在对方因感到羞辱而气愤地扔掉钱以后判断出，第二次再送去，对方就会接受。

阿辽沙对人心的走向有一种天才的洞察力。这个品性也是他能够对尘世有所助益的个人方面的条件。

D. 阿辽沙形象的意义

陀思妥耶夫斯基要通过阿辽沙证明上帝的存在，这是这个形象的最大意义。

但是，对于阿辽沙这样不仅在现实中而且在世界文学中也被认为是绝无仅有的人物，他的意义问题还有更深一个层面。像这样一个好人，只知道为他人服务、担忧,牺牲自己的几乎一切,从存在论角度看,他现实吗?

事实上,对于《卡拉马佐夫兄弟》的评论中充满了这种怀疑。把伊凡作为作品事实上的主人公的观点也与此有关:伊凡是现实的,而阿辽沙不太可能真实存在。

对阿辽沙真实性的怀疑来自这个形象与现状或现存事实的巨大反差。我们已经多次提及,现状与《圣经》的精神往往相反。比如《圣经》提倡宽恕赦免他人的过错乃至罪,现状提倡惩罚,付代价;《圣经》要求人谦卑,现状要求人强大,超越其他人,追求各方面的第一;《圣经》要求将爱人、使人和睦作为最大的事业,而在现状中,学业、职业的成功,名利双收才是事业。如果把现状当作现实,也就是当作理应如此的正确目标,就会越来越疏远阿辽沙这样的人的生活逻辑,把他们当作不现实甚至不真实的。这其中最主要的一个论点就是,阿辽沙的生活是纯粹付出,而人都是自私的,没有那么高尚,那么做不符合人的本性。

能否享受生活确实是判断这种生活是否现实的一个标准。我们必须同时注意到:享受不只有按照俗常的方式(比如肉体享受)得到,即使俗常的方式,也各不相同,有人喜欢声,有人喜欢色,也有人喜欢味,如果深陷其中的一种而否认他者,那是狭隘的;而在更大的层面上,精神的享受岂不是值得一试?否认阿辽沙的生活方式有享受,这算不算孤陋寡闻?

在这个层面上,阿辽沙给出了确切无疑的答案。在伊留沙的葬礼上,阿辽沙破例地发表了长篇讲话,这是世界文学中少有的充满正能量的感人讲话。其中一段是这么描写的:

"孩子们,亲爱的小朋友们,你们不要惧怕生活!在你做了一点好事、正直的事的时候,生活是多么美好啊!""是的,是的。"孩子们欢欣地附和着。[1]

---

[1] 陀思妥耶夫斯基:《卡拉马佐夫兄弟》,耿济之译,人民文学出版社,1981年,第1168页。

这里传达出的信息是：去爱人会使人得到生活美好的享受。爱并不因为会得到回报才是值得的，爱不只是付出，爱本身就是享受。一个母亲为她的孩子做了一点事，她头脑中连"好事"这个词也不会出现，并且，她只要看见孩子舒服了，笑了，她就满足了。她做这事的时候就在享受，你如果阻止她做这事，她会跟你搏命。孩子的笑就是"生活是多么美好"的标志。阿辽沙说出了他深深陶醉其中的享受，那些孩子们以"是的，是的"肯定了他这句话的现实性，因为他们通过对伊留沙最后的日子的陪伴品尝到了这种美好滋味。科里亚的话也说明了这一点："要是能使他（伊留沙）复活，我情愿放弃世上的一切。"

结论是：阿辽沙是最现实的，他不仅为所有人所需要，他自身也乐在其中。

3. 凶杀案的案情与审判

《卡拉马佐夫兄弟》的情节是以凶杀案的酝酿、发生及审判为主线的。陀思妥耶夫斯基在这里展现了他高超的想象力和故事驾驭能力，但是深入观察，我们可以清楚地看到，这个通常被认为是极为精彩的情节主线实际上也是作品主题的释放点。

A. 难以查清的真相

费多尔·卡拉马佐夫被害案有一个奇怪的特点，虽然作者明确告诉了我们谁是凶手，但是读者仍然感到不可思议，情绪上仍然把德米特里当作凶手，并对司法人员对德米特里的起诉和最后的判决给予同情。这是一件检察官和法官并无多少过错的错案，但这是如何发生的？

a. 案件奇特的偶然性

这是一件事先预定的凶杀案。

由于众所周知的父子矛盾，鉴于矛盾的性质（争夺女人）和德米特里的暴躁性格，以及费多尔的臭名昭著的荒淫无耻、极端无赖，德米特里被许多人预想会凶杀。其实在出事之前，伊凡就在等待事情的发生，斯麦尔加科夫也一样，阿辽沙担心会发生这个事情，格里高利半夜在花园遇见德米特里时，几乎毫无迟疑地大喊"杀父的凶手！"其实他并没有见到德米特里做了什么，倒是这叫声挑起了后者的激情，把他击伤了。这个预定因素极大地遮蔽了真相，以致实际真相反而显得意外。

真相几乎出于所有人的预料，它的奇特之处在于，案件的参与者都没有料到事情会是这样的走向，包括真正的凶手。斯麦尔加科夫的安排是等待米卡杀人（他事后对伊凡说"这是一定会发生的"），然后他趁乱偷走钱，因为只有他知道钱在哪里；但是最后的变故（德米特里认为上帝阻止了自己）使他不得不亲自动手。

陀思妥耶夫斯基对于人们处于被蒙蔽状况感到有趣，他要告诉我们什么呢？

b. 对米卡不利的证据

对米卡不利的证据特别充分，这使得人们不会怀疑其他的作案者。

第一，德米特里有作案动机。他与父亲的严重冲突——争夺女人与钱财让人们无法不断定他是案犯；他的直率、没有心计的性格令他给卡捷琳娜写了那封信，明确表示他将要杀人。这个证据已经不只证明他的动机，而且是犯罪的直接证据了。

第二，他有在犯罪现场的证据，有作案时间。这方面格里高利的目击证据最为致命：凶案发生时他就见到了德米特里；而且他发现通往费多尔屋里的门被打开了。至于德米特里击打格里高利，正好证明他想灭口，只有犯了凶杀才会对目击者实施灭口，否则难以解释他为什么要下此狠手。

第三，其他人证也对德米特里非常不利。小卖部的主人可以证明他大肆挥霍，受到款待的乡下人证明他花了很多钱；他把一把手枪抵押给小官员彼尔霍金换取一小笔钱，却马上有钱来赎回它，赎回时手上衣服上都是血，而且还说什么天亮了就自杀。

第四，物证。血手帕；带血的铜杵，这把铜杵是从格鲁申卡家拿走的，后者的女仆证明当德米特里听说她不在家，就抄起一把铜杵出门了；装钱的信封——这个信封在凶杀现场被找到，上面的字与德米特里事前声言的一模一样，说明他见过信封，他甚至告诉过别人信封藏匿的地方（枕头底下）。

第五，三千卢布。德米特里认为父亲欠他的钱正好三千卢布，与凶杀发生后丢失的数字一样；几乎所有人都听到米卡说他有三千卢布；虽然卡捷琳娜也曾经给过他三千，但大量证人证明，在此前的第一次狂欢已被他花完，这次他吩咐准备的食物和酒与上次一样多，说明他又有了三千卢布；而普通民众对三千卢布的概念其实是个概数，而不是确数，三千卢布在那个年代够他们一个人十年的基本生活费，所以他们实际上只是证明了"很多钱"这个概念，但三千这个敏感的数字就与案件联系起来了。

c. 真相难以查清的原因

这个案件本身的诡异性质已经使人们不大可能弄明白真相，而司法调查和审理使它变得更加扑朔迷离。平心而论，各方面的司法人员对此案是尽心尽力了，因为此案的影响是全国性的，检察官和律师都使尽浑身解数，各种证词都得到充分表达，法庭给控辩双方足够的表述时间。严格地说，没有渎职的行为。但是我们被告知了真相的读者却眼睁睁地看着审理被认真地引向了歧途。究其原因，在以下几点：

第一，司法人员的目标不是查清真相，而是他们自己的职业诉求，是胜诉，是案件审理的顺利进行。

控方：检察官依波利特使用各种方法和策略，用了当时颇为时兴的性格分析法，唯一目的是证明被告德米特里有罪而非探明案件的真相。他的证据有疑点，比如赃款的去向、凶器的唯一性等等，但他却未在这些证据上面下功夫，而是用合理想象掩盖和抹平疑点；依波利特对德米特里的预审就事先预定了他是罪犯，把他每一句话看成是为了逃避打击，并且通过自己的聪明才智挖掘其中的"漏洞"；他的重要指控策略是攻击职业对手，即辩方律师、闻名全俄的费丘科维奇，事先预判对手可能的攻击点加以辩解；同时用道德诉求打动陪审团和公众。

法官：大部分时间用在维持法庭秩序上，因为他的职业目标就是审理的顺利进行。

陪审团：只是根据控辩双方提供的叙述和证据做出判决，他们并不比任何人知道更多。

辩护律师：这位全俄著名的律师使用的辩护策略，在查清真相这一点上是最具讽刺意味的。费丘科维奇先是丑化控方证人，比如证明格里高利经常喝醉，使他的证词的可靠性受质疑；为了适用德米特里的案子，他用了与检察官相反的道德诉求：检察官说这个罪犯弑父，违背了最基本的道德良心，天理不容；费丘科维奇则力图证明被告的父亲禽兽不如，杀他情有可原，企图以此影响陪审团的同情心（其实如果案情需要，他可以在另一个案子里使用父母必须被孝敬的道德诉求）；他的辩护策略是先用无罪辩护，否认被告弑父，为此他甚至宣称根本没有三千卢布这回事；然后又悄悄地转移为轻罪辩护，说他的父亲如此不堪，即使杀了也是该杀的，你们也不该重判他。他完全不在乎真相。这种策略甚至完全不是为当事人，而是确保律师的成功：无罪、轻罪通吃。这是俄罗斯最好的律师！

法庭组成人员的每一方，其职业道德中都没有弄清真相这一条。

第二，错误观念的支配。

德米特里被认为有罪，很大程度上是因为他的言行。他曾经扬言要杀父亲。但是陀思妥耶夫斯基证明，德米特里说的不一定反映他想的，他想的也不一定能够说明他做的。在预审中，德米特里没有说出他跳下去察看格里高利其实是因为"出于怜悯的心",他认为检察官根本不会相信他,因为这种说话方式与他的惯常方式不符。德米特里的一般表现也让普通民众相信他有罪,导致舆论对他不利。

第三,错觉的误导。

这最明显地表现在关键证人格里高利的证词上。在凶杀案发生的那晚,格里高利喝了酒早早地睡了,但他记忆中园子门没有关,晚上醒来就去查看,发现果然开着,但此时他突然发现了德米特里的身影,于是发生了被击打致昏的事。他对检察官的证词说房门是开着的。没有理由说明格里高利故意这么说,在这种情况下对房门和花园门的错觉和混淆完全可能,加上他的执拗劲,这一条也就成了检方的铁证。他的优点(坚持原则)被用于对错觉的证明。

第四,真相对人的依赖性。

认定真相需要一些主体方面的条件,例如证人,而由于主体(人)的不稳定性,导致这方面存在着很大变数。

例如证人的可靠性。本案唯一知道全部真相的证人伊凡,由于其可靠性受怀疑,他前言不搭后语,而且阿辽沙和卡捷琳娜都说他有病,其证词不被认可。

辩护律师费丘科维奇打击控方的方法是揭露证人(如格里高利)的不可靠性,只是这一点没有被法庭认可。

第五,真相对于解释的依赖——证据链。

真相需要在一种叙述或解释格式中被定位:通过叙述给出因果联系的线条——证据链。这就介入了观点。一个事实真相在不同观点中呈现不同的样子:那个装钱的信封既可证明德米特里有罪(他知道它的各种细节),这时信封被牵扯到德米特里"杀人"的序列;也可证明他无罪,因为米卡说信封放在枕头底下,但实际上在神像后面,因此上面没有明显由睡觉压过的痕迹即可证明米卡其实不知情，这样信封就成了辩方的证明无罪的证据了。三千卢布也是如此，当大家拼命寻找其线索时，伊凡在法庭上拿出了它，却不被认可，因为它不在最后胜诉的控方证据链中，讽刺的是，这才是真正的属于费多尔的那三千卢布。

上述种种表明，即使现代司法制度没有弊病，司法人员的职业道德都以查清真相为目标（这在凸显专家作用、强调职业分类的现代社会中其实绝无可能），人以其局限性，也难以实现这个目标。

B. 罪与罪人的处置

司法人员虽然并不致力于查清真相，但是他们的职业目标显然要靠拥有真相的诉求加以实现，控辩双方都声称自己对案件的表述是唯一真相。然而，这种证明的进一步意图是找出真正的罪犯，而找出罪犯的目的又是对罪犯的处置，这涉及社会的安全，这个大目标才是司法审理的合法性前提。

可见，如何对待罪和罪人，是现代司法制度核心所在。这也是陀思妥耶夫斯基对这个问题的兴趣所在，因为这与《圣经》理论有了交集。

a. 现代司法制度的答案及其困境

现代司法制度要确保找到每一个刑事案件的真正罪犯，它进行的制度改革，侦破和证明技术的改善都表明了这一点。

找出罪犯的目的是为了惩罚。现代司法制度规定了惩罚的细节，根据犯罪的恶性程度和造成危害的程度对刑期严格量化，对罪犯规定了死刑或非常细化的监禁时间，虽然福柯曾经从另一个角度指出过这种现代司法制度的非理性和野蛮，但是它被现代性的进步逻辑所接纳。

那么惩罚为了什么呢？它可以表述为三个互相联系的目的：让罪犯付出代价，改造罪犯，使社会得到安全。

但是我们都知道这个核心目标的论证不正确，且根本无法达到。

首先，代价论对于它设置的目标是风马牛不相及的。为什么以罪犯失去自由或生命为代价？这个代价能够弥补什么？受害者不会因为对罪犯的惩罚减少他自己的损失，除了受害者及其家属复仇的幻觉，它弥补不了任何东西。

其次，改造论是根本无法做到的。很少能够找到因为惩罚而使得犯罪者改邪归正的例子，事实常常适得其反，如托尔斯泰借聂赫留朵夫的口指出的，刑满释放者往往报复社会，更有甚者，他们中蒙冤被错判者，出狱后也就变成社会的敌人了。本案中德米特里就很可能成为这样一个蒙冤者，这可能把他往坏的方面改造。这也是阿辽沙担心的地方，所以他认可了伊凡帮德米特里越狱的计划。

最后，由于上述原因，安全论也就落空了。

b. 陀思妥耶夫斯基的探讨

陀思妥耶夫斯基对司法无能的揭露，并不是为了讽刺人类及其能力。他的目的也是探讨对待罪的态度和方法。

按《圣经》，我们确认，唯一知道并有权威证实真相的是上帝，但是奇怪的是上帝并没有向本案司法人员暗示真相。耶稣从来不认为找到罪犯是最重要的事情，因为人都犯了罪；耶稣到这个世界是来救人的，在"约翰福音"中他说他不定行淫妇人的罪，他的判决是："我也不定你的罪。去吧，从此不要再犯罪了。"

其实，以赦免为目的，找出罪犯就没有必要了。

陀思妥耶夫斯基按这一思路创作了作品唯一的主角阿辽沙。阿辽沙的主要工作是把来自耶稣的爱带给每一个罪人，希望德米特里、卡捷琳娜、格鲁申卡乃至伊凡成为新人，认罪，宽恕别人并且得到别人的宽恕。他在对案情的判断中并非依靠目睹，却很奇怪地知道罪犯是谁。但他完全不热衷于指出罪犯，甚至他在法庭作证时还说"我并没有自己对斯麦尔加科夫提出指控"。这句奇怪的、在法庭审理中其功能不甚明了的话，隐含了陀思妥耶夫斯基对这个问题的思考。现代司法制度在根子上有问题，它的许多荒谬讽刺之处都来自这个病根。

C. 罪的藏身处

陀思妥耶夫斯基的深刻之处还在于他通过小说揭示了为人忽略的方面——罪的藏身处在人心里，而不是行为里。

斯麦尔加科夫对伊凡说出了凶杀的真相，可是他声称："您才是这个案子里的唯一的元凶，我只不过是个小小的从犯，虽然是我杀死人的。您正是那个法律上的凶手！"[1]他的理由是，伊凡"什么都可以做"的思想唆使了他这么做。谁做这并不是最重要的，那个唆使他做的才是真正的凶手。斯麦尔加科夫的这个说法绝不是推脱责任。事实上伊凡也认可了这一点，他在法庭上招供说人是斯麦尔加科夫杀的，但是自己教的，"谁不希望父亲死呢？"他加了这么一句。这引起了弗洛伊德对陀思妥耶夫斯基的兴趣，把他的小说作为弑父冲动的案例。弗洛伊德认为人的行为受下意识支配，其中最基本的力比多直接导致弑父的动力。行为只是意识的工具罢了。就罪的根源在心里这一点，弗洛伊德与陀思妥耶夫斯基是一致的。但是陀思妥耶夫斯基不是在做理论推测，他通过细节描写展现了罪如何由内心、由一种理论或者借口发动乃至实现到行为上，他甚至揭示了唆使者内心在这种行为过程中的煎熬，虽然伊凡对思想可以杀死人一开始并不那么警觉，但是在看见后果以后他已经不能自持了。

20世纪早期一位英国的评论家米德尔顿·默里对这桩凶杀案说了这么一段话："可能并不真正存在一个斯麦尔加科夫，正如并不真正存在魔鬼，他们只是活在伊凡心里。可是那谋杀又是谁干的呢？要是那样，当然就可能是伊凡本人了，或者，从另一方面说，也可能根本就没有过什么谋杀。"[2]

---

1 陀思妥耶夫斯基：《卡拉马佐夫兄弟》，耿济之译，人民文学出版社，1981年，第949页。
2 米德尔顿·默里：《费多尔·陀思妥耶夫斯基》(1916)，转引自勒纳·韦勒克"陀思妥耶夫斯基评论史概述"，见《陀思妥耶夫斯基集》，徐振亚主编，花城出版社，2008年，第524页。

从实证论的角度，也许根本就没有什么谋杀，这只是陀思妥耶夫斯基虚构的一部小说；但是如果真正存在杀人之事，它并不是人干的，而是住在人心里的魔鬼干的。这个评论，陀思妥耶夫斯基会认可。

4. 其他人物

A. 佐西马长老系列

在《卡拉马佐夫兄弟》中，佐西马长老是阿辽沙的精神导师。这个人物是有原型的，即18世纪人称"吉洪"的一位教父，其原名是季·萨·基里洛夫，曾任神学院院长和一个教区的主教，住在一个修道院里。吉洪对人仁爱宽厚，深受教民喜爱。小说中的佐西马长老与这个人物原型很像。

佐西马长老对待他牧养的会众爱得很深，甘愿为他们鞠躬尽瘁，几十年如一日。他有一种特别的能力：洞察人心。因此他的言谈，对于人们的日常生活和行为有很大帮助。在小说开始，卡拉马佐夫兄弟一家去修道院调解财产纠纷，佐西马长老对费多尔、伊凡和德米特里都做了性格和命运方面的分析，可谓鞭辟入里，当事人都表示了认可和佩服。其中对伊凡性格的分析我们已经在伊凡一节中做了详细说明。佐西马长老的知人心并不只是谈谈，他的分析或判断都有一种对行为的干预性质和指导意义，他在修道院里对德米特里的突然下跪就是一例。这不仅是具有神秘色彩的评估，而且是一种恳求，要阻止某种可能的行为。

佐西马长老的完整形象还包括了他的哥哥马尔克尔以及他年轻时的神秘访客，后二者表达了他坚持的信念。

他的哥哥马尔克尔拥有一种博爱的思想，这种博爱不仅是对于人的，而且是对于动物甚至世界上任何的无机物的。他的体会是，他能够感受到这个世界上的人们对他的爱，以及小鸟树木对他的爱，他能够以这种非凡的眼光洞察上帝造世的时候给这个世界刻上的爱的标记。人类与这个世界是一体的，与此相应，人必定分摊他人的罪，他说："你要知道，每一个人的确都在众人面前对一切人和一切事担有种种罪责。我不知道怎样给你讲明白，可是我痛切地深深感到是这样的。所以我们怎么能活在那里，生着气，却一点也不自觉这一点呢？"¹ 这是一个非常深刻的思想，人既是环境的原因，又是其后果，因为人运用了自由。所以他人的犯罪不可能与构成这个生态一部分的我没有关系。这也是保罗"因一人的过犯，众人都死了"这句话的意思，一个人的罪牵连了所有人，所以没有一个人可以像孤岛那样自成一体；对他人的罪生气就是某种罪恶感和责任感的征兆。马尔克尔的世界就这样显得与众不同。他的妈妈甚至对此有点担忧。这个人物形象表达了《圣经》的一个重要方面：爱是造世的原则，也是人类生活的本质，与爱相适应的就是人类的整体感。马尔克尔反衬出俗常的生活原则是多么不自然。他也是上帝存在于日常生活现实中的一个佐证，他的哲学是生活可爱，因为这个世界是神创的，善的，每个人都应该热爱生活。

神秘访客从另一方面充实了佐西马长老的形象。神秘访客并不只是佐西马长老生命历程中的一个交往者，他表现了陀思妥耶夫斯基理解的一种基督精神：认罪、忏悔和享受赦免。佐西马长老正是通过他道出了犯罪对于一个人的良知形成的压力，以及忏悔对于这种压力的解除。事实上，我们还可以在陀思妥耶夫斯基的其他作品中找到这种典型。《罪与罚》中的索尼雅对犯了罪的拉斯科尔尼科夫说，你要到广场上去，跪下来，请求宽恕，因为你得罪了上帝，也得罪了土地。索尼雅的父亲马尔美拉陀夫经常喝得烂醉，但他知道这是犯罪，他说自己是畜生，他清醒的时候痛悔自己的罪，同时他相信耶稣会在天堂赦免他，款待他。陀思妥耶夫斯基本人也有这种悔罪和求得赦免的情结，他在给友人的书信里忏悔"我的卑劣行为和耻辱"²，由于沉溺于赌博，他耗尽了家里最后几个卢布，使得新婚的妻子陷于

---

1 陀思妥耶夫斯基：《卡拉马佐夫兄弟》，耿济之译，人民文学出版社，1981年，第433页。
2 陀思妥耶夫斯基：致阿·尼·迈科夫的信，1867年8月28日。《陀思妥耶夫斯基集》，徐振亚主编，花城出版社，2008年，第335页。

恐慌。忏悔和宽恕是基督信仰的重要环节。

B. 德米特里

德米特里的性格非常极端，在常人看来有点夸张，但是仔细品味，又让人觉得很真实。《卡拉马佐夫兄弟》提及一个很重要的概念：卡拉马佐夫式性格。与其他人比起来，德米特里身上体现出来的卡拉马佐夫式性格最完备。他同时具备从父亲身上得来的荒淫好色，以及从继母方面得来的虔诚与疯狂。从行事风格来看，做事极端，不计后果，是一种激情爆发型，多情善感，又放纵任性；但在另一方面他又是充满智慧的，经常发出机智之语，并非糊涂蛋。他是一个善与恶在其身上都得到充分发挥的角色。

德米特里的最大特点是能够在生活中同时容纳两种截然相反的体验并作出两种截然相反的决断。在为德米特里辩护的时候，辩护律师费丘科维奇提到："卡拉马佐夫能同时体察两个正巧相反的深渊。卡拉马佐夫就具有这种两方面的、横跨两个深渊的天性。他即使在感到难忍的酗酒的需要时，如果有什么东西从另一方面打动了他，他也会顿时止步回头的。"[1]虽然费丘科维奇在案子辩护方面的表现有点奇葩，但这个评价却抓住了德米特里性格的要害。所谓同时体察两个相反的深渊的能力，一个例子表现在他能够在酗酒与追求爱情之间决绝转换；另一个例子是德米特里一方面荒淫挥霍，另一方面却疯狂地试图恪守自己的名声，绝不做贼，一定要设法还清所挪用的卡捷琳娜的钱。确实很难解释为什么这样，但是，在这个人身上这两种水火不容的元素却非常真实地共存着。

德米特里形象的第二个特点是集天使与魔鬼于一身，且反差极其强烈。德米特里脾气暴躁，嫉恶如仇，无法管住自己的冲动，嫉妒心强，态度蛮横；因为替费多尔传信，斯涅吉辽夫遭到他的毒打；因为怀疑格鲁申卡的

---

[1] 陀思妥耶夫斯基：《卡拉马佐夫兄弟》，耿济之译，人民文学出版社，1981年，第1105页。

下落，她的女佣遭到恐吓，怕得要死；他的父亲也遭他毒打。这种时候他呈现出一副恶棍的嘴脸。他的这种脾性是使杀人怀疑落在自己身上的主要原因之一。但是在这种外表之下，德米特里有一颗十分纯洁的内心。他的口无遮拦反映了他毫无心机、赤诚的一面。只有他真正懂得卡捷琳娜孤傲的内心和纯真的献身精神的奇异混杂，他为卡捷琳娜之父解除了困境，但是没有要对方任何的回报，对于一个有恶棍名声的人，这是不可思议的。事实上他常常需要一种动力来把他天使的心激活，卡捷琳娜的献身精神就是使他如此高尚地处置借款一事的动力。在小说末尾，他见卡捷琳娜求宽恕，是一件十分奇怪的事。卡捷琳娜不敢面对他，因为她揭发和损害了他，但是德米特里的心是要卡捷琳娜宽恕自己，他的逻辑是：对方以这样一种歇斯底里的方式在法庭上指控他，可见自己对她的伤害有多深。即：在这样一种情况下，他不计较对方的背叛，而担心自己对对方的伤害，谦卑和悔罪如此，远远超出了一般的好人。担心自己魔鬼的一面彻底侵吞天使的一面，他从内心深处依赖阿辽沙，依赖其判断、建议。陀思妥耶夫斯基的伟大之处就在于把这两种截然相反的品性自然地融合在德米特里一个人身上，而按一般的理解，它们是无法相容的，尤其是在一个其品行遭到社会舆论普遍嫌弃的人身上。所以鲁迅说，陀思妥耶夫斯基"不但剥去了表面的洁白，拷问出藏在底下的罪恶，而且还要拷问出藏在那罪恶之下的真正的洁白来"，这后面一句话，实在是对德米特里这样的人物的写照。

C. 卡捷琳娜与格鲁申卡

卡捷琳娜与格鲁申卡，这两人都与德米特里有着密切关系，前者是德米特里的未婚妻，后者则是德米特里的新欢。虽然两个人性情迥异，且是情敌，但是读者能够看到她们身上寄托着陀思妥耶夫斯基探讨的那个主要问题的因子。

卡捷琳娜与伊凡一样具有分裂的性格。她的外在表现是孤傲，眼界很高，但是骨子里她有很深的烦恼和痛苦。理性告诉她必须把高尚进行到底，必须恪守自己的诺言，忠实于她其实并不真爱的德米特里，她用这种方法消解因德米特里的不忠而受到的伤害，这表现了一种表面上牺牲自己实际上是居高临下的不屑的态度。但是在心灵深处她的郁闷无可排解，这就导致了她经常一厢情愿地把事情往有利于自己的方面想。她从格鲁申卡暧昧的表示中读出了实际上并不存在的忏悔的意思，结果惨遭格鲁申卡的调戏，而这只能使她加倍地痛苦。只是在最后，当她意识到自己所爱的其实是伊凡，而伊凡因知道凶杀案真相而几乎发疯的时候，她才开始面对自己的内心。

陀思妥耶夫斯基通过"尾声"中卡捷琳娜与德米特里的见面，两个人傻傻地互诉衷肠，求对方宽恕自己，而来表明一个重要的《圣经》精神：一个人不论他（她）曾经如何地孤傲，不可接近，内心充满分裂，或者如何混账，只要与他人互相宽恕，就能够使相互关系变得极其感人，可以消除一切的不和。因为宽恕实在就是爱的极致表现。

格鲁申卡有着与卡捷琳娜完全相反的名声、地位及个性。由于被富商包养，她被烙上坏女人的标记，成为人们言谈中被唾弃的对象。当然，男人们也暗中垂涎她的性感和美貌。她的性格是任性，敢说敢干，但没有什么心计，从不掩饰什么，喜怒形于色。她懂得如何吸引男人，并不以为耻。但是另一方面，她对于感情其实有着执著的追求。她被自己初恋的波兰情人抛弃，却仍然抱有期待，一直梦想着对方的出现，只要他招手，随时准备捐弃前嫌，投入其怀抱。她对德米特里的爱情诚挚而认真，陀思妥耶夫斯基写出了这样一个"坏女人"情感上纯洁的方面。最主要的，她有一颗善良而温柔的同情心，和对神的敬畏心。她与阿辽沙初次交谈表现出来的敬虔和同情令阿辽沙感动，使他复原了自己的精神状态和对神的信心。她讲述的"一根葱的故事"表现了对耶稣精神的深刻体会。我们很难相信在这种名声下的女子怀有一颗如此天使般的心。

D. 费多尔

老卡拉马佐夫无赖透顶，他谎话连篇，视财如命，奸淫好色，几乎无恶不作，甚至对自己的子女也毫无怜爱之心，视其为无物；另一方面却还好演戏，恶作剧，以作贱自己的方式损毁他人。他是卡拉马佐夫式性格负面形象的极品。

这个人物与阿辽沙形成强烈反差，但他们是父子。陀思妥耶夫斯基通过这个人物透露出什么信息？

首先，是这种恶的实质。费多尔对自己和别人的贬损，真正作贱的是人类整体，是对人的称号的蔑视；这是没有信仰的突出表现。他不尊重任何人，将任何人都视作无耻之辈，而作贱自己，既是一种策略——可以减轻别人的反应，又是一种哲学：人没有好东西，我固然不好，你们也一样，甚至更差，因为你们还试图掩饰这一点。如果别人反应强烈，这正好中了他的计，说明他们被击中了要害。人类之中怀有这种哲学的人不在少数，这支持了他们把自己的无耻堂而皇之地进行到底。

其次，这种恶在人心里产生的损毁作用。佐西马长老在修道院对费多尔讲的一番话，指出了这种做法对当事人自己的伤害。他指出费多尔的堕落是自己明明知道的，但是他对自己撒了谎，谎言助长了恶行；因此他告诫说："主要的是不要骗自己。骗自己和相信自己的谎话的人，会落到无论对自己对周围都分辨不出真理来的地步，那就会引起对自己和对他人的不尊敬。人既不尊敬任何人，就没有了爱，既没有爱，又要让自己消磨时光，就放纵淫欲和耽于粗野的享乐，以致在不断的恶行中完全落到兽性的境地，而这全是由于对人对己不断说谎的缘故。对自己说谎的人会比别人更容易觉得受委屈。因为有时觉得受委屈是很有趣的，对不对？他也知道并没有人委屈他，是他自认为受了委屈，为了面子就说谎，夸大其辞，装腔作势，斤斤计较片言只语，小题大做，拿一粒豌豆当成山，——这他自己全知道，却还是一碰就自觉受委屈，感到这样很愉快，甚至有很大的乐趣，于是就弄到真的产生了怨恨。"[1] 没有信仰，行恶，其根源在于撒谎。恶的伦理基础是不真实，这种不真实的后果是全世界都成为自己的对头。

最后，从反面探讨耶稣基督的存在问题。上帝在现实中到底存在吗？费多尔也发出了这个问题。他对自己第二任妻子，即阿辽沙的母亲，说的一番话很值得读者深思。阿辽沙的母亲非常虔诚地信仰基督，但是费多尔因为不满，竟用亵渎神像刺激她。这是费多尔自己对阿辽沙说的："阿辽沙，我从来没有欺侮得罪过我的疯癫女人！最多只有那么一次，那还是在结婚的第一年上：她当时祷告得十分勤，特别严守圣母节的斋戒，还把我赶到书房里去睡。我心想，让我把她身上这种宗教神秘主义赶走吧！我说：'你瞧，你瞧，这是你的神像，就在这里，现在我把它摘下来。你瞧，你把它看作奇迹创造者，可我现在就当着你的面朝它吐唾沫，我也决不会因此出什么事情的！……'当她看到我这样做时，天呀，我想：她现在一定要打死我了，可是她只是跳了起来，两手紧握在一起，后来忽然用手捂着脸，全身发抖，倒在地板上……一下子倒了下去。"[2] 这个令阿辽沙母亲如此痛苦、甚至令听这故事的阿辽沙也癫痫发作，在费多尔那里是可以随便做出来以教训那些"宗教神秘主义"的笨蛋的。他的意思我们耳熟能详：去你的上帝！你还真把他当回事？我亵渎他了，那又怎么样？我还好好地活着！在这儿，上帝的现实性在于他如何处置这样的人。

于是我们惊讶地发现，不信上帝的人也会从陀思妥耶夫斯基塑造的这个形象的命运中构造自己的结论：上帝不存在，因为费多尔啐了神像，却没有事；然而，费多尔的结局却似乎意味着别的什么。

---

1 陀思妥耶夫斯基：《卡拉马佐夫兄弟》，耿济之译，人民文学出版社，1981年，第56—57页。
2 同上，第199—200页。

第四节 小结与讨论题

一、小结

陀思妥耶夫斯基是一位伟大的小说家,在他的艺术成就日益彰显的今天,我们不仅领略了他作品磁石般的魅力和挥之不去的心理影响,而且更加深切感受到他主题的恢宏力量。自1860年代以后,他成熟期的创作基本上都属于《圣经》文学范畴,而在我们精读的他的两部公认最伟大的小说中,他对上帝存在问题的探讨步步深入。

《罪与罚》涉及俗世的刑事犯罪——谋杀,但是陀思妥耶夫斯基是从信仰的层面加以展开的,揭示了其背后隐藏的罪的一般性质和表现;罚的问题是《罪与罚》中的亮点,作者在暴露世俗司法制度名不副实的同时,揭示了道义惩罚的维度及其现实性,让读者看到罪是如何破坏了世界的基本秩序从而构成对罪犯自身的惩罚的。另一个主题"救赎"虽然没有包含在书名中,却绝非次要,它主要通过索尼雅的形象贯透于小说全部,展示了《圣经》视野下的真实人生与众不同的世界观。

《卡拉马佐夫兄弟》同样以谋杀案为题材,同样从《圣经》的角度揭露罪,但它更进一步。与拉斯科尔尼科夫有着同样思想的伊凡自己没有动手杀人,但是他的那句话"什么都可以做"成为斯麦尔加科夫动手的根据和动力。在《圣经》的意义上他跟斯麦尔加科夫一样有罪,甚至更大,但是世俗的司法审判不关心这一点。作为《圣经》文学,《卡拉马佐夫兄弟》开拓了一个全新的境界,它要通过阿辽沙这个人物展开上帝存在的现实性,陀思妥耶夫斯基想展示,耶稣的人生观可以践行在这个世界,而通过这部小说,他预示了这个现实,就像他的《罪与罚》预示了莫斯科大学生达尼洛夫杀死高利贷人波波夫和他的仆人诺尔德曼的案件一样。不过,这次预示的不再是悲惨的眼泪,而是他意想中的基督得胜的凯歌。

二、讨论题

《罪与罚》讨论题

1. 请通过描述小说情节归纳出这部小说的主题。
2. 从信仰和现实法律两种意义上探讨拉斯科尔尼科夫及其他人的罪与罚。
3. 拉斯科尔尼科夫与索尼雅真有爱情吗？找出三个以上证据。
4. 描述和分析警察局侦探波尔菲里与拉斯科尔尼科夫的心理战。
5. 重读"约翰福音"关于拉撒路的描写，分析小说三次提到拉撒路的用意何在？隐喻什么？
6. 《罪与罚》和《复活》的结尾都提到故事的主人公从此开始了"一种新生活（故事）"。在你想象中，这两种新生活分别是怎样的？有什么区别？
7. 马尔美拉陀夫（索尼雅的父亲）能够进天国吗？为什么？
8. 如何看待索尼雅这个人物？
9. 如何看待斯维德里加依洛夫的人品和命运？
10. 阅读以下段落：

（拉斯科尔尼科夫与索尼雅正在讨论他认为十分重要的关于人生的问题，他突然伏在地板上吻她的脚）

"您怎么啦，您这是什么意思？伏在我的脚下！"她嘟哝说，脸色惨白，她的心突然痛苦地揪紧了。

他马上就站起来了。

"我不是向你膜拜，我是向人类的一切痛苦膜拜。"他有点儿发狂地说着，向窗前走去。"你听着，"他补充说，一会儿又回到她跟前来了。"不久以前，我向一个欺负人的家伙说，他抵不上你的一个小指头……又说，我今天让我妹妹坐在你身旁，让她感到光荣。"

"唉，您为什么对他说这样的话！还当着她的面？"索尼雅愕然叫道。

"跟我坐在一起？光荣！可是我……是个卑贱的女人，是个大……大罪人！唉，您为什么说这样的话！"

"我这样谈到你不是因为你卑贱、有罪，而是因为你有伟大的受苦精神。你是个大罪人，这话不错，"他几乎异常兴奋地补充说。"你的最深重的罪是你白白地毁了自己，出卖了自己的灵魂。这还不可怕么！你过着你那么痛恨的卑贱的生活，这还不可怕么。你自己也知道（只消睁开眼来看看），你过这种生活对谁都没有帮助，也救不了谁！最后，请你告诉我，"他说，几乎愤怒若狂。"这么大的耻辱和这样的卑贱怎么能在你身上跟另一些与之对立的神圣的感情并存呢？还是投河自尽吧！这会好些，会好上一千倍，明智一千倍！"

"那么他们怎么办呢？"索尼雅有气无力地问，痛苦地瞥了他一眼，但仿佛对他的建议没有感到丝毫惊奇。拉斯科尔尼科夫奇怪地看了她一眼，在对她的一瞥中，他什么都看出来了。这样看来，她的确已经有这个念头了。也许她在绝望中已经好多次严肃地考虑过自尽，那么严肃地考虑过，现在甚至对他的建议几乎也丝毫不觉得惊讶了。她甚至没有觉察出他的话是多么恶毒（当然也没有觉察出他的责备的意思和对她的耻辱的一种特别的看法，这点他看得很清楚）。可是他十分明白：她想到自己地位的卑贱和可耻，简直痛苦到极点，并且已经痛苦了很久。他心里想，到底是什么东西，是什么东西使她直到今天还舍不得死？他这才充分明白：这几个可怜的小孤儿和这个不幸的、半疯癫的、害肺病的和用头撞墙壁的卡杰琳娜·伊凡诺夫娜对她有多大的作用啊。

虽然如此，但他心里还是很明白：索尼雅由于自己的性格和所受的教育，决不会这样过下去的。然而他还有这么一个问题：如果她没有勇气投河自尽，那么她为什么能这么久处于这样的地位而没有发疯？他当然知道：索尼雅的情况是社会上的一种偶然现象，虽然，很不幸，但决不是孤立的和特殊的现象。然而这种偶然性、一定的文化程度和她以前的生活似乎很可能在她开始走上这条可耻的道路的时候，就会使她萌发自杀之念。到底是什么东西支持着她呢？是不是腐化堕落？这种耻辱显然只机械地触及她；真正的腐化堕落还没有丝毫侵入她的心灵：他意识到这一点；她站在他的面前，这不是在梦境里……

"摆在她面前有三条路，"他心里想："投河，进疯人院，或者……或者，最后，腐化堕落，这会使她的头脑麻木，心变得冷酷的。"他最痛恨的是最后的一个想法；但他是个怀疑派，他年轻，脱离现实生活，因此，是冷酷无情的，所以他不能不相信，最后一条路，也就是说，腐化堕落是最可能的。

"但是这难道是真实的情况么，"他暗暗叫道。"难道这个还保持着精神纯洁的人终于有意识地渐渐堕入这个臭气四溢的、罪恶的污坑？难道她已经开始堕入这个污坑了吗？难道她能够忍受到今天，只是因为她觉得罪恶已经不是那么令人痛恨了吗？不，不，这是不可能的！"他像索尼雅刚才一样，也扬声说道。"不，是一种关于罪恶的想法使她直到如今没有投河，此外，还有他们，那些孩子们……如果她直到今天没有发疯……可是谁说她没有发疯？难道她有健全的理智吗？谁会像她那样说话呢？难道有健全的理智的人会像她那样推论吗？难道她会坐在她正在滑下去的那个臭气四溢的污坑边上等待毁灭吗？当人家对她说这是危险的时候，她却塞住耳朵不听劝告。她怎么啦，期待着奇迹出现吗？大概是这样吧。难道这一切不是疯癫的征象吗？"

他固执地坚持这个看法。比起任何别的解释来，他甚至更喜欢这个解释。他更聚精会神地对她凝视起来。

"索尼雅，那么你很多次祈祷上帝吗？"他问她。

索尼雅默不作声。他站在她身旁，等待着回答。

"没有上帝，我能做什么呢？"她嘟嘟囔囔说，说得又快又有力，那对闪闪发光的眼睛向他投了一瞥，又紧紧地握住了他的手。

"嗯，一点儿不错！"他心里想。

"那么上帝赏给了你什么呢？"他更逼近一步追问。

索尼雅久久地默然不语，仿佛答不上来似的。她那瘦弱的胸脯激动得不住地起伏。

"别说啦！别问啦！您不配！……"她突然扬声叫道，神色严峻，愤怒地望着他。

"真是这样！真是这样！"他坚持地暗自反复说。

"上帝是万能的！"她喃喃地说得很快，头又低下了。

"这是巧辩！这是找理由巧辩！"他暗自断定说，一边怀着强烈的好奇心打量她。

他怀着从未有过的、奇怪的、几乎是痛苦的心情，细瞧这张苍白而瘦削的、不端正的、颧骨突出的脸庞；细瞧那对能闪射出这么强烈的光芒、含着严肃而热情的眼神的、温柔的、浅蓝色的眼睛；细瞧因不满和愤怒而还在嗦嗦发抖的这瘦小的身躯。这一切，他越来越觉得奇怪，几乎认为是不可能的。"一个狂热的信徒，狂热的信徒！"他暗自反复说。

分析：从这段文本上我们读到了什么？拉斯科尔尼科夫怎样看待索尼雅？索尼雅怎样看待自己和周围的人？拉斯科尔尼科夫和索尼雅分别怎样看待上帝？如何理解两人思想上的差异？

《卡拉马佐夫兄弟》讨论题

1. 用1500字描述你根据作品得到的凶杀案情节。

2. 找出四个以上小说中人物谈论"卡拉马佐夫式"性格的句子，归纳卡拉马佐夫式的性格特点。

3. 根据作品的描写，分析费多尔这类人的生活观念。

4. 分析费多尔对阿辽沙的态度。这种态度说明了什么？

5. 佐西马的哥哥马尔克尔临终前的生活观是什么？怎么理解？

6. 佐西马长老的神秘客人米哈伊尔故事的意义何在？

7. 佐西马长老、佩西神父、伊凡对科学的看法分别是什么？你怎么看？

8. 梳理伊凡对孩子受虐问题的讲演的逻辑思路。

9. 伊凡关于宗教大法官的言论的含义是什么？为什么耶稣被断言为必败？

10. 伊凡为什么对阿辽沙抱有希望，而对崇拜他的斯麦尔佳科夫却极其厌恶？

11. 阿辽沙为什么说伊凡的诗是对耶稣的赞美？

12. "什么都可以做"这个结论是怎么推出来的？

13. 伊凡在费多尔被杀一事上到底有罪吗？

14. 为什么斯麦尔佳科夫说伊凡最像他爸，费多尔又为什么说最害怕伊凡？

15. 如何看待伊凡在法庭上激情和疯狂的表现？

16. 在凶杀案审理中，对米卡不利的证据有哪些？有利的证据有哪些？

17. 既然人不是米卡杀的，为什么几乎所有证人的证词都对他不利？

18. 如果你是旁听者或者法官，你会怎么判断？如何从司法上找到避免此案被错判的途径？

19. 分析彼得堡"流言"报对此案的报道（见第四部第二卷"病足"一章），对比如今中国此类报道中的各种倾向以及标题党的做法。

20. 米卡有无可能弑父？阻止和挑动他弑父的力量分别是什么？

21. 如何理解米卡的复活讲演（见第四部第二卷"赞美诗和秘密"一章）？试与佐西马长老的临终讲演、米哈伊尔的最后挣扎及决定做比较。

22. 作者在刻画米卡与父亲争夺格鲁申卡的心理（见第三部第二卷"金矿"一章）时，为什么引用普希金对《奥赛罗》的评价？为什么说奥赛罗并不好吃醋，只是理想幻灭？

23. 阿辽沙是怎么与科里亚成为朋友的？他用什么征服了科里亚？

24. 根据《圣经》"福音书"对小孩子的态度，分析阿辽沙与孩子们的交往。

25. 分析小说尾声阿辽沙对孩子们的演说，解释他的人生观、价值观。

26. 阿辽沙唯一的坏心情是在什么时候？此时他为什么对格鲁申卡特别感谢？

27. 阿辽沙是靠什么赢得几乎所有人的心的？

28. 格鲁申卡讲的一根葱的故事与《圣经》精神有何关系？

29. 阿辽沙对格鲁申卡的思想起了什么作用？

30. 分析卡捷琳娜对米卡的情感的始末。

31. 分析卡捷琳娜对伊凡的情感及其表现（她爱他吗？为什么以这种方式与他相处？）

32. 解读"尾声"中"谎话一时成了真实"一章卡捷琳娜与德米特里的表现。

33. 斯麦尔佳科夫弑父的动机是什么？

34. 斯麦尔佳科夫对周围世界和自己的看法是什么？他的故事是悲剧吗？为什么？

35. 斯麦尔佳科夫怎么看待伊凡？他对伊凡在弑父事件中的心理的分析正确吗？

36. 分析柯里亚的性格。

37. 分析伊留沙及其父亲斯涅吉辽夫的性格。

38. 孩子们的故事意义何在？

第四章　C.S. 刘易斯的《圣经》文学

第一节　C.S. 刘易斯的思想历程与文学创作

一、C.S. 刘易斯的生平

C.S. 刘易斯（Clive Staples Lewis；或译路易斯，鲁益师，鲁易师等，1898—1963），英国20世纪著名的文学家，学者，最重要的基督教作者。

刘易斯生于北爱尔兰一个有钱的清教徒律师之家，童年饱览诗书，9岁时母亲去世，被送往英格兰的寄宿学校。刘易斯自13岁起着迷于北欧神话、希腊神话，这些对他后来的文学创作产生很大影响。为了准备牛津大学的入学考试，16岁起受学于私人辅导教师柯伯特黎克（William T. Kirkpatrick）达三年之久。在柯伯特黎克那里，他学了希腊与拉丁文。柯伯特黎克崇尚叔本华哲学，尤其偏好理性思辨，这影响了后来刘易斯的文风：取譬精妙、析理透辟。柯伯特黎克还是一个无神论者，此时期的刘易斯在信仰上也受其影响。

1916年刘易斯考入牛津大学大学学院，1917年4月应征入伍，参加第一次世界大战。战争中被炸弹误伤回国，次年1月入学牛津。刘易斯在军队的同室摩尔不幸战死,刘易斯奉养其母直到1951年她去世。

1919年起,刘易斯在牛津大学度过了35年。刘易斯一直没有获得牛津教授的教席,只得到助教或研究员之类的职位。但刘易斯非常喜爱他在牛津的生活。1954至1963年刘易斯任剑桥大学中世纪及文艺复兴文学教授。1956年58岁时同离过婚的美国妇女海伦结婚。卒于1963年11月22日。

因其在文学和学术方面的巨大成就及其对牛津大学的热爱,刘易斯被誉为"最伟大的牛津人"。

二、C.S. 刘易斯的信仰经历

刘易斯的信仰经历了曲折的过程。自13岁迷上了北欧、希腊神话以后,他曾经搁置了童年的基督信仰,而他的私人辅导教师柯伯特黎克的无神论思想也对他产生了很大影响。1914年刘易斯虽然接受了教会的坚信礼[1],但他承认这是为取悦于他父亲而作的,自己却一直在信仰中挣扎。由于早年的经历,他并不真的信仰上帝。到牛津大学后,有两个人影响了刘易斯的信仰生命:英国文学教授、基督徒柯格希尔和也是基督徒的托尔金。当时他在牛津大学附近的一个咖啡馆参加了一个文学社团"淡墨会"(1933—1949),在那里与在牛津大学教授英国文学的N. 柯格希尔以及语言学教授、《魔戒》作者托尔金(J.R.R. Tolkien)结识,建立友谊。在这两位朋友的影响下,刘易斯"痛改前非,承认上帝是上帝。我跪下,我祷告,那晚,我很可能是全英国最丧气也最不情愿但却回头了的浪子。"

这是一次深刻的改变,此后他不仅笃信基督,而且一生的工作和写作都与此密不可分。他的生命的主题就成了信仰和传播信仰。

---

1 在英国,基督信徒一生有两次洗礼:出生时(一般出生后一个月)第一次受洗,长大后(在十六至十八岁左右)第二次受洗,称为"坚信礼",表示自己思想成熟后做出的决定。

三、C. S. 刘易斯的文学创作

1. 两条战线

刘易斯一生以三个名衔著称：学者，奇幻文学作家，基督教演说家、作家。作为牛津大学以及后来的剑桥大学研究员和教授，他是一位文学研究学者。但是他最出名并为世人称道的工作成果却是文学写作。与他的时代、教养、特长和天赋相结合，他的文学写作主要在两条战线上展开。

第一条是对民众的基督教传播，最典型的是面对战时英国民众的BBC演讲。第二次世界大战中，随着欧洲大陆各国被希特勒德国占领，英国成为反法西斯最后的堡垒，但也因此而成为民众心理压力最大的国家。德国对伦敦的经常性空袭以及大陆战况的消息令民众感到压抑。刘易斯选择了以他出众的想象力和思辨能力，利用英国广播公司BBC定期向英国听众传播基督的真理。在每次约10分钟的节目里，刘易斯针对一个理论选题深入浅出地讲解，使用了分析、比喻、情节推演的方法，达到很好的效果。这些专题并不直接针对反法西斯战争，而是宣讲纯粹的基督理论，但正因如此，它们抚慰人心，加强了人们不屈不挠为自由而战的内心力量。这些节目最后结集出版，成为刘易斯这方面最著名的一部著作《返璞归真——纯粹的基督教》。

第二条战线是儿童文学。这方面最著名的作品是《纳尼亚传奇》。这是一部我们要重点阅读的系列小说。在这部小说中，刘易斯用类似童话的方法讲述了基督的故事，以小孩能够接受的方式展示基督的魅力，为20世纪的奇幻文学增添了浓重的一笔。

刘易斯参加的牛津大学文学团体"淡墨会"是20世纪奇幻文学发源地。在"淡墨会"里，文学爱好者经常讨论的就是幻想型的故事及其魅力，刘易斯和其他参与者互相激发，产生了震荡共鸣效应。"淡墨会"中产生的奇幻文学最著名的代表作就是托尔金的《魔戒》和刘易斯的《纳尼亚传奇》。

他们的后继者包括 J.K. 罗琳的《哈利·波特》。刘易斯及其《纳尼亚传奇》是 J.K. 罗琳最喜爱的作者和作品。由于《纳尼亚传奇》由 7 部小说组成，所以 J.K. 罗琳把自己的《哈利·波特》也定为 7 部，以示对刘易斯的尊敬。

2. 主要作品

刘易斯一生著述五十多本，涵盖诗集、小说、童话、文学批评、文学研究，以及阐明基督教精义的作品。

刘易斯最早的文学作品是 1918 年出版的诗集《捆绑中的灵》，时年 20 岁，这给了他文学创作以极大鼓舞。他的主要作品有小说《太空三部曲》(《来自寂静的星球》，1938；《金星之旅》，1943；《那股邪恶的力量》，1946)；《魔鬼家书》，1942；《伟大的离婚》，1945；《纳尼亚传奇》(《狮子、女巫和魔衣柜》，1950；《凯斯宾王子》，1951；《黎明踏浪号》，1952；《银椅》，1953；《能言马与男孩》，1954；《魔法师的外甥》，1955；《最后一战》，1956)；《裸颜》，1956；以及《致马尔肯的信》，1963 等。其他文学作品有《痛苦的奥秘》，1940；《返璞归真——纯粹的基督教》，1952；《"诗篇"撷思》，1958；《四种爱》，1960；《卿卿如晤》，1960。他的文学研究著作有《牛津英国文学史·16 世纪卷》；《文艺评论的实验》，1961；《中世纪和文艺复兴时期的文学研究》，1966 等。

3. 艺术特色

与大多数小说家和诗人相比，C.S. 刘易斯的作品属于简洁明了，不事赘述，直奔主题的类型。但是正是在这种风格中，刘易斯的艺术特点也凸显出来。

A. 精当的比喻

比喻是文学作品最常用的方法，但在这种方法中刘易斯仍然显出他的过人之处。无论在小说还是宣教作品中，刘易斯都特别善于使用比喻。他的比喻喻体和喻意之间特别贴切，从而使得每一个比喻都特别说明问题。

以下仅举二例加以说明。

> 如果要做的那件事情本身就是正确的，那么，人们越是喜欢做，越是不用因为想"努力去做对的事情"而做它，也就越好。一个完美的人永远不必单单因为责任感而做事；因为他总是更想去做对的事情，而不是想去做错的事。责任是爱（上帝之爱与人之爱）的替补品，就像拐棍是双腿的替补品一样。大多数人总有需要拐棍的时候，但如果我们自己的双腿（我们的爱、品位、习惯等等）可以自己走路，却要用拐棍来完成我们的旅程，那就比较傻了。[1]

在这儿，刘易斯要说明的是本能（爱）与责任感之间的关系。责任感虽然也是人的一种重要心意能力，但是它要通过理性，出于责任感的行为是间接的，而出于爱的行为就是出于本能的行为，它是直接的，不假思索的。说清这两者的关系并不容易，但是刘易斯用了拐棍之于双腿的关系比喻两者，特别贴切，使得意思一目了然。

> 还有一件事以前常常令我困惑，那就是，唯有那些听说过基督，因而能够相信他的人，才可以获得这种新生命。这岂不是太不公平？事实是，上帝没有告诉我们他对其他人的安排。我们知道，不藉着基督无人可以得救，但我们不能肯定，是不是唯有知道基督的人才藉着他得救。同时，如果你替那些没有听说过基督的人担忧，你自己不接受基督就是极不明智的。……
> 还有人可能提出这样的异议：上帝为什么要乔装降临到这个被敌人占领的世界，创建一种秘密的团体来暗中破坏魔鬼的工作？他为什么不带着大批天军降临，大举进攻这个世界？是因为他的力量不够强大吗？基督徒认

---

[1] 路易斯：《给孩子们的信》，余冲译，华东师范大学出版社，2009年，第89—90页。

为，上帝将来是要带着大批的天军降临，只是我们不知道这事何时发生。但是我们猜得出他推迟这一行动的原因：他想给我们机会，让我们自愿加入他那一方。一个法国人如果一直等到盟军进驻德国时才宣布站在我们一边，我想你我都会看不起他。上帝会大举进攻，但是我想知道，那些要求上帝公开、直接干预世界的人，是否充分意识到上帝果真干预时是一幅怎样的情景。此事发生之时也就是世界终结之日，剧作家走上舞台时，戏就结束了。上帝是将大举进攻，没错。但是，当你看到整个自然的宇宙如梦幻般消逝，某个别样的东西——你从未想过的、对有些人来说如此美丽、对另外一些人来说如此可怕的东西——直闯进来，谁都没有选择余地的时候，宣布自己站在上帝一方有何益处？因为此时出现的不再是乔装的上帝，而是某个势不可挡的东西，它让每个造物都切身感受到不可抗拒的爱或恐惧。那时再选择站在哪一方就为时已晚，在你已经站不起来的时候，说"我选择躺下"是没有用处的。[1]

把上帝比作剧作家，把此世的生命比作戏剧，就是要每一个人在戏剧还在进行时就做选择，"剧作家走上舞台时，戏就结束了"，那就没有选择余地了，因为人已经做出了选择；"在你已经站不起来的时候，说'我选择躺下'是没有用处的。"这两个比喻对于信仰中的选择实在是恰到好处。

B. 丰富的想象力

无疑，所有文学家都有丰富的想象力，但是 C.S. 刘易斯很特别，他能够在时空两方面同时展示奇幻的想象力，并且对两者的关系有着深刻的理解。

按纳尼亚编年史，《魔法师的外甥》是最早发生的故事。在其中，纳尼亚国诞生了，为此，他要解决开天辟地的时空想象。与《圣经》精神相

---

[1] 路易斯：《返璞归真——纯粹的基督教》；汪咏梅译，华东师范大学出版社，2007年，第74—76页。

应,他设想了所有动物和误入那块地方的人类,在象征基督的狮王阿斯兰的带领下,用唱圣歌的方法,从宇宙洪荒中开辟出纳尼亚国的过程:植物快速地生长,动物欢快地歌唱,天地向远处拓开……而在人类世界与纳尼亚的关系上,刘易斯的想象力更加奇特,他让这两个世界处于平行状况,但在魔法介入下可以交流,而在交流中两处的时间并不适配,在纳尼亚过了两千年,而在人间仅仅是一年;《狮子、女巫和魔衣柜》中,当露茜通过魔衣柜到纳尼亚经历了一场历险后回来,魔衣柜外的同伙甚至没有觉得她离开过。

刘易斯奇特的想象力还表现在他能够想象在一种人类从未经历过的存在状态中生活是什么样子。《魔法师的外甥》和《最后一战》里都提到了人可以直接飞行的状态,在前一个故事中,迪格雷用了很少的时间就飞到栽有奇异苹果树的地方,而在后一个故事中,当所有人都到达真纳尼亚国时,他们能够快速升腾和降下,而狮王阿斯兰仍嫌不够,让他们更高、更快,而看起来大家已经以人间不能理解的速度和离心力在行动;最令人困惑的是阿斯兰认为他们仍然不够快乐。刘易斯写出了天国在摆脱引力、速度和力度方面,尤其是人的快乐程度方面远远超出人类想象之处。

奇幻文学的主题就是挑战人类想象力的极限,刘易斯的《圣经》主题小说为这方面的施展提供了最好的平台。

C. 突出的换喻能力

换喻指话语题材和意义方面的毗连性(可连接性),对于小说而言,指情节、动作的连贯性。作家从连贯性角度展开想象力,是儿童文学吸引读者的基本要素。刘易斯在这方面特别迷人,他总是能够把一个情节或意义要素推进到一些不可思议或妙趣横生的地步。

仅举《给孩子们的信》中的两例。这部集子收集的是刘易斯给那些读了《纳尼亚传奇》后有问题的小读者的回信:

你画的小老鼠妙极了,他就是那副洋洋自得的样子。我喜欢老鼠。我学院里的屋子里有许多老鼠,但是我从来没有放过老鼠夹子。有的时候,我工作得晚了,老鼠就会从帘子后面探出头来,好像在说,"嘿,你该上床睡觉了。我们想出来玩儿了。"[1]

你妈妈告诉我,你们都在出水痘。在我长大成人很久后也出过水痘。但成人出水痘更加糟糕,因为你不能刮脸了。所以我长了一脸的胡子。虽然我的头发是黑色的,但是长出来的胡子却是一半红一半黄。你真该看看。[2]

在前一个例子中,刘易斯顺着那位叫希拉的女孩的喜好(她把老鼠当作宠物),谈起了老鼠。他把自己放进去,谈起自己对老鼠的态度(也喜欢,并且从不放鼠夹伤害它们),进而设置了一个情境,这个情境对于勤于写作的刘易斯特别合适(工作到深夜),顺着这个情境,老鼠们出来,说话,好心却带着私心劝告作者睡觉,因为到了它们出来玩儿的时候了。每一个接续都天衣无缝,但是写出了特别的情趣,对小孩子特别有魅力。后一个例子也把自己放进去,用幽默的态度对待一件糟糕的事情(出水痘),这儿的想象力是顺着话头随机展开的,从你接到我,从孩子接到大人,大人长胡子,胡子又是特别的颜色,讲着讲着,事情朝着可笑的地方过去了。这种换喻的方式很适合小孩子的思路。

第二节 《狮子、女巫和魔衣柜》及其主题

一、纳尼亚

《纳尼亚传奇》包括七个故事,我们选取其中的两个——《狮子、女巫

---

[1] 路易斯:《给孩子们的信》,余冲译,华东师范大学出版社,2009年,第36页。
[2] 同上,第76页。

和魔衣柜》和《最后一战》——作为本课程重点研读的对象。

《狮子、女巫和魔衣柜》是《纳尼亚传奇》系列中第一部出版的故事，而按纳尼亚纪年顺序，它是《纳尼亚传奇》七个故事中第二个发生的故事。这七个故事是一个总体的设计，都隶属于"纳尼亚"这个大概念。为了搞清楚故事中发生的事情的一些前因后果，需要首先了解有关纳尼亚的一些问题。

1. 纳尼亚的性质

纳尼亚是狮王阿斯兰创立的一个动物王国。这个国度由各种动物组成，在开始的时候一切都非常美好：太阳十分明亮，山川极其美丽，树木茂盛，果实香甜，到处是欢声笑语，绚丽的花朵，洁净的空气和清澈的水。纳尼亚的动物十分友好，互相帮助，它们与植物及大自然之间互相效力，关系和谐。

生命力和自由是纳尼亚王国所有事物的显著特征。许多动物会说话，拥有自由，这些动物都懂得善，有是非感，有意志。甚至，植物也有灵魂，会做出各种表示，帮助它们想帮助的动物。纳尼亚的所有物体都会生长。

虽然狮王阿斯兰是纳尼亚的创造者，但它并不一直住在那里。它会降临纳尼亚，但不经常这么做。纳尼亚的许多动物甚至从未见过阿斯兰，只是听闻有它。所以，在大部分时间里，纳尼亚由其统治者管理。狮王阿斯兰设的合法统治者是亚当的儿子与夏娃的女儿，也就是从人类世界去的孩子。但这并不经常实现。异域的入侵者以及外来的魔鬼（例如白女巫简蒂丝）都会掌管这个国度，黑暗经常笼罩纳尼亚。

2. 纳尼亚与人类世界的关系

纳尼亚与人类世界的关系是平行的。

这意味着二者之间并不相交。它们不是可以相互进出的两个国度，甚至它们各自的时空概念也是完全不同的，相对于人间，纳尼亚的时间流逝得非常快。

但是二者确实有交往。狮王阿斯兰把人作为纳尼亚的合法管理者，这就表明人可以进入纳尼亚。但这种进入必须合乎特殊的条件。一是只有孩子才能进入；二是必须用魔法，人才能进入。

狮王阿斯兰是创造者，是神，如果人间世界与纳尼亚平行存在，这意味着神可能创造了多个世界，它们的处所不同，但原则和律法相似。在《黎明踏浪号》中，阿斯兰说过这样的话："所有世界都有一条路通到我的国土。"在神的层面上，它们是一体的。

这也意味着，它们之间虽无相交点，但由于原则和律法相似，它们有相互寓言的关系。在《魔法师的外甥》结尾，阿斯兰对着进入刚创始的纳尼亚的孩子迪格雷和波莉，向人类发出警告，说发生在邪恶帝国恰恩的事情很可能也会发生在人间，要人们当心。所有涉及灵魂、善恶的世界都有相似处。

3.《纳尼亚传奇》的功能

从上述刘易斯对于纳尼亚的各种性质的界定可见，《纳尼亚传奇》是以孩子们感兴趣和能够懂的方式，向孩子们讲述的关于信仰、爱、善恶的系列故事。纳尼亚世界是孩子们的世界，长大了就不能再来了。在《黎明踏浪号》的结尾阿斯兰对爱德蒙和露茜说，他们再也不会回到纳尼亚了，因为他们已经太大了；在《最后一战》中，孩子们也谈到露茜的姐姐苏珊，她很早就成熟了，成了一个傻里傻气的大人，不愿意再去纳尼亚探险了。刘易斯以这种方法激起了小读者们的好奇心和自豪感，使他们乐于呆在这个奇幻世界中徜徉，学习和思考。

二、《狮子、女巫和魔衣柜》的缘起——《魔法师的外甥》

1.《魔法师的外甥》与纳尼亚的诞生

按时间，《魔法师的外甥》是发生在《狮子、女巫和魔衣柜》之前的故事,它讲述了纳尼亚的诞生,而《狮子、女巫和魔衣柜》的一些形象和事物来自它。

《魔法师的外甥》开始于英国伦敦的一所住宅。男孩迪格雷与生病的母亲到伦敦舅舅家养病。他的舅舅安德鲁整天在一间旁人不能进入的房子里捣腾,脸色灰暗病态。有一天迪格雷与他新结识的舅舅邻居家的女孩波莉误入安德鲁那间房子,两人被舅舅套上了他捣腾出来的指环,进入了另一个世界。在那里,迪格雷因好奇,按下了一个按钮,致使已经被封冻的原恰恩帝国的王——女巫简蒂丝活过来。两人急忙用指环回到伦敦,不料简蒂丝拽着他们的衣襟也到了伦敦。为了把这个到处破坏的魔鬼引出去,孩子们再次进入魔法世界,一起进入的还有载着他们与女魔的马车及马车夫夫妇,以及安德鲁舅舅。他们进入被毁灭了的恰恩帝国故土,一片虚无。马车夫唱起了圣歌。突然他们惊异地发现,天地正在被打开,一头巨大的狮子在歌唱,随着它的歌声,动物出现、聚集,植物长出来了,山川河流也出现了,一个新世界诞生了。这就是纳尼亚。而那巨狮就是阿斯兰。阿斯兰任命马车夫夫妇为纳尼亚第一任国王,同时指出,在纳尼亚诞生仅仅几个小时,魔鬼(指女巫)已经闯入了进来。迪格雷向狮王求治疗他母亲病的果子,带着这果子回到伦敦。吃了果子,他母亲的病就好了。迪格雷和波莉把果核种在园子里,它长成一棵苹果树。

2.《魔法师的外甥》与《狮子、女巫和魔衣柜》

《魔法师的外甥》与《狮子、女巫和魔衣柜》在三方面有交集。

A. 魔法的双刃剑

在《魔法师的外甥》中,安德鲁舅舅扮演了一个人间魔法师的角色。他搞出了一黄一绿两个指环,戴着它们可以进入另一个世界。迪格雷和波莉正是通过安德鲁舅舅的指环到了白女巫的世界,并且唤醒了她。而在那个世界,白女巫也会魔法,她用魔法毁灭了恰恩帝国。在这个意义上,魔法意味着可怕的能力,有时还是令人恐惧的邪恶的工具。

而在《狮子、女巫和魔衣柜》里,魔衣柜颇为神秘,里面居然通向与人间没有交点的另一个世界——纳尼亚国。这也被认为是有魔法的:露茜、彼得等想念阿斯兰的时候,可以钻进魔衣柜,进入纳尼亚去见狮王。

魔法看起来有两张面孔。其实它的效用取决于善恶。魔法就是一种超凡的能力。阿斯兰在《魔法师的外甥》尾部对迪格雷及动物们说出了实情。阿斯兰说,如果一个人以这种能力谋一己私利,它会带来灾害,他自己也不会有幸福,将会永远烦恼,生不如死;相反,如果是出于真理和善,这种能力将会给人带来幸福,也会给大家增福。当时女巫偷吃了长生果,孩子和动物们担心她拥有非凡能力而且不死,阿斯兰讲了这番话。而当阿斯兰送那果子给迪格雷时,明确告诉他,那果子会带来幸福,因为那不是迪格雷偷的,而是阿斯兰赐予的。

情况确实如此。白女巫虽然霸道,却一直处于恐惧之中。而安德鲁舅舅出于私心(想要出人头地)发明指环,除了引来白女巫的虐待和担惊受怕的恰恩之旅,自己其实并没有得到任何好处,而且他对指环力学方向的理解还是错的。而另一方面,阿斯兰也通过非凡的能力做事,后果却都是正面的。

B.《狮子、女巫和魔衣柜》一些人与物的出处

白女巫简蒂丝。她先是《魔法师的外甥》中迪格雷在恰恩遇见的一尊人像,迪格雷好奇地敲响了一只钟,致使她苏醒,这个恰恩帝国的毁灭者得以继续做坏事,成为入侵纳尼亚的第一个恶魔,在纳尼亚实施残暴统治。《狮子、女巫和魔衣柜》里,她煞费苦心要抓住四个来自人间的孩子,以消除继续统治纳尼亚的障碍。她在石桌上杀了狮王阿斯兰。

迪格雷。在《魔法师的外甥》中他还是小孩,但在《狮子、女巫和魔衣柜》中他已经成了老教授了。彼得等四个孩子去乡下就住在他家,并且

在那里神奇地走入了纳尼亚。当其他孩子不相信露茜所说存在着一个纳尼亚的时候，老教授还为孩子们解开心中的疑惑。

魔衣柜。在《魔法师的外甥》里，迪格雷从阿斯兰手里拿来的苹果救了他的妈妈，他把果核种下，长成一棵高大的苹果树，后来这棵树死了，迪格雷就用其木材做了那只著名的衣柜，由于这个原因，衣柜具有魔力，可以把孩子们送到纳尼亚。

纳尼亚的路灯柱。这其实是《魔法师的外甥》中白女巫跟着迪格雷到英国后，她从伦敦街上的一根路灯上拧下来，作为武器，与市民们搏斗用的。在慌乱中，它被带回了恰恩，即后来纳尼亚所在地，它被插入地上，但是自己生长起来，成为一根大的灯柱。这根灯柱恰好栽在从魔衣柜进入纳尼亚的入口处。

三、《狮子、女巫和魔衣柜》的几个主题

1. 阿斯兰与爱

狮王阿斯兰并不经常在纳尼亚出现，但是在善恶交锋的关键时刻它会以自己的方式介入。《狮子、女巫和魔衣柜》的故事就发生在这样的时刻。先是露茜，继而其他三个孩子通过魔衣柜进入纳尼亚，他们遭遇到白女巫冰冷和残暴的统治。情节冲突的高峰是女巫对四个孩子的围剿并进而对狮王阿斯兰的残杀，以及阿斯兰自愿为爱德蒙去死。

为什么这在阿斯兰看来是关键时刻呢？首先，白女巫在纳尼亚已经是无恶不作，罪恶滔天；其次，阿斯兰挑选的纳尼亚管理者，即四个来自人间的王，他们首次出现在纳尼亚，要经历重大征战，与白女巫决战；第三，出现了爱德蒙这样一个复杂的形象。

爱德蒙因为白女巫的诱惑背叛了他的兄弟姐妹，后来他醒悟了，为时已晚。他已经落入魔鬼的手掌。阿斯兰决定为这样一个罪人而死，这件事

匪夷所思。这彰显了阿斯兰的性质，在纳尼亚，它就是以爱为旗帜的创造主。按《圣经》，十字架上的耶稣并不是为一个具体的罪人而死，他背负全人类的罪，当然，这也落实到了每一个人身上；而在《狮子、女巫和魔衣柜》中，阿斯兰为爱德蒙而死，在它的衡量里，爱德蒙值得它付出自己的生命，它对爱德蒙的爱之深切，到了最高的程度；同样，这也意味着它愿意为任何一个卑微的生命献上自己。

爱是《狮子、女巫和魔衣柜》最重要的主题。故事中所有善良的动物都是充满爱心的：海狸夫妇在白色恐怖笼罩下为四个孩子带路，做饭，缝纫，悉心照顾，准备一切；羊怪图姆纳斯为了保护孩子们而被白女巫封冻。那些动物之间相互帮助，所有付出都是无条件的。而作为对比，白女巫则是仇恨的化身。她仇恨阿斯兰，仇恨孩子们，仇恨纳尼亚的所有动物，甚至仇恨为她服务的侍从，待它们如粪土，动辄叱呵打骂。善与恶首先以爱与恨的方式表现出来。

《狮子、女巫和魔衣柜》还表现了一种特别的爱：对神的爱。神对人的爱，以及人们之间的互爱，是已经表现过很多的主题。而对神的爱，更多被表现出来的是对神的崇拜和顺从。但是这个故事通过孩子们，特别是露茜，表现了一种对阿斯兰温柔力量的依从和爱恋。露茜自遇见阿斯兰就充满欣喜和依恋，她在阿斯兰面前畅所欲言，无所拘束，甚至觉得自己可以在阿斯兰跟前撒娇。这更全面地诠释了爱的真实含义。刘易斯在《最后一战》和《纯粹的基督教》中都谈到过一种现象：憎恨神的，见到他时会感到害怕恐惧，热爱神的，见到他时会欢欣喜乐。爱是一种双向的穿透性力量。

2. 信仰的力量

在《狮子、女巫和魔衣柜》中，动物们的善良、勇敢、聪明智慧来自信仰。很多动物会说人话，它们很聪明，同时也很善良，但是这些素质都是阿斯兰赋予的。它们都深知这一点，所以知道阿斯兰是它们最大的依靠。

在纳尼亚有两种动物，一种是知道并且深信阿斯兰的，它们在白女巫统治下也没有动摇过，坚信阿斯兰一定会再来，不与白女巫合作，坚信白女巫一定失败；而在孩子们到来以后欢欣鼓舞，以全力帮助他们完成使命。另一种是怀疑者，它们有的听说过阿斯兰，但并不相信它；由于动摇，它们在白女巫的淫威下屈服，甚至助纣为虐，成为白女巫的帮凶。

彼得与白女巫的第一次战斗，全靠阿斯兰的指引而获胜，阿斯兰不仅制定了战术，而且赋予他勇气，而彼得凭着对阿斯兰的信心，抛弃了一切的犹豫，最终也获得了成功。

3. 高深魔法与更高深魔法

阿斯兰的被害与复活显然是《狮子、女巫和魔衣柜》善恶大交战的高潮和转折点。此后白女巫江河日下，一败涂地，最终覆没。与这个高潮相关的是高深魔法向更高深魔法效应的过渡。

彼得率领大军令白女巫几乎陷入绝境之时，白女巫使出最后一招撒手锏：杀害爱德蒙。阿斯兰设计的由人掌管纳尼亚的计划能否实现取决于王城凯尔帕拉维尔的四个宝座能否坐满，白女巫知道，如果杀害了爱德蒙，四个孩子中少了一个，就无法让人在凯尔帕拉维尔成王，她就可以继续她的残暴统治。但是处于下风的她如何能够杀爱德蒙呢？她祭出了"海外皇帝的高深魔法"。

按白女巫的解释，海外皇帝的高深魔法是指：凡是有人背叛，这个人就归女巫处置，女巫有权杀他，把他作为祭品，这是他作为叛徒的代价。当白女巫提出这个理由的时候，阿斯兰并没有驳斥她，而当苏珊建议阿斯兰对付（实际上是抵制）高深魔法时，阿斯兰明确拒绝了。可见，高深魔法虽然是白女巫喜欢借用，可以杀人的，但也是不可违犯的。

阿斯兰与白女巫谈判，决定用自己的生命换回爱德蒙的生命。白女巫喜出望外，以为自己获得了更大的战利品，就在石桌上杀害了阿斯兰。结果是，石桌崩塌了，阿斯兰死后复活，白女巫在瞠目结舌中被彻底击败。白女巫杀害阿斯兰，触发了更高深魔法：一个自愿送死的牺牲者如果没有背叛而被当作叛徒杀害，那么，石桌就会崩裂，死亡会起反作用。

结合《圣经》，很容易看出高深魔法与更高深魔法所隐喻的。高深魔法隐喻旧约的诫命，要求犯罪者付出代价；更高深魔法隐喻新约的救恩，表明基督替人受过而死，以此救赎罪人，而他死后复活，战胜死亡。更高深魔法并未抵制高深魔法，反而在最高的层次上实现了高深魔法，因为付代价的是无罪的人。

值得注意的是白女巫并不知道更高深魔法。她只知道高深魔法。这并不意味着这对她保密。救恩需要感恩、谦卑、怀有大爱的心去体会和了解，它不是一种知识。

第三节 《最后一战》及其主题

一、《最后一战》简介

《最后一战》是《纳尼亚传奇》的最后一个故事，按纳尼亚年历，它发生在纪元 2555 年。

这个时期纳尼亚的国王是蒂莲。当时他听到一个令人疑惑的消息：阿斯兰下令大量砍伐树木，并令纳尼亚人与动物为残暴的卡乐门人做苦役。后来他搞清楚，这是一个叫"诡谲"的无尾猿搞出来的花招。"诡谲"把一张狮子皮披在一头名叫"迷惑"的驴身上，每晚在一处高地远远地出现，冒充阿斯兰，发出各种命令，一时让纳尼亚人和动物陷入苦难，它与卡乐门人的交易主要是利用森林资源和劳动力为自己积攒财富。但是，卡乐门人趁此机会控制了纳尼亚。蒂莲身陷图圄，无法拯救自己的国民。这时从人间来了两个孩子尤斯塔斯和吉尔，帮助蒂莲收拾旧部，与"诡谲"和卡乐门人决战。双方主要角色都进入了马厩，那间"诡谲"每晚将"迷惑"从里面牵出来的屋子。在里面，所有恶人——卡乐门的"泰坎"利什达，"诡谲"，为利什达充当军师的那只妖猫金格，卡乐门士兵等等——看见了他们自称自己崇拜的邪神塔什，它们被塔什抓住并掳走，而所有善良的人和动物都见到了真正的阿斯兰。阿斯兰下令关闭纳尼亚，所有人和动物受到阿斯兰的审判，按善恶去到两个不同的地方。纳尼亚消失了，善良得救的人来到了新天地，在那里亲身经历了无比的快乐和幸福。

《最后一战》因其出色的想象力和艺术成就，获得英国儿童文学的最高荣誉"卡内基文学奖"。

二、《最后一战》的几个主题

1. 关于假阿斯兰

故事开始，无尾猿"诡谲"设计了让"迷惑"冒充阿斯兰这出戏，在《圣经》中，出现这类事是末日的征兆。

> 弟兄们，论到我们主耶稣基督降临，和我们到他那里聚集，我劝你们，无论有灵有言语，有冒我名的书信，说主的日子现在到了，不要轻易动心，也不要惊慌。人不拘用什么法子，你们总不要被他诱惑，因为那日子以前，必有离道反教的事，并有那大罪人，就是沉沦之子，显露出来。他是抵挡主，高抬自己，超过一切称为神的，和一切受人敬拜的。甚至坐在神的殿里，自称是神。[1]

那时若有人对你们说，"基督在这里"，或说，"基督在那里"，你们不要信。因为假基督，假先知，将要起来，显大神迹，大奇事。倘若能行，连选民也就迷惑了。看哪，我预先告诉你们了。若有人对你们说，"看哪，基

---

[1] "帖撒罗尼迦后书" 2:1–4。

督在旷野里"，你们不要出去。或说，"看哪，基督在内屋中"，你们不要信。闪电从东边发出，直照到西边。人子降临，也要这样。尸首在哪里，鹰也必聚在哪里。那些日子的灾难一过去，日头就变黑了，月亮也不放光，众星要从天上坠落，天势都要震动。那时，人子的兆头要显在天上，地上的万族都要哀哭。他们要看见人子，有能力，有大荣耀，驾着天上的云降临。他要差遣使者，用号筒的大声，将他的选民，从四方，从天这边到天那边，都招聚了来。[1]

前一段文本指出，"那日子"（即末日）前，将会发生冒充神的事情，让选民不要相信。后一段文本则不仅警告人们不要被迷惑，而且指出人子（即耶稣）再次降临时会发生的事。

被"诡谲"支使的驴，显然被骗了，它够老实木讷，但缺乏辨别力，所以外号"迷惑"。当然，当它认清了自己在参与一件渎神的罪恶时，十分痛苦，毅然选择转向善的一边。

刘易斯在《最后一战》中讲这个假阿斯兰的故事，显然与《圣经》的上述叙述有关。《最后一战》是关于末日的故事。阿斯兰关闭纳尼亚，日头渐暗以至于黑，并且招聚所有人分别善恶，带选民进入新天地。

2. 关于小矮人

小矮人是纳尼亚王国中特殊的一族，他们有自己的身体与思想上的特点。在善恶大决战中，他们的所作所为可以产生很多信仰上的启示。

A. 小矮人的秉性与后果

小矮人并不是铁板一块，忠实于蒂莲并且信靠阿斯兰的小矮人波金与大部分小矮人截然不同，他善良诚实；但是这样的小矮人太少。

绝大部分小矮人的秉性是：手巧，能干，有小聪明；但是他们疑心很

---

[1] "马太福音" 24:23–31。

重，怀疑，犹豫，不相信他人，更不相信阿斯兰这样靠信心才能依赖的力量。他们只相信眼前能见的实利。

在故事中，这些秉性产生了可怕的后果。

首先，他们敌我不分，利己主义的结果却帮助了真正的敌人。在蒂莲与卡乐门人决战的关头，小矮人突然决定独立，放弃了对蒂莲的军队的支持。"诡谲"冒充阿斯兰的把戏令小矮人不相信一切善与恶的道德价值，奉行"小矮人总是为小矮人奋斗"的哲学，把自身以外的战争双方都当作敌人。于是，他们充当看客与平衡力量：当战争天平朝向卡乐门人一方，他们就打击卡乐门人；反之，他们就暗自向蒂莲的战士射箭，用平衡法让双方平均损耗。他们的意图是使敌对双方都受到损失，认为这样就能够使小矮人强大。但事实证明这种自作聪明帮了真正的敌人：小矮人最后束手就擒，被卡乐门人关入马厩，而蒂莲的军队因为受到损失，也没有能力及时救助他们。

其次，他们的猜疑也导致内部相争。"小矮人总是为小矮人奋斗"这口号看似团结，但是他们好生疑的秉性也会在自己内部表现出来。在马厩内部，他们觉得自己看到吃到的都很糟，这时他们就怀疑别人得到的比自己的要好，开始互相猜忌。这个口号落到实处，实则就是为了个人一己私利而奋斗。

B. 小矮人的启示

小矮人的遭遇给出的第一个启示是，如果人在自己心造的牢笼里，是无法得救的。在进入马厩的门以后，露茜看到小矮人不能享受那里的美景和美食，心生同情，请求阿斯兰为他们出点力。阿斯兰同意了，但指出有些事情他也不能够做到。小矮人把阿斯兰给他们的美好事物都视为垃圾，拒不接受，也不感恩。阿斯兰说，这是因为小矮人们住在自己心造的牢笼里。猜忌和自行其是的人连恩典也不愿意接受，他们对自身以外一切事物的怀疑锁住了来自外界的一切，外界纵有再好的意愿，也无法融化他们的心。如果一个人拒不接受，阿斯兰也无能为力。

第二个启示是，人看见什么，取决于人的信念、心愿，而不是视觉。马厩是个神奇的地方，那么多人和动物进到马厩以后，在里面感受到的是两种截然不同的现实。蒂莲、尤斯塔斯、吉尔、独角兽珍宝等等，在里面看到的是无比美妙的景色，尝到的是无比鲜香的美食；但是"诡谲"、卡乐门人在里面被恶魔捉去惩处；而同样的美食，在小矮人们口里就成了劣质食品；其他人在马厩内看到美景，而小矮人看到的是一个黑暗拥挤的世界，他们把马厩内物什看为烂泥和粪便。小矮人相信：别人不会给自己好东西，马厩里不会有好东西，所以他们把红葡萄酒当成马槽里的脏水，并且真的喝出脏水味；我们都知道他们的感觉并不真实，但他们坚信自己的感官。问题是：在我们凭自己的判断坚信某样事物时，我们就一定不会犯此错误？相信并追求美好才会享受到美好。反之，如果我们把世界看成是丑恶构成的，用对待恶的策略对待一切，那么一切就真成了恶，而我们也将陷入恶斗。

第三，以正义为标尺，才能分清敌我；为真理奋斗，而不是为族类或个人奋斗，才能使族类团结，并且超越族类，进而使更多的人团结一致。

3. 关于新旧纳尼亚

《最后一战》中最具想象力的场景就是新旧纳尼亚及其转换。这涉及"最后"一词的含义，也涉及《圣经》关于世界结局的描写，是《纳尼亚传奇》最重要的主题之一。

A. 旧纳尼亚及其关闭

蒂莲及其与卡乐门人的战争结束后，阿斯兰决定关闭纳尼亚。

这个动作最关键的一环是所有人和动物的一次选择。旧纳尼亚关闭之际，所有人和动物发现他（它）们必须跑过一个门，在那里他们必须面对阿斯兰，所有喜爱、景仰阿斯兰的都来到了它的右边，而所有憎恨、害怕它的都到了它左边。在它左边的还有一些会说人话的野兽，但是刹那间它们失去了说人话的能力，变成普通的野兽。所有到阿斯兰左边的人和动物最终都进入了无边的黑暗，而右边的都在光明中留了下来。

无疑，这是阿斯兰的拣选使然，这就使这个动作有了末日审判的意味。纳尼亚就要关闭，其中所有灵魂都面对一次最终归宿的判决。

旧纳尼亚的结束意味着历史的终结。时间巨人在阿斯兰的命令下把他的号角扔进海里，伸手将太阳收回。天地一片漆黑。迪格雷回想到这类似他曾经目睹的纳尼亚诞生之前的状态。然而，在阿斯兰右边的人和动物注意到自己是在一扇窗户前观看另一个世界的景象，而他们所在之处正清新亮丽。这就意味着他们进入了一个新天地。

露茜的眼泪表现了对旧纳尼亚特别是他们在那里追随阿斯兰的日子的眷恋，这种肉身之躯的伤感是一种真情实感。

B. 新纳尼亚的神奇

刘易斯用他奇特的想象力描写了一个匪夷所思的新天地，这是新天地内的人们完全没有料到的事。

这是一个令人回想到旧纳尼亚的地方，二者在外形上有几分相像，然而实质上完全不同。

新纳尼亚不是一幅景色，也不只是一个神奇的空间，它是人的意念及精神与物理时空互为响应的一个世界，一种生存状态。在那里，人可以用极快的速度移动，短时间内经历幅员广大的时空，但是却一点儿也不累；在那里，当人涉入在世人看来是危险之境时，也可以驾轻就熟，游刃有余，而且内心没有一点害怕；在那里，人们移动的方向仿佛是向前，实际却向上；在那里，人们可以遇见历史人物，例如蒂莲就遇见了她死去了的父亲；在那里，人的视力无极限，露茜发现：

不论她瞧什么，不论她瞧的景物多远，一旦她的眼睛稳稳地盯住它直瞧，它就显得很清晰很近，仿佛她是在用望远镜观看。她能看到南方整个大沙漠，沙漠后的塔什班城，向东她能望见海滨的凯尔帕拉维尔城，望见一度属于她的那个房间的窗子。远至大海之上，她能发现岛屿，一个岛接着一个岛，直至天涯海角，而天涯的后面便是人们称之为阿斯兰的国土的崇山峻岭。但现在她看清楚了，这崇山峻岭不过是环绕整个世界的、连绵不断的大山脉的一部分。它就在她的前面，仿佛很近似的。然后她向左边望去，她看到了一大堆她认为是色彩鲜明的云，跟他们之间隔着一条沟。但她更仔细地看时便看出它压根儿不是云，而是一块真正的陆地。[1]

人们在这个世界也追求这种神奇的体验，例如所有的体育竞争，极限运动，在小说电视剧中进行时空穿越，以及登高远眺等等。对极限的拓展是人类的一大喜好。然而在现实中人总是在局限中：身体的局限，能力的局限，视力的局限，想象力的局限。这令这类活动总是带有某种或悲壮或滑稽的色彩。新纳尼亚去除了所有局限，人们进入真正意义上的自由。阿斯兰号召所有在新纳尼亚飞翔的人和动物"更高更深入"，奥林匹克的口号也与此有点类似，区别只在于，在新纳尼亚，这句话不是理想，而是现实。从地球人的角度看，这意味着你既在理想中同时渴望理想。这是新纳尼亚的一个性质。这还意味着这"更高更深入"是能够看见而不仅仅是推论和想象的。在现实中至真至善至美是想象中的，而人直接遇见的却永远是不够理想的。

最后，新纳尼亚没有疾病，没有悲伤，充满喜乐。露茜们在新纳尼亚已经够欢快够惊讶了，但是阿斯兰仍嫌不够，一直在要求其选民再快乐一点。新天地的生活状态是最高程度的快乐。

---

[1] C.S. 刘易斯:《最后一战》，吴岩译，译林出版社，2005 年，第 161—162 页。

C. 新旧纳尼亚的关系

阿斯兰的选民们从旧纳尼亚的消失中回过神来，已经看见了一个新世界展现在他们面前。仔细观察后，蒂莲、吉尔，还有爱德蒙都发现，它的山川景色很像纳尼亚，但也有区别，其相似的山川要比消失了的纳尼亚的更大。露茜说，它们既像又不像。但是迪格雷的观点与众不同，他说，这"更像真正的东西"。不是新纳尼亚像旧纳尼亚，而是相反，旧纳尼亚像新纳尼亚，因为新纳尼亚是真正的东西，它的山川是更经典的山川，它的植物是更完美的植物。所以，过去的那个纳尼亚只不过是这个真正的纳尼亚的一个影子或是一个摹本。迪格雷道出了新旧纳尼亚之间的关系。他使用了柏拉图的"上界——此世"的世界模式，他要表明的是，理想永远高于现实，并且是现实的指导。

D. 新旧纳尼亚与《圣经》

刘易斯《最后一战》的故事和新旧纳尼亚的构想都有《圣经》的来源。

关于新旧纳尼亚的构想特别来自《新约·启示录》。《启示录》描写了这个世界的结局和最终的审判，以及未来的新天地。第21章第1节说："我又看见一个新天新地。因为先前的天地已经过去了，海也不再有了。"这一点在旧纳尼亚的消逝中看得很清楚。第21章第4节又说："神要擦去他们一切的眼泪。不再有死亡，也不再有悲哀，哭号，疼痛，因为以前的事都过去了。"第21章第27节说，当神再来的那日，新天地"只有名字写在羔羊生命册上的才得进去"，《最后一战》描写纳尼亚关闭之时所有人物在阿斯兰面前归为两类，就是反映了神的拣选的特点。

此外，福音书关于耶稣还要再来，耶稣再来的时候就是这个世界的末日，他将要审判活人死人，信他的得享永生，进入天堂；以及天地将要废去，神会为选民准备至福之境，这些新约的基本要义，都是刘易斯《最后一战》的基础。

第四节 小结与讨论题

一、小结

C.S. 刘易斯是一位具有出色想象力的小说家和作家。他的《纳尼亚传奇》不仅开创了奇幻文学的先河，也是《圣经》文学的一朵奇葩。《狮子、女巫和魔衣柜》讲述了以自己生命为代价，救赎了犯错少年的狮王阿斯兰的故事，集中体现了阿斯兰对人深沉丰沛的爱，以及信仰的力量，用孩子们能够懂得的方法暗含了《圣经》新约和旧约主旨，二者的联系和区别。《最后一战》的故事跌宕起伏，形象复杂，不仅写了忠诚高贵的帝王蒂莲，忠实智慧的独角兽珍宝这一类正面形象；也写了狡诈狠毒的无尾猿"诡谲"，老实但缺乏头脑、容易上当受骗的"迷惑"这样的形象。小说对于笃信上帝却误将塔什当作神的卡乐门人伊梅思形象的塑造引起了读者对信仰问题更加深层次的思考。而在新纳尼亚的构想方面，作者表现出了时空方面特殊的想象力。《最后一战》通过奇幻故事很好地阐释了《圣经》关于末日、审判、新天地等重要主题。

二、讨论题

《狮子、女巫和魔衣柜》

1. 羊怪诱骗露茜后为什么又向她忏悔并救她？
2. 狮子阿斯兰被杀前为什么忧愁？
3. 魔衣柜内外分别是现实世界和奇幻世界，哪个更真实？我们应该如何判断其真实性？
4. 苏珊和露茜见证阿斯兰的死，这个情节有什么意义？说明了什么？与《圣经》的描写有何联系？
5. 分析阿斯兰这个形象。

6. 分析女巫这个形象。

7. 分析爱德蒙这个形象。

8. 《狮子、女巫与魔衣柜》突出了《圣经》的哪些精神？

《最后一战》

1. 哪些因素使得假冒阿斯兰的诡计一开始得到成功？你认为有哪些方法可以使人们更早识破这个诡计？

2. 小矮人的遭遇和表现（不再相信任何神，不再帮助任何他人甚至互相帮助，不再能享受美好）说明了什么？

3. "泰坎"利什达与伊梅思都是卡乐门人，都拜塔什为神，他们的结局为什么完全不同？塔什为什么把前者做了自己的牺牲品？

4. 在马厩内部，小矮人与七个国王所见所闻如此不同，他们的争论说明了什么？马厩内部和外部到底哪儿更大？

5. 结合柏拉图《理想国》第七卷（尤其是514—518），指出新纳尼亚与旧纳尼亚的关系。

6. 假设我们生活在新纳尼亚中的情形；作者描写的新世界有哪些事情是我们能够想象的？有哪些是超出我们想象的？

7. 什么样的人可以进入新纳尼亚？从书上找出证据。

8. 阅读并解释下面这段描述：

> 大约半个钟头以后——或者也可能是五十年以后，因为那儿的时间，跟咱们这儿的时间不一样——露茜和她的亲爱的朋友，她的纳尼亚老朋友羊怪图姆纳斯站在一起，越过花园的墙头俯瞰，看到整个纳尼亚展现在下面。但，当你俯瞰时，你发觉这山比你所认为的要大得多，它挟着闪闪发亮的悬崖下延数千英尺，在底下，树木看上去只有绿色的盐粒那么大。然后她转而向内，背靠着墙，瞧着花园。

"我明白了,"她终于沉思地说道,"现在我明白了。这花园就像那马厩。里边远比外边大得多。"

"是的,"图姆纳斯先生说,"像个洋葱头,除非你不断地往里边剥,每一圈总比上一圈大。"

露茜仔细打量着花园,发觉它确实压根儿不是一个花园,而是一个完全的世界,有它自己的江河、森林、海洋和山岭。但它们并不陌生:她一一都认识它们。

"我明白了,"她说道,"这仍旧是纳尼亚,比下面的纳尼亚更真实更美丽,就像它比马厩门外的纳尼亚更真实更美丽一样!我明白了……世界中的世界,纳尼亚里的纳尼亚……"

"当然啦,夏娃的女儿,"羊怪说道,"你愈是往高处深处走去,一切东西就变得愈大。里边比外边大。"

9. 故事结尾,露茜担心阿斯兰把他们送回伦敦,阿斯兰说了以下的话:

"确实发生过一次火车事故,"阿斯兰低声说道,"你们的父亲和母亲以及你们大家都——正如你们在影子国土惯常所说的——死了。学期结束了:假期开始了。梦作完了:现在是早晨了。"

他们的心怦怦直跳,内心里升起了疯狂的希望。

"不用担心,"阿斯兰说道,"你们没猜到吗?"

讨论:这些话是什么意思?露茜和其他孩子们将会怎样?

参考文献

一、《圣经》研究参考文献

中文部分

《圣经》（研用本），香港：香港圣经公会，1999年。
《圣经：中英对照》（和合本·新修订标准版）。

[英]F.F.布鲁斯主编 《圣经正典》，刘平等译，上海人民出版社，2008年。
[英]F.F.布鲁斯等 《圣经的来源》，李洪昌译，上海人民出版社，2011年。
巴特 《罗马书释义》，魏育青译，华东师范大学出版社，2005年。
陈会亮编 《〈圣经〉与中外文学名著》，宗教文化出版社，2009年。
[美]陈俊伟 《旧约导论》，宗教文化出版社，2008年。
陈召荣、李春霞编著 《基督教与西方文学》，甘肃人民出版社，2007年。
[英]德雷恩 《旧约概论》，许一新译，北京大学出版社，2004年。
[加]戈登·菲、[美]道格拉斯·斯图尔特 《〈圣经〉导读（上）——解释原则》
    （第三版），魏启源等译，北京大学出版社，2005年。
[加]戈登·菲、[美]道格拉斯·斯图尔特 《〈圣经〉导读（下）——按卷读经》，
    北京大学出版社，李瑞萍译，2005年。
邝炳钊 《创世记注释》（卷一），上海三联书店，2010年。
邝炳钊 《创世记注释》（卷二），上海三联书店，2010年。
梁工 《〈圣经〉视阈中的东西方文学》，中华书局，2007年。

梁工等著 《〈圣经〉解读》，宗教文化出版社，2011年。
梁工主编 《圣经与欧美作家作品》，宗教文化出版社，2000年。
梁慧 〈"谁知道什么与他有益呢？"——德里达的解构理论与传道者的"语言辩证法"〉，《浙江大学学报》，2006年第6期，全文收录于《基督教学术》，上海古籍出版社，2008年。
梁慧 《〈约伯记〉的戈地亚斯难结——关于"耶和华的回答"的神学解读》，载于《基督宗教研究》，中国社会科学出版社，2002年。
梁慧 《希伯来圣经智慧文献研究》，香港文汇出版社，2006年。
刘建军 《基督教文化与西方文学传统》，北京大学出版社，2005年。
刘意青 《〈圣经〉的文学阐释》，北京大学出版社，2004年。
罗庆才、黄锡木主编 《圣经通识手册》，上海学林出版社，2007年。
［英］麦格拉思编 《基督教文学经典选读上下》，苏欲晓等译，北京大学出版社，2004年。
［英］麦格拉思 《基督教概论》，孙毅译，北京大学出版社，2003年。
莫里斯 《救赎：它的意义及重要性》，喻小菲、崔小雄译，华东师范大学出版社，2012年。
莫运平 《基督教文化与西方文学》，中央编译出版社，2007年。
邱业祥编 《〈圣经〉关键词研究》，宗教文化出版社，2009年。
［美］斯蒂芬·米勒、罗伯特·休伯《圣经的历史——〈圣经〉成书过程及历史影响》，黄剑波、艾菊红译，中央编译出版社，2008年。
王美秀、段琦、文庸、乐峰等著 《基督教史》，江苏人民出版社，2008年。
王新生 《〈圣经〉精读》，复旦大学出版社，2010年。
［美］魏道思 《犹太文化之旅》，刘幸枝译，江西人民出版社，2009年。
谢文郁 《道路与真理》，华东师范大学出版社，2012年。
许志伟 《基督教神学思想导论》，中国社会科学出版社，2001年。
杨彩霞 《20世纪美国文学与〈圣经〉传统》，中国人民大学出版社，2007年。
杨克勤 《圣经文明导论：希伯来与基督教文化》，宗教文化出版社，2011年。
杨克勤、梁慧主编 《圣经图书馆》丛书（可选《今日如何读旧约》《今日如何读新约》），华东师范大学出版社，2010年。
游斌 《希伯来圣经的文本、历史与思想世界》，宗教文化出版社，2007年。
［英］约翰·德雷恩 《新约概论》，胡青译，北京大学出版社，2005年。
钟志邦 《约翰福音注释》（上下），上海三联书店，2010年。
周燮藩 《中国的基督教》（增订版），商务印书馆，1997年。
卓新平 《圣经鉴赏》，宗教文化出版社，2000年。

英文部分

The Bible. New York: Division of Christian Education of the National Council of the Churches of Christ in the United States of America, 1952, 1971.

Alter, Robert. *The world of Biblical Literature*. New York: Basic Books, 1992.

Bandstra, Barry L. *Reading The Old Testament: An Introduction to the Hebrew Bible*, Wadsworth, 2009.

Frye, Northrop. *The Great Code: The Bible and Literature*. San Diego: Harcourt Brace Jovanovich, 1982.（中译本［加］诺思洛普·弗莱:《伟大的代码:〈圣经〉与文学》,北京大学出版社,1998年。）

Gabel, Jon B., and Wheeler, Charles B. *The Bible as Literature: An Introduction*. 2nd ed New York: Oxford University Press, 1990.

Norton, David. *A History of the Bible as Literature*. Cambridge: Cambridge University Press, 1993.

Murphy, Roland E. O. Carm, Wisdom. Literature & Psalms, Nashville: Abingdon, 1983.

Ryken, Leland, and Longman III, Tremper ed. *A Complete Literary Guide to the Bible*. Grand Rapids, MI: Zondervan, 1993.

Van Voorst, Robert E. *Reading the New Testament Today*. Belmont, CA: Wadsworth.（中译版 《今日如何读新约》,冷欣、杨远征译,华东师范大学出版社,2011年。）

Wilder, Amos N. *The Bible and the Literary Critic*. Minneapolis: Fortress Press, 1991.

二、外国文学名著及其研究参考文献

中文部分

［法］阿尔邦 《陀思妥耶夫斯基》,解薇、刘成富译,上海人民出版社,2009年。

［法］安德烈·纪德 《关于陀思妥耶夫斯基的六个讲座》,余中先译,广西师范大学出版社,2006年。

［苏联］巴赫金 "陀思妥耶夫斯基的复调小说和评论著作对它的解释",见《巴赫金文论集》,中国社会科学出版社,1996年。

［英］班扬 《天路历程》,苏欲晓译,译林出版社,2001年。

［俄］Г.Б.波诺马廖娃 《陀思妥耶夫斯基 我探索人生奥秘》,张变革、征钧、冯华英译,商务印书馆,2011年。

［意大利］但丁 《神曲·地狱篇》,朱维基译,上海译文出版社,1989年。

［意大利］但丁 《神曲·炼狱篇》,朱维基译,上海译文出版社,1987年。

［意大利］但丁 《神曲·天堂篇》，朱维基译，上海译文出版社，1989年。
［德］歌德 《浮士德》，董问樵译，复旦大学出版社，1988年。
　　（另可供选择译本 《浮士德》，陆钰明译，长江文艺出版社，2012年。）
［美］哈罗德·布鲁姆 《如何读，为什么读》，黄灿然译，译林出版社，2011年。
［美］哈罗德·布鲁姆 《西方正典》，江宁康译，译林出版社，2005年。
［德］赫尔曼·海塞等 《陀思妥耶夫斯基的上帝》，斯人等译，社会科学文献出版社，1999年。
梁工，《〈失乐园〉对〈圣经〉题材的传承和超越》，载于《东方丛刊》（2007年第3辑），广西师范大学出版社，2007年。
梁工编 《莎士比亚与〈圣经〉（上、下册）》，商务印书馆，2006年。
［俄］列宁 "列夫·托尔斯泰是俄国革命的镜子"，见《列宁全集》第17卷，人民出版社，1984年第二版。
［英］C.S.刘易斯 《魔法师的外甥》，米友梅译，译林出版社，2005年。
［英］C.S.刘易斯 《狮子、女巫和魔衣柜》，陈良廷、刘文澜译，译林出版社，2005年。（另可供选择译本 ［英］鲁益师 《狮子、女巫和魔衣橱》（《那里亚故事集》2），王文恕译，香港基督教文艺出版社，2000年修订版；或英汉对照本，黄嬬译，天津科技翻译出版公司，2009年。）
［英］C.S.刘易斯 《最后一战》，吴岩译，译林出版社，2005年。
鲁迅 "《穷人》小引"，见《集外集》，人民文学出版社，1973年。
鲁迅 "陀思妥耶夫斯基的事——为日本三笠书房《陀思妥耶夫斯基全集》普及本作"，见《鲁迅全集》第六卷，人民文学出版社，2005年。
［英］鲁益师 《那里亚故事集》（1-7），王文恕译，香港基督教文艺出版社，2000年修订版。
［英］路易斯 《从岁首到年终：C.S.路易斯经典选萃》，何可人、王咏梅译，华东师范大学出版社，2006年。
［英］路易斯 《返璞归真——纯粹的基督教》，华东师范大学出版社，2007年。
［英］C.S.路易斯 《给孩子们的信》，余冲译，华东师范大学出版社，2009年。
［英］路易斯 《四种爱》，汪咏梅译，华东师范大学出版社，2007年。
［俄］罗赞诺夫 《陀思妥耶夫斯基的大法官》，张百春译，华夏出版社，2002年。
［英］马尔科姆·琼斯 《巴赫金之后的陀思妥耶夫斯基》，赵亚莉、陈红薇、魏玉杰译，吉林人民出版社，2004年。
［俄］梅列日科夫斯基 《托尔斯泰与陀思妥耶夫斯基》，杨德友译，华夏出版社，2010年。
［英］弥尔顿 《复乐园》，金发燊译，广东师范大学出版社，2004年。
［英］弥尔顿 《复乐园·斗士参生》，朱维之译，上海译文出版社，1981年。

［英］弥尔顿 《失乐园》，［法］多雷绘，朱维之译，吉林出版社，2007年。
（另可供选择译本 《失乐园》，金发燊译，广东师范大学出版社，2004年；以及《失乐园》，［英］威廉·布莱克、［法］多雷插图，李旭大编译，陕西师范大学出版社，2003年。）

［苏联］米哈伊尔·巴赫金 《陀思妥耶夫斯基诗学问题》，刘虎译，中央编译出版社，2010年。

［英］缪尔主编 《麦克白》（莎士比亚作品解读丛书·英文影印注释版），中国人民大学出版社，2008年。

［俄］尼·别尔嘉耶夫 《陀思妥耶夫斯基的世界观》，广西师范大学出版社，2008年。

［德］尼采 《偶像的黄昏》，周国平译，光明日报出版社，2001年。

［英］莎士比亚 《威尼斯商人》，译林出版社，1998年。

［苏联］什克洛夫斯基 《散文理论》，刘宗次译，百花洲文艺出版社，1994年。

杨正先 《托尔斯泰研究》，中国社会科学出版社，2008年。

沈弘 《弥尔顿的撒旦与英国文学传统》，北京大学出版社，2010年。

［俄］索洛维约夫等 《精神领袖——白银时代俄国批评界论陀思妥耶夫斯基》，［俄］阿希姆马耶娃编，徐振亚、娄自良等译，上海译文出版社，2009年。

［英］汤普森、泰勒主编 《哈姆雷特》（莎士比亚作品解读丛书·英文影印注释版），中国人民大学出版社，2008年。

［俄］托尔斯泰 《插图版托尔斯泰小说全集》，草婴译，上海文艺出版社，2008年。

［俄］托尔斯泰 《复活》，汝龙译，人民文学出版社，1979年。（另可供选择译本 《复活》，草婴译，上海文艺出版社，2008年；《复活》，安东、南风译，上海译文出版社，2001年。）

［俄］托尔斯泰 《天国在你们心中》，上海三联书店，1997年。

［俄］陀思妥耶夫斯基 《白痴》，荣如德译，上海译文出版社，2006年。

［俄］陀思妥耶夫斯基 《卡拉马佐夫兄弟》，耿济之译，人民文学出版社，1994年。

［俄］陀思妥耶夫斯基 《死屋手记》，曾宪溥、王健夫译，人民文学出版社，1981年。

徐振亚主编 《陀思妥耶夫斯基集》，花城出版社，2008年。

［俄］陀思妥耶夫斯基 《罪与罚》，岳麟译，上海译文出版社，2004年。

韦真尔 《魔衣橱的钥匙：跨入纳尼亚的奇幻世界》，潘秋松、刘美津、赵灿华译，美国：麦种，2005年。

［英］夏洛蒂·勃朗特 《简·爱》，祝庆英译，上海译文出版社，1980年。

肖四新 《莎士比亚戏剧与基督教文化》，巴蜀书社，2007年。

［英］雪莱 诗之辩护，见《缪灵珠美学译文集》第三卷，章安祺编订，中国人民大学出版社，1998年。

［苏联］亚·波波夫京 《列·尼·托尔斯泰传略》，翁义钦译，山西人民出版社，

1984年。
[古希腊]亚里士多德 《诗学》，陈中梅译，商务印书馆，1996年。
张隆溪 《灵魂的史诗：失乐园》，文化艺术出版社，2010年。

英文部分

Le Comte, Edward *The Life of Milton*. see John Milton, *Paradise Lost and Other Poems*. New York: Penguin Group (USA) Inc., 2003.

Cifelli, Edward M. *Milton for Our Times*. see John Milton, *Paradise Lost and Other Poems*. New York: Penguin Group (USA) Inc., 2003.

Thorpe, James. ed. *Milton Criticism: A Collection in Four Centuries*. New York: Octagon Books, Inc., 1966.